封神

第二季

伐天之战

磨剑少爷
○
著

华龄出版社
HUALING PRESS

有 态 度 的 阅 读

小马过河（天津）文化传播有限公司

目 录

第 1 章　菩提祖师，齐天大圣

封神榜后，姜子牙代元始天尊为天庭封出三百六十五部正神及百万天兵，一时之间，天庭实力大增，正式一统四宇八荒。

天庭随后公布了一百零八条天条，不可触犯，若触犯者，必严惩。

同时，在幽暗地下建起了十八层地狱及九幽，总称地府，设十殿阎王，对触犯天条者论罪行罚。

其阴森恐怖，令天下生灵谈之色变。

而那东土万里之外的西牛贺洲，一座无名之山上，参天古树林立，仙鹤灵鸟飞舞，处处奇花异草，芳香扑鼻。

一株遮天的古松之下，立着一块丈高有余，模样如猴的石头，石头如被雷电击打过一般，遍身裂痕，还有焦黑的痕迹。

猴石前，立一道人，白发白须，手握一把拂尘，注视猴石良久。

随后，道人看了看身后的一个石洞，又看了看石洞四周，将手中的拂尘挥了一挥。

霎时之间，石洞之前，立起一座道观。

道观前，多出了数个身着道袍的道童。

道童皆过来对道人见礼："拜见祖师。"

道人只是挥了挥手，那几个道童便自下去，或担水，或扫地。

随后，道人将手掌一翻，掌上便现出一朵金莲来。

道人看着眼前的猴石，自言自语道："两百年了，你也是时候醒来了。"

言罢，便将金莲放在猴石头上。

再用拂尘向金莲一点。

轰然一声巨响，一道金光直冲苍穹。

随后，那巨大的猴石破开，一片片碎屑纷纷落下，里面一只猴子缓缓地睁开眼来，他睡眼惺忪地看了看这个陌生的世界和陌生的道人。

"你是谁？"石猴问。

道人答："贫道菩提。"

"那我又是谁？"石猴问。

菩提祖师道："你是一只猴子。"

"猴子？"石猴一脸迷茫，"我为什么是只猴子？"

菩提祖师一愣，随即说："命运安排你做了只猴子，所以你便是只猴子。"

"哦，命运安排？"石猴似懂非懂，"我怎么会在这里？"

"因为……"菩提祖师道，"你本来就在这里。"

"本来就在这里？"石猴问，"我为什么本来就在这里？"

"这……"菩提祖师身为一代圣人，却被这个问题难住了，但想了想，还是答，"因为，命运安排。"

"又是命运安排？"石猴问，"命运到底是个什么玩意？他为什么老是安排我？"

“这……”菩提祖师彻底无言以对了。

他修了上万年的道，如今也是圣人之身，然而，对于石猴提出的问题，他也没有答案。

“行了，不必纠结这个问题了。”菩提祖师道，“不管命运是个什么玩意，它既然安排你来了这世间，既来之，则安之吧。”

“好吧，那这是哪里啊？”石猴问。

菩提祖师将拂尘往道观大门一指。

大门左边有一句为“灵台方寸山”，右边有五字为“斜月三星洞”。

石猴不识字，只是摇头。

菩提祖师便说：“这里是三星洞，我的道场。”

“那我的道场呢？”石猴问。

菩提祖师道：“你是野生的，没有道场，但如果你能拜我为师，我将你收留，这里便可成为你的道场。”

石猴道：“行，那我就拜你为师吧。”

当下，菩提祖师便教石猴跪行拜师礼，并为石猴取名为孙悟空。

石猴又是一脸迷惘，问为什么要叫孙悟空。

菩提祖师道：“孙为姓。左为子，右为小，即你现在还小的意思。悟空指的是修道，修道之魂在悟，悟之最高境界在空。悟空，就是希望你日后能修道大成，万道尽头皆是空，算是一个美好的寓意吧。”

石猴似懂非懂地“哦”了一声。

他还不知道，这个名字在不久以后将震撼天地。

当然，他更不知道的是，在叫孙悟空之前，他早已是这四字八荒中惊天动地的存在了。

这天地之间，还一直传扬着那封神一战，梅山猿猴于太极图阵中悟出大圣，以一己之力独战元始天尊和老子，打退百万天兵，令玉京山鸿钧老祖祖师亦道心大损的传说。

孙悟空拜了师，就留在了三星洞，随菩提祖师修道法。

他悟道之神速，令菩提祖师都觉心惊。

七日之上，他觉得众生该有万相，一悟便化身，通了七十二般变化；一月之后，他又觉得道既有现，也该有隐，于夕阳西下时，见残阳落于西天，悟出隐身法；两月后，因菩提吩咐其担水劈柴，他对着长满枝丫的树突发奇想，人若如此，担水劈柴就省事多了，遂悟出三头六臂；半年后立于山上，费解为何山这么高，我这么矮，顿悟出法天象地一千丈；一年后嫌走路慢，暗忖我修道之辈，当来去如风，于是悟出筋斗云，一个筋斗十万八千里。

菩提祖师虽知孙悟空根基不同凡响，但绝没想到他悟性如此之高。

他在替孙悟空感到高兴的同时，又隐隐地担忧。

如此下去，孙悟空会不会在某个突然之间就觉醒自己的前世，看破这三星洞的虚像?

果然担心什么来什么。

这天，孙悟空突然看着他问：“师父，我怎么总觉得，我以前就很牛呢？”

菩提祖师心想，你这不是觉得，而是事实。

但他口里却道：“以前？以前你就是块石头，乃我将你点化成猴，你这牛气从何来？”

“不是。”孙悟空道，“我总觉得我以前不是石头。”

“不是石头？”菩提祖师问，“那是什么？”

孙悟空道：“我也说不清是什么，但就感觉是个很牛的存在！”

“错觉，绝对是错觉。”菩提祖师道，“众生未得道之前啊，满脑子的欲望和虚荣，总幻想自己会很牛，幻想多了，慢慢就会这么觉得了。”

孙悟空道：“师父你莫要觉得我单纯就骗我，我并没有幻想自己有多牛，我是看着这天地，就觉得不过尔尔。”

“唉。”菩提祖师一声长叹，“你修道不过两年，竟已睥睨天下，狂悖如此，你要是再多学些本事，那还得了。看来，这道我是没法传你了，你自收拾东西去吧，师徒一场，缘分至此了！”

“不会吧。”孙悟空道，“师父你也是修道之人，修过万年的道，该有大海容纳百川的胸襟，我就这么年少轻狂了一点，你竟不能忍？你修的道，未免也太窄了点吧！”

“放肆！简直放肆！”菩提祖师怒道，“你这猴孙，修道之皮毛，竟敢教训起为师来了。休要多言，你赶紧收拾东西自行下山去吧，日后不许在外提我之名，否则，别怪我让你这猴头万念成灰！”

“唉。”孙悟空也是一声叹息，“师父啊，修道之人先修心，你火气这么大，实在愧称祖师啊。也罢，我亦觉得，再这么下去，你会教坏我，我自另悟天地去吧！”

“你……”菩提祖师真是气结，捶胸顿足，仰天长叹，“真是狂悖啊，谦虚的道理我是教不了你了，出世之后，遭过世道毒打，便知天大地大了。”

孙悟空却是一笑：“天大地大，又岂有我心大。待来日，我孙悟空必修出大神通，跺一脚，地裂；吼一声，天崩。我要这天地，听我之名便颤抖，师父你信不信？”

菩提祖师不耐烦地道："行了行了，你莫吹牛了，赶紧走吧，别给我惹出祸来就是！"

其实他心里知道，孙悟空此言，还真有可能成真，而正因如此，这三星洞一刻也不能多留他。

孙悟空见菩提祖师非要断这师徒缘分，亦未多说，自去收拾了东西。

看着身上穿的祖师为他亲手缝制的虎皮裙，毕竟师徒一场，相处了这日出日落几百个日子，难免有些不舍。

最终，他还是对着祖师拜了三拜，道一声："师父，后会有期。"然后转身下山去了。

站在那里的菩提祖师，看着孙悟空渐行渐远，却意味深长地叹息一声。

随即，他转过身来，将手往三星洞一挥。

整座道观以及那些扫地劈柴的道童顷刻之间全都消失不见，三星洞还在，只是那洞门之前，却是荒草丛生，蛛网蒙尘。

菩提祖师将身一纵，便化作一道光消失不见了。

孙悟空下了方寸山，行走在路上，路人见着他都惊慌失措转身就跑。

他觉得莫名其妙，抓住一个准备逃跑的中年男子问："为什么见了我就跑？"

那中年男子虽长得高大结实，可此刻被孙悟空揪着，也是吓得哆嗦个不停，结结巴巴地答："因为，因为，你看起来像妖怪。"

"什么看起来像妖怪。"孙悟空道，"我就是妖怪啊，石头里变出来的猴子，石妖，其实叫猴妖也行，怎么，有什么问题吗？"

"啊？妖怪大王饶命，别吃我，别吃我啊。"中年男子一听，差点没把屎吓出来。

孙悟空越发觉得荒唐可笑："我没说要吃你啊，我什么时候说吃你了吗？"

"可是，可是，妖怪不都吃人的吗？"中年男子颤抖着道。

"谁说妖怪都吃人了？"孙悟空道，"老子自己吃不吃人自己不知道吗？"

"你……你真的不吃人？"中年男子仍半信半疑。

"你就告诉我，谁说我吃人了？"孙悟空问。

中年男子道："天庭发了告示，让大家多信神敬神，否则不受神庇佑，就会被妖吃掉。"

"这样的吗？"孙悟空道，"看来，这天庭还真不是个玩意儿，居然如此胡说八道。这天下众生，即便是神，也与凡人一样，总是有好有坏的，岂能说妖全都是吃人的。算了，你一介愚蠢凡人，我也不跟你计较了，你自己滚吧！"

中年男子一听，如获大赦，连滚带爬地跑了。

孙悟空抬头看了看那天空，指着道："别以为自己是神就可以胡说八道，当心老孙哪天心情不好，跑天上去给你们点颜色瞧瞧！"

骂完后，孙悟空就没把这事放心上了，继续向前走。

走得无聊了，就驾起那筋斗云来飞着玩。

就这样边走边飞的，也不知道行了多远，他脑子里突然冒出一个问号来。

我这到底是要去哪里呢？

这天大地大，我也没有个家啊。

我得找一个落脚之处才行。

想到这里，孙悟空就想找人打听打听，问问哪里有名山大川。

结果他看见了一个拄着拐杖步履蹒跚的老头，直接落在了老头面前。

老头一开始吓了一大跳，可听孙悟空说只是问他个问题，不会吃他之后，他就淡定了许多。

老头吞吞吐吐地道："我倒是知道一处名山大川，不过大王你却不能去。"

"哦？"孙悟空问，"为何我不能去啊？"

老头道："那山上住着好多妖，人烟绝迹，无人敢去。"

"住着很多妖？"孙悟空笑笑，"那有什么可怕的，我孙悟空，天不怕地不怕，只怕这天下没有对手，我怕什么妖，赶紧说来，那是什么地方！"

老头道："那地方叫花果山，从这里往东三百里，全是山路。"

"谢了，俺老孙先去了。"说罢，孙悟空驾起筋斗云就向花果山飞去。

而刚才那老头见孙悟空离去，脸上也露出一丝笑意，化作一道风不见了。

孙悟空飞过山岭，很快便看见一座仙云缥缈的山峰，满山红的、绿的、黄的七彩之色，香气扑鼻。

他飞近了一看，不由馋出满嘴口水。

原来那山上的七彩之色，俱是成熟的果子，尤其那水红之色，全是成熟的蜜桃，孙悟空嗅一下，真是整个肠胃都在欢腾。

他当即按下云头，落在一株大桃树上，盘腿就吃起桃子来。

"喂，那野猴，你好大胆，竟敢偷虎王的桃子吃！"孙悟空正吃得津津有味，突然传来一声凶恶的吆喝。

孙悟空定睛一看，见两个手提大刀的马猴，正气势汹汹地往这边赶来，不由一笑："你这小猴好不讲理，桃树是地生，桃子乃树结，凭什么就说桃子是你家的，老子不能吃了？"

马猴将刀冲孙悟空一指："好你个野猴，到花果山来偷桃，还说自己有理，你却不知，这花果山上，虎王就是理，还不赶紧赔钱！"

"赔钱？"孙悟空道，"老孙行走天下，从来不带钱，见了喜欢的拿了就是。你若真是要赔的话，可找个碗来，我倒可以给你拉一碗，你拿去送给你家大王吃了。"

"放肆，竟敢侮辱大王，看我今天不收拾你。"两马猴当即举着刀冲向孙悟空。

"你们这两只小猴，就算做我儿子，我也瞧不上眼，跟你孙爷爷动刀，简直是自取其辱！"话落，孙悟空只随便往两猴膝盖处一指，道了声，"孙子，跪下吧！"

两道法力打出，两只刚冲到孙悟空面前的马猴，正准备把刀往孙悟空身上砍去，结果脚下一软，直接地跪在了孙悟空面前。

孙悟空故意嘲笑："咦，孙子这么听话吗？知道跟爷爷动手不对，这就自觉地跪下了？"

两猴却还不知道孙悟空的厉害，威胁道："野猴子，别仗着你会些道法就不得了，咱们可都是跟虎王混的，你要敢对咱们怎么样了，虎王会生吃了你！"

"真是两个没见过世面的家伙。"孙悟空道，"好吧，你口口声声说那什么虎王厉害，那就带老孙去教教他怎么做事吧！"

两马猴一见孙悟空要他们带他去见虎王，高兴得不行，心里还在想，这野猴虽修了道法，但终究还是有些傻，不知死字怎么写，居然敢去见虎王。

于是，就开开心心地带着孙悟空去见虎王。

那虎王遍身黢黑，犹如煤炭，独两只眼睛幽光大放，看起来凶恶无比。

此时，虎王正在花果山顶一瀑布之前，陷入沉思。

这么多年了，它也没有想明白，这山顶之上，这如银河倾泻的瀑布，为何常年不竭？水从哪里来？

那瀑布之后，明明有一洞门，为何却是紧闭不开？

“哎，世事玄妙，我这百兽之王，也是看不透呢！”虎王一腔惆怅地感慨。

“你总算还有点自知之明，知道世事玄妙，有些东西是你看不透的。”身后突然传来一个声音。

虎王惊闻回头一看，看见一只他从未见过的面目张狂的野猴子，当即就把那虎牙磨得咯咯响，怒问：“你是谁？”

“大王，大王，这野猴偷吃蜜桃被我们抓住，他不但打我们，还说要来教训你！”一马猴满脸委屈赶紧告状。

“什么？偷吃我的桃子，打我的人，还想教训本王？”虎王一听肺都差点气炸了，“猴族不过我奴役之辈，你一只野猴子，谁给你的勇气敢这么作死！”

孙悟空一笑：“你终还是肤浅了，看不懂我！”

“我肤浅？”虎王冷笑，“你没听过山中无老虎，猴子才称霸王？你连这常识都不知道，还说我肤浅？”

孙悟空道：“山中无老虎，猴子称霸王，这话本来不是这么说的，只是一些肤浅之人以讹传讹，传错了，让你们虎族产生了错觉而已！”

“传错了？那本来该怎么说？”虎王问。

孙悟空道：“本来该倒过来说，猴子称霸王，山中无老虎，意思就是，普天之下，能打死老虎的，只有猴子。所以，有猴子的地方，必没有老虎的立足之地。没想到被那些以讹传讹的人传反了，却引得你们虎族不知天高地厚沾沾自喜，今日我来了，正好帮你端正一下态度！”

“啊啊啊啊啊！你这只不知从哪里窜出来的野猴子，真是狂妄！简直作死！”虎王听后简直气爆，将手冲孙悟空一指，“看本王今日生吃了你，你方知自己是在信口雌黄胡说八道！”

说罢，吼一声，山岳震动，百兽惊心，直向孙悟空扑去。

那虎口张开，其中虎牙竟化出一红一白两把飞剑，向孙悟空胸口刺去。

“雕虫小技，班门弄斧！”孙悟空直接伸手，将那两把飞剑抓在手里。

飞剑在孙悟空的手中就如生根一般。

孙悟空再将两把飞剑一折，两把飞剑都断了。

顿时疼得虎王“啊啊”大叫起来。

这飞剑断了，他的虎牙也就跟着断了。

可他还不服气，想孤注一掷，厉啸一声，离地飞起，半空中扬起虎爪，虎爪化为钢爪向孙悟空头上抓去。

“不打你不听话啊！”孙悟空说道，随后迎着那钢爪挥拳打出。

“轰轰！”两声。

虎王的虎爪被直接打断摔飞出去，重重地砸在地上。

孙悟空缓缓地向虎王走去。

虎王两只前脚被孙悟空打折，只能躺在地上瑟瑟发抖，看见孙悟空往这边走来，两眼中满是惊惧之色，道：“大王，莫打了，我认输……”

“哟，知道喊大王了？”孙悟空走到他面前，“现在你告诉我，是山中无老虎，猴子称霸王。还是猴子称霸王，山中无老虎？”

“是，是猴子称霸王，山中无老虎。”虎王哆嗦着答道。

“解释一下，什么意思呢？”孙悟空故意道。

“意思是，猴子才是山中之王，有猴子在，就没有老虎的立足之地。”虎王此刻温驯如猫。

孙悟空转过头来，看着那一圈虎王手下的猴子道：“尔等听见了吗？我猴族才是百兽之王，你们竟不争气，做起老虎手下，对老虎言听计从，简直就是丢我猴族的脸！”

“猴王神通广大，以后我们认你做大王，就不用怕老虎了。”一马猴见风使舵地道。

“对对对，猴王你做这花果山之王，花果山就是咱们猴族的天下了。”

“咱们都愿跟着猴王鞍前马后，侍候猴王。”

“我猴族都认祖归宗，愿意侍候猴王！”

虎王手下的一群猴子，立马就对孙悟空表忠心。

孙悟空踢了虎王一脚道：“今天饶你一条狗命，自己滚，从今往后，这花果山上，未经我允许，不能有老虎。否则，见一只，我就吃一只，什么百兽之王，在老孙面前，都是小猫！”

虎王半个不字都不敢说，靠两只后腿一跳一跳地狼狈离去。

一众猴子立马向孙悟空跪拜喊道：“猴王威武！”

“猴王？”孙悟空皱了皱眉道，“好像还差那么点意思。”

“啊？”老马猴讨好地问，“那猴王觉得，称呼什么好呢？”

“我一时也说不上来。”孙悟空走到瀑布落下的水塘边，看着水中倒影的一刹那，灵感有如朝阳破云而出，“有了！”

老马猴赶紧问：“猴王有什么好主意了？”

孙悟空道：“猴王太单调，不足以表现出我的特质，应该在猴王之前加一个美字，便恰如其分了！”

“美猴王？”老马猴马上使出拍马屁的本事来，使劲地拍着手掌道，“好好好，这称号好，普天之下，唯大王配得上此名！”

一群猴子也立马个个恭维起来。

孙悟空挥了挥手：“行了，从今往后，我美猴王孙悟空便为这花果山之王，你们便是我的猴子猴孙，再也不用受任何人欺负，不管是谁欺负尔等，我必为尔等做主，定打他个落花流水！”

众猴俱跪谢美猴王。

孙悟空回头看了看那一面瀑布，发现瀑布后的悬崖之上有一洞，洞门紧闭，洞两边分别刻字为“花果山福地，水帘洞洞天”。

他是得道之辈，一看这两句偈语便知这是仙家妙地，当即飞身穿过水帘，往后面那洞飞去。

飞到洞门前，他看着紧闭的石门，正准备用力去推，哪知那石门竟突然开了。

孙悟空愣了愣，向门里看了看，却不见人，不由道：“怪哉了，难道这门也认得老孙，知道老孙惹不得，自己开了门？”

边说着边进了里面，果见里面真是别有洞天。

有奇花异草遍地，也有仙鸟栖息，还有一汪清泉，泉中有五色游鱼，在自由自在地游动。

“果真是神仙之地啊。”孙悟空嘀咕着往洞里深处行去，竟发现这洞云蒸霞蔚，没有尽头。

他施起筋斗云，一翻十万八千里，竟还在云雾之中。

然而，正飞着，他目光瞥见下方有一株硕果累累的桃树，桃树之旁，竟立着一尊石像。

那石像却也是一只猴子，盘膝而坐，双手结印，目微闭，仿若坐禅。

只是不知这石像存在了多少年，身上长满了青苔和野草。

孙悟空看着那猴子，竟莫名觉得熟悉，却又想不起来是在哪里见过。

越想不起来，就越好奇，越使劲想。

最后，他终于还是想了起来。

这石像竟像是他自己！

这里怎么会有我的石像呢？看这石头的古老程度，不知多少年了，跟我有什么渊源吗？

难怪我总觉得，我不是那方寸山三星洞的一块石头，被祖师点化而生，我应该是有从前的，而且是很刻骨又轰轰烈烈的从前。

这石猴塑像应该就是见证。

可我为何又什么都想不起来了呢？

孙悟空颇为费解，径直走了。

毕竟，我以前是谁也不重要吧，人生，该往前看才是。

他这么想着，就在这花果山的水帘洞住了下来。

然后也了解到了一些花果山的往事。

因为这里桃树遍山，所以聚着猴族，大伙也过得自由自在其乐融融。然而，某天虎王来了这里，把猴族打了个落花流水，不听话的都杀了，听话的就留下来使唤，从此占了这花果山，作威作福。

孙悟空道："你们要早说那黑虎如此可恶，我便杀了他，不会放他走了！”

马猴道：“我们都怕他，早就被他吓破胆了，哪里敢说。”

孙悟空道：“没事，以后我见着他，再收拾他就是。千言万语一句话，有我美猴王罩着你们，只要有理，谁也不用怕！”

“哟，我就说怎么天上到处都是牛在飞呢，原来是被你吹上去的！”突然传来一个声音。

孙悟空抬眼一看，便见得从云头落下三只妖来。

其中一只妖，正是之前被孙悟空打跑了的虎王，大概是回去吃了什么灵丹妙药，伤势已经全好，看起来生龙活虎。

另外的分别是一只狼妖和一只鼠妖，看着孙悟空，都龇牙咧嘴的，恨不得把孙悟空生吞活剥了。

众猴一见，顿时吓得筋舒骨软，赶紧往孙悟空身后躲。

而此时的花果山下方，也是一阵哗哗啦啦的山石滚动声响。

很快，便见得成千上万的虎、狼和老鼠往山上包围而来，卷起一片尘土飞扬。

猴群里的大多数猴子都已经吓得瑟瑟发抖了。

孙悟空却伸手从旁边的桃树上摘下一个桃子大口地啃了起来，边啃着桃子边摇头叹息：“唉，好好地活着不好吗？非要送上门来找死？找死也就算了，还成群结队的来，这简直就是对生命的不尊重啊！”

“妖猴，你莫狂，敢欺负我虎哥，今天就看鼠爷怎么收拾你！”鼠妖大吼一声，顿时将身子长出十丈，那老鼠尾巴就像一条巨蟒。

猴群里有胆小的猴子直接被吓得晕死了过去。

孙悟空却看着鼠妖笑道：“过街老鼠，人人喊打，说的好像就是你们这些家伙吧。咋就打不怕呢？越打越喜欢出来丢人现眼吗？”

“爷爷不跟你废话，看爷爷的法术！”鼠妖又吼一声，将那巨蟒般的尾巴一摆，响起风雷之声，有如雷霆般朝孙悟空扫去。

扫过巨石，巨石破碎；扫过树木，树木断裂。

其威果然势不可当。

然而，扫到孙悟空面前，孙悟空直接伸手，将那尾巴抓住，然后手臂用力一抡，直接把鼠妖抡了起来，狠狠地砸向地上。

砸在地上就是一个大坑。

孙悟空又抡起来，又砸。

左一下右一下的。

砸得鼠妖嗷嗷直叫。

虎妖和狼妖都赶紧出手相助。

狼妖使出一根狼牙棒，虎妖还是化两把飞剑，分左右向孙悟空夹攻。

孙悟空却仍是轮着鼠妖去挡狼牙棒和飞剑。

结果，鼠妖先被飞剑穿胸，接着被狼牙棒打得脑浆迸裂。

“啊啊啊，你个妖猴，害死我兄弟，今天我狼王誓要踏平你这花果山，让你死无葬身之地！”

狼妖吼罢，竟祭出一样法宝来。

那法宝本是一块黑砖，往上抛起时，也就两个拳头大，冒着黑光，将孙悟空罩住，然后，那黑砖在空中变成一块巨石，向孙悟空头上轰然落下。

“轰轰！”

一阵地动山摇的声响，整个花果山如同地震般，溅起一大片尘土来。

四周的小猴都被震得东倒西歪，躺倒一片。

狼妖看着那方砸落的巨石，不由得意：“黑风砖下，神仙也成肉酱，何况你一只小妖猴！”

虎妖也在旁边恭维：“还是狼兄你这法宝好，我修千年道，不及你一宝！”

狼妖越发得意：“有宝就是好，神仙都难逃。待我收了这妖猴做成肉酱，带回去下酒拌饭！”

边说着，边念了个法诀。

那飞起的黑砖倒是把地上砸了个大坑，却压根不见孙悟空的尸体。别说尸体，就连孙悟空身上的一根猴毛都没见到。

“不应该啊，难道是我眼花了？”狼妖一脸的难以置信，“我明明看见那妖猴被黑风砖砸中了啊，怎么不见死猴？”

虎妖也道：“是啊，我也见他被砸中了，怎么回事？”

“真是蠢啊，肯定是我跑掉了呗，还能怎么回事？雕虫小技而已，奈何得了你孙爷爷？”后面突然传来一个声音。

狼妖和虎妖惊闻回头。

“轰，轰！”

两妖刚好看见站在身后的孙悟空，就直接被孙悟空两拳打在头上，飞了出去，撞在一块大石上，直接将那大石撞了个粉碎。

两妖掉到地上，直接脑浆迸裂，死于非命。

那些跟着围攻上来的虎狼小妖一见大王被打死，瞬间吓得魂不附体，惊慌逃窜。

孙悟空也不和那些小喽啰一般见识，走到三妖尸体前，一副悲天悯人之态，道：“好好活着不好吗？硬是觉得自己有本事，要闹点事，这下命都闹没了，好了吧，满意了吧，梦想实现了吧！”

随即，命猴子猴孙把三妖找地方埋了。

猴子猴孙见识了孙悟空这本事，感觉遇着大靠山了，个个欢天喜地乱拍马屁。

有的说大王英俊神武，有的说大王简直就是神仙之姿，更甚至还有的说大王才是全天下最厉害的人，应该去做那昊天大帝。

孙悟空听得也是美滋滋的，只是他又总是莫名觉得自己似乎有些什么事情没做。

他有这么一身厉害的本事，应该做点什么的。

可是，又该做什么呢？

此后在花果山上的许多个日日夜夜，他看着红如火球的朝阳从海平线那边缓缓升起，又从遥远西方的天际落下去。

看着明月皎洁照亮三千世界，又看着三千世界堕入无边黑暗。

他总觉得这日子过得格外寂寥，总觉得自己的心里缺少了点什么。

我都已经有了这一身变化无穷、移山倒海的本事了，我还缺什么呢？

在无数个日子里，他问了自己无数个这样的问题。

但都没有得到想要的答案。

第2章　四海震荡，龙族遭难

三十三重天上，气势恢宏的凌霄宝殿中，昊天大帝居中而坐，下方各部神仙分列两班。

行过君臣之礼后，昊天大帝便道："诸位爱卿，天下有事否？"

身背乾坤圈的哪吒出列道："禀陛下，天条颁布之后，天下妖族，皆藏于丛林，不敢问世。独那龙族，仍占着四海，岿然不动。臣觉得，那四海乃天下富庶之地，奇珍异宝无数，当归天庭所有，岂能被妖龙占着，陛下当下诏令，遣天兵，伐四海，平龙族！"

"诸位爱卿意下如何？"昊天大帝看着座下众神问。

东岳大帝黄飞虎出列道："禀陛下，臣觉得，龙族不可伐。"

"哦？"昊天大帝问，"为何？"

黄飞虎道："其一，自上古以来，龙族皆行正道，也为人间施云布雨，功劳卓著；其二,四海之地，本为龙族所有。所以，臣觉得不可伐龙族！"

"扯淡！"哪吒盛气凌人道，"天条所定，若非于天庭有功，受封为神，其余虫卵湿生披毛带角之类，皆为妖族。那龙族便是妖族，只配为神仙桌上之餐，岂可坐享四海，自封龙王！东岳大帝你这是在指责天条，还是在指责制定天条的陛下和老祖？”

黄飞虎道：“我只是就事论事而已，如今天庭初建，天条初定，天下已有许多妖不服，揭竿而起，大大影响了天庭的稳定，那龙族只要在他的四海不生事便行，若是强逼，恐生大祸！”

“笑话！”哪吒一脸狂傲，“想当年我还只是个孩子，只凭一人之力也打得龙族俯首，如今堂堂天庭，百万天兵威震四方，岂可惧那龙族？东岳大帝你也曾是殷商武将，征战杀伐，威风凛凛，如今是日子过得安逸了，反而贪生怕死了吗？”

黄飞虎道：“兵戈战事，血流成河，非到万不得已不可轻启。那龙族既无反叛之举，何故伐他？难道，你是为了私怨吗？”

“黄飞虎，凌霄殿上，大帝之前，你可不要信口雌黄。”李靖亦托塔而出，“龙族虽无反叛之举，但未受封神，便该如其他虫卵湿生披毛带角之妖类一般，住去那荒山野岭，岂能占据四海，住龙宫。老祖建天庭之时便说过，天庭建立，神妖有别，最好的天材地宝，仙家福地，都归神界。龙族未曾封神，便为妖族，他就住不得那四海龙宫，这是规矩！”

杨戬也出来帮腔道：“李天王说得是，老祖建天庭，立天条，要的就是规矩，没有规矩，不成方圆！”

雷震子亦道：“二郎真君说得是，这规矩，是为天庭利益，亦是为众神众仙着想，不可废了！”

杨戬又道：“就是，法为天下之根本，天下无法，天下废也！”

其余诸神也均附和。

昊天大帝当即拍板下令：“那就由哪吒负责此事吧，让那龙族限期撤出龙宫，离开四海，自去荒山野岭，天庭便不问其罪，否则，必伐之！”

哪吒掷地有声应道："遵陛下之命！"

九天雷神闻仲暗自叹息一声。

文曲星比干也摇了摇头。

天庭大，不如天下大，天庭此举，恐是祸根。

但天庭之上，李家父子和杨戬皆是肉身成圣，举足轻重，众神也都附和，他们想说什么，也无意义。

哪吒得令后，踩着风火轮，带着一队金甲神兵气势汹汹地赶往东海。

站在东海岸边，哪吒看着眼前烟波浩瀚的大海，不禁又想起了那一年，他到这附近的东海九湾河洗澡，一时兴起将混天绫放在水中舞动，没想震动了龙宫。

后来，因此起了纷争，他把夜叉和敖丙打死。

那一次，可谓是他的人生大劫。

想之前以震天弓误射碧云童子，那碧云童子没什么靠山，师父石矶娘娘没什么大本事，在截教之中也没什么存在感，老师太乙真人以九龙神火罩轻而易举就将石矶娘娘杀死，一了百了。

那时他便觉得，一条人命对他来说，只是儿戏。

他真是狂得把全天下都不放在眼里。

然而，打死敖丙，还是闯了大祸。

东海龙王敖广要倾四海龙族之力杀他，连阐教都护不了，后来逼得他自杀，且封敖丙为华盖星，祸不及李家人，才算平息了龙族之怒。

想不到吧，我哪吒能借莲藕塑身，肉身成圣，显赫天下！

而今天庭在上，你四海龙族在下，当年的事，终要你后悔惹了我！

哦，不，我哪吒也算是小小一圣人，今日来此，不为私仇，而是为了天条！

天条制衡四方，不遵者诛！

“去，传敖广出来，听昊天大帝令！”哪吒对身后的金甲神兵下令道。

很快，敖广就带着龟丞相和一众龙宫虾兵蟹将出海。

一见是哪吒，本来急急忙忙恭恭敬敬的敖广也有些愣神，尴尬当场。

虽然当年哪吒闹海和打死敖丙之事已经了结，可那仍是龙宫的耻辱，是敖广心中永远的痛。

敖丙是封神了，封了华盖星，可后来他才知道，所有进入封神台之魂，都会忘记前生，从此死忠于天庭。

也就是说，敖丙虽然还活着，但在敖广心里，也跟死了没什么两样。

因为，敖丙已经忘记了龙族，也忘记了他这个当龙王的爹。

那封神一招，名为提拔，实为杀人不见血之法！

“敖广，见着本将军，不知道下跪行礼吗？”哪吒斜着一只眼问道。

敖广不由勃然大怒道：“我乃堂堂龙王，掌管四海，你不过封神一战初扬名，初生牛犊而已，岂配让我下跪行礼！”

哪吒冷笑道：“没想到过了这么多年，你还是强横不变，你以为四海之地还像当初，任你呼风唤雨，逼我入绝地？如今天庭在上，修幽冥地府在下，我可以让你有百万种死法！”

敖广道：“杀人偿命，天经地义，你无故闯我东海，乱我龙宫，打死我夜叉大将和太子，本就该死，岂能怪我逼你！何况此事已了，你我各自安好，你今天是仗着自己在天庭得势，要找我报仇吗？”

“不不不！”哪吒道，“本将军今日来，非为私仇。我只是来替昊天大帝传令，让你遵天条而已。天条为万道之法，你总不会要违背吧！”

敖广问：“我龙族于四海之内安分守己，不曾上岸伤人为祸，哪里违背天条了？”

“你这是个自相矛盾的病句啊！”哪吒道，“你既在四海，就算不得安分守己，明白吗？”

敖广反问：“你倒是告诉我，我怎么在四海就算不得安分守己了？”

哪吒道：“天条所定，自天庭称道之始，神仙居上，凡人在下，妖为异类。此后苍生入神途，皆得天道机缘，受天庭而封，否则，永远都只能是凡物贱命。而天下仙家福地，也皆为天庭所有，由天庭分封给有功神仙。这四海之地，便属仙家福地，而你龙族是虫卵湿生、披毛带角之类，是为妖族，已不可居于四海。昊天大帝令，七日内，龙族必须撤离四海，隐迹丛林，否则，以叛逆罪论，百万天兵伐之，九天之下，龙之一族，将荡然无存！”

“岂有此理！岂有此理！”敖广当场暴怒，“有四海之时，四海尚无生灵，乃我龙族最先入海，以此为家，常住于此，天庭凭什么要让我龙族出四海，入丛林！”

“凭什么？”哪吒问，“凭天条，够了吗？”

“天条？”敖广怒道，“天条也只是天庭定的，跟我有什么关系。那我还能定个地条和海条出来呢！”

哪吒眼神一眯，射出两道冷冽杀气：“你这是要造反吗？”

敖广道："你别无端给我扣帽子，我只是就事论事，天庭当道，也不可让我龙族无居所，背井离乡。我龙之一族，生来就以四海为家。纵是这天地不存，我龙族也绝不离四海而去！"

"很好。"哪吒开心地笑了，"昊天大帝给你七日为限，七日之后，龙族若还在四海，我会带百万天兵来问候你！"

说罢，哪吒得意洋洋地率金甲神兵离去。

敖广虽气虽怒，可还是清楚兹事体大。

回到龙宫，他立马就命人去西海、南海和北海请三位龙王兄弟来东海议事。

很快，另外三海龙王便带龙子及龙宫将帅赶赴东海。

四海龙王及龙子都参与了这一次事关龙族危亡的会议。

敖广先把大致情况讲了，询问其余龙王及龙子的建议。

"岂有此理，那天庭真是无法无天了，我龙族一直居于四海，他们凭什么赶我们走！"西海三太子小白龙一听，当场义愤填膺。

敖广道："我亦是如此说，但如今天下，讲的不是理，是强弱。封神一战，天庭封了三百六十五部正神，外加肉身成圣，大罗金仙之辈，统率百万天兵，更有那太上老君和元始天尊大道圣人坐镇。他强，他就是法！"

小白龙道："他是法又如何？便可践踏我龙族尊严，让我龙族背井离乡入丛林，苟且偷生吗？他若敢以强压我，我必以死相拼，绝不低头苟活！"

"说得轻巧。"西海龙王敖闰颇带指责，"你到底还是太年轻，只知道死是一个字，却不知命就一条！"

南海龙王敖钦也道："是的，很明显，如今天庭强盛，非我龙族可敌，若是抵抗，必死无葬身之地。”

“什么意思？”小白龙愤然，“难道你的意思是我们要听那天庭之命，离开四海，躲到丛林去？”

“若不如此，龙族则亡。”敖钦问，“你是想活得委屈一些，糟糕一些，还是想命都没了？”

小白龙摇头道：“我真是对你们感到失望。”

“你失望什么？”敖钦问，“失望我们不想死吗？”

小白龙道：“想我龙族，天上可飞，陆上可行，水中可遨游。在这四宇八荒生灵之中，当属王者，自带尊贵气质。如今，天庭要我低头，我有龙鳞，却护不得身；我有龙吟，却吼不出声，那还要这龙体有何用？有何用？”

敖钦道：“那你知不知道，我龙族其实生来并不能飞，是有了隐忍，后才能飞！”

“是吗？”小白龙问，“龙族为什么能飞了？”

敖钦道：“盘古开天辟地之后，这天地间存在着三大灵族，分别为天上飞的凤凰，陆上行的麒麟和水中游龙。那时的龙，既上不得陆地，也飞不上天空，若要去陆地或天空，都得借助法宝。后来，天地之间出现了魔族，魔族来时，势不可当，龙、凤、麒麟三族联手而不能敌。龙族战败，被魔族滥杀，有些强悍的龙族便逃上陆地，但在陆地仍被追杀。后来龙族中的至强者在魔族的追杀之下逃至悬崖，纵身跃下，竟生出双翅，翱翔于空中。后天下修道之士崛起，与三族联手，战败魔族，从此龙归大海，繁衍昌盛！”

小白龙道：“所以，当年我龙族祖先被魔族压迫也知反抗，为何今日天庭压我，我却要怕？”

敖钦问：“你真的听明白我的意思了吗？我讲的是，当年我龙族祖先，在不敌魔族之时，也知逃命，也知离开大海，隐入丛林。因为他们知道，只有活着，才有未来，才有后来生出双翼的强者，才有龙归大海！如果不能活着，尊严也好，血性也罢，都将毫无意义。因为，没有未来，就没有意义！”

敖顺也道：“二哥说得对，如今天庭强大，神族当道，我四海水军，根本不可与神对抗，人生一世，哪有从始至终都风光无限的，总有落魄低头之时，但没有什么比活着更重要！”

“扯淡！”小白龙暴怒，“活着，不是为了跪着。那天庭之神，也有许多披毛带角、虫卵湿生，凭什么他们为神，我要为妖？凭什么他们说谁是妖就是妖，说谁是神就是神？难道我堂堂龙族就不能做自己的神？封神大战，截教通天为护门人，对抗不公，举教一战，何其壮哉；梅山袁洪，为救挚爱白狐，孤身一人闯天罗地网，十面埋伏中，绝地成圣，打得鸿钧老祖亦道心受损，虽身死，却赢得天下名！自哪吒大闹东海，那修道之士欺我龙族，得寸进尺，我龙族却是一退再退，贪生怕死，千万年后，还有何颜面去见我龙族祖先？”

“这天庭，真是欺人太甚！”想起敖丙被打死之事，敖广亦是气愤。

小白龙掷地有声地道：“只要大伯你一句话，若与神战，我敖白愿为马前卒。要么，灭那神族，毁那天庭，让我龙族做自己的神；要么，就让那神族踏着我的尸骨，进这四海，让他知我龙族，虽死不惧！”

“大哥，不可意气用事啊！”敖顺急喊道，“螳臂当车，悔之晚矣。留我一脉，才可龙归大海！”

敖钦也道：“是的大哥，你我皆知这世道，强者为尊，弱者低头，历来如此，既弱，就该避其锋芒。在实力悬殊之下，热血只不过是莽撞而已！”

敖广将目光看向一直没有说话的西海龙王敖闰：“老三，你的意思呢？”

其实，他的心里也和小白龙一样，想拼死一战。

可老二和老四都极力反对了，而且说得也有理，他有些举棋不定。

小白龙是西海龙王之子，所以，西海龙王是什么意见很关键。

众人都把目光看向了敖闰。

敖闰不紧不慢地看了眼小白龙，然后才道：“我认为老二和老四说的有理，活着才有未来。若为一人死，我当舍命拼；可要全族灭，切不可莽撞！”

“父王！”小白龙一听就急了，“我龙族不战而离海，必被天下耻笑啊！”

“那又如何？”敖闰问：“是被天下耻笑重要，还是活着重要？”

小白龙道：“若耻辱而活，宁不活！”

敖闰摇摇头：“你还是太年轻，不谙世事，不知道敬畏生命，你以后慢慢就会懂的。”

说罢，敖闰便看着敖广道：“大哥，不要以卵击石，做无谓的牺牲了，令我龙族撤离四海，去丛林之中吧！”

“真要撤？”敖广还是有些不甘。

敖闰道：“撤，丢的是四海；不撤，既毁龙族，也丢四海！”

小白龙喊道：“然而，若战，这天下会留我龙族之名，那天庭也无法将我龙族屠尽，但有龙族后人血性而存，未来必可领我龙族，重回强盛！”

敖顺又道："大哥，不要听他的，想想天庭如今实力，神将过万，天兵数百万，以阐教元始天尊为后盾，太上老君在兜率宫坐镇，还有那李哪吒父子，皆是肉身成圣，西昆仑王母实力之强，尚不能抗；中皇宫女娲一代大圣，也如陨落星辰，隐世不问，我四海龙族算什么，天庭灭我，不过弹指一挥间，何必为一时意气，惹灭族之祸！"

敖顺也道："是的大哥，这四海之水碧蓝，不要被龙血染红啊！"

"行，那就撤吧！"最终，敖广在权衡之后下了决定。

若是四海龙族皆求战，虽凶多吉少，也还有一线生机，他或许还会为一口血性，为当年之仇，与天庭一战。

可如今，四海龙族，有三海皆不想战，若战必亡。

尽管屈辱，但也许活着是最好的选择吧。

"大伯……"小白龙痛心而失望地喊了一声。

敖广颇有几丝愧疚地看着他道："放下吧。其实，无论是为神、为妖、还是为人，我们这一生都会在前行的路上放弃很多或失去很多。这世间，总有些事会不尽如人意，不在我们的掌握之中，我们要学会换个角度看问题。仰头之时，能见星空；低下头来，能见前路！而能见前路，就还有希望，所以，人生漫长，不要怕低头！"

哪知小白龙却咬牙道："不，无论如何，我身为龙族，长有龙骨，流有龙血，绝不做那贪生怕死的懦夫，纵然四海龙族都做了逃兵，我也会站在这四海之上，以这一身龙鳞，护我家园！"

"真是逆子！"敖闰气得直骂，"他要作死，由他作罢，别管他了，不要为他一人，祸害我整个龙族，大哥，下令撤吧！"

"嗯。"敖广颓丧地点了点头，"那我就此宣布，大家各自回去收拾，明日起，我四海龙族均撤离四海，往大荒中去寻栖息之地！"

三海龙王得令，当即离去。

小白龙也跟着敖闰回了西海。

一路上，他还不死心，一直劝着敖闰不要受这奇耻大辱，却反是敖闰把他骂了个狗血淋头，还不让他进西海龙宫的门。

第二日，敖闰便率领西海龙族撤出了西海。

本来无限繁华的西海龙宫，一下子变得残破、荒凉。就连那西海水，也不如往日蔚蓝，充满生机。

小白龙一步一步向龙宫走去，往事历历在目。

他在这里出生，在这里成长，他曾以龙族为骄傲，曾满怀理想，长大以后要做自己的神，使龙族不再被哪吒之辈所欺，不再有被杀之敖丙。

而终究，这理想还是破灭了。

空荡荡的龙宫，正如他此刻的内心。

他游出水面，看见西海一岸的招摇山那里已经驻扎了如密林一般的天兵。

他小时候最喜欢到那山上去找宝贝，和伙伴在上面玩乐，那时的招摇山，不管是龙、是蛇，还是飞鸟，都可以在上面自由自在地玩耍。

而现在不行了。

现在那里是天庭之地，凡人及妖族，皆不可踏足。

未来的四海，也是如此吧。

他从没有想过会有这么一天，活于世间，却会失去了自己的家园。

原以为满怀理想的成长，竟是一场无边无际的埋葬，越想着，他心里越是莫名地难过。

那悲伤如大海，无边无际。

七日之后，龙族入大荒，四海已空有水域。

哪吒带金甲神兵前来，却见一人横刀立马，立于西海之上，不由大大地意外了下。

“尔是何人，不知四海已归天庭，不可擅入吗？”哪吒吼道。

小白龙缓缓抬起眼来，对视哪吒：“我乃西海三太子白龙，这西海乃是我家，我生于此，长于此，你凭什么说西海归天庭所有！”

“西海三太子？白龙？”哪吒冷笑，“你又让我想起那个东海三太子来，怎么，叫三太子的都是这么作死的吗？还从东作死到西，换着方向来啊！哦，不，我好像也叫三太子。看来，三太子和三太子还是不一样的。不管是东海三太子，还是西海三太子，遇到我哪吒三太子，那都是找死的孙子。现在跪下求我，十八层地狱里，给你留个好位置。否则，本太子把你打下九幽十九层，永世不可超生！”

小白龙亦冷笑道：“你却不知，我龙族之中也有血性之士，生死而已，一笑置之，我岂惧你！”

“这样的吗？”哪吒道，“那本太子就成全你！”

当即，手一挥，火尖枪在手，向小白龙当胸就刺。

一条烈焰，迎风而长。

小白龙一见，龙爪一伸，手中便立起一面龙甲盾，挡住火尖枪。

随着“铿锵”一声响，溅起一幕火花，海面也掀起巨大浪涛。

龙甲盾虽然挡住了火尖枪，可小白龙的力量却根本不敌哪吒，被那一枪圣力直接击飞出去，重重地摔在海面上。

“真是自不量力，连我一招都接不住，还一副顶天立地的样子，你是有多想死啊！”哪吒说罢，踩着风火轮，凌空而起。

半空中丢下乾坤圈，向小白龙套来。

小白龙听得乾坤圈内传来风雷之声，知道其势难挡，赶紧把头往水中一扎，潜到水下去了。

相比之下，龙族在水中的战斗力会更强。

善战者，必用天时地利。

“想跑？跑得了吗？”哪吒念了个避水诀，当即跟着追入海水之中。

小白龙早等在下面，待哪吒一入水，他立马拼出全身力气，震天大吼一声：“龙有逆鳞！”

顷刻之间，但见得浪涛卷起，一片白光闪耀，如同千万支箭矢，一起向哪吒疾射而来。

“雕虫小技也想杀我？”哪吒冷笑，当即意念一起，使出金刚不坏之身的法子。

那龙之逆鳞虽全都射在哪吒身上，却也只是响起一片叮当之声，然后光芒消逝。

哪吒却是一脸若无其事的样子。

果然，这哪吒肉身成圣之后，早已今非昔比。

小白龙知道，他想杀掉龙族这最大的仇敌已不可能了。

但他还是一咬牙，迎头冲了上去。

从他留下来的那一刻开始，他就已经知道，这是一条死路，一朝踏上，便无归途，但他无惧，亦无悔。

死，是为了成全自己的骨气，是为心中坦然。

哪吒见小白龙冲来，那一双龙爪暴长化成两根长枪，如长虹贯日般刺到。他已不再躲，也不再挡，而是迎着小白龙冲上，看着那两柄刺来的“长枪”，只将双手一伸，将其抓在手中，再用力一折！

“咔嚓！”

两声脆响，一声惨叫。

虽是身体上最坚硬之物，却仍挡不住哪吒这肉身成圣之力，小白龙的两只龙爪直接被哪吒给折断了。

哪吒再抬腿一脚，小白龙的身躯便摔飞出去，一口龙血自口中喷出，海水亦被染红。

小白龙拼着一口气，在水中稳住身体，与哪吒视死如归般对峙。

哪吒轻鄙地看着他，道：“怎么样，知道自己有多不堪了吧？这天上神仙能与我匹敌者都凤毛麟角，何况你这不入流之妖，不过我手中玩物，盘中之餐罢了。听天庭神厨说，龙肝凤髓是难得的美味，今日我可取你之胆，带回享用，哈哈哈……”

“我堂堂龙族，岂可为你口中之物！”小白龙说罢，转身就向深海游去。

哪吒跟在后面紧追不舍。

本来，他的修为比小白龙强数倍，若在陆上或空中，都可转瞬追上。但他毕竟对水性不熟，而小白龙又是自幼长于水中，他竟一时追不上。

他见追不上了，就丢出乾坤圈。

小白龙防备不及，被哪吒的乾坤圈打中后背，当场栽倒，又是一口龙血吐出。

但他却无半点犹豫，起身又跑。

任那嘴角血流，却只是亡命狂奔。

即便今日必死，他也要选择有尊严地死去，绝不坐以待毙。

哪吒在后面猛追着。

突然，他看见小白龙停了下来。

在他还有点愕然时，便发现四周有些不正常了。

那附近的海水竟打着旋涡，发出惊雷般的声音。

而小白龙却转过身来，看着他，抹了抹嘴角的血迹，轻鄙一笑："纵死，也只是我自己的选择，你是神也好，圣也罢，都安排不了我的命运。因为，我，就是自己的神！"

说罢，转身一跃，消失不见。

哪吒冲过去一看，不由吓出一身冷汗，赶紧就退了回来。

因为小白龙消失的地方，竟然是一处黑暗无边的深渊，纵是他也看不见深渊之底。

海底深渊，让他想起了一处大海中的恐怖所在。

归墟！

海中的无底之谷！

世间神圣，凡入归墟者，或灰飞烟灭，或万劫不复，总之，都是有去无回，去无归途！

他并不知这说法是真是假，但天地间多有大能如此说，而他也绝不敢拿自己性命一试。

"我都看不见底的地方，谅你也活不成了，只是可惜让你死了个痛快，没能如那敖丙一般，扒你皮抽你筋，便宜你了！"

说罢，哪吒恨恨不已地转身离开。

归墟之下，金蝉子正闭目而坐。

四周万籁俱寂。

但却又有和外面世界一样的花草树木、溪水石头。

只是，没有其他生命。

甚至，连一条游鱼，一只蚂蚁都没有。

这静，真是让人寂寞。

寂寞得让人发疯。

很久以前，我总觉得，这世上之人，与我并无瓜葛，他们生也好，死也罢，只是他们的事，不影响我活着。

而今日我才觉并不然。

别说是那世上之人，就算是那虫、那鸟、那每一个卑微的生命，无论它们与我是否相遇、相识，它们却都影响着我的存亡。

因为，我活在这个世界，而它们构成了这个世界。

若那世界只有我，并无它们，我便如此一般，在这无声之地，寂寞如疯般地活着了。

原来，那世间许多看似与我无关之物，其实都是与我息息相关的灵魂所在。

金蝉子睁开眼，又想起了万仙阵中最后的一瞬间。

百万大妖攻入阵中，势如破竹，截教门人如树桩般倒下，老子、元始天尊、接引道人和准提道人四大圣人出手。

截教教众溃不成军，已如危卵，最后关头，幸得通天教主拼一身之力，以诛仙四剑反攻四圣，并借五行遁术，将截教残众遁出阵外。

一时间，截教门人散落天涯。

而他，晕晕乎乎地就落入了这海下无底之谷，再也出不去了。

若有朝一日能出去，他定将好好爱护那天下众生，度他们往光明之路。

可是，他却出不去了啊。

能有个人说说话也好啊！

可没人说话。

有点什么声音也好啊！

“轰！”

猛然之间，一声巨响，如同雷霆，在谷底响起，地面之上瞬间溅起大片烟尘。

金蝉子定睛一看，竟是一条通体雪白的小龙。

不，也不能说是通体雪白了，因为那龙身之上，分明血迹斑斑，只不过他仍看得出，这是一条白龙。

他走上前去，细看了下，小龙不但体无完肤，且五脏六腑已碎，但灵魂之中还留有一点不死之光。

真是难得，都这样了，还可不死。

这该是一条神龙啊，来日必是可得道之辈。

也罢，既你在这种绝地与我相遇，也是你我万世修得的缘分，无论如何，我得救你。

金蝉子自言自语着，又取了归墟之泉来，细心地替小白龙擦洗伤口。

只要是以归墟之泉擦过的伤口，顷刻便会痊愈。

尔后，他又开始施法，替小白龙复苏灵魂。

过了许久，小白龙的身子缓缓地蠕动了下。

然后，他缓缓地睁开眼来，看了眼在身前盘腿而坐的道人，问：“你是？”

“小道金蝉子。”

“金蝉子？”小白龙心中一惊，“你是那通天教主首徒金蝉子吗？”

“怎么，你听说过我？”金蝉子问。

“听说过，当然听说过。”小白龙激动地道，“西岐一战，截教逆天，何曾壮烈，我最仰慕的便是你们截教了，修道之辈，向死而生，壮哉，壮哉！”

金蝉子长叹道：“只可惜，吾辈无能，理想成灰。”

“没有。”小白龙握着拳头道，“你们的壮烈，是这天地间永不熄灭的光，会永恒地亮在我们每一个心怀理想的后来者心里！”

金蝉子欣慰一笑。

也许，这便是抛头颅洒热血也值得的地方了吧。

“真的。”小白龙仍自激动地道，“这天下，我最仰慕的三个人，便是你、你师父，还有梅山袁洪！”

“梅山袁洪？”金蝉子心中一动，“知道他怎样了吗？”

“他？”小白龙眼中光芒闪烁，“万仙大阵后，他居然回来了。姜尚封神之后，欲斩杀白狐，袁洪单枪匹马而来，面对上千神将，百万天兵，闯入姜子牙的天罗地网阵，那真是无人能及，太震撼了，太震撼了……”

“怎么震撼了？”金蝉子见他话也不说完，不由有些急。

小白龙道：“姜子牙以天罗地网阵围攻袁洪，却被袁洪一根烈火棒打破，神仙之辈也鬼哭狼嚎，后来老子和元始天尊联手，袁洪竟在太极图的无边烈火之下，唤出心中巨魔，立地成大圣，光芒冲九天。连老子和元始天尊都被打得落花流水，后来还是那鸿钧老祖出手……”

“袁洪这么厉害的吗？”金蝉子又急问，“那结果呢？”

“结果？”小白龙神色有些黯然了，“结果……袁洪还是不敌鸿钧老祖，虽也打得鸿钧老祖道心损毁，而他却也消失在这天地间了。不过，他永远都是这天下让人仰慕的英雄……”

金蝉子一时沉默了。

他心中莫名地涌起一阵难过，喟然一声长叹。

那些并肩作战，向死而生的日子，终是一去不回了。

第3章　花果山上，水帘洞中

花果山上。

孙悟空总喜欢坐在山前的那块大石头上，一边吃着小猴们准备的桃子、香蕉，一边看向那远方的海。

不知道为什么，他总觉得那片海变了。

海面不再壮阔，海水不再蔚蓝。

先是有许多天兵入海，带走了许多奇珍异宝。

后来便是许多凡人架着小船，带着渔网，在海面上打渔。

以前，是没有凡人敢入海捕鱼的。

四海为龙族领地，鱼虾有龙族所护，敢来四海打渔，必会使龙王震怒，风云变色，敢来者，皆有去无回。

那时的四海，鱼虾成群，一片生机勃勃。

孙悟空总能在某个月光皎洁的晚上，看见有龙出了海面戏水、起舞，那景象令他这海边山上的邻居，都觉得莫名感动，觉得生活真是一件美好的事情。

然而，却不知为何，从某一天之后，他突然意识到很久都没见过龙族了。

皎洁的月光下，那海面死寂一般，不再有龙戏水起舞。

孙悟空心里莫名的有几分寂寞。

那些凡人每天网鱼，满载而归。海边和海面还时常漂浮起死去的鱼虾。

更奇怪的是，这天地之间总有雷雨，可那雨却不再恩泽大海。

纵是山间之水，也流不进海中，一流到海边，便绕道而行。

“这龙族，是触犯了天怒吗？”孙悟空喃喃道。

他不知答案，却是看见那一片汪洋大海，水位不断下降，日渐枯竭。

从前看那海，也觉得就只是海，不过一种寻常的存在。如今没了那海，才知道心中好似失去了什么。

没了那海，这山都少了许多灵气啊！

孙悟空不由得发出一声惆怅的叹息。

老马猴听到这一声叹息，讨好地问：“大王为何事叹气，有什么要小的效劳吗？”

“没什么。”孙悟空道，“只是看着那海，不见了龙，要枯竭一般，有些小小的感慨。”

“哦，大王说的是这个啊。”老马猴立马道，“这海不再是海，也不会再有龙族了。”

“是吗？”孙悟空颇感意外地看着老马猴问，“你怎么知道？”

老马猴道：“我前番下了一次山，听人说那龙族得罪了天庭新封的中坛元帅、威灵显赫大将军哪吒，他将龙族赶出四海去了。”

“哪吒？”孙悟空皱了皱眉，“我怎么好像听说过这个名字？”

老马猴道：“大王肯定是听过的，这哪吒名头可大着呢。”

“是吗？”孙悟空问，“怎么大了？”

老马猴道："封神之前，他就是陈塘关总兵李靖的儿子，阐教金仙太乙真人的关门弟子，以震天弓射杀碧云童子，在九湾河洗澡，搅乱龙宫，又打死了夜叉将军和龙王三太子。后来，在封神大战中立功，和他父亲李靖一同肉身成圣，他父亲李靖封托塔天王、降魔大元帅，他为中坛元帅、前锋将军，父子俩都是天庭显赫人物，名头自然是大了。"

孙悟空道："这哪吒伤了那么多性命，却还被天庭重用，看来，这天庭不是个什么好东西啊。"

大马猴一听，不由吓得面如土色："大王赶紧打住，这话可说不得，若被天庭知道大王如此出言不逊，必大祸临头！"

"扯淡吧！"孙悟空道，"那天庭什么玩意，管天管地，还能管我说什么话了？"

老马猴道："若说好话，自是可以；但若是说坏话，必被问罪啊！"

"真是岂有此理。"孙悟空道，"这世间万物，有好的一面，也有坏的一面，即便是治病救命的药材，也有几分毒性。那天庭便只是好，没有坏吗？既有，为什么不能说？"

"唉，我的大王啊。"老马猴急得跟什么一样，"你说的是都在理，可天庭不认你这理，天庭定下的天条才是理。遵天条者无事，违天条者，轻则下地狱，重则遭雷电击，灰飞烟灭，不入轮回啊！"

孙悟空却还是一脸的云淡风轻地道："莫要慌，我也悟了神仙之道，大道必守正，我修道之辈，只说对的话，做对的事情，哪管那天庭定的规矩。我活我的，凭什么要守他的规矩！"

"哎，大王，你是真……"老马猴道，"就算你修了神仙之道，天庭不封你，你就是妖啊，你神通再大，天庭不封，始终都是草莽。

而且，别说你了，就算那梅山袁洪，绝地成圣，打得老子和元始天尊都心惊，也敢与道祖鸿钧老祖一战，最后还不是，没了……天道之下，众生皆蝼蚁也！”

“袁洪？”孙悟空眉头一皱，“我怎么听着这名字也好耳熟？”

老马猴当即就给孙悟空讲了一些袁洪的故事。

不知怎么，孙悟空听着那些故事，只觉心中有浪涛翻滚。

“看来，这袁洪才是真英雄，为了他心中的道，无惧一切强大之敌，纵是粉身碎骨，也敢向死而生。我孙悟空，当做如此英雄。什么天庭什么神，我修道之辈，自己便是自己的天，自己便是自己的神！”

“小狐狸，还想跑？戴爷爷看上的东西能跑得了吗？”突然传来一个轻狂而突兀的声音。

孙悟空循声一看，便见得山脚之下，一骑马之神，手持双刀，带着几名天兵，正在追赶一只全身雪白的小狐狸。

几名天兵在前面和左右堵住了小狐狸的去路。

小狐狸站在那里，两眼惊恐，瑟瑟发抖地看着那骑马之神。

“跑啊，怎么不跑了？”骑在马上的神嘲笑着。

“我又没惹你们，你们为什么要抓我？”小狐狸可怜兮兮地问。

骑马之神问道：“这世上的事，只要爷高兴，哪有那么多为什么。要抓你，便抓你！”

“我……我不会让你们抓住的！”小狐狸说着，竟然看准空子，从两名天兵的缝隙中窜了出去。

“还想跑？”骑马之神说着，口一张，便吐出一颗红珠。

那红珠正好打中小狐狸。

小狐狸惊叫一声，便栽倒在地，痛得抽搐，再不能跑。

“让你听话，你非要跑，不是自讨苦吃吗？”骑马之神从马上跃下，缓缓地走向小狐狸。

“好大的口气，你不知道这花果山是老孙的地盘吗，竟然如此放肆！”突然传来一个声音。

骑马之神抬眼一看，见一只龇牙咧嘴的猴子，翘个二郎腿，坐在一根不过筷子粗的树枝上。

“你又是谁？”骑马之神颇有怒意。

“我？”孙悟空慢吞吞地道，“花果山上美猴王孙悟空，是不是听着如雷贯耳？”

“我呸！”骑马之神当场吐了一口，一脸轻鄙，“一只猴妖，竟如此狂妄，你是不知如今天庭在上，统率八方吗？你是嫌命长，还是身上发痒，还是觉得那十八层地狱之火把你烧不成灰？”

“哦，我好怕怕。”孙悟空故意道，“你这么一说，感觉天庭和地府都是你家开的，你谁啊？”

“难怪你狂，连爷爷都不认识。”骑马之神立刻一脸得意，“老子行不更名坐不改姓，乃荒芜星君戴礼是也，二郎真君座下太尉，怎么样，吓着了吧！”

孙悟空道：“孙爷爷可不管你是戴礼，还是戴我，马上带着你的人，从这里给老子滚，我还可以饶你一命，否则，我就让你戴个花圈！”

“狂妄！”戴礼勃然大怒，“一只猴妖，竟敢以这种态度与大神说话，老子今天定要把你抓去地狱，判你个灰飞烟灭！”

话说着，就对几名天兵下令，让他们将孙悟空拿下。

天兵当即舞起刀枪剑戟来拿孙悟空，却被孙悟空左一拳，右一脚，都打成了肉饼。

“放肆，竟敢打死天庭人物，你死定了！”戴礼吼声，便也舞起手中双刀来砍孙悟空。

当刀劈在孙悟空头上时，戴礼愣住了。

劈是劈中了，却如砍中坚硬的石头一般，震得他虎口发麻，还溅起几点火星。

他再看手中的刀刃，竟也起了个卷。

“砍啊，继续砍啊，不要停。”孙悟空道，“爷爷我这脑袋正痒着呢，给你个挠痒痒的机会，机不可失，失不再来哦！”

“有点微末道行就不得了？”戴礼又使出他的绝招来，将口一张，一颗红珠就向孙悟空头上砸下。

“轰！”

犹如雷霆一般，把孙悟空整个人都砸得陷入地面几尺，与砸小狐狸的威力全不一样。

因为知道小狐狸没本事，所以戴礼没用多大力。但知道孙悟空有道行，所以戴礼用了全力。

他这狗宝红珠，可是有千钧之力的。

然而，仍没能伤得了孙悟空。

孙悟空从那陷下去的坑里跳了出来，看着他奚落道：“你们这天上的神，就只有这点本事吗？真让爷爷我失望，打个架，还不如挠痒痒。看来你是没什么本事了，还是看爷爷我的吧！”

说着，孙悟空一拳就打向戴礼。

戴礼还想躲。

可孙悟空那一个拳头突然变成一片拳头，如雨点一样向他打来，让戴礼躲都没得地方躲。

结果，被打飞出去，连影子都看不到了。

孙悟空不由得一声叹息：“唉，真没劲，看起来那么嚣张，却一点都不经打。这天上的神，什么时候能改改爱吹牛的毛病啊！吹到天上去了，以为是头牛，落到地上来一看，是只蜗牛。”

老马猴却急着道：“哎，大王，你不知道，你这是闯下弥天大祸了啊，赶紧跑吧，晚了就来不及了。我也赶紧去通知猴子猴孙们，赶紧躲去别的山上，晚一点，必尸骨无存！”

“跑什么跑？”孙悟空道，“没见我打赢了吗？这世上，我只听说过打输了跑的，却还没听说过打赢了跑的道理！”

“唉。”老马猴叹道，“大王你是真不知天高地厚啊，你是打赢了一个神，却不知那天庭上有千千万万个神啊。天道不可违，违者成灰灰。你把刚才那神打了，下一刻天庭就会派天兵天将来抓你了，得把这花果山踏平啊！”

“他敢！”孙悟空道，“不管他是天，还是神，敢来我的地盘上撒野，我都叫他有来无回！”

老马猴急道：“大王啊，你是真不怕吗？”

“怕什么？”孙悟空道，“我师父只教我修道，教我堂堂正正，却从没教我怕事。师父说过，天塌下来，有头顶着。修道之辈，但行正道，无所畏惧。我只要有理，那天是什么玩意，神又算老几！”

“大王师父是谁啊，很厉害的吗？”老马猴竟忘了怕，好奇起来。

“我师父？”孙悟空想起菩提祖师不让他在外说师门之事，便道，“真正的高人隐在世外，不扬其名，说了你也不知道。但我敢说，这天下能与我师父论道行者，非圣人不可比。”

“真的吗？大王的师父是圣人？”老马猴兴奋起来，“那我们倒是不用怕了，圣人之辈，不受天条管辖，和天庭也有很好的关系。原来大王也是有靠山的，难怪如此处变不惊，是我肤浅了。”

孙悟空道：“别管了，该摘桃子的摘桃子去，该吃香蕉的吃香蕉去吧。花果山，是我的地盘，只要我在这里，就不会让任何人欺负你们。”

“嗯，谢谢大王，谢谢大王，那我给大王摘桃子去了。”说罢，老马猴蹦蹦跳跳地走了。

孙悟空再看了眼受伤的小狐狸，将她抱起来，使了个岐黄之法，顷刻之间，小狐狸身上被打断的骨头就合拢了，裂开的伤口也愈合了。

“谢谢，谢谢大王。”小狐狸睁着那双清澈的眼睛，怯怯地看着孙悟空。

“谢什么。”孙悟空道，“我修道之辈，路见不平，救死扶伤，都是本分。哦，对了，你住哪里，要我送你回去吗？”

“我……”小狐狸神色瞬间黯然，“我住落霞峰，可是，我，我回不去了……”

“回不去了？”孙悟空一愣，“为什么？”

小狐狸道：“我父母为了保护我都被那个恶神给杀了。他们拼了命挡住那恶神，才给了我逃跑的机会，不想，那恶神还是追了上来，幸好大王相救，不然我就……”

边说着，又是一阵伤心，那晶莹的眼泪就从小狐狸的眼眶中滚了出来。

“这些神，真是太可恶了。以后要是再遇到这种恶神，我定见一个打一个！”孙悟空又看着小狐狸，“既然你回不去了，要不就住在花果山上，我保护你吧！”

“谢谢大王，谢谢大王。”小狐狸赶紧下跪磕头。

“不要客气，我修道之辈，理当助人为乐。”孙悟空把小狐狸扶起来。

不知道为什么，他看着这遍身雪白的小狐狸，竟有种莫名的亲切感。

“对了，大王能不能再帮我一个忙啊？”小狐狸突然看着孙悟空，满眼恳求。

孙悟空道：“你说。”

小狐狸抹了把眼角的泪，道：“我父母都为保护我而惨死，我不想他们暴尸山野，我想回去找到他们，好好地将他们埋了。”

孙悟空问：“你是要我送你去吗？”

小狐狸点头：“嗯，我一个人怕。”

孙悟空道：“行，我送你去吧。”

“谢谢大王，谢谢大王。”小狐狸感激涕零，当即就带着孙悟空往同在东胜神洲傲来国境内的落霞峰而去。

小狐狸就住在落霞峰的首丘洞里。

“就在那前边了。”小狐狸向前方指了指。

孙悟空抬眼看去，见得一个石洞前的古松下，躺着一只白狐和一只花狐，身上都血迹斑斑。

他纵身飞近，仔细看了看，摇头道：“已断气许久，没得救了。”

小狐狸跑过来，扑在两只狐狸身上，悲恸大哭。

“好你个猴妖，竟敢到我落霞峰来行凶，看我不打死你！”突然传来一声震天暴吼。

孙悟空抬眼一看，便见得好大一只牛妖。

身骑避水金晶兽，头戴水磨银亮熟铁盔，身穿锦绣黑色玄铁甲，足踏一双卷尖麂皮靴，手持一把丈长三叉戟，眼如红日，口似血盆，牙如铜板，看起来好一副凶神恶煞之相。

“你谁啊，跟孙爷爷说话口气还这么大？”孙悟空个子虽小得多，不过他连天地都不放在眼里，何况一只牛妖。

牛妖却也狂：“你真是孤陋寡闻，居然连你牛爷爷都不认识，你牛爷爷行不更名坐不改姓，乃是这落霞山之主，妖王中的妖王，万妖所尊，牛魔王是也！”

“妖王中的妖王，万妖所尊牛魔王？”孙悟空问，“这是你自己说的吗？你倒是说说，是哪万妖所尊啊？就你所有认识的妖加起来够一万吗？还是你就认识一个妖，名字就叫万妖？你这牛吹得没头没尾没人信的，怕是连草稿都没打吧！”

牛魔王道：“我不跟你扯这些有的没的，你就说打死我落霞峰的狐狸，想要怎么死吧，你自己不选的话，我就帮你选了！”

小狐狸听罢，赶紧过来道：“大王，我父母不是被他打死的，他也是别的山上的大王，是送我回来，替我父母下葬的。”

“什么，不是他杀的？”牛魔王问，“那是谁杀的？”

孙悟空奚落道：“看来你是真没什么本事啊，你山上的子民被杀了都不知道，还好意思说自己是妖王中的妖王？”

牛魔王道：“你懂什么，我今天去狮驼岭跟我狮驼王兄弟喝酒论道去了，才刚回来，都还没来得及找手下的人询问，就看见你在尸体旁边，小狐狸在哭，我以为是你干的，这到底是怎么回事？”

小狐狸当即就哭着把事情的经过说了。

牛魔王一听当场咋呼起来：“什么，你说的是真的吗？你说这猴子居然跟荒芜星君戴礼动了手，还把他给打没影了？这么大胆这么强悍吗？他敢跟天庭对抗？那戴礼可是从前的梅山妖王，封神为荒芜星君，然后跟了二郎真君，人称郭太尉啊！”

孙悟空却是一脸轻狂地道：“区区天庭而已，二郎真君又是什么东西，有什么了不起的吗？别说他手下的太尉，就是他亲自来，我也能打得他叫爷爷！”

“我服，绝对服！”牛魔王竖大拇指，“不管兄弟你本事如何，单是你这胆量，老牛我也是真心的服。自天庭建立，封神榜成，天条颁布，这天下有亿万之妖，却无不噤若寒蝉，低头苟活。就连那四海龙族，在天威之下，也不敢放出一个屁来，夹着尾巴就从四海逃入了大荒。你，一猴子而已，却有无视天庭、敢与神一战的勇气，就凭这一点，老牛我今日也得交了你这个兄弟！”

“好说好说。”孙悟空道：“你要是对我不敬，我就对你无礼；你要当我是兄弟，我也能当你是兄弟。”

“兄弟爽快！”牛魔王道，“既然你我兄弟意气相投，不如我再请几位兄弟来，大家一起在我的落霞洞畅饮一番，如何？”

孙悟空笑道：“你有盛情，我当难却，恭敬不如从命！”

“哈哈哈，好好好！”牛魔王很开心，当即将身子一抖，立刻从身上落下几只牛虱子来。

牛魔王便对牛虱子吩咐道：“去狮驼峰对我狮驼王兄弟说，我老牛新交了一位兄弟，请他过来喝酒！还有黑山洞的蛟魔王兄弟，九峰山的鹏魔王兄弟。”

三个牛虱子立马遵命而去。

然后，牛魔王和孙悟空一起动手，帮小狐狸埋了她的父母。

看着那新垒起的坟堆，牛魔王又道：“不是我说，兄弟你是真难得啊，好歹也称妖王了，却居然如此热心肠地帮一只小狐狸，真是热心肠啊！”

孙悟空道：“修道之辈，理当助人为乐罢了。”

当下，牛魔王把孙悟空和小狐狸一起带回了落霞洞，并安排了手下在落霞洞准备酒宴。

没多久，狮驼王、蛟魔王和鹏魔王也都应约而来。

牛魔王为双方做了介绍。

几大妖王一听，也不由对孙悟空交口称赞。

鹏魔王道："悟空兄弟真厉害，简直让我佩服得五体投地，为了一只不认识的小狐狸，居然敢打天神。"

孙悟空一摆手："小意思，不值一提。"

蛟魔王道："悟空兄弟应该也有好几千年的道行了吧，我听闻那荒芜星君也是大有来头，没有几千年道行，绝非他敌手。"

"是吗？"孙悟空问，"他有什么来头？"

蛟魔王道："封神之前，他是梅山上的大妖，当时因梅山是女娲娘娘显圣之地，以老大袁洪为首，有众妖相投，但袁洪却只结拜了六个兄弟，一起称梅山七怪，也有人称梅山七圣，这戴礼便是其中之一。封神之后，戴礼更是做了天庭司法大神二郎真君的手下，势力更大了。"

孙悟空轻描淡写地笑道："我管他呢，我连天都不怕，还怕他？他要是再遇着我，我就直接把他打成灰灰！"

狮驼王却道："悟空兄弟你别嫌我说灭你志气的话，如今那天庭在上，有天兵百万，神将数千，还有太上老君，元始天尊，西王母和鸿钧老祖等圣人当道，三十三天之上，十八层地狱之下，其势力遍布，触怒天庭者，凶多吉少。我觉得，你还是别回花果山了，找个地方躲躲才是。"

"哈哈哈。"孙悟空爽朗一笑，"狮子你想多了，我老孙既敢惹事，就不怕事。人生一世也好，神仙万世也罢，不过是活的时间长短不一样罢了。若是活着，不能遵照自己的意愿，要低头下跪而活，要被人压迫，那活着也是遭罪，不是老孙我的性格！”

“服，兄弟这性格我服！”狮驼王道，“若真是活得这般通透，连死都不怕了，还有什么可怕的呢！”

几大妖王，无不对孙悟空由衷佩服。

几坛酒下肚，更是敞开了心扉。

鹏魔王提议，大家一见如故，性情相投，不如结拜成兄弟，以后有福同享有难同当。

蛟魔王立马赞同，说如今世道，天庭在上，妖族有如丧家之犬，唯有团结，才能成势。

牛魔王和狮驼王也豪气干云掷地有声地同意。

他们都把目光看向孙悟空。

孙悟空看着那一双双炙热的目光，觉得人生一世，为的不就是有志同道合之辈笑谈人生、风雨无悔吗？

他一笑：“能得真兄弟，求之不得，岂有拒绝之理！”

几大妖王不由开怀大笑，开心得像是孩子。

当下，大家又商量起谁来做大哥。

狮驼王说：“那当然是谁年纪最大，谁就是大哥。”

鹏魔王道：“年纪大白活一场，没本事，岂做得了大哥，还得看本事才行！”

蛟魔王道：“论本事的话，恐怕还是牛哥最牛了，牛哥都修出法天象地了。”

鹏魔王道：“大家还是比比看吧！”

于是，几大妖王各施法术。

结果，几大妖王之中，还是孙悟空和牛魔王的道行最厉害，都修成了法天象地。

只不过，相比之下，牛魔王的法天象地还是要强出许多，他修出了九千丈的法天象地，有大罗金仙之功；而孙悟空的法天象地才修出三千丈。

“看来，得老牛做大哥了。”狮驼王道。

“不，我觉得应该是悟空做大哥。”鹏魔王道。

狮驼王不解地问：“为何？”

鹏魔王道：“老牛虽有法天象地九千丈，可这是他修了几千年才有的道行，悟空却不一样，他说他一共也才修道几年，就修出了三千丈，而且还有一个空翻十万八千里的本事，比老牛要强！目前来看，牛哥确实厉害一点，但大家想想，再过一年，再过三年，按照悟空这修炼速度来看，恐怖如斯啊！”

“嗯，老鹏你果然是飞得高，看得远，说的有道理。”狮驼王也认同了鹏魔王的说法。

牛魔王也道：“我也觉得，悟空的天赋要比我强得多，而且悟空的胆识比起我们来，都要强。要论做大事，魄力是第一位的，这大哥，还是得悟空来当才行！”

“悟空，你不会推辞吧。”狮驼王问。

“哈哈哈，我们英雄所见略同，我怎么会推辞呢。”孙悟空道，“这大哥我当了，以后，咱们兄弟就有福同享，有难同当！”

几大妖王举起酒坛，豪气干云地道：“干。”

都一扬脖子，一口喝干。

那天的落霞峰，很多年都不曾有过那样的欢乐。

他们忘了天庭，忘了天条和神仙。

他们心里只有义气，和吾道不孤的翻涌热血。

几大妖王都说着过往、未来和理想。

山外的夕阳慢慢落下。

落在那西方天际，燃烧成一片如火焰般的晚霞，美好如画。

而那三十三重天之上，却突然响起一声急报。

每当夜晚来临，各路星辰宫殿必都亮起当值。

然而，那荒芜星宫却一片黑暗。

这就意味着，荒芜星宫之主出事了。

正打算去找荒芜星君戴礼聊事的伏断星君朱子真一见那荒芜星宫漆黑一片，当即就上报了凌霄殿。

这种情况，要么是戴礼玩忽职守，犯了天条，要么就是他有了大危险。

昊天大帝得报，立马派二郎真君杨戬着手调查。

杨戬立马派出天宫暗探下界。

千里眼很快就报来消息，称在福陵山发现戴礼踪迹。

“福陵山？那是什么地方？”杨戬问。

千里眼道：“福陵山在傲来国内，山上有一猪妖，叫做猪刚鬣，他和一兔妖卵二姐结为了夫妻，住在山上云栈洞内。”

杨戬问：“难道是这两妖伤了戴礼？”

千里眼道：“这却不知，属下只见荒芜星君就倒在福陵山上。”

杨戬立即下令：“走，马上给我率十万天兵包围福陵山！”

伏断星君朱子真立马拿着二郎神令就去天兵营调人。

半个时辰后。

月光将福陵山照得如同白昼。

山上大妖猪刚鬣和夫人卵二姐就坐在月光下的云栈洞前，摆了一石桌，桌上沏好了茶，还摆着洗好的水果。

卵二姐翘着一双修长的腿剥了粒葡萄，一声轻叹："今晚的月亮真圆，月色真好啊，很适合去海上看月亮，肯定美轮美奂。"

"还是别想了。"猪刚鬣道，"如今再不是从前，想去哪，便可自由自在地去哪了。天条颁布，妖隐丛林，不可出去人间，否则，一律抓入地府问罪。唉，谁想得到，这天，这地，有朝一日会被占了、管了，活着，再也不自由了。"

"我们有好几个月没下山去了吧？"卵二姐道，"整日待在这山上，真是腻歪，就跟戴了枷锁一般，浑身都不自在。这日子，过着就是遭罪啊！"

"知足吧。"猪刚鬣道，"咱们好歹还占着这山头，有洞府住，还有水果吃，日子过得下去。听说那龙族，都被赶出四海，逃入大荒，连家都没有了。"

卵二姐问："难道我们活着就只是为了过得下去，有吃的就行了？难道就没有点梦想，没有点兴趣爱好，没有点自由的追求？若不然，跟那些凡人养在圈里的猪又有什么区别？"

猪刚鬣不说话了，他也觉得憋屈。

好歹，他也修了几千年的道，有呼风唤雨移山倒海的本事，也曾梦想成为神仙之辈，悟出圣人荣光。

然而，一朝变天，他却连自己的命运都不能做主。

修了几千年的道，还是活得如同一只凡人圈里的猪。

天庭关上了那一扇公道和自由的门，给众生的命运戴上了屈辱的枷锁。

"唉，得过且过吧。"猪刚鬣长叹一声，"这天下终究是强者说了算，弱者，从来都是被宰割的命运。"

“咦，那是什么？”卵二姐突然喊了声。

猪刚鬣回头一看，只见远处现出一大片金光，直向福陵山方向飞来。

飞得近些了才看清楚，那是一大队天兵。

很快，那大队天兵就将福陵山包围得水泄不通。

杨戬带着千里眼和朱子真等从半空落下，在福陵山上找到了陷入昏迷之中的荒芜星君戴礼。

随即，朝猪刚鬣和卵二姐逼近过来。

猪刚鬣还有些茫然，忙起身来，陪着笑脸问：“二郎真君，各位大神，驾临我福陵山有什么指教吗？”

杨戬将手中的三尖两刃神枪霸气一指，厉声吼道：“好你这只猪妖，竟敢打杀天庭神将，还不赶紧跪下受死！”

猪刚鬣赶紧道：“真君，这是误会了吧，我和夫人在福陵山上安分守己，混吃等死，哪有打杀天庭神将一说？”

杨戬当即命人带戴礼过来：“这是天庭荒芜星君，我手下太尉，刚在你山上找到，证据确凿，你还有何话说？”

“这……”猪刚鬣辩解，“真君你可得讲道理啊，不能说这位大神在我山上找到，就是我打杀的他啊。我和夫人今天睡了一整天的觉，晚上才起床，见这月色不错，才在洞外乘个凉，根本不曾与人动过手啊！”

“不必狡辩了！”杨戬道，“即便不是你打杀，但有天庭神将倒在你山上，你一不施救，二不上报，便是你之罪！”

猪刚鬣争辩道：“关键是我没看见有天庭神将倒在我山上啊，我只和夫人赏月聊天，没大注意。”

“你还赏月聊天？”杨戬问，“你不知天条吗？但凡仙灵福地，妖不可居，我观这福陵山，便是仙灵福地，你还稳当当地住着，不上交天庭，还喝着茶，聊着天，惬意得很啊。你这是目无天庭，无视天条！”

猪刚鬣还是陪着笑脸道：“福陵山就是一座寻常的山而已，我住这里已经几千年了，还没有天庭时我便住在这里，怎么能一有天庭我就不能住了呢？你们神仙也总得讲点道理啊。”

“放肆！”杨戬当即发怒，“无视天条，还敢冒犯天神，给我抓起来，送去地府问罪！”

立马有天兵冲上前来。

“真是太过分了！”猪刚鬣道，“福陵山是我家，你不问青红皂白闯来也就罢了，还要无故抓我，真当我老猪没有脾气吗？”

话声落，手一伸，手中便多出一把九齿钉耙来。

那冲在前面的天兵猝不及防，被猪刚鬣一钉耙打穿九孔，瞬间脑浆迸裂。

杨戬见状，气得咆哮一声：“放肆，还敢行凶，不必捉拿，将这两妖给我就地正法！”

金大升冲出来，将口一张，吐出一块牛黄，打向猪刚鬣。

猪刚鬣反手一钉耙挡出。

牛黄打在九齿钉耙之上，发出叮当一声响，溅起一片火星。

猪刚鬣虽也被震得虎口发麻，却也挡下了金大升的攻击。

而这边的杨显却冲着卯二姐吐出一道白光。

卯二姐是一只兔妖，修来的杀伐之力也弱，怎抵得过这神仙之术，当即就被杨显的白光罩着不能动弹。

接着，旁边的朱子真将身一晃，现出一只巨猪，一张口将卯二姐给吞掉了。

猪刚鬣一见，急得叫了声夫人，挥起九齿钉耙就往朱子真打来。

吴龙立马就冲着猪刚鬣吐出一口黑雾。

这吴龙在封神之前，可是梅山上蜈蚣成精，能口吐黑雾，藏有剧毒，可致人昏迷或死亡，如今跟了杨戬，也做了太尉，毒雾厉害过从前。

猪刚鬣识得这黑雾厉害，赶紧化作一股风躲开。

早在旁边守株待兔的杨戬一见，当即运起额间三眼神光，冲着那股风射去。

轰然一声爆响。

猪刚鬣猝不及防，被杨戬的天眼神光击中，顿时落地，现出原形来，竟也是一只巨大的野猪，长得獠牙锋利如钢锉，长嘴张开似火盆，尤以两耳，扇开来如两面芭蕉。

一声厉吼，猪刚鬣迎着杨戬就用头拱了过去。

“小小猪妖，也敢与本真君动手？”杨戬冷笑，直接将三尖两刃神枪往猪刚鬣的猪头刺去。

杨戬肉身成圣，这三尖两刃神枪之上有胜过山岳之力。猪刚鬣虽有几千年修为，头上挨了这一刺，也立马被刺得皮开肉绽，摔在地上就一个翻滚。

旁边的金大升见状，再吐牛黄出来，打在猪刚鬣身上。

猪刚鬣惨叫一声，哇地吐出一口血来。

朱子真一见，又张口来吞猪刚鬣。

眼看猪刚鬣性命不保，突然，自西边方向卷来一股狂风，飞沙走石，古树倾摇，吹得睁不开眼，连杨戬的第三只神眼都被吹得无法睁开。

很快，狂风吹过。

杨戬等人睁眼再看时，现场已不见了猪刚鬣。

“人呢，人呢？”杨戬运起天眼神光来，整个福陵山都不见猪刚鬣的影子。

高觉亦运起千里眼，千里之内，皆不见猪刚鬣。

朱子真道：“刚才那是什么风，来得好突然，好奇怪。”

高觉道：“应该是有大能施法，将那猪妖救走了。”

“大能施法？”吴龙道，“什么大能不要命了，竟敢与天庭作对，救走猪妖？”

杨显也道：“就是，封神榜后，大能尽归天庭，这天下哪还有大能敢与天庭作对？”

杨戬却看着高觉道：“马上给我去查，查到是谁救走那猪妖，必严惩不贷！”

随即带着还在昏迷中的戴礼回归天庭。

此时，西天灵山。

雷音寺中。

猪刚鬣正躺在一朵红莲之上。

旁边，接引道人手持一根柳条，柳条之上还有几滴看起来晶莹剔透的水珠。

他将那水珠滴入猪刚鬣的口中。

渐渐地，猪刚鬣醒了过来，他看了看站在旁边满脸红光耳朵长垂的道人，一脸迷茫地问：“这是哪？”

接引道人道：“西牛贺洲，灵山雷音寺。”

“西牛贺洲？”猪刚鬣问，“我怎么到西牛贺洲来了？我不是在福陵山上吗？”

接引道人道：“我途经福陵山，见你被天兵打伤，便出手将你救到这里。”

“天兵？”猪刚鬣身子一震，马上想起了卵二姐来，不由急叫了声，“夫人！”

翻身就站了起来。

接引道人道：“你已在这里睡了三天三夜。”

猪刚鬣身子一颤，瞬间站住脚步，他回过头来，看着接引道人问：“你没有帮忙救走我夫人吗？”

接引道人道：“我途经之时，只见你，没见你夫人。”

眼泪一下子就从猪刚鬣的眼里滚了出来，喃喃道：“她被一头猪吞了下去……”

接引道人道：“那应该就是曾经的梅山猪妖朱子真，如今是天庭之上的伏断星君，在杨戬的司天监听用。”

“杨戬！”猪刚鬣想起那三只眼的神来，不由恨得咬牙切齿道，“我早晚要杀了他！”

“杀了他？”接引道人一笑，“你只当是在说笑吧，当今天下，众生生死都由天庭说了算，杨戬是天庭的司法大神，掌管天庭法度，你能杀他？”

猪刚鬣定睛看着接引道人，问：“还没请教长者的来历呢？”

“我？”接引道人一笑，“一修道之人而已。”

“长者谦虚了。”猪刚鬣道，“如今天庭当道，众生皆惧，长者敢从杨戬手下救我，必是大能之辈。”

接引道人道：“不是什么大能，不过有普度众生之心罢了。”

猪刚鬣道：“长者慈悲，今长者既救我，还望长者能留我、教我！”

接引道人道：“我雷音寺之门，本为有缘人开，你若要入，也无不可，只是入了，日后便得守我法度！”

猪刚鬣道：“长者救我，如同再造之恩，愿听长者之命！”

接引道人点头道：“行，你且随我来吧。”

说着，便带猪刚鬣穿过雷音寺，出了后门。

雷音寺后，竟是一片不生草木的悬崖，悬崖如万仞，崖下是万丈深渊。

接引道人道：“你且下去悟些时日，我再教你。”

“这下面是什么？”猪刚鬣问。

接引道人道：“是什么不重要，重要的是，那是天地间的另一个世界，在那个世界，天庭才找不到你！”

猪刚鬣顿时明白，当即说声好，纵身便跳下悬崖。

接引道人转身，回了雷音寺来。

“这只猪妖，似乎颇有些造化。”背后传来一个声音。

接引道人转过身来，见是准提道人，相视一笑：“你也看出来了？”

准提道人道：“他那九齿钉耙，乃是老君八卦炉所炼，一只猪妖，能得此物，必有造化。”

接引道人道：“所以，来日，他或堪大用。”

准提道人道：“我倒觉得，中央天庭已固其根，四方皆稳，连龙族都离了四海，这天下难有变数了，我西方教往东之路，怕是难了！”

接引道人笑道：“谋事在人，成事在天。天数变化，岂有定论。一花一世界，一叶一菩提，往往一些细小之物便可改天换地。何况，你那弟子孙悟空，就要觉醒了。”

“是吗？”准提道人问，“此话怎讲？”

接引道人只是意味深长一笑，未再多言。

第 4 章　杨戬伐山，悟空战天

三十三重天之上。

杨戬将戴礼带回天庭，去兜率宫面见了太上老君。

太上老君用一粒太极丹将戴礼救醒。

随即，戴礼便讲了在花果山被一个叫孙悟空的妖猴所打之事。

“孙悟空？一只妖猴？”杨戬道，“他是吃了熊心豹子胆，不要命了，竟敢打伤天神！”

戴礼道：“这妖猴简直目空一切，无视天庭，口出狂言，说天庭在他眼里连个屁都不算。”

“岂有此理！”杨戬一听就怒起，“荒山之地，一只小妖，竟如此不知天高地厚，本真君若不亲手拿他问罪，难消这心头之恨，赶紧给我带路，去花果山，捉拿那妖猴！”

戴礼一听，正求之不得，牙齿咬得咯咯响，心想这下定要把那妖猴碎尸万段。

当下，就由他在前面带路，杨戬亲率十万天兵赶往花果山。

此时的东方天际才露鱼肚白。

花果山还在微风晨露之中，一片静谧。

孙悟空坐在山顶的一块石头上，看着远方的天际发呆，他总喜欢在早上的时候，看那轮红日从海的那边升起，美得令人窒息。

“大王，这么早就起了吗？”身后传来一个声音。

孙悟空回头一看，是他救下的小狐狸，就笑了笑：“我都是天亮就起来的。”

“是吗？”小狐狸道，“我刚才在背后看着大王的背影，觉得你好孤单。”

“孤单？”孙悟空问，“有吗？”

说完他似乎觉得还真有那么一点点。

小狐狸道：“你身边没人陪着，自然就会孤单了。”

孙悟空道：“这么说的话那是有一点点吧。”

“那大王有没有想过找一个人陪着呢？”小狐狸问。

孙悟空一愣，看着小狐狸那双眼睛，心里莫名颤了下，像是心里被什么触及一般，但马上就道：“这满山都是猴子陪着我呢，很热闹的。”

小狐狸道：“我所指的不是那种陪，而是可以陪一辈子的陪。大王你于我有救命之恩，如若大王不弃，我愿今生都陪伴侍候大王……”

“别别别，我修道之辈，不可动凡心，不可动凡心！”孙悟空赶紧拒绝。

小狐狸道：“活这一世，就该有喜怒哀乐，有七情六欲，为什么要舍这人间烟火而修道呢？修道快乐吗？”

“修道？好像也没什么快乐的。”孙悟空道，“但是，修道，可以使心如日月，拥有光明和宁静。”

小狐狸道：“可是，没有快乐，其他什么都是没有意义的。”

孙悟空道：“快乐是有意义，可快乐却是痛苦的种子。任谁一生都不可能永远快乐，不快乐的时候，痛苦就来了。所以，还不如一开始就不要那快乐，便也不会有痛苦。要不，我教你修道吧？”

小狐狸摇头：“不，我不想修道，我只想普普通通地活着。有快乐和痛苦才是真实的，若不然，便如那草木一般，活得毫无意义了。”

孙悟空笑：“你真奇怪，这天下生灵，谁不想修道，偏你不想，只想普通地活着。你却不知，不修道，活几十上百年，就会烟消云散；修道，却可活千年，万年，甚至永生不灭。”

小狐狸道：“那又怎样，活再久，没有快乐，也就没有灵魂。”

孙悟空叹气：“唉，我跟你讲不通，大概，我们观念不同吧！”

小狐狸没再说什么，只是眼神里有几分失落。

她虽还年少，可她却真心觉得孙悟空是她心里的英雄，她愿意这一生都为他而活。

可他终究还是嫌她，觉得她不配的吧？

“咚咚咚！”

就在孙悟空感觉心里莫名有些乱的时候，他听到了一阵战鼓擂响的声音。

他循声一看，只见天空之上有一大队天兵神将正驾云往花果山而来，在四周轰然落下，将花果山团团围了起来。

“坐石头上的正是那妖猴。”戴礼一见孙悟空就激动地喊。

孙悟空这才留意到了戴礼，大概明白是怎么回事了，不由嘲讽道：“怎么，你是觉得爷爷下手轻了，没把你打死，又来找死了吗？”

戴礼咬着牙道：“死到临头，还不知天高地厚，你是眼神不好，看不见这阵势吗？你这花果山已经被围得铜墙铁壁，水泄不通，今日你就算插翅也难逃！”

“逃？”孙悟空笑，“你孙爷爷的字典里，就没有逃这个字的存在！”

杨戬道：“看来，你还真是没把天庭放在眼里！”

“那当然！”孙悟空道，“我修道之辈，心中只有道，天是什么东西！”

“狂妄！”杨戬道，“本真君今天倒要看看你是什么来历，居然如此不知天高地厚！”

说罢，便运起天眼神光来。

“你是袁洪？”陡然之间，运起天眼神光看见孙悟空本相的杨戬突然惊呼一声。

这一声喊，却是惊得戴礼和一众天兵神将倒退数步。

就连杨戬，也在喊出那一声后，惊得连连倒退。

“真没想到，你竟然还活着！”杨戬的声音都有些打颤。

那一次的天罗地网阵中，袁洪唤出心中巨魔而成圣，忍太极图三昧真火而成金身，打得老子和元始天尊无法招架，连鸿钧老祖都道心大损，一战而惊天下。

杨戬又岂能不怕。

“袁洪？”孙悟空看了下左右，“怎么，你说我是袁洪？”

杨戬道：“你别装了，本真君的天眼神光可识妖断本，你是伪装不了自己的！”

“真君你不会看错吧。”朱子真道，“那袁洪不是被紫霄宫道祖打得灰飞烟灭了吗？”

杨戬道：“我这三眼神光不会看错，看来，当初他并未被打得灰飞烟灭，他活下来了！”

“可是，不是说那袁洪是一只白猿吗？这家伙分明是金色的啊！”吴龙疑惑道。

杨戬道：“我记得他当时被老君太极图三昧真火焚烧之时，突然就显了金身，大概是这缘故，被烧成金色了吧。”

“不对不对，我觉得不对。”戴礼突然想起什么道。

杨戬问：“哪里不对了？”

戴礼道：“那袁洪可是成就大圣之辈，弹指间便可让我等灰飞烟灭，然而这妖猴压根没那法力，我虽没打得过他，可他也就一拳把我打晕过去而已！”

朱子真也道：“是的，我记得那袁洪当时身穿紫金战甲，手拿一根定海神珍铁棒，这妖猴，孑然一身，什么都没有啊！”

杨戬道：“你们懂个屁，他当时被老祖打了，很可能是残魂复生，所以，他的装备肯定都已经丢了，他的法力也是重新修来的。”

朱子真问：“这么说来，他就算是当初的袁洪，也没有大圣之力，没那么恐怖了吧？”

杨戬道：“是这个意思。”

朱子真便大笑起来：“那咱们还怕他干嘛？正好趁他法力还没有完全修复，直接把他打得灰飞烟灭！”

吴龙也道：“是啊，若真是那梅山妖王袁洪，那可是成就大圣之辈，有成圣的潜力，再被他修成大圣的话就糟糕了，咱们正好趁他现在还弱，一鼓作气毁灭了他！”

孙悟空忍不住嚷道：“你们是到这里来聊天的吗？在你们眼里还有地盘和主人这个概念吗？居然无视老子，跑到花果山来闲聊？聊完了吗？孙爷爷浑身痒着呢，聊完了就赶紧开打，别浪费老子的时间。”

“那就别和他废话了，打吧！”杨戬凶狠地下令。

迫不及待的杨显将口一张，吐一道白光罩向孙悟空。

孙悟空也没把那白光放在眼里。

结果，白光罩下来，有如万钧之力压着他的头顶，箍住全身，竟动弹不得。

“哈哈哈，这就是那成了大圣的妖王袁洪？如此不堪一击了？”杨显得意地大笑起来。

“看老猪一口吃了他！”朱子真抢功，当即化出一只巨猪，一张口就把孙悟空吞进了肚子里。

“哈哈哈。”朱子真也狂笑起来，“果真是龙游浅水遭虾戏，落毛凤凰不如鸡。曾经修得大圣，今却被我一口吃掉，袁洪的时代，终结在了我伏断星君的肚子里！不堪一击，不堪一击啊！”

“放屁！”突然传来一个声音。

“谁在说话？”朱子真一惊，转头四望。

杨戬却盯着朱子真的肚子，眉头一皱：“不好，这妖猴在你肚子里说话！”

“不可能吧。”朱子真道，“我口中有毒气，吞入者便晕；我腹中有毒水，吞入者得化。这妖猴吞进去就得变成粪便，哪还能说话！”

杨戬道：“你忘了这妖猴有金刚之体了吗？岂是你能化得了的！”

“啊？”朱子真一听便吓得魂不附体，“这下怎么办？这下怎么办？真君救我啊！”

“哈哈哈，吓到了吗？怕了吗？”孙悟空在朱子真肚子里大笑起来，顺手就对着那猪肺打了一拳。

再对着猪腰子踢了一脚。

“哎哟，哎哟，要命啊……”朱子真立马痛得惨叫连连。

“怎么样，感觉是不是很爽，孙爷爷再给你来点绝的吧。”孙悟空直接在那猪肠子之下变化成一团火，烤了起来，“别急啊，先烤根肠吃！”

“哎哟，我管你叫爷爷吧，赶紧出来啊，我怕了，我怕了，你放过我吧。”朱子真一时痛得满地打滚。

“没出息的东西，把嘴张开！”杨戬骂了声。

朱子真听罢，赶紧把嘴张开。

杨戬当即使出八九玄功，化作一股风从朱子真口中进了肚子，见到孙悟空变化的火，当即吹了过去。

孙悟空一见，立马又变成一块石头。

杨戬就变成铁钎。

两人在朱子真的腹中你来我往地变化，一时难分轩轾。

吴龙却在外面道：“真君和那妖猴在里面打，咱们也别闲着，既然妖猴住在这花果山，咱们一把火把这给烧了吧！”

杨显和戴礼等都赞同。

当即就命天兵火烧花果山，花果山上一下子便燃起了熊熊大火来，浓烟滚滚，那石头都烧得炸裂声声。

山上的猴子猴孙们更是惊慌乱窜，四处逃命。

孙悟空听得外面动静有些不对，赶紧化作一股清风出了朱子真的肚子，定睛一看，花果山陷入一片火海，不由怒火更盛，大叫一声：“竟敢烧老孙的山，看老孙不打死你们！”

当即吼一声“法天象地”，立刻就将身子长起三千丈来，宛如擎天巨人，一脚就踩向天兵天将。

天兵天将见状，吓得惊慌闪躲。

杨戬一见，却是冷笑一声："雕虫小技，也可卖弄？"

当即也吼一声，化出法天象地一万丈！

要知道杨戬肉身成圣，为天庭司法大神，如今法力，早非当时可比。

孙悟空在他脚下，也就只如蝼蚁一般了。

杨戬挺起三尖两刃神枪就往孙悟空头上刺去。

孙悟空不敢抵挡，就只是闪开，然后一拳往杨戬腿上打去。

杨戬没想孙悟空动作如此之快，猝不及防，被一拳打中，身形一个踉跄，差点栽倒，赶紧用三尖两刃神枪在地上撑了一撑，才稳住了身子，然后反手一枪又向孙悟空刺出。

孙悟空躲不开了，硬用手去挡开。

然而，万丈法天象地的杨戬之力却非他能挡得住。

那三尖两刃神枪上一股洪荒之力涌出，孙悟空只觉自己的身子如一片树叶般飞了起来，然后直接重重地砸向大海，法天象地之身也瞬间收小。

杨戬见一击得手，便乘胜追击，使出银弹金弓，向倒在大海之中的孙悟空连打出二十四颗银弹。

孙悟空的身子一直往海底沉。

他的脑子晕晕乎乎的。

然后就恍惚地看见了一个黑漆漆的窟窿，一直往下坠。

杨戬变成了一条鱼潜入海中，四下张望，却不见孙悟空的影子。

他找了一阵没找见，又命会水性的天兵天将一起下海寻找，活要见人，死要见尸。

然而，把整个东海都搜遍了，也没有见到孙悟空的影子。

杨戬上了海岸，看见烧成火海一般的花果山，当即下令撤兵，然后回天庭上报昊天大帝。

“什么，袁洪还活着？还换了个名字，叫孙悟空？”昊天大帝一听，也是大惊。

毕竟，当初袁洪就已经让天庭损伤惨重了。若他还活着，必是天庭之患。

天庭众神听了这个消息，也俱是吃惊不已。

随即，昊天大帝发下四海文书，全天下抓捕孙悟空，凡举报者重重有赏，若为妖族，表现好的，即刻封神！

下令之后，昊天大帝驾临玉虚宫，向元始天尊请教。

若真是袁洪还活着，就不是一般方法能解决得了了，还得靠背后的大能。

本来，鸿钧老祖祖师派了老子在天庭坐镇，称太上老君，然而，老君却醉心于修道炼丹放牛，对杀伐之事不感兴趣。

昊天大帝找他请教过许多事，他都是回一句：“你看着办吧。”

问他十八层地狱建成，总称地府，该派何人主事，老君答：“你看着办吧。”

向他请教西方教主借封神大战暗收阐教门人之事如何处置，老君答：“你看着办吧。”

问及截教通天教主下落不明，该如何处之，老君还是一句：“你看着办吧。”

后来，昊天大帝便再也不去听他那句你看着办了，有什么事都找元始天尊请教。

元始天尊听了昊天大帝之言，并没有感到意外，而是轻描淡写地说：“早在意料之中了。”

“怎么，天尊知道那袁洪还活着？”昊天大帝颇感意外。

元始天尊道：“当时祖师与那袁洪倾力一战，自身亦道心大损，可见他并没有将袁洪彻底摧毁之力，若是有，他自己便不会道心大损。所以，袁洪肯定未曾灰飞烟灭，最多只是法身被毁，但灵魂尚存，随时都可能得机缘而重生！”

昊天大帝问：“既然天尊知道那袁洪可能未死，为什么不说出来，让孤派天兵天将搜索其灵魂而毁之呢？”

“你想多了。”元始天尊道，“大圣之魂岂是这寻常天兵天将能看见的，我和老子师兄都曾遍寻天下，都未找到，可见，这是早有人做了手脚。”

“早有人做了手脚？”昊天大帝不解，“什么意思？”

元始天尊道：“若是正常情况，当时一战，无论袁洪之魂落在哪里，都逃不过我和老子师兄的搜索。然而，以我二人之力却没发现任何蛛丝马迹，就说明当时肯定有大能于不动声色之间带走了那袁洪的残魂。既然有人刻意为之，寻找便毫无意义了。对方要藏，就必然不会让你找到！”

昊天大帝疑问：“这天下能和天尊比圣力者，屈指可数，谁能瞒着天尊救走那妖猴残魂呢？”

“这可就多了。”元始天尊道，“西王母，接引道人、准提道人两位西方教教主，还有我那通天师弟，他们都有这本事，也都有这种可能。”

昊天大帝道：“要说通天教主倒是有可能，毕竟袁洪在万仙阵帮了他。另外几位不至于吧？西王母可是天庭之人，受封昆仑，位列女仙之首；两位西方教主，更是在万仙阵中帮阐教对付截教，与袁洪是敌对的！”

元始天尊道："你只知其一，不知其二。"

昊天大帝道："还请天尊指点迷津。"

元始天尊道："封神之战，那两位西方教教主确实有助于我，但封神战后，我阐教及截教门下多位弟子都无故消失，而且俱是道行深厚天赋异禀之士。如果我所料不差，应是被那两位西方教教主度去了西方！"

"有这等事？"昊天大帝惊问。

元始天尊道："所以，你以后得好好看着那西方教了。"

玉帝道："既如此，可否派天兵问罪西方教，将其瓦解？"

元始天尊道："要是有这么容易就好了！"

昊天大帝不解地道："如今天庭镇四方，就算那万仙来朝的截教，也成了这洪流中的昙花一现，区区一个西方教有什么难的？"

元始天尊道："你未免也太小瞧那西方教了。其一，那西方教两位教主皆是天道圣人之辈，我与老子师兄共同出手，也顶多只能打个平手；其次，那西方世界为我等不熟之地，孤军深入，必难成事；其三，那西方教修的也是正果，慈悲为怀，归不入妖类，无兴师之名；其四，万仙大阵之时，那西方教教主远道而来，有助于我，这脸难翻；其五，如今天下，看似已定，其实暗流涌动，譬如，那未死之袁洪，又以孙悟空之名而来，天数难料，还有截教之中我那通天师弟，下落不明，不知他所谋。此乃多事之秋，须谨言慎行，否则，一步走错，满盘皆输！"

"嗯，天尊所言甚是。"昊天大帝问，"那接下来，我该如何做？"

元始天尊道："出什么事，就解什么题吧。既然那妖猴又回来了，当发四海文书，悬赏缉拿他。重赏之下，必有勇夫！"

"是。"昊天大帝应声，当即退下。

元始天尊走出麒麟崖，抬眼看向那西方天际，脸上无悲无喜。

他已经有了越来越强烈的预感。

天庭未来最大的劲敌就在那里。

但对方走的是暗棋，竟使他也无处着力。

那曾天下扬名之地。

梅山。

孙悟空睁开眼来，竟然看见一个如同邻家大爷般的老头站在面前，颇觉面熟却又想不起来，就问："老丈，我们是不是在哪里见过？"

老者道："是的，你曾找我问过路。"

孙悟空一下子就想了起来，是老者告诉他花果山是个好地方，只是上面有妖王。

"原来老丈你并非凡人，你什么来头，竟能从那杨戬手下救我？"

刚才，就在他被杨戬万丈法天象地之力打落海中，还连中银弹，性命不保之时，水中突然起了一道旋涡，将他卷走。

随后，他被一团云裹在中间，落到了这里。

不用说，他也知道是这老者救了他。

可老者听了他的问话，只是笑笑："我只是有些微末道行而已，能救你一次，是你的运气好，却没法救你二次、三次。你若想好好活着，以后还得靠你自己才行。"

孙悟空道："这我知道，只是，这里是什么地方？"

老者道："这里有个曾在四宇八荒都如雷贯耳的名字。"

"是吗？"孙悟空问，"叫什么？"

老者道："梅山。"

"梅山？"孙悟空眉头一皱，马上想了起来，"就是那封神一战扬名天下的袁洪的修道之地？"

老者道："是的。"

孙悟空不解地问："老丈为何带我来这里？"

老者道："有些事我告诉你，不如你自己去悟，你还是好好地在这里悟吧。但希望你能快点悟出来，晚了的话，恐怕天庭追兵会至此。许多时候时间不只是时间，而是输赢，是祸福，也是生死。"

说罢，将身子一晃，便消失不见了。

怎么不见的，孙悟空根本没有看出来。

他由此便知，这老者高深莫测，定是大能之辈。

孙悟空看了眼四周，满山的梅花。

就像有什么东西击中心底，生出那种特别熟悉的感觉。

他突然想起了杨戬说，他就是袁洪？

袁洪？

是的，他对这个名字有种特别熟悉的感觉，就像有人在他心中种下的一粒种子般。

他开始在这传说中的梅山上转悠。

他看见了山顶的那块巨石，上面长着青苔和杂草，似乎这里曾经不是这样的。

他看到了远方的天空。

慢慢地，他的脑子里出现了一些似曾相识的记忆。

当初，他好像和某个人在这里，看晚霞满天、皓月当空，聊人生理想。

还有人，在这里为他跳过舞。

似乎，那夜的月色格外美。

越想，脑子越如同乱麻缠绕，有如万蚁爬行。

他又往别处走去。

然后，他看见了一个洞，洞口结满了蛛网，洞门上有三个石刻大字：圣猿洞。

左侧一联：鸿蒙之石化猿来。

右侧一联：封神一战成大圣。

孙悟空拨开蛛网，走进洞中，见里面有一张石床。

他看着那张石床，脑子里的记忆如潮水般涌来。

“道生一，一生二，二生三，三生万物……”

那些熟悉的声音从四面八方在他的四周响起。

他走上石床，盘腿而坐，想让自己静下来，让那些零星而纷乱的记忆如浑水泥浆般沉底。

一点一点的沉下，一点一点的清晰。

一个时辰过去，两个时辰过去。

一天过去，两天过去。

慢慢地，他终于将脑子里的记忆都找了回来。

过往如同昨日般清晰。

那一年，祝融与共工父子大战，共工怒触不周山，导致天塌地陷，老子、元始天尊、通天教主劈了鸿蒙灵石让女娲以造物之火炼石补天。

女娲将鸿蒙灵石点化为猴。

那猴便是他。

此后，四方漂泊，他终停在了梅山，视这里为家。

因为他来那日，看见满山梅花盛开，心生欢喜而留下。

也就是在那一日，他遇见了观梅花而欢呼的轩辕坟白狐，两人互生喜欢，欲做神仙眷侣。然而因道祖鸿钧老祖立起天庭，欲统辖四方，阐教门人犯神仙杀戒要渡劫。恰逢纣王亵渎神明，鸿钧老祖一怒，要亡殷商，便布下封神棋局，既为惩罚纣王，也为天庭封神，更为阐教门人渡劫神仙杀戒。

因他曾与阐教门人杨戬和哪吒结怨，使得阐教丢脸，也使他和白狐卷入这乱世洪流。

白狐为了成就他，奉女娲之命去了纣王宫。

其实，说得更准确点，不是奉女娲之命，而是受鸿钧老祖和元始天尊之流所迫。

白狐不愿去，但若不去，她与袁洪皆万劫不复。

于是，在那个月光皎洁的夜晚，她为袁洪跳了千古绝唱的一支舞，然后不辞而别，借妲己之身进了深宫。

后来，殷商覆灭，天下封神，连纣王那暴君都榜上有名，封天喜星。

但白狐没有。

他们利用完她，将她变成了弃子。

姜子牙还要斩白狐。

其实是借斩白狐引他出去。

他去了。

明知那里是天罗地网，有去无回。

可他还是去了。

人活一世，为所爱之人如此，值得。

这是修道者心中无怨无悔亦无惧的大道。

但，他还是没能救得了白狐。

百万天兵，数千神将，还有老子和元始天尊圣人加持，他被裹在天罗地网阵和太极图阵中，数度冲开缺口，又被死死困住。

他就那样眼睁睁地看着，白狐被绑在封神台上，姜子牙祭起斩仙飞刀，一道白光如线，白狐人头落地。

虽是上一世的事情，可如今回想起来，还如利剑一般刺在心里。

痛得他抽搐。

那眼中，就如进了沙子一般，慢慢地滚下泪来。

慢慢地，泪流满面。

“那诸天之神，我孙悟空此生若不杀尽尔等，誓不为人！”

他狂吼出声，山岳震动。

“轰轰轰轰轰……”

那山岳一直在震动。

孙悟空开始觉得身体里的血脉如一条巨龙，山呼海啸般奔走，那胸膛之中也有惊涛骇浪卷起，浑身有着无穷之力一般。

猛然，他看向了石洞之后。

某种激起他身体强烈反应的神秘力量，似乎就来自那石洞之后。

难道是这石洞之后藏有玄机？

孙悟空起身，一拳往洞后石壁轰出。

碎石飞溅，光华大显。

但见得洞后有洞，而洞后之洞，金光一片。

孙悟空看清那洞中之物，心中更是沸腾起来。

那里放着一根满是金光的铁棒，还有一副紫金色盔甲！

这正是他的武器和战甲！

定海神珍铁棒，本来放在大禹治水处，锈迹斑斑，后来一直随他征战，在被老子以太极阵图的三昧真火所炼之后，从此遍身金光。

紫金战甲，乃是他被万道雷霆所击时，补天之处玄铁石所化而来，护佑他身。

当时他与道祖鸿钧老祖的九九八十一尊道像和三千大道洪流全力相拼，瞬间道心崩溃，铁棒和盔甲都离身掉落。

没想，却被藏在了这里！

只是，孙悟空细看之下，那定海神珍铁棒两端，各多了一道金箍。

“主人，你终于来了。”金箍棒欣喜地道。

孙悟空上前一把握紧金箍棒，眼含热泪道：“你在等我，我岂能不来！”

金箍棒道：“我就知道主人你不会有事的。”

“你们怎么会在这里？”孙悟空问。

金箍棒道：“不大清楚，当时有一股风把我和战甲一起卷到了这里。”

孙悟空道：“风可以把你们卷到这里，但怎能把你们藏在洞中，而且，还被石块挡了起来，显然是有人为之，刻意地隐藏了你们，不让别人找到。”

“应该是。”金箍棒道，“我和战甲落下那日，这山天旋地转了好久，才安静下去。”

孙悟空明白，这确实是有高人相助，但会是谁呢？

会帮他的高人，只有女娲娘娘一个。

然而，女娲娘娘已把一身圣力给了他，虽然后面也会再拥有圣力，但需要很长一段时间才行。

他想起了那个把他从大海之中救出来的老头，很可能就是他了。

那么，他又是谁呢？

如今天庭当道，诸神在上，老头又为什么要帮他？

带着疑问，孙悟空穿好紫金战甲，拿好金箍棒，出了圣猿洞。

满山的梅花依旧开得灿烂如海。

然而，却让人感到莫名的荒凉。

这山，这景，还是要有人、有快乐，才有灵魂。

想那时，有白狐在，有金大升、朱子真、杨显、吴龙、戴礼和常昊一帮兄弟，还有几千小妖。

可谓梅山盛世，天下慕名。

然而，终于还是物是人非了。

那些曾与他称兄道弟，要共祸福共生死之人，如今却为了名利，投了天庭，与他背道而驰。

他又到梅山顶上。

想起那一夜。

皎洁的月色之下，白狐对他说，要为他跳一支舞。

没想到，这一舞竟是决绝。

远方的夕阳缓缓落下天际，天边晚霞如火焰燃烧，绯红一片。

他看了看身边，只有自己的影子。

夜色慢慢将梅山笼罩。

他在石头上坐了下来，坐在那里发呆。

那些人，那些事，那些青春和梦想，那些欢笑和快乐，在他心中来来回回、跌跌撞撞。

慢慢地，他的眼睛湿润了。

他躺在那里，想和当初一样，简简单单，快快乐乐。

可时间从来都是离弦之箭，不会回头。

纵然心空，纵然失意，也只能抬起头来，继续往前走。

今夜无月。

他在黑暗里坐了许久。

直到天又亮起。

猛然，他想起了花果山。

想起了那只白色的小狐狸。

记得当时他和杨戬在朱子真腹中对战，天兵便在外放火烧了花果山的。

小狐狸怎么样了？

他当即起身，最后再看了一眼梅山，看了那四周熟悉的一切，终于还是一咬牙，脚下一顿，架起筋斗云，直往花果山而去。

花果山也不再是从前的花果山了，被烧得黢黑一片。

到处都是那烧成了木炭一般的枝丫，光秃秃地伸向天空，显得无比苍凉。

连那些叽叽喳喳的鸟儿都飞走了。

只有一些掠食的秃鹰，在空中打着旋，瞄准地上那些烤焦的野兽的尸体，俯冲下来，争抢进食。

“小狐狸……”孙悟空大声喊着。

但山间连回声都不再有。

只有烧得黢黑的石头、树枝，以及百兽尸体，沉默以对。

孙悟空在花果山上找了一圈，终于在一棵烧黑的树桩下发现了一具被烧焦的尸体。

虽然毛已烧光，皮已烧焦，可那仍睁着的死不瞑目的眼睛，仍是那么清澈而明亮。

孙悟空在她身上发现了先前替她愈合伤口留下的疤痕，证实了她就是那只白色的小狐狸。

那一瞬间，孙悟空只觉得心中莫名拥堵。

虽然他知道，这只小狐狸不是曾经他心中的那只白狐，可不知道为什么，他还是希望她能平安、快乐，希望她好好的。

也许，是爱屋及乌吧。

然而，她却也遭了那天兵毒手。

他抱起小狐狸的尸体，走到花果山顶，用手挖了一个坑，将小狐狸放了下去，然后盖上泥土，又在泥土上码了些石头，看起来像是一个坟堆。

“小狐狸，好好安息吧，这个仇，我一定会替你报的！”

站起身来，一股无名火自他心中烈烈燃起。

他仰起头，将金箍棒指向天空，咬牙切齿地道：“前世的，今生的，你与我的新仇旧恨，我老孙就在今日与你一起算了！你敢让我孑然一身，我便让你永世不宁，直到踏平！”

话落，他将金箍棒往地上一跺，怒吼道：“给我将那天捅破！”

“轰！”

一声爆响。

万丈金光如潮涨，燃起烈烈火焰。

整个大地都开始晃动。

金箍棒瞬间变得粗大如擎天之柱，呼啸着直向苍穹冲去。

那苍穹云团，层层破裂而开。

天庭的三十三重天一下子就晃动起来，摇摇欲坠一般，仙宫侍女吓得惊叫连连，值日小神慌得四处乱窜。

昊天大帝即刻登殿，问发生了什么事。

南天门值日神白虎疾步入内，报告说从地下突然升起一根金色的棒子来，直接捅破了苍穹，顶到了南天门下，幸有天尊所置镇天石狮将那金色棒子挡住，那棒子才没捅上来。

“放肆！”昊天大帝咆哮，“谁这么大胆，竟敢扰乱天庭，赶紧去把那捣乱之人抓住，送往地府。不，不必抓捕了，此等无法无天之徒，可就地正法，灰飞烟灭，不入轮回！”

白虎领命，当即带着手下七大星宿奎木狼、娄金狗、胃土雉、昴日鸡、毕月乌、觜火猴和参水猿一起杀气腾腾地奔向南天门。

这边的孙悟空将金箍棒捅破苍穹后，随即架起筋斗云，就直往三十三重天上飞去。

刚落在南天门口，便看见杀气腾腾的白虎和七大星宿。

“刚才可是你将棒子捅到这天上？”白虎一见孙悟空，当即质问。

虽然，他明明看见了孙悟空手中那金色的棒子，然而他却感觉很恍惚，看孙悟空其貌不扬的，不像是大能之辈，而且他那棒子看起来不过一丈长短，而先前他看见的简直就是天柱一般。

是以，他不敢确定。

孙悟空听闻，却是轻狂一笑：“是又如何？”

“好狂的妖猴！”白虎喝问，“这四宇八荒，天庭为尊，你是不要命了，敢来天庭闹事！”

孙悟空骂道：“狗屁的天庭，聚了一帮垃圾，自称为神，便要掌控别人命运，老子才不吃你这套。在老子眼里，没有什么天庭不天庭的，老子就是自己的神。那个三眼怪杨戬，带兵烧了老子的花果山，打杀我猴子猴孙，把他给爷爷喊出来，以命偿了命，老子便可善罢甘休，否则，必打得这天宫倾塌，众神成灰！”

“好狂的妖猴！”白虎道，“你真是不知天高地厚，这天庭之地，神圣林立，岂容得你撒野！”

孙悟空道：“看来是你识不得孙爷爷的厉害，要孙爷爷给你点教训了！”

“大话谁都会讲，还是看本事说话吧！”白虎当即冲着身后天兵大吼下令：“这妖猴逆天，给我把他就地正法！”

南天门当值的金甲神兵听得命令，狂潮一般涌出。

一片刀枪斧钺如密林般向孙悟空包围过来。

“蝼蚁之辈，也敢拿人？”孙悟空说着，直接将金箍棒迎着金甲神兵一舞。

金箍棒陡地变粗，有如怒潮般的力量呼啸而出。还未与金甲神兵碰到，那一圈金甲神兵便直接被那金色狂潮卷飞出去，重重摔落，脑浆迸裂，再不能动！

白虎一见，不由大惊。

他自然知道这些南天门前的金甲神兵有多大本事，却被对方轻描淡写一棒就打死了，此等法力，可谓恐怖如斯。

“你们先围着他，我去请示陛下！”

说罢，白虎转身便向三十三重天之上的凌霄宝殿急奔而去。

“什么人捅的天，已诛灭了吗？”昊天大帝一见白虎奔进来，急忙问。

“报……报陛下。”白虎急道，“臣观那妖猴非等闲之辈，一根金光四射的棒子，一棒打出，棒未触身，那天兵神将便已脑浆迸裂，恐怕也是大罗金仙或成圣之辈，还得陛下派兵支援才行！”

“一只妖猴，这么厉害？”昊天大帝愣了一下，“火速给孤宣托塔李天王和二郎真君，前往南天门捉拿妖猴！”

有值日仙官领命而去。

昊天大帝又命王、赵、马、温四大灵官殿前听令。

很快，四大灵官领命前来。

昊天大帝说有妖猴上天闹事，来势汹汹，让四人守在凌霄殿前，以防万一。

四大灵官得令，各执兵器法宝，守卫在凌霄殿前。

外面的孙悟空挥了几下金箍棒便将金甲神兵打得溃不成军，莫敢向前。

奎木狼等七大星宿各施法力围着孙悟空打。

这七大星宿俱有金仙之法，本事非同寻常，尤以奎木狼为甚。奎木狼原是截教得道之士，蓬莱岛上修行，碧游宫中学道，巨口獠牙，髭须尺长，手中使一口神刀，精光耀映。

他使刀向孙悟空头上劈来。

孙悟空的金箍棒长，被他靠近身来，竟还不好以棒挡刀，一不留神被他砍到一刀。

但那刀砍在孙悟空身上，却是啥事没有。

紫金战甲乃是玄铁石以造物火炼，其坚如同金刚。

奎木狼见神刀无用，再将口一张。

一块玉石向孙悟空飞射而来。

这可不是一般玉石，乃是奎木狼所炼秘宝法门，舍利子玲珑内丹！

这舍利子玲珑内丹厉害非凡，在天庭之上，也称得是巨宝，少有匹敌。因为舍利子乃是佛家所修，而玲珑内丹则是道家所成。所以，舍利子玲珑内丹，乃是佛道双修至宝。看起来晶莹剔透，打出来光芒耀眼，力沉如山！

打出之时，先是一道强光爆射。

若是一般人，直接就被这强光照得睁不开眼，然后就被打个稀烂了。

可孙悟空这眼力也是非比寻常，曾在三昧真火中烧过，虽是重生，却仍有破光之力。

眼见那舍利子玲珑内丹打来，孙悟空竟不闪躲，直接伸手接了。然后向侧边攻来的娄金狗打去。

娄金狗猝不及防，被舍利子玲珑内丹打中胸口，当场吐血栽倒。

孙悟空再将金箍棒上下舞出棒花，金光耀眼，棒子密不透风般打出。几大星宿的法宝都攻不进来，反被金箍棒扫中，纷纷跌落。

几大星宿一倒，那些金甲神兵更是不敢相抗，纷纷后撤。

白虎乃守门之将，不可后撤，一咬牙，化出一座山岳，山岳生有无边密林，挡在二重天门前，以阻孙悟空。

孙悟空看着眼前山岳密林，心中有数，抬步进入。

孙悟空进了虚幻之林后，一只巨大白虎从大树后窜出，直扑孙悟空。

那巨虎之口如深渊，一口就能将孙悟空吞噬。

然而，孙悟空直接将金箍棒抵向巨虎口中。

巨虎再大，却又如何比得过将天也捅破的金箍棒，顷刻就被打得消失不见了。

但一只巨虎消失，林子四周又窜出更多的巨虎来，要生生把孙悟空给撕碎一般。

孙悟空用金箍棒打那巨虎，虽然打中了，那巨虎却马上化成一道幻象不见踪影。

如此往复。

孙悟空不再与这些巨虎纠缠，他知道这些虚幻之相无穷无尽。

他一路打到那半山一个石洞处，一挥手中的金箍棒，往那石洞一捅。

“啊！”

一声惨叫。

顿时之间，山岳和森林都消失不见，白虎现出原形，乃是一只白色大虎，踉跄倒地，晕厥不起。

原来，白虎以己之身化为山岳，头发化为密林。

而那个石洞，正是他的嘴巴。

孙悟空一金箍棒捅进他的口中，堵住他的喉咙，让他瞬间呼吸不得，立马现出原形来。

他法力再高，嘴巴又岂能受得了金箍棒一击？

孙悟空乘胜追击，打上第二重天。

第二重天上乃是火德星君罗宣率朱招、高震、方贵、王蛟、刘环火部五大正神守卫。

见孙悟空向二重天攻来。

早已准备好的罗宣以视死如归的气势从嗓子里狂吼出一声：“给我杀！”

尾火虎朱招使一把火剪，室火猪高震使两把火刀，觜火猴方贵使一对火爪，翼火蛇王姣使一条火鞭，接火天君刘环使一根铜管。

当另外四大火神攻出兵刃，那兵刃之上立马火焰呼啸时，刘环只将那铜管一吹，那火势火力立马增强了百倍不止！

然后汇成一片火海向孙悟空烧来。

“玩火？”孙悟空道，“你不知道孙爷爷是玩火的祖宗吗？”

他当即把金箍棒一舞，吼一声：“火起！”

顷刻之间，金箍棒之上便燃烧起金色的火焰，迎着那一片火海就反烧了过去！

金箍棒身之火，可是老君八卦炉中三昧真火所炼，后又在太极阵图中被三昧真火再炼。

经八卦和太极之火炼，其威可想而知。

火部五大正神的威力在金箍棒的金色烈焰之间，根本不堪一击。那一片火海，迎着金箍棒的烈焰，顷刻就如巨蟒变成蚯蚓，缩了回去。

火德星君罗宣见状，赶紧吼一声，现出三头六臂来，一手执照天印，一手执五龙轮，一手执万鸦壶，一手执万里起云烟，双手使飞烟剑，直向孙悟空攻来。

“你会这三头六臂，难道我不会吗？”孙悟空说着，将身子一晃，也立刻现出了三头六臂。

金箍棒也瞬间化为六根，各手执一根。

罗宣使出一招“万里起云烟”，整个二重天上便立刻烟雾弥漫，伸手不见五指，那烟雾既遮视线，也呛人肺腑，可使人道心涣散，法力大减。

孙悟空不曾提防，倒被那烟雾呛了下。

罗宣见状，又使出“万鸦壶”，放出万只火鸦来烧孙悟空。

可他这招却是反帮了孙悟空。

本来孙悟空被呛那一下，还被烟雾团团困住，有些分不清东西南北。

这万只火鸦一出，喷火来烧他。

虽然把他包围在一片火海之中，但孙悟空压根就不怕烧。

他和金箍棒一样，被老子的太极图阵三昧真火烧过的，罗宣的火鸦岂能烧得了他。

不但烧不了，反而还把四周都照亮了。

孙悟空狂吼出声，将六根金箍棒舞起来，打得那万鸦一阵惊叫扑腾，鸦毛乱掉。

罗宣一见，赶紧收回万鸦，又使出“五龙轮”。

化出五条火龙，各吐一颗火珠，往孙悟空头上打来。

“你是不知老孙这头有多硬吗？让你打打又如何？”孙悟空将头迎着那火珠撞去。

“轰！轰！轰！”

那火珠打在孙悟空头上，炸裂开来，连天宫都震得晃了几下，孙悟空却是毫发无损。

“你头硬是吧，那就看本星君这个！”罗宣冷笑一声，把照天印祭起，向孙悟空打来。

这照天印虽比番天印略弱一些，却有异曲同工之妙，虽看起来小，但可在击中对手之时陡然变大，有如山岳，且其中暗藏风雷，有万钧之力，纵是那大罗神仙，挨一下也会被打得脑浆迸裂。

孙悟空当即一舞金箍棒，金色的光芒呼啸而出。

一棒打在照天印上，那照天印立马就向罗宣反打回去。

罗宣见状，大惊失色，赶紧使飞烟剑把照天印夹住收回。

孙悟空又连连挥动金箍棒，万道光芒狂怒涌出。

罗宣和手下五大火神无一能挡。

成千上万的金甲神兵向孙悟空涌来，却无一是金箍棒之敌。

很快地上就躺了一大片，整个二重天境，唯一还站着的人，只有孙悟空。

孙悟空提着金箍棒，一步一步，霸气闯进三重天！

三重天的守门神将乃是一银冠银甲、白马长枪之神，此乃天罡星黄天祥。

封神一战中，以凡人之身死于左道之术，但其勇猛非常，战力强横。十七年华，便勇冠三军，枪挑风林，刺杀苟章，两败丘引，三十回合，与张桂芳战平。乃封神大战中唯一创下以凡人杀败仙人的战绩。

封神天罡之后，一枪和双锏均获神力，如虎添翼。

黄天祥率十大天罡星君镇守三重天，一见孙悟空打来，赶紧命人上报昊天大帝，然后吼一声：“妖猴休得放肆，看本星君来拿你！”

说着，便挺起长枪就向孙悟空刺去。

那长枪刺出，扑出一黑虎。

再一刺，飞出一条黑龙。

一虎一龙分左右，向孙悟空扑来。

孙悟空以金箍棒扫出。

然而，那龙虎却反应敏捷，能将金箍棒避开，找着空隙来扑孙悟空。

这乃是黄天祥枪法化龙虎，比起一般法宝来说，要灵活得多。

孙悟空的金箍棒也足够灵活，但一时之间竟打不散那龙虎。

其余天机星君、天闲星君、天勇星君、天雄星君、天猛星君、天威星君、天英星君、天贵星君及天富星君九大星君也一起上来助阵，裹住孙悟空厮杀。

这边的三重天金甲神兵疾跑到凌霄大殿，向昊天大帝报告。

“什么，那妖猴已经打进三重天了？”昊天大帝一听，吃惊不已。

要知道这天庭重地，可谓刀山火海铜墙铁壁。

每一重天都有本领强大的仙人神将率上万天兵把守，可应对妖族或魔族的军团进攻。

如今一只妖猴，不到一个时辰，竟已打进三重天？

“传令下去，各天门守将务必严守天门，不要让那妖猴再向前一步！”

“立即启动凌霄殿鸿蒙大阵！”

“火速宣李靖和杨戬回天庭报道！”

“去西昆仑请瑶池金母来！”

“去兜率宫请老君来！”

“去玉虚宫请天尊来！”

昊天大帝一口气发下六道命令，仍觉有些心慌。

因为，在那个时候，他突然想起了一个名字来。

那就是袁洪！

当初，那只在梅山上的妖猴，可是在百万天兵的天罗地网阵中横冲直撞，且在万道雷霆之中唤出心中巨魔，顷刻成就大圣，老君和天尊且落下风，还是靠老祖出手，才终将其毁灭。

如今，却又横空出世一只妖猴来，胆大包天地直接打上天庭，而老祖又在紫霄宫中不出来，他心里一时也没底了。

而此时的天下也早已沸腾起来。

杨戬本来正往西搜寻那福陵山的猪刚鬣。

却得天庭急报，说是有一妖猴打上了天庭，已打过了两重天，他当场就愣住了，问那妖猴长什么样。

传令人员大概形容了下。

杨戬心头一震，失声道："又是那孙悟空？可是，他前几日才被我打倒在海中，生死不知啊？怎么可能一转眼就打上天庭？而且，他现在不过法天象地三千丈，大罗金仙的本事，怎么可以打破两重天去？还有，他好像赤手空拳的，没有棒子啊？"

一连串的疑问之后，杨戬突然想起孙悟空的另一个身份。

想起了那场至今都令他惊骇的恶战。

当时，袁洪竟在太极图阵三昧真火轰轰烈烈的燃烧之中修成大圣，那一根不起眼的铁棒也顷刻金光万丈。

难道，如今这孙悟空又修成大圣了？

不可能！

杨戬心里发出了一个坚定的声音。

当初老祖道心受损，现在还在紫霄宫中闭门不出。

袁洪圣力不如老祖，又是重生而来，前几日尚且非他之敌，岂能这么快就修成大圣！

无论如何，此时他已没心思去抓猪刚鬣了，还是先回天庭解决孙悟空再说。

就在杨戬带人风风火火地赶回天庭时，这天下已经雨骤风急般沸腾起来了。

当初那个以一己之力对抗天道，大战老子和元始天尊，使鸿钧老祖也道心大损的传说人物居然还活着！

如今王者归来，大名孙悟空！

他又凭着一己之力，以一根金箍棒，捅破苍穹，打上三十三重天，令天下震动！

这个消息，真是让那惶惶不可终日之妖族激动兴奋不已。

天庭当道，天条问世，天下妖族为异类，弃一世繁华之地，背井离乡，隐入丛林，苟活如蝼蚁。

可都只能把那满腹心酸屈辱忍在心里，怒不敢言。

如今，竟然有人做着他们想做却不敢做的事，是何等的大快人心！

那些藏在深山中的妖，就如逢年过节一般，约上朋友，拿出酒来，开心庆祝。

只盼望那个叫孙悟空的盖世英雄可以将这天庭打垮，重建天下秩序，让妖族扬眉吐气。

牛魔王在落霞洞中睡着大觉，被那时不时传来的轰轰隆隆的声音吵到，正在骂骂咧咧。

“牛哥，牛哥……”

外面突然传来扯破喉咙的喊声。

“谁啊，跟老子有仇吗？都不让老子睡个安稳觉！”

牛魔王起身往外看，正看见从空中落下的鹏魔王，不由皱着眉头道：“老鹏，怎么了？慌慌张张的，又不是三岁小孩子了，有什么事就不能稳重点吗？”

“不，不，不是……”鹏魔王兀自有些喘息，“牛哥，出大事了，出大事了，天大的事啊！”

牛魔王还是一脸的不以为然：“如今那天上有众神，仙人圣人一大群，妖族活不如狗，凡人畜生都俯首，还能出什么大事？”

“哎，牛哥，牛哥！”话还没说完，蛟魔王也飞身赶来，半空中就扯着喉咙喊。

落地看了眼鹏魔王，意外道：“咦，老鹏你也在啊。”

鹏魔王道：“你是不是来说悟空大哥反了天的事？”

蛟魔王道：“是的，你也知道了？”

“你们说什么，悟空反了天？”牛魔王瞬间嘴巴大张。

鹏魔王道：“要不，怎么会让牛哥你说我慌张呢，我一听到这个消息，差点没把尿吓出来，赶紧就飞来找你了，让你看看如何是好！”

“你们没发高烧说胡话吧？”牛魔王问，“悟空反天了？什么时候反的？怎么反的？”

鹏魔王道：“具体的我也不是很清楚啊，我也是听说，说是那梅山袁洪还没死，又重生成了孙悟空，拿着一根金箍棒，打到天庭去了，昊天大帝急调杨戬回去平乱呢！”

“什么，你说悟空是袁洪重生？”牛魔王瞬间惊愕。

鹏魔王道：“具体的我也不知道，我只是听说，但料想不假啊，我还特地叫小妖出去打听了，都这么说。而且我确实听到那天庭之上动静很大，一直轰轰隆隆的，我以为要下大暴雨呢，可是天气又很晴朗。可见那上面确实不是打雷，而是在打仗。”

牛魔王若有所思道：“嗯，这么说的话就能说得通了。”

鹏魔王和蛟魔王一愣：“牛哥你这话什么意思？”

牛魔王道：“悟空说他本是一块石头，被一祖师点化成猴，然后才修了两三年的道，就修成了三头六臂，法天象地和八九七十二般变化，一个筋斗云，空翻十万八千里，这等天赋异禀，岂是常人所能及。但如果说他是那袁洪重生，就完全说得通了。因为那袁洪曾经就会八九玄功，会法天象地和三头六臂。如今重生过来，悟性自然超前了！”

“是啊！”鹏魔王惊呼起来，“这么说的话，咱们的悟空哥哥未来岂不是要成大圣之辈？”

牛魔王道：“他能不能成大圣，得看未来机缘了。这世道，风大雨急，命运叵测，谁知道呢。不过，他有大圣天赋这是肯定的。”

“哎，先别说这个了，还是先说怎么办吧。”蛟魔王急道。

牛魔王问：“什么怎么办？”

蛟魔王道：“我们跟悟空结拜了，认了他做大哥，如今他打上天庭去，我们是不是应该帮他啊！”

“帮他？”牛魔王一愣，“这怎么帮，难道也跟着打上天庭去吗？”

“牛哥，牛哥……”正说话间，狮驼王也跑了过来，一看另外几位妖王也在，就急忙道，“几位兄弟，还是赶紧跑路吧！”

“跑路？”牛魔王问，“为何跑路？”

狮驼王道：“你们还不知道吗？跟咱们结拜的悟空打上天了啊！”

牛魔王道：“知道啊，为什么他打上天了我们要跑路？”

狮驼王道：“咱们是结拜兄弟，他闯下此等大祸，一旦被抓住，说出咱们来，咱们都得大祸临头啊！”

牛魔王道：“大祸临头怎么了？难道悟空不打到天上去，那天庭就容得下我们？”

“好像也是。”狮驼王仍显惊慌，“那我们现在怎么办？”

牛魔王看着几大妖王问：“你们觉得呢？”

几大妖王你看看我，我看看你，不知如何是好。

牛魔王叹息一声：“先等等看吧。本来都是兄弟，我们该去帮忙，但我们都没去过那三十三重天上，不知道上面是个什么情况，贸然前去，恐怕也凶多吉少。而且，悟空去也没跟咱们商量，不知道他此去为何，我们还是先看看情况再说吧。”

这么一说，几大妖王也都认同。

第5章　妖王被擒，仙子施救

夕阳西下。

新月升起。

很多人都发现了这是个不一样的夜晚。

盛夏之时，那夜空之中，再也不是以往的繁星满天，而是有了许多寂灭的星辰。

整个夜晚，比从前暗了将近一半。

很多人的心里都开始留下一个巨大的悬念，这天，到底会不会变？

没人知道。

此时的孙悟空，已凭着一根金箍棒，一口气打破九重天，闯到十重天门前。

在这里，他遇到了最强的阻挡。

因为每十重天，都会布有重兵。

有玄武率领斗木獬、牛金牛、女土蝠、虚日鼠、危月燕、室火猪、壁水貐；有六丁六甲、四值功曹；还有杨戬率领金大升、朱子真、杨显、吴龙和常昊赶了回来。

托塔天王李靖也与金吒、木吒一起率神兵营赶到。

雷震子亦率天雷军赶来。

哪吒也随后赶到。

众神团团围住孙悟空厮杀。

李靖祭起舍利子黄金玲珑宝塔；雷震子扇起风雷二翅；哪吒化出三头六臂，祭起九龙神火罩；杨戬射出天眼神光。

一时间，法术和法宝交织，如同蛟龙闹海，看着眼花缭乱。

然而，孙悟空却将那金箍棒舞得密不透风滴水不漏。纵然李靖、哪吒、雷震子和杨戬四人都已肉身成圣，法力非常。

可奈何孙悟空本身就有大罗金仙的修为，又有紫金战甲和金箍棒这两法宝，金箍棒主攻，有雷霆万钧之力；紫金战甲防守，坚不可摧，万邪不侵。

一晃就打了几个时辰。

孙悟空身上大汗如雨一般，渐渐地有些乏了。

再怎么说，双拳难敌四手。

那神仙圣人轮流来打，他在中间却是片刻也喘息不得。

“孙悟空，赶紧缴械投降吧，再打下去，累也得累死你！”吴龙向孙悟空吐出一口毒雾喊道。

孙悟空认出了他就是当时的梅山蜈蚣妖，不由冷笑道：“认贼作父之辈，有什么脸面与我说话！”

“什么叫认贼作父！”吴龙狡辩，“我们这叫弃暗投明。哦，不，叫识时务者为俊杰，有先见之明。想当初你还是我们大哥，却因你自己不识好歹，一念之差，我等今为神仙，而你却成为笼中困兽！”

“我呸！”孙悟空忍不住吐了一口，“真是恬不知耻的东西，出身为妖，一旦做了神，便开始笑话起妖来，却不知自己是跪着的，还洋洋自得！”

朱子真道：“你就别嫉妒了，你现在就算后悔也没有机会了。你不但成不了神，今日之后，就会送你去那地府。哦，不，天帝可能不会给你活着的机会，你得灰飞烟灭，从今往后，这天下将不会再有你这号人物！”

孙悟空几乎气得要吐血，再吼一声“变！”

又变出一根金箍棒来。

那金箍棒直接向朱子真打去。

朱子真赶紧闪躲。然而，那金箍棒长了眼睛一般追着他打。

旁边的金大升见状，赶紧吐出一块牛黄，才把那金箍棒打落。

孙悟空一见，失望地喊道：“老牛，你当初可是唯一一个没有背叛我的兄弟，跟我一起在万仙阵中以死卫道的，怎么如今也做了这天庭的走狗！”

金大升道：“我不知道你在说什么，从前的事我都不大记得了，你也不要跟我提从前，我听说我们曾经是兄弟，但那已是曾经。如今我是天庭神将，封天瘟星君，理当为天庭效忠，你为反贼，我必杀你！”

“好吧，既然如此，就各见生死！”孙悟空大吼一声，舞着金箍棒就打过去。

金大升之辈是绝不敢接金箍棒这万钧之力的，只能躲闲。

金吒祭起遁龙桩来锁孙悟空，结果被孙悟空一棒就打飞出去。

这搞得金吒开始怀疑人生了。

整场战斗下来，他一共祭了五次遁龙桩，却都没能锁得了孙悟空。而在从前，这遁龙桩祭起来，可是神仙难逃的。

孙悟空手中的金箍棒太厉害了，又快又猛，可谓滴水不漏。

就在大家围攻孙悟空，奈何他不得，而孙悟空也被困得打不出去的时候，突然传来轻描淡写的一声：“都且退开吧！”

大家闻声一看，不由大喜。

一个穿着布鞋，骑着板角青牛的道人好像瞌睡刚醒一样不紧不慢地赶了过来。

“太上。”李靖一见赶紧迎了过去。

来者不是别人，正是三清之一的人教掌尊太上老君。

他将目光落在孙悟空身上，如同一个长者教训后辈道：“没想到，你这么快就重生了，果真是天赋异禀不同凡人。但你重生过来，就好好地过日子不好吗，又跑到这天上来闹什么事呢？”

孙悟空冷哼道：“但凡这天让众生好过一点，我又何至于会造反？”

他将金箍棒指向那一圈天兵神将：“看看这些所谓的神仙，曾经也虫卵湿生、披毛带角，在荒山野岭苦修，自天庭建立，便小人得志，到处张牙舞爪作威作福，我孙悟空不是那逆来顺受之辈，你要我跪，我便要你死！”

“咳咳。”太上老君叹息一声，“别总这么冲动。人家只是要你跪，你便让人死，你这还说别人过分，你比别人更过分吧！”

孙悟空道：“那又怎样？人敬我一尺，我敬人一丈；人若压我一尺，我便反弹十丈，这是我的法则！”

“咳咳咳。”太上老君道，“你再这么蛮横不讲理，就没法聊天了啊。”

杨戬在旁边大喊：“太上，此妖猴狂悖至极，有逆天之罪，不必和他废话，直接打个灰飞烟灭吧！”

“哎，你也不要这么暴戾。”太上老君一副长者口吻语重心长地道，“修道之辈，讲心平气和，不要动辄就要人命。要知道凡人一刀杀一人，神仙一怒，伏尸百万。不要站在高处就肆无忌惮，还是要学会敬畏因果的。”

杨戬不服，道：“可这妖猴前世对抗天道，伤了道祖，今生又打上天来，横冲直撞，犯了不知多少条天规，不杀万次，不足以立天威！”

太上老君道：“嗯，怎么处置到时候由天帝定夺，我先把他抓起来再说吧。”

话说着，就从身上摸出一个闪着金光的镯子来，对着孙悟空道：“来吧，那猴子，你不是挺能耐的嘛，来跟我打！”

“打你又如何，难道我怕你不成？”孙悟空吼一声，挥着金箍棒就向太上老君打去。

那金箍棒变成擎天大柱，闪着金光，燃着烈焰，往太上老君当头落下。

太上老君却是不慌不忙，将那金刚镯丢起来。

金刚镯迎着金箍棒飞起，与金箍棒撞在一起。

“轰！”

一声惊天爆响，整个三十三重天都一片晃荡。

然而，那小小的金刚镯却把重有一万三千五百斤的金箍棒给打了回去。

孙悟空只觉虎口一阵发麻，差点都握不稳。

那金刚镯却仍势头很猛，向孙悟空打来。

孙悟空赶紧又将金箍棒舞回来格挡。

挡是挡住了，却是受不住那镯子上涌出来的洪荒之力，孙悟空直接就被打飞出去，摔在地上。

不过他不服，一个鲤鱼打挺，又弹身起来，挥着棒子向太上老君冲去。

太上老君轻轻一叹：“唉，到底是年轻，没吃过亏，不晓得道法的厉害，我若只用这镯子打你，你倒说我露了底也不过如此，我就换点东西打你看看吧！”

说罢，收起了金刚镯，又取出一个铃铛一样的东西来，冲着孙悟空一晃。

一股大火呼啸着烧向孙悟空。

孙悟空用金箍棒上的烈焰来挡，却挡不住太上老君这火，被直接烧到了身上，虽是烧得生疼，却也还没大碍。

老君把那铃铛又晃了一下。

马上冒出一股浓烟，铺天盖地向孙悟空罩来，直呛得孙悟空咳嗽不止。

老君再次晃动铃铛，出现一片飞沙走石打向孙悟空。

那飞沙走石非寻常飞沙走石，均有无上道法，有如雷霆万钧，打得孙悟空眼中金星直冒。

“看不出来，还挺能挨的。”老君道，“再换个玩意跟你玩玩。”

说着手一伸，又取出一根绳子来。

“绳儿啊，他这么不听话，去把他套住吧！”

那幌金绳飞起来，一圈一圈的。

孙悟空挥金箍棒去打。

然而，那幌金绳却跟长了眼睛一般，灵敏地绕开金箍棒，化成无数个圈向孙悟空绕来，任孙悟空怎么闪躲，却都在绳子的围绕之中，一个措手不及就被那绳子软绵绵地缠住了。

看起来是软绵绵，可缠在身上，多缠得几圈，就开始缠紧。

孙悟空被从头到脚缠了个结实，缠得粽子一般栽倒在地。

李靖欢呼道："好啊，还是太上道法高强，分分钟便拿下这妖猴！"

太上老君道："好了，既已拿下，带去见大帝吧。"

当下，一帮神仙雄赳赳气昂昂地抬着孙悟空来到凌霄殿，面见昊天大帝。

昊天大帝威严喝问："那妖猴，见了本大帝，为何不跪！"

孙悟空冷笑道："我老孙宁可站着死，绝不跪着生。你可以杀我，却别想爷爷跪你！"

昊天大帝道："你已经死到临头，态度还如此强横？来啊，先让他尝尝雷轰电击的滋味！"

雷公电母应声上前。

分别炸出五雷和闪电。

一阵轰隆噼啪声。

无数道雷电打在孙悟空身上，把他的身体都打得皮开肉绽，头脸都炸了个黢黑，看不出他的样貌了，可他还是一次次挣扎着从地上站起来，昂首挺胸横眉冷对，眼中充满了藐视。

昊天大帝也无奈了，只好道："算了，看起来也是个冥顽不灵的家伙，打着也乏味，押去斩妖台斩了吧！"

"不能就这么斩了！"突然传来一个声音。

众人闻声回头，但见一道人，乘九龙沉香辇出现在门口，然后大步走进来。

殿上神仙除了老君之外，都恭敬地颔首喊了声："天尊。"

元始天尊上前。

昊天大帝也客客气气地道："天尊有什么吩咐吗？"

元始天尊道：“袁洪被灭，距今不过百余年，老祖道心尚且没有恢复过来，袁洪如何能这么快就重生，想必是有大能在背后帮他，我们得把这个与天庭作对的大能找出来才行！”

杨戬马上就道：“天尊这么一说我就想起来了，前日我在花果山，三两下便打得这妖猴无法招架，跌入大海，我欲取其性命，找遍东海却不见其身影，我就奇怪他怎么可能在我的眼皮底下逃掉呢？天尊说有大能帮他的话就说得通了。而且，前日我打他之时，他身上还没有穿战甲，手上也没有金箍棒，道法也低微，如今却可与我战个不分高下，肯定是得了大能指引！”

元始天尊道：“所以，找出这个大能很关键！”

昊天大帝问：“天尊觉得，该如何找出这个大能呢？”

元始天尊道：“这大能不是喜欢出手救他吗？那咱们就再给这大能一个机会，到人间筑一斩妖台，称这妖猴外出食人，被天庭抓获，今当众处斩他，也为杀一儆百，令那天下之妖胆寒，不敢再犯。同时，也引那大能出来，看看他到底是何方神圣，竟敢在天庭之下兴风作浪！”

昊天大帝一听，当即赞同道：“如此甚好，那就依天尊之意去办吧！”

“杨戬，知道怎么做了吗？”昊天大帝问。

杨戬道：“臣领命，只是还有个问题请教天尊。”

元始天尊问：“何事？”

杨戬道：“这大能从我眼皮底下救走妖猴，我都不曾察觉，可见其道法应是圣人之辈，所以，到时候就算能把他引出来，若仅靠弟子，恐怕是拿不住他！”

元始天尊道：“这个你放心好了，你做你的布置就行，我自会暗中相助于你。”然后又看着太上老君道：“师兄，到时恐还得劳烦你才行。”

太上老君叹道：“唉，我只想放个牛炼个丹，清清静静的修道，你们却总要搞出这么多事来，没得消停吗？”

元始天尊道：“多事之秋总多事，既有事，还得解决才行。”

“好了，到时再说吧，我先回去休息了。”太上老君说着，也不管殿上昊天和一群神仙，自出殿去了。

昊天大帝命人先将孙悟空关在锁神殿，杨戬则去找地方修建斩妖台，同时公告天下。

杨戬领命去时，元始天尊又再次叮嘱，建斩妖台之地，需方便行军布阵，易埋伏，好用阵，难逃遁。

孙悟空被临时关在了锁神殿。

那锁神殿，乃是有神犯天条、未曾送往地府之前的关押之地，里面根根粗大的铁链配着铜锁。

铁链铜锁均被施有无上道法，牢固无比。

孙悟空的手上、脚上以及脖颈之上均被套着粗大的锁链。

锁神殿外，围满了天庭的各路神仙。

他们都想看看这个震天动地的传说中的主角，到底长什么样。

无论是封神之前便已成大圣，使老子和元始天尊且不敌、鸿钧老祖也被打得道心大损的袁洪，还是如今凭一妖一棒打上天庭来的孙悟空，都绝对称得上如雷贯耳的一号人物。

要知道，自天庭建立，西岐封神，天条颁布之后，这天下便已是神仙的天下，那百万妖族，亿万生灵，无不战战兢兢而活。

苍天之下，谁不仰望，谁敢对抗？

不曾想，一只猴妖，却因被天神烧了居处花果山，竟打上天庭！

这是何等的勇猛！这是何等的胆识！

这是何等的不能惹！

要知道就连那天上可飞、地上可跑、水中可遨游之四海龙族，天庭让他们离开四海家园，他们也连屁都不敢放一个，乖乖地逃去了大荒之地苟活。

孙悟空看着那一圈众神，满脸桀骜。

虽然他在那老君手里栽了跟头，算是技不如人，来日也许就会身首异处，灰飞烟灭。

可是他不后悔。

因为，在强者的压迫面前，他勇敢过。

哪怕明知道前方的路是死亡，甚至万劫不复，他也不曾畏惧。

那些围观的神仙们，看着眼前这只普普通通甚至觉得那雷公嘴显得有些丑陋的猴子，有佩服的、有同情的、有幸灾乐祸的、也有落井下石的。

哪吒来了。

他看着全身上下都锁着铁链的孙悟空，得意地笑道："猴子，还记得小爷不？"

"这还用说吗？"孙悟空道，"想当年你射杀碧云童子，打死龙王太子，胡作非为，嚣张得不可一世，最终却落到我手里。看起来，你似乎白挨了那么多打，还是这么没礼貌！"

"我呸！"哪吒往地下淬了一口，"你一个阶下之囚，死到临头了，而小爷却是肉身成圣，做了天庭威灵显赫的大将军，统率百万天兵，显耀天下，四方膜拜，人中龙凤，神中翘楚，你但凡能做到小爷的万分之一，也不至于落得这般狼狈！"

孙悟空亦嗤之以鼻："小人得志，有什么可得意的？何况，在那天帝面前，我也堂堂正正站着说话，你呢？卑躬屈膝，战战兢兢，你拿什么跟我比？"

哪吒恼羞成怒道："你一个将死之徒，我何必和你逞口舌之快，待斩你之时，我倒要看你还能不能笑得出来！"

说罢，气急败坏而去。

围观的神仙也渐渐地散了。

锁神殿一时静了下来。

孙悟空又奋力地挣了挣，那铁链被甩得一阵叮当乱响，但还是锁如生根。

不远处的宫墙角，一个身着紫衣的仙子在那里站了很久很久。

从众神围观到尽数散去，她一直默默地站在那里，看着全身被铁链束缚的孙悟空，自始至终，她都没有说过一句话，但那双眼睛却是充满了关切。

有几次，她都忍不住某种冲动，想要上前去，可脚步动了一下，却又停住。

暴躁挣扎的孙悟空停了下来，在抬起眼来的不经意之间，他看见了那个站在宫墙之下穿着紫衣的仙子。

两人四目对视。

孙悟空看着她，也当是那看他笑话之人，不由龇牙咧嘴一笑，轻浮地道："看什么看，想给我生猴子吗？"

紫衣仙子没有答话，只是又看了眼孙悟空之后，默默地转身走了。

"紫霞。"

那仙子正要走时，身后传来喊声。

仙子回头一看，是一个穿着一袭白裙的美丽仙子，便也喊了声："嫦娥姐姐。"

嫦娥问："去那里干什么了？"

"我……"紫霞看了眼锁神殿的方向，没有说话。

嫦娥却似明白了道："也是去看那妖猴的吗？那妖猴到底什么来头，竟敢到天庭来闹事！"

紫霞道："不能怪他闹事，他不坏！"

"你这话什么意思？"嫦娥听得一愣，"他都造天庭的反，打到天庭来了，简直大逆不道，你怎么还说他不坏，不怪他闹事？"

紫霞道："他原本住在花果山上，本本分分的，但杨戬带天兵把他的花果山烧了，死了很多猴子，他是来找杨戬讨个公道的。"

嫦娥奇怪地问："你是怎么知道的？"

"我……"紫霞迟疑了下，"他打到南天门的时候，我从那里路过，听他说的。"

"原来如此。"嫦娥道，"那杨戬，仗着自己肉身成圣，是司法天神，又得天尊宠爱，有时候行事确实过于张狂霸道。"

紫霞道："是的，就算人家有什么过错，也不该烧了人家的山，还连累那么多无辜的生命。众生皆苦，烧香跪拜求神庇佑，而神却动辄就要他们的命，何其过分！"

嫦娥道："这么说的话，这妖猴倒也算有胆量了。天威之下，万族低头，他竟敢为了公道，打到这天上来！"

"嗯。"紫霞应着。

她心中似乎有许多话想说，却没有说。

嫦娥与她聊得两句，便自走了。

紫霞也回了自己的住处——落霞园。

落霞园中，满园落霞，闪着七彩之光，一派美妙仙境。

在一旁的一团紫云之上，放着两样东西：一件凤翅紫金冠，一件藕丝步云履。

紫霞上前轻抚着那凤翅紫金冠和藕丝步云履，又想起了那段很久很久以前的往事。

那还是在天庭未建，封神之前。

她本是这茫茫天际中的一团紫色流云。

某天，她停在了不周山之上的苍穹中。

然而，因为祝融和共工父子之战，共工怒触不周山，导致苍穹破裂，大地生灾。

老子、元始天尊和通天教主奉鸿钧老祖之命，取了一块鸿蒙猴石，请女娲娘娘以造物之火炼石补天。

然而，女娲娘娘在炼石补天之时，发现了那鸿蒙石乃旧识，且已结灵胎，遂将其点化成猴并放生，而那已炼补天之石皆是灵猴身上的玄铁甲，在百万年的鸿蒙里，它们紧紧地包裹和保护着灵石猴胎。

它们被炼而补天之后，正好与这一团紫色流云挨着。

那些出自鸿蒙的玄铁石身上，有着无穷的灵气。

紫色流云受补天玄铁石的灵气滋润，竟渐渐得道，修成仙体。

后来，她发现补天石时不时地向着一个叫做梅山的地方发出嗡嗡之声，她仔细一看，才发现梅山上那只名为袁洪的修道猿猴，正是当年被女娲娘娘点化的灵石猴胎。

被老子炼成了定海神珍铁的棒子也向袁洪认了主人。

袁洪也察觉出了不周山上苍穹之间的补天石在等着他的召唤，等着重新回归他的身上，成为他的护甲。

但袁洪一直没有召唤它们，因为袁洪一旦召唤它们回去，势必又要让这天塌地陷。

那时她就知道，那梅山上的猴妖是个心中有大义之辈，让她心中生出好感。

彼时，袁洪以一腔无畏，对抗嚣张跋扈的阐教门人哪吒和杨戬，赢得万妖归顺，声名远播。

她开始幻想，某一天，他能成为一个身穿紫金战甲、踏着七色云彩来娶她的盖世英雄。

于是，她开始没日没夜地用那些补天的玄铁石为他打造一件英雄的战袍。

只是后来她发现，已经有一只白狐陪在他的身边了。

他每日都与那只白狐恩爱地倚靠在一起，看这世间的日出日落，一脸幸福。而她在天际看着他们，心里莫名的惆怅。

但后来她觉得，只要他能幸福，她又有何求呢？

他便是她心中永恒的一盏灯，照亮着她，也是一件极好的事。

后来姜子牙以白狐为饵，引袁洪前往天罗地网阵中，袁洪被百万天兵包围，还遭老子和元始天尊两大圣人截杀。十万火急之时，她赶紧让那件刚编织而成的紫金战甲飞到袁洪身上，替他挡下了天罗地网阵中的万道雷霆和一众神圣之力，护他周全。

最终却引得紫霄宫鸿钧老祖出手，袁洪终还是未能幸免。

她在远远的天际看见一道巨大的光芒绽放之后，他便如一颗坠落的流星，消失在这茫茫天际，消失在她眼前。

那一天，紫霞暗淡，整个天地都在一片昏暗之中。

元始天尊和老子合力补好不周山之上的苍穹窟窿。

天地恢复一如既往的晴朗。

而她的心里却留下了一个永远的缺口。

再也看不见他之后，想念就如海潮一般，无边无际地将她淹没。

他虽身死。

她与他甚至从未谋面。

然而，他是她心里永远的英雄。

有血有肉，有情有义有种。

无论时间过去多久，无论这天地怎样变，她将永远记得他。

封神之后，元始天尊发现了漂泊在苍穹之中的她，觉得她无师而得道，甚为难得，且这天上也需要七彩之云来装点，于是封她为紫霞仙子。

但被称为仙子后的她，并没有以前只叫紫霞时快乐，因为她的世界里少了一个人。

她仍然用那些本属于他的剩余的补天石，编织着剩下的装备，并给它们取名为凤翅紫金冠和藕丝步云履。

她以为，她只能将它们编织出来，睹物伤情，却不曾想，当初和鸿钧老祖大战一场的袁洪并没有死。

多年之后的今天，他重生成孙悟空，又一次顶天立地，面对巍巍天庭，不屈死战！

他已不复当年强大，但他还是他。

为了值得的事义无反顾。

“不行，这一次，就算拼我性命，毁我一生，我也得救你出去，不能让你死于神仙之手！”

她低声喃喃着，眼神里却有着从未有过的坚毅。

她将凤翅紫金冠和藕丝步云履小心翼翼地收了起来，又在落霞园中看了一圈，那些洁白的或金色的云朵，对别人来说，它们只是寻常的云朵，而在她心里，却如亲人一般，是她心里有情感的精灵。

在这浩瀚的苍穹之中，在这漫长而又荒芜的岁月里，无论是白天黑夜，还是天晴落雪，它们总陪伴在她身边。

它们不会说话，但她能听到它们的呼吸，能听到它们的心灵。

“别了，我的小可爱们，我要去做我一生中最重要的事情了，但不能带着你们，往后的岁月，你们自己多保重。”

一片红云跳跃了下，落在她的手心里。

没有言语。

但她懂。

她在，这里便是它们的家。

她不在了，这苍穹浩瀚，它们的命运便只剩流浪。

天慢慢地黑了下来。

嫦娥归位，群星相随，照亮夜空。

紫霞将凤翅紫金冠和藕丝步云履带好，出了落霞园，向关押孙悟空的锁神殿而来。

“站住，干什么的？”

突然从暗处闪出两名金甲神将，将紫霞拦住。

紫霞道：“我去兜率宫，找老君有事。”

金甲神将道：“改道去吧，此道封禁，需天帝令方可通行！”

紫霞道：“我若非要走这条道呢？”

金甲神将道：“此乃天帝令，你敢违背！”

“我还就敢了！”话音刚落，早有准备的紫霞对着两名金甲神将一挥手，两道紫电打出，直接将两名金甲神将打飞出去，晕死在地。

紫霞又往前走。

不过几里路，一片天竹林边，又飞出四名金甲神将来，为首之人，手指紫霞，厉声喝道："天帝令！"

紫霞明知故问："要天帝令干什么？"

金甲神将道："此道封禁，你若无天帝令，怎能过的了前面关卡？"

紫霞道："胡说八道，这条道我常走，哪要什么天帝令！"

金甲神将道："这么说来，你是从前面闯过来的？"

"算你说对了！"紫霞说完，又是猝然出手，将早有准备的四道紫电打向金甲神将。

四名金甲神将早有防备，一见紫电击来，立马迅速闪躲，并展开反击。

可他们的法力跟紫霞比起来，差得不是一丁半点。

紫霞可是受了鸿蒙补天石灵力得道，她再将手一挥，一道紫气卷来挡在她身前，金甲神将攻击在紫气之上，顿如泥牛入海。

他们的眼前也只有紫气，不见了紫霞。

紫霞却借紫气障眼，飞到金甲神将身后，放出紫电，将其击晕过去。

她又继续向锁神殿而去。

她很清楚，今日的锁神殿之路与往常已是天壤之别，因为那里关着孙悟空，所以，这一路之上，都必是龙潭虎穴危机重重，但她义无反顾。

再往前行得十里路，又现出八位金甲神将阻拦。

紫霞仍是二话没说就动手，将八位金甲神将全都打晕。

一路往前，闯过了九道关卡。

她已可遥望到前方一轮明月之下安静的锁神殿了。

汗水已经湿透了衣裙，连喘息也有些上气不接下气，但她心里的那团火仍烈烈燃烧着。

也许，从数千年前的那天开始，便已注定了今日，她会为一个人，赴汤蹈火，不惜一切，纵粉身碎骨，无怨无悔！

她抹了抹从额角流下的汗水，举步向前。

她知道前方会有更大的危险，但她已准备好。

一千米，九百米，八百米……

她看见了锁神殿里被粗大铁链锁着吊在半空的孙悟空，心里像被什么刺挠了一下，突然加快脚步就向锁神殿疾奔。

"轰！"

一根粗大的巨木卷起风雷向紫霞横扫而至。

紫霞早知有埋伏，当即以紫电回击。

"轰"的一声炸响。

那根巨木被击回。

而紫霞也被那一股强力震退飞回。

一个身高数丈的巨神落在当场。

紫霞认得他，乃是力士星君邬文化。

邬文化曾是梅山之上袁洪的手下干将，生巨人之躯，使一对排扒木，力大无穷，冲锋陷阵，无人能挡，封神之后，以己之长，修巨力，成金仙之体。

邬文化落地，左右又现出丧门星君张桂芳、吊客星君风林、月破星君王虎和月游星君石矶娘娘。

随后又现出数百金甲神将，将紫霞包围在中间。

"紫霞仙子，你好好的仙子不做，竟敢闯锁神殿，与妖猴为伍，当真是不想活了！"邬文化将手中巨木向紫霞一指，威猛霸气地喝问。

“力士星君你好大的威风啊。”紫霞冷笑，“你是不知里面关着的是谁，还是你忘了自己是谁了？”

“废话！”邬文化道，“里面关着的是反贼孙悟空，我是力士星君，我会不知道吗？”

紫霞道：“看来你是真健忘，那里面所关之人，乃前世梅山妖王袁洪，而你曾是他的手下大将，后在蟠龙岭被姜子牙阵法所杀而封神。如今，你却是跪了打死你的仇敌，囚了你的主人，你这神做得也够失败的。”

石矶娘娘道：“力士星君，别听她废话，她来劫囚，咱们杀了她便是！”

紫霞目光扫过，将手一指：“还有你，也不是什么好东西，封神之前，哪吒用箭射你徒弟碧云，又打死你徒弟彩云，后来还和太乙真人一起，用火烧死了你，觉得对你实在过分了，反正天庭缺人，就封了你个神。你本是截教门人，和太乙真人一般辈分，如今在天庭却和一帮小神一样不被待见，你还自以为是沾沾自喜，知道什么叫卑贱，什么叫堕落吗？就是你这样的！”

张桂芳张口准备说话，紫霞又手指他和风林：“还有你们两个，也不是什么好东西，封神之前，与阐教姜子牙之流是死敌，军中对垒，被杀身死。也因为天庭缺人，便封你们为神，为天庭驱使，跟凡人家养的狗一般，有什么可耀武扬威的！”

“尽在这里胡说八道，看本星君先拿下你再说！”张桂芳动气，挥臼杵枪向紫霞刺来。

风林，石矶娘娘和邬文化也随即动手。

四周数百金甲神将亦见缝插针地攻击紫霞。

紫霞一路打过来，精力消耗巨大，又在这重重的包围之中，并且张桂芳、邬文化和石矶娘娘无不法力高强，一时在阵中被杀得左支右绌险象环生。

孙悟空被无数条粗大的锁链吊在那里，看着众神围杀紫霞。

他觉得她很面熟。

很快，他想了起来，她就是那个在转角处默默看着他一言不发的仙子。

她这是要干什么？

救他吗？

可他与她非亲非故，甚至素不相识啊！

无论如何，他对她有了很大的好感。

因为他讨厌这些所谓的神。

他想帮紫霞，然而，他的双琵琶骨被锁链穿过，不可变化，不能施法，他看着这一场众神围着一女子厮杀的恶战，恨得牙痒，却无能为力。

孙悟空大喊："无耻啊无耻，你们这些神，这么多人打一个女的，还能要点脸吗？"

可邬文化他们却根本不听。

突然，就在紫霞力战邬文化和石矶娘娘等人时，一道雷霆般的力量破空而至，直击紫霞。

来势汹汹，风雷隐隐。

紫霞大惊，忙打出一道紫电去挡，但没挡得住。

那是一颗银弹，直击在紫霞的胸口。

一声惨叫，一口鲜血狂喷，紫霞当场栽倒在地。

张桂芳见状，立马一挺臼杵枪向紫霞咽喉刺出。

“等等！”

远处传来一声喊。

枪尖已刺在紫霞咽喉之处，张桂芳收了枪。

一身背金弓带着神犬的三眼神凌空而至。

石矶娘娘和邬文化等忙鞠躬行礼，口喊：“拜见真君。”

没错，来人正是天庭司法天神二郎真君杨戬。

杨戬看了眼倒在地上的紫霞，又看了眼锁神殿上的孙悟空，用手中的三尖两刃神枪拨弄了下紫霞的脸，颇感意外地道：“紫霞仙子？你跟这妖猴认识吗？竟敢违反天条来救他？”

哪知紫霞却道：“谁说我要救他了！”

“不是要救他？”杨戬一愣，“那你这大半夜的，一路闯关斩将，到这里来干什么？”

“我还能干什么，当然是杀他！”紫霞道。

“什么？你说什么？”杨戬两眼大睁，一脸的难以置信，“你说你大半夜的，袭击神将，违反天条，到这里来是为了杀这妖猴？”

就连被悬吊在半空的孙悟空也大感意外。

他本以为这身着一袭紫衣的仙子，冒着这么大的险，定是与他有什么渊源，来救他的。没想到，她却说是来杀他的？

紫霞将目光看向孙悟空这边，眼里流淌着决绝的恨意，咬牙切齿地道：“这妖猴现在是叫孙悟空，可他的前世，也就是封神之前，乃是梅山妖王袁洪！”

“这你都知道？”杨戬再一次感到意外，“怎么，你跟袁洪有仇？”

紫霞道：“我本是不周山上塌天之处的一片紫云，祝融共工父子大战，天塌地陷，但得女娲娘娘炼石补天，使苍穹回归安宁。可封神大战，这妖猴被围攻，竟召唤了补天石为战甲，致使不周山上的苍穹再一次垮塌，我正熟睡，差点就被突如其来的天地洪流吞没，我以为他已被老祖毁灭，也就作罢，没想他竟重生，还打来天庭，我岂能放过他！”

封神之战，杨戬在场，他亲眼所见，天罗地网阵中的袁洪，在万道雷霆击身之时，仰天怒吼之间，不周山的方向飞来紫金战甲护身。所以，他对紫霞的说法深信不疑。

杨戬当即就道：“你即便与他有仇，他已被擒，成了瓮中之鳖，必死无疑，你为何还要袭击神将，违反天条？”

紫霞昂首道：“没什么，我只是想亲手杀他，方消心头之恨！”

杨戬道：“我同情和理解你的行为，但你犯了天条，打伤神将，我也偏袒不了你，现带你去见天帝，看天帝如何发落吧！”

当即对着金甲神将吆喝一声：“带走！”

马上有金甲神将上前押了紫霞。

紫霞回头看了眼被吊在那里的孙悟空。

孙悟空冲着她咧嘴一笑，奚落道：“你真是没有自知之明，老孙好歹也是跟鸿钧老祖老儿打过架的，哪能什么牛鬼蛇神都能杀得了我。”

紫霞恨恨地道：“我若不死，必还来找你！”

孙悟空笑道：“很好，那我等你，千万别让我失望了，长得这么漂亮，适合给我生猴子，哈哈哈……”

杨戬怒指孙悟空道：“老子就看不惯你这嚣张样！”

又回头安慰紫霞：“你放心，我一定在天帝面前替你说情，让你有机会亲手杀这妖猴！”

“谢谢真君。”紫霞一脸感激。

杨戬道："不用客气，我实在是讨厌这只猴子！"

当下，神将押着紫霞到了凌霄宝殿。

昊天大帝早听得报告有人闯关劫牢，坐在殿上等消息，见神将押着紫霞上殿，不由睁大眼睛，问："紫霞仙子？杨戬，怎么回事？孤让你去锁神殿擒拿乱贼，你怎么把紫霞仙子给抓了？"

天庭之上，虽仙女众多，但论起美貌来，紫霞绝对可称惊艳，甚至有神仙戏称紫霞和嫦娥为天庭双骄。

是以，绝大多数的神仙都是认识紫霞的。

昊天自然也认识。

杨戬拱手道："禀陛下，紫霞仙子便是那闯锁神殿之人？"

"什么？你说什么？"昊天大帝和殿上一众神仙都听得瞠目结舌，"紫霞仙子便是闯那锁神殿之人？她为何要闯锁神殿？"

众神仙心中的紫霞仙子，可是一个美丽温柔的仙子，平常也与人和善，大家对她的印象极好。

她怎会闯锁神殿成为与妖猴为伍之乱贼？

杨戬当即便说了情况。

这下众神仙便释然了，原来紫霞闯锁神殿不是为了救孙悟空，而是为了杀他，这样的话罪名就小得多了，毕竟还是跟天庭站在一条船上的。

杨戬当即也替她求情道："紫霞所为，虽犯天条，但臣觉得，她曾差点被这妖猴害死，如今这妖猴又打上天来，扰乱天庭安宁，着实可恶。紫霞忍无可忍，想亲手杀他，确实情有可原，还望陛下体谅，从轻发落！"

昊天大帝道："想杀妖猴，本是件值得褒奖之事，但袭击神将，违反天条，却是罪不可赦，诸位爱卿有何高见？"

文曲星君出列道："紫霞仙子平素为人亲和，做事守规，此次违反天条，也是一时冲动，且是初次，或可让其戴罪立功，免于惩罚。"

昊天大帝问："如何戴罪立功？"

文曲星君也一时语塞。

紫霞当即道："妖猴反天，十恶不赦，我愿届时亲手斩杀妖猴，将功赎罪！"

"这是将功赎罪吗？"昊天大帝道，"这岂不是成全了你，给你泄恨的机会？"

杨戬立马道："我觉得可以。妖猴反天，十恶不赦，斩杀妖猴，乃向天表忠，当可使其将功赎罪。"

"好吧，大家觉得呢？"昊天大帝看了一圈凌霄殿上众神仙问。

既是司法天神杨戬如此说，昊天大帝也认可，其余神仙还有什么可说的，当即也就附和着说此法较妥。

当下，紫霞被当场松了绑，昊天大帝令她随杨戬一起，届时在人间斩妖台上斩杀妖猴，将功赎罪。

紫霞又平安无事地回到了落霞园，但她知道这种平安只是暂时的。

当杨戬将斩妖台筑好，让她斩杀孙悟空时，她终究还有一劫。

好姐妹嫦娥听说了紫霞闯锁神殿之事，特地来落霞园看望她，很不解地问她，之前她不是还在说孙悟空能为了公道打上天来，是个有胆魄的英雄，为何一转眼又不惜违反天条闯锁神殿杀他。

紫霞只是看着她淡淡一笑："这世间的恩怨又有几件是说得清楚的呢？"

嫦娥问："你是不是心里藏着什么事，跟我说了，我会帮你的。"

紫霞道："没事。"

"不可能没事。"嫦娥道，"别人不了解你，我还不了解吗？一直以来，你在天庭都本本分分，循规蹈矩，怎会无缘无故做出这犯天条的弥天大罪来？紫霞，你相信我，我们是好姐妹，你的事就算毁我这一世前程，要我性命，我也绝不犹豫！"

紫霞微笑道："我知道，一直以来，我也是这样想的，这广袤的天上，可以让我粉身碎骨不后退的，就只有你。"

嫦娥道："那你不跟我说这是怎么回事？"

紫霞道："再好的朋友，纵是知己，也总有不能说之事。就算自己有时候都还得自欺欺人，总有些东西只能放在我们自己心里，找一个角落藏好，不可与人言说，但若是有需要帮忙的时候，我肯定第一个找你。"

"嗯，应该的。"嫦娥满眼深情地看着她，"既是好姐妹，就该有福同享，有难同当。我希望能替你分担，也希望你能一生都快乐幸福。"

紫霞的心里流淌着无言的感动。

一生有姐妹如此，她很欣慰。

但她还是没有说出这件事的真相。

因为她知道，一旦踏上这条路，就是万劫不复，嫦娥担心她，她又何尝想连累到嫦娥。

这件事，哪怕只有柔弱的肩膀，她也决定一人去扛。

很快，天庭关于处斩孙悟空的公告贴满了四宇八荒。

公告上称，妖猴孙悟空，不守天庭法度，占据花果山仙家福地，仗着修了些仙家道法，不但四处欺压小妖，更是常出没人间，以人为食，甚至妄想逆天，打上天庭，却终还是证明了自己的无能和浅薄，束手就擒了。

今由天庭司法天神杨戬在东海九湾河筑斩妖台，处斩妖孽孙悟空，以还人间太平，天下安宁。

此公告一出，顿时天下沸腾。

那无数愚昧的凡人都止不住拍手叫好，称这等吃人的妖怪，就该碎尸万段，煮他肉吃，方解心头之恨。也因此奔走相告，感恩天庭神仙，为民除害，不愧为人间的保护神，不愧受这人间香火跪拜。

倒是那些妖，有许多清醒的。

他们知道，妖在深山，根本就不吃人，妖也是要修行，妖也想成神，只不过那天庭拥挤，想成神，要背景，已容不下他们这种草根的野蛮生长，于是就硬生生地编造谎言，说妖吃人，说妖无恶不作。

要知道那天上许多神仙，从前也是妖。如今他们成神仙了，就忘记自己是妖了，还各种诋毁妖，说妖的不是。因此，妖族便知道，那天上神仙说的话没几分可信。何况，在此之前，他们从未听说过孙悟空其人，更未听过其恶名。

天威之下，众生惶惶，若不是受了过分的欺压，谁会拼这凶多吉少的命运去与天抗争？

谁不想好好活着？

但凡还有一粒花生米吃，但凡还有一步路可退，谁愿去做飞蛾扑火之事？

所以，比起那许多凡人来说，大多数的妖族都知道，这份公告里关于孙悟空的恶名，多是天庭杜撰，他们从内心里敬佩孙悟空，敢以弱小之躯与天抗争。

虽不敢做什么，却也在心里为他叫上一声好。

但对于落霞峰上的牛魔王来说就不一样了。

鹏魔王又拿着那份天庭公告飞来落霞峰找他，怎么说，孙悟空也是与他拜了把子称了兄弟的大哥，磕头时说过要有福同享有难同当。

如今，天庭公告，要在东海九湾河处斩孙悟空，他能坐视不管吗？

牛魔王看完那个公告，当即撕了个粉碎道："去传老狮和老蛟，赶紧来落霞洞！"

"怎么，牛哥，你要去劫法场吗？"鹏魔王愣了愣。

"废话。"牛魔王道，"兄弟有难，能袖手旁观吗？"

鹏魔王道："那之前你知道猴哥打天上去了，也没说帮忙！"

"能一样吗？"牛魔王道，"那天庭之上，神仙林立，圣人当道，他打天上去，就是送死，别说你我去帮忙，就算再多一百个你我，也是有去无回。那种没有任何机会纯属送死的事，再讲义气，又有什么意义。但现在却不一样，天庭要在人间斩猴子，防守会弱许多，而且周围还有看热闹的凡人，咱们可以混在其中，出其不意，攻其不备，成功的机会还是很大的，至少有得一拼！"

鹏魔王一听，也立马振奋地道："嗯，牛哥说得是，我马上去喊老狮和老蛟来商量！"

说完，转身出了落霞洞，振翅飞起。

一个时辰后，狮驼王得到消息赶来。

又一个时辰后，鹏魔王和蛟魔王也一起赶到。

"你们应该都知道怎么回事了吧？"牛魔王看着三大妖王问。

狮驼王道："老鹏说了，不过我觉得这事干不得啊。"

"干不得？"牛魔王问，"为什么干不得？"

狮驼王道："且不说我们去九湾河劫法场能不能成功，就算成功了，那天庭也必不会放过我们，必会四海八荒追杀我们，这天下便再无我们的容身之地了！”

“那又如何？”牛魔王道，“你以为，就算我们不去劫法场，那天庭就会给我们容身之地？他们才刚把龙族赶出四海，你没看见吗？他们只是还很忙，没时间来找咱们而已，但早晚，我们会和龙族一样，难逃被赶去大荒的命运，或者直接被他们抓去，沦为神仙坐骑！”

狮驼王道：“即便如此，好歹还会给咱们留一线生机。若是劫了法场，与天庭对抗，必会将我们打入十八层地狱，打得我们灰飞烟灭，死无葬身之地！”

“我说狮子啊，你好歹也算兽中之霸了，能有点骨气吗？”牛魔王道，“你看猴子，天庭敢烧他的花果山，他就敢打到天上去，纵死，不屃！你再看看你，不顾兄弟情义，贪生怕死，似你这般，活着也是被人不耻，有什么意义？”

鹏魔王也道：“就是，狮子你好歹也是一方妖王，不要让狮驼岭那一群跟着你的狮妖都瞧不起你，枉他们尊你一声大王！”

蛟魔王道：“狮子你要怕死就自己走吧，反正这法场我是劫定了，虽然我跟猴子结拜不久，情义算不得深厚。但既然拜了，说了同生共死，自己说出来的话，还是要算数的。那天庭已经将我们妖族辱没得很不堪了，说我们歹毒，说我们奸猾，说我们自私自利，跟那万恶魔族一般，别人可以诋毁我们，我们可不能自己作践自己。”

“好了，老蛟你别说了，不管什么后果，这一票我干了！”狮驼王胸中的热血也沸腾起来，“你们说得对，我确实怕死，想在这世间多逍遥快活几年，但有些该做的事还得做。我好歹也是狮驼岭上赫赫有名的妖王，是手下小妖们的榜样，九湾河的法场，我劫定了！”

“很好。”牛魔王深感欣慰，“那我们就来合计合计这法场该怎么劫吧！”

鹏魔王道：“知己知彼，百战百胜，我们应该先去查看一下九湾河的地形地势，看什么地方可埋伏，什么方向好撤退。”

牛魔王点头：“这倒是，这个任务就交给你吧。”

鹏魔王道：“行。”

牛魔王又看着狮驼王和蛟魔王：“你们两个还有什么高见吗？”

蛟魔王道：“杨戬在九湾河筑斩妖台，九湾河临东海，我蛟族擅水，可在东海之中潜伏，等牛哥信号，猛然杀出。”

牛魔王点头：“可以。”又看着狮驼王问：“你呢？”

狮驼王道：“牛哥你怎么安排我便怎么做吧。”

牛魔王问：“狮驼岭有多少小妖？”

狮驼王略想了想，道：“一两千之众吧。”

牛魔王道：“行，你先回去把手下小妖带来落霞峰，待老鹏查看好地形，咱们随时出发！”

狮驼王应声离去。

鹏魔王和蛟魔王也各自离开去做准备了。

第 6 章　接引道人用计，地藏出手

九湾河边。

杨戬手下太尉金大升和朱子真负责监工，建造斩妖台。

那台高百丈宽百尺。

方方正正，悬一帅旗，旗上一个簸箕大的“杨”字。

九湾河的风吹过，帅旗猎猎作响。

一团金光从天而降。

杨戬背银弹金弓，持三尖两刃神枪，带哮天犬赶来。

还有杨显、吴龙、常昊、戴礼及司神殿卫紧随其后。

金大升和朱子真赶紧上前迎接。

杨戬看了看位于九湾河边的斩妖台，尤其多看了两眼那面“杨”字帅旗，心中油然而生一种自豪感，甚为满意地道：“很好，待明日，斩杀妖猴，便出了我心中恶气！”

戴礼恶狠狠地道：“我一时大意，着了妖猴的道，求真君给我机会，明日我要亲手斩那妖猴！”

杨戬道：“想杀他的人太多了，你已经排不上队了！”

“是吗？”戴礼问，“真君已经安排了斩他之人吗？”

杨戬道："不是我安排的，是天帝指定！"

"天帝指定？"戴礼问，"谁啊？"

杨戬道："紫霞仙子。"

"紫霞仙子？"戴礼一愣，"就是那和嫦娥并称天庭双骄的紫霞仙子吗？天帝怎么指派她杀那妖猴？"

杨戬道："你就不要管那么多了，明日你们只要看着那妖猴人头落地就行了。"

戴礼便不再说话。

杨戬让他不要多话，他就一个字都不敢多说，不然就是自讨没趣了。

此时，远方又是一团红云滚滚，后面有如惊涛骇浪般的气势席卷。

刹那间，一脚踩风火轮手持火尖枪的神将飞近前来，后面跟着上百神将和十万天兵，杀气腾腾霸气侧漏。

"哪吒兄弟。"杨戬见状，还是上前打了招呼。

虽然他是天庭司法天神，然而在天庭之上，论身份地位，哪吒绝对是可与他比肩之辈，甚至比他还要略强。

哪吒除了和他一样受元始天尊青睐，肉身成圣，封威灵显赫大将军外，哪吒的老爸李靖也肉身成圣，称托塔李天王，乃天庭兵马大元帅，还有哪吒的两个哥哥金吒和木吒，也都封为天灵神将，为李靖帐前先锋。

他虽管了天庭司法，但哪吒一家几乎掌管了整个天庭兵权，论起实力，确实比他要强。

纵是处斩孙悟空，昊天大帝让他负责监斩，却还是要借哪吒父子之兵，所以，他纵孤傲，对哪吒还是有几分客气。

哪吒降落地上，看了眼九湾河边巍然而立的斩妖台，颇为满意地点了点头："在这里处死妖猴，再好不过了。"

杨戬问："怎么，哪吒兄也喜欢这地方？"

哪吒道："那是当然，我喜欢这地方，绝对比你有过之无不及了！"

"哦？"杨戬一愣，"为什么？"

哪吒道："曾经我那么轰轰烈烈的传说，你都不记的吗？当年，就在这地方，我本来只想安安静静地洗个澡，没想因为混天绫的法力太大，竟搅得龙宫天翻地覆，那夜叉不知我来历，竟出来训斥我，别人搅了龙宫你可以训，然而我是谁，别说搅龙宫，就是拆了龙宫又如何，结果惹得小爷生气，还打死了敖丙……"

"真是时过境迁啊，当年，那东海龙王敖广仗着东海水师强大，竟要我为敖丙偿命，逼我爸杀我，幸我师傅护我，以莲藕塑身之法，救我一命。那敖广做梦也不会想到，如今我李家权倾天庭，一怒起风云，而他龙族却如丧家之犬，苟活于大荒……"

"跟我斗，他也配？"

杨戬道："你这么一说，又让我想起当初那梅山妖王袁洪了，也是让你我吃瘪，颜面尽失，可最终，笑到最后的，还是咱们。"

哪吒道："是的，所以我才说你选这个地方处斩妖猴，真是妙绝了。"

杨戬道："此番妖猴被擒，已是必死无疑，重要的是把那些暗中帮他的同党借此机会一网打尽，明日就看你的了！"

哪吒道："我带了十万天兵，百员神将，可将这小小的九湾河围个里三层外三层，那妖猴同党敢来，我便在这里将他们埋了！"

杨戬赶紧道："不不不，不能这样大张旗鼓。"

“不大张旗鼓？”哪吒愕然，“什么意思？”

杨戬道：“你把阵仗摆大了，那些本来想帮妖猴的同党就怕了，不敢来了，咱们费这么大周章处斩妖猴，就白忙活了。斩妖猴是个饵，咱们的目的是钓鱼！”

“钓鱼？”哪吒问，“如何钓？”

杨戬道：“你让天兵神将在斩妖台附近找隐蔽之处埋伏起来，不显山露水，我这里也煞有介事地处斩妖猴，那些想救妖猴的同党会观察形势，觉得有能力救他，才会冲上来。等他们冲上来了，埋伏好的天兵神将再从四面八方包围上来，守株待兔，以逸待劳，将妖猴同党一举全歼，大事可定！”

哪吒一听立马道：“这办法好，就按你说的办！”

当即命手下天兵神将在九湾河附近的隐蔽之处埋伏好，只等明日处斩妖猴之时，便可大显身手。

夜慢慢地来临，整个东胜神洲都陷入一片黑暗。

那西牛贺洲之地——灵山雷音寺，却还只是日出之时。

接引道人正站在雷音寺前菩提树下，将眼一闭，一念起，便现一朵金莲。

又一念起，再现一朵金莲。

片刻之间，在他的十二念之间，现出十二朵金莲，于其周身环绕。

然后，十二念归一。

十二朵金莲也合而为一。

接引道人再将手掌一挥，那金莲化成无数莲瓣，隐入菩提树中，那菩提树顷刻便高了一丈。

“师兄。”背后传来喊声。

接引道人缓缓转过身来，是准提道人。

“有什么事吗？”接引道人仍是一副念佛之态。

准提道人道：“孙悟空打到天上去，被擒住了。”

接引道人道：“嗯，我知道。”

准提道人又道：“天庭已经发布公告，将于明日九湾河斩他！”

“你有什么想法吗？”接引道人问。

准提道人问：“我们要不要出手救他？”

“出手救他？”接引道人问，“你是想和天庭作对，给西方教冠上一个逆天的罪名吗？”

准提道人一愣：“我们不是要与天庭争锋，往东传教吗？”

接引道人叹道：“在悟道之上，你有天赋，可在立世之上，你却还是差了那么点意思啊！”

准提道人愕然：“师兄此话怎讲？”

接引道人道：“如今天庭在上，有圣人庇佑，大罗金仙成群，天兵神将无数，万族低头，万教臣服，我西方教虽在封神之战中收了不少门人，可与天庭势力相比，却还是差了一截，此种道人情况，如何能与天庭一战！”

准提道人问：“可如若不与天庭相争，我西方教如何往东传教？”

接引道人道：“相争，却未必要战。争锋之事，可有两途。一途为明争，而另一途，则为暗斗。明争之事，往往你死我活，覆水难收；而暗斗之法，则往往心知肚明，却又拿不到把柄，撕不破脸，留有余地。今我与天庭之争锋，只能暗斗，不可明争！”

准提道人又问：“那如何个暗斗法？”

接引道人道："这个问题就只能意会，不可言传了。"

"那孙悟空之事呢，我们在他身上花了那么多时间精力，就这样放任不管了吗？"准提道人问。

"当然得管。"接引道人道，"孙悟空，将是我西方教往东传教之路上的重要棋子，我西方教未来之成就，有一半希望都在他身上，他之事，我岂能坐视不管！"

"那怎么办？"准提道人问。

接引道人道："这你不必操心，我自有安排。"

准提道人点头，也没再说什么，自己退下了。

接引道人仰头看了看天空，阳光正烈。

"今日天气宜阴凉些吧。"说罢，他将手一挥，一片乌黑的云团挡住了烈日，眼前的世界霎时变得阴凉起来。

随即，接引道人乘十二品莲台，来到了雷音寺后的深渊之下。

十二品莲台所过之处，霎时亮如白昼。

而深渊之下是密密麻麻的一片山峰，那些山峰上全都长着黑色的树。若无十二品莲台的圣光辉映，这深渊的世界会是一片伸手不见五指的漆黑。

接引道人乘着莲台飞往深渊的前方。

从深渊的前方传来阵阵猛兽的低吼，震人心魄。

最终，接引道人在一座结满了黑色果子的山峰前停下了。

山峰之上传来一声低吼，一只虎头、独角、犬耳、龙身、狮尾、麒麟足的猛兽从黑果林中窜出，却并没有扑咬接引道人，只是在他身前停下，露出满眼凶光，却还是被接引道人的气场震慑。

接着从里面缓缓走出一个长得肥头大耳手拄九环锡杖的头陀，向接引道人竖单手见礼，尊称道："接引道人道友。"

接引道人亦还礼："地藏大师。"

地藏问："接引道人道友远道来地藏山有何指教？"

接引道人道："眼下，有一件拯救天下苍生之事须要劳烦大师，还望大师能大慈大悲。"

地藏道："不知接引道人道友所言何事？"

接引道人道："东方天庭建立，统御四方，制定天条，修建十八层地狱，称地府，如有违反天条之人，就将其抓入，或关押折磨，或使其灰飞烟灭。那被送往地府苍生，皆苦不堪言，生不如死，还望大师可悲悯其苦，往那地府救之。"

地藏道："违反天条，当是有罪之人吧？"

接引道人道："这，倒是未必。"

地藏问："此话怎讲？"

接引道人道："天庭建立，制定天条，至此天下生灵，神仙居上，凡人在下，妖为异类，这四海八荒，名山大川，仙草灵药，皆归天庭，若妖族人类得之，便为有罪，自有天地以来，天地为公，那天庭却说是自己的，它既强占，却言别人之罪，实乃欲加之罪也！"

地藏道："这便是天下之大，我是对的，与我不同者，便有罪吧！"

接引道人道："正是这个意思。"

地藏道："这确实有些过分了，不过这区区小事，也难不倒接引道人道友吧？"

"我？"接引道人道，"这确实有些难。"

地藏不信："怎么可能？接引道人道友你也是凤毛麟角圣人之辈，你要在那地府中救人，谁能拦得住？若是你都救不了，那我也难办吧！”

“这不一样。”接引道人道，“我之修为，要闯那地狱，自是无人能挡。然而，我西方教与天庭颇有渊源，若是我出面，必使得西方教与天庭产生纷争，致生灵涂炭，是以，这事还需大师出面为妥。”

地藏道：“行，既接引道人道友如此说，这事便由我去做吧，既为救苍生，我不入地狱，谁入地狱。”

接引道人道：“大师慈悲。”

地藏道：“接引道人道友客气，我一会儿便动身去地府。”

“不急不急。”接引道人道，“我为大师看了下时辰，应在明日午时一刻到地府为好。”

“明日午时一刻？”地藏不解，“这是为何？”

接引道人道：“这其中有玄机，大师信我便是。”

地藏点头道：“那好吧，我便明日午时一刻到地府。”

“还有。”接引道人道，“若大师将那地府囚徒救出，让他们去九湾河吧。”

“让他们去九湾河？”地藏不解，“为何？”

接引道人道：“那里有一个可拯救天下苍生之辈，需要救。”

“可拯救天下苍生之辈？”地藏问，“谁啊？”

接引道人道：“大师在地藏山隐世多年，不知外界事，我说来大师也未必知道，他叫孙悟空，前世乃得道大圣，因卫道而殁，今生重修得道，再次战天，不敌被擒。天庭在九湾河建斩妖台，欲斩他，是以我希望那些地府被囚之徒，去九湾河救他，与他并肩作战！”

“原来如此。”地藏道，“既是如此大义之辈，当救之。”

接引道人道：“有劳大师，那我先去了。”

地藏恭送。

离开地藏山之后，接引道人又来到一处深渊所在。

那是一个黑色的水塘。

一只肥头大耳的猪正提着一把钉耙在水塘边，将钉耙往黑色的水里放下去，提起来。放下去，又提起来。

猪身边放着一个黑色的桶。

突然，一片金光闪耀。

猪回过头来，看见乘十二品莲台而来的接引道人，忙躬身行礼："老师。"

"嗯。"接引道人应了声，看了看黑色水塘，又看了看那盆，"怎么样，能用你的钉耙将这池塘之水盛满桶中吗？"

猪刚鬣道："这钉耙漏水，若不施法，根本舀不起水来，我舀了这么多日，这桶却还是空的，就算再让我舀上千年万年，这桶也是盛不满的吧！"

接引道人道："哪里，你看这桶中不是满了吗？"

"满了？"猪刚鬣回头一看，那桶中竟真的装满了水。

他压根就没往桶中舀得一滴水啊，怎么就满了？

他霎时便明白过来："是老师施了法吧？"

"岂会。"接引道人道，"我让你以钉耙舀水，不可施法，我岂会作弊。"

猪刚鬣道："可我明明未曾以钉耙舀起水来，也未曾将钉耙放入桶中，这桶中怎会水满？"

"心诚则灵。"接引道人道，"我让你以钉耙舀水，将桶盛满，这本是不可能之事，但你仍坚持着，未施法作弊，钉耙虽有缝隙，但你心上却无。水能自你钉耙漏空，却不可从你心上漏下。以钉耙舀水，修的是心，心的境界到了，便可无中生有，是以，你桶中之水也便满了！”

猪刚鬣道：“老师让我以钉耙舀水，将桶盛满，我知钉耙舀不到水，但老师让我做，我便做了，我相信老师说的，只要用心，桶自会满，没想到真的满了。”

接引道人道：“有时候，信念是一种力量，是一种奇迹和希望。”

猪刚鬣虔诚地道：“弟子受教了。”

接引道人道：“你既已盛满了这桶水，悟性已开，便可出去了，外面也正好需要你。”

“需要我？”猪刚鬣问，“外面发生什么事了吗？”

接引道人道：“有个叫孙悟空的需要你去救。”

“孙悟空？”猪刚鬣问，“孙悟空是谁？”

接引道人道：“他在未来可以带着你打上天庭。”

“可以带着我打上天庭去？”猪刚鬣不解，“他这么厉害，为什么还要我去救？”

接引道人道：“他如今也有许多道未曾悟得出来，若悟出来了，这天地也都黯然失色了。凡事，都需要契机。”

“好吧。”猪刚鬣道，“老师所说，断不会错，那弟子去哪里救他呢？”

接引道人道：“九湾河有一斩妖台，明日午时三刻，杨戬和哪吒会在那里处斩他。”

“什么，他在天庭手中，还是杨戬和哪吒处斩他？”猪刚鬣吃了一惊道，“那杨戬和哪吒皆是受元始天尊青睐，肉身成圣之辈，而且他二人所在之地必有无数天兵神将，弟子这点道行，如何能从他们手中救下孙悟空？”

接引道人道："你把这桶水喝了吧。"

猪刚鬣看了看那一桶漆黑的水，有些疑惑地问："这水能喝吗？"

接引道人道："这是你悟之道，非水也。若离了道，你自然平庸；但若得了道，你便可有日新月异之功也！"

猪刚鬣道："那弟子便喝了。"

说完，他便抱起那桶漆黑的看起来脏兮兮的水，然后一仰脖子，大口地喝了下去。

顿时，他只觉得自己的全身有如江河奔流惊涛骇浪般的力量汹涌，同时又感觉生有翅膀般轻盈。

那种无穷的力量，在身体里山呼海啸，来回奔腾，他看着那地面却不再是地面，如同水波一样柔软。

他跳起来，往地下一钻。

竟然真的遁到了地下，在地下有如陆地行走、空中飞翔一般随心所欲。

他又钻出地面来，看着接引道人问："老师，我这是怎么回事？我怎能在那地下行走自如？"

接引道人道："你不只是可在地下行走自如了，你这是天罡数三十六般变化大神通，不逊那哪吒、杨戬之辈了。"

"天罡数三十六般变化？"猪刚鬣问，"这是什么神通，我怎从未听说过？"

接引道人道："心修道，通天地万物。可有天罡数三十六般变化和地煞数七十二般变化。其中天罡数三十六般变化分为斡旋造化、颠倒阴阳、移星换斗、回天返日、呼风唤雨、震山撼地、驾雾腾云、划江成陆、纵地金光、翻江搅海、指地成钢、五行大遁、六甲奇门、逆知未来、鞭山移石、起死回生、飞身托迹、九息服气、导出元阳、降龙伏虎、补天浴日、推山填海、指石成金、正立无影、胎化易形、大小如意、花开顷刻、游神御气、隔垣洞见、回风返火、掌握五雷、潜渊缩地、飞沙走石、挟山超海、撒豆成兵、钉头七箭。无论是天罡数三十六变，还是地煞数七十二变，只要会一种，便可成大罗神仙之辈，强者亦可成圣。若会两种，必是天道圣人也！”

“真的吗？”猪刚鬣又惊又喜，“我真的会了天罡三十六变？我这么厉害了吗？”

接引道人道：“你虽通了百窍，有了神通，但神通之术，还贵在运用，你还得慢慢领悟，方能随心所欲地使用。”

对于接引道人所说，猪刚鬣深信不疑，欣喜若狂地道：“多谢老师，多谢老师。”

接引道人道：“你不必谢我，我不过是给了你机缘，成就你的还是你自己。”

“嗯，弟子明白。”猪刚鬣道，“弟子此去，必救出孙悟空，老师还有什么吩咐吗？”

接引道人道：“有一点得叮嘱于你，你去之后，须忘记你认得我，忘记你来过我灵山之地，不能让天下知我曾救你，传你道法，你与我无半点瓜葛。”

“这……这是为何？”猪刚鬣愕然。

接引道人道：“你以后会知道的。”

猪刚鬣道：“可老师教我，此恩如同再造，我岂能与老师形同陌路？”

接引道人道：“有些事放在心里便行，不可让人知晓，被人知晓了，易生祸事。他日你我还会再见，还有缘法，届时我还有更大的使命给你，那时你便知我苦心了。”

猪刚鬣信誓旦旦地道：“嗯，只要老师一句话，我猪刚鬣定赴汤蹈火，在所不辞！”

接引道人道：“你且去吧，自己小心点，你虽悟了这神通，可你的敌人非泛泛之辈，切莫大意，小心万事成空。”

猪刚鬣点头，然后扛起钉耙，转身离去。

转眼已是第二日。

天上地下都沸沸扬扬起来。

自封神之战后，这天下出过的事不少，但像这种犯下反天之罪被天庭公告处斩之事还是第一件。

天下人还以为，此举只是为了处决孙悟空，以警天下。却不知这是元始天尊所控之局，要以孙悟空为饵，钓背后暗助孙悟空之大能出面。

一大早，杨戬便带了一大帮手下神将，以及紫霞，到锁神殿提孙悟空。

被粗大铁链穿过琵琶骨的孙悟空看着杨戬，眼神里仍满是藐视。

紫霞看着孙悟空的样子，心里格外疼惜，但她还是装着无动于衷。

她必须把这出戏演得真，演到底，不能被杨戬察觉。

“猴子，死到临头，你是否开始后悔了？”杨戬幸灾乐祸地问。

孙悟空冷笑道：“你孙爷爷做事问心，但行无悔，生死一笑置之，你以为能看老子笑话？”

“死到临头还装？”杨戬道，“你觉得自己是英雄？”

他将手指着紫霞：“看见了吗？届时会由她对你行刑处决，死在一个女流之辈手里，这种奇耻大辱，感觉是不是很好？”

孙悟空看了紫霞一眼，眼神斜视，不屑一顾地道：“她？也是个可怜人吧，前日想杀我，却被你们抓了。也不知道是怎么和你们这帮臭神仙沆瀣一气的，换了个杀我的机会，可惜的是，就她那点微末道行，再修一千年也摸不到老孙的边，还想杀我？”

紫霞故意装得恨恨地道：“能不能杀你，到时候你就知道了！”

孙悟空道：“这天下那么多人，有几个能打到天上的。你以为孙爷爷是谁都能杀得了的吗？小姑娘，不要把无知当自信，自欺欺人，自取其辱，我虽不知道你与我有什么恩怨，但我可以告诉你的是，从我有记忆起至今，我虽结怨无数，但无一例外，都不是我的错，如果你与我有什么前仇旧恨，就去自己反省，不要在错误和作死的道路上越走越远。”

紫霞道：“你都死到临头了，就不要妖言惑众了，我好歹也是得道之仙，岂会受你蛊惑，我倒是要劝你好好反省，这天下芸芸众生，为何独你落到这般下场。”

“为什么？”孙悟空道，“因为这天下，从众的都是平庸之辈，出众的少之又少。真正的英雄，都会走别人走不了的路，明白吗？”

“我呸！”杨戬道，“你真是很会往自己脸上贴金。好了，不和你废话了，赶紧带走，九幽之下的灭魂之所在等着你呢。”

孙悟空看了看紫霞，又看了看跟在杨戬身边耀武扬威的金大升和朱子真等梅山众人，心里莫名的一声叹息。

想当年，在梅山之上，他们和他称兄道弟，也有一腔热血，心怀理想，信誓旦旦，要与他一起并肩作战，卫道反天。

然而，终还是抵不住天庭那一纸封神的名利，为了成为神仙，他们背弃兄弟，也背弃了自己。

终活成了别人讨厌的人，也活成了自己曾经讨厌的人。

原来，这世道，为了名利，是非可以扭曲，梦想可以摧毁，就算情义也可以践踏和背叛。

无价的东西，都毁于有价了，这让他感到莫名悲哀。

九湾河边。

早围了水泄不通的人群。

这天下的凡人，最爱的就是看热闹了，何况天庭公告称，这孙悟空是吃人的妖猴，自然令他们更加痛恨，不亲眼来看着他被处决，就不足以解恨一般。

四周有一些天兵天将在站岗维持秩序。

当然，这只是表面。

实际上，在这些凡人看不见的地方，九湾河中，以及四面的密林里，到处都有哪吒所率的天兵神将埋伏着。

九湾河往东一里路的七峰山上。

那最高的一峰之顶，长了一棵挺拔的苍松。

那苍松非苍松，乃是阐教之主元始天尊所化。

他在七峰山之顶，可见九湾河方圆百里内的一切风吹草动，他倒要看看，孙悟空背后到底是哪位大能，时至今日，还敢与天庭作对。

杨戬带着紫霞及天兵神将押着孙悟空降落在九湾河边的斩妖台上，然后推着手脚和琵琶骨都被粗大铁链锁着的孙悟空往前，开始向围观的人群介绍。

自然，他那一番介绍，瞎编乱造，竭尽所能地把孙悟空说得非常不堪。

说孙悟空得天地造化，有些天赋，居花果山上，纠集了一帮妖怪，四处吃人，使得花果山方圆百里之内，人烟绝迹。其余地方，若不是有神仙庇佑，也必遭毒手。他得寸进尺，痴心妄想，在花果山作威作福还不够，竟打上天庭，想做天帝。今日被拿在此地问斩，乃是人间之幸，天地之幸！

这一番无中生有添油加醋的介绍，使得下面的人群情激愤，或冲着孙悟空破口大骂，问候他十八代祖宗；或捡起地上的泥土、石头和木棍之类，去往斩妖台打他。

杨戬命人将孙悟空按着跪下。

金大升和朱子真讨好地上前来。

孙悟空被穿了琵琶骨，使不得法用不得力，他不愿跪，却还是被硬生生地按跪在那里。

那些泥土、石头和木棍就被丢在孙悟空身上。

他并没有闪躲。

他只是坦然地面对着这一切，任由那些东西打在他身上，他只觉得那些人可怜、悲哀。

这世上的风雨雷电，都是由神仙操控，连下多少滴雨，都是神仙说了算，凡人已不能做主自己的命运，他们所经历的水旱灾害都是神仙给的，神仙用这种惩罚的方式让他们明白神仙的重要性，明白神仙不可惹，于是他们果然就对神仙下跪祈求，为神仙俯首烧香，把神仙当成祖宗一样供着。

就这样一群愚昧而可怜的人，他能和他们计较什么？

紫霞站在旁边，看着那些雨点般的泥土和石块落在孙悟空身上，虽然她知道那些泥土和石块根本无法伤得了孙悟空，但她还是替他感到心痛。

只有她知道，无论是前世今生，今天被天庭逼着跪在这里的孙悟空都是这天地间无人可及的英雄。

以他的本事，完全可在这天地间逍遥自在，独善其身。然而，他为情为义，为道，为天下苍生，选择勇敢、选择抗争。

他本该被人尊崇，被人传诵，可世人却让他背上骂名。

她知道，此刻跪在这里的英雄，面对这些蝼蚁般凡人的羞辱，脸色有多平静，内心就有多悲凉。

那一刻，她想大声地说出真相，想替他辩解，话在嗓子眼却硬生生地忍住了，硬吞了下去。

这个世界最大的悲哀便是，即便是假话，有权威的人说出来，便被当成了真话，有很多人信；即便是真话，被地位低下的人说出来，也没人相信，便成为了假话。

紫霞把眼泪忍了回去，她观察着四周的地形。今天，就算万劫不复，她也一定要找到机会，将孙悟空救出去。

如果不能，她就陪着他一起死。

一起永生，或一起虚无。

至少，让他不孤独。

“妖猴，看见了吗？此刻，你还能得意起来？还觉得自己是了不起的英雄？世人唾弃你如狗屎啊！”

杨戬看着这个场面，格外惬意。

就如当年封神之时，他从一个阐教三代弟子，在大神大仙面前，直接被元始天尊钦定肉身成圣一样。

命运给了他三只眼睛，很多人都笑话他是怪物，那时他自卑、颓废，没想到一朝入道门，得机缘，才发现这三只眼是他得天独厚的天赋。

他注定就是天之骄子！

“斩了他，赶紧斩了他，好为民除害！”

下方围观的人群里爆发出阵阵吼声。

“不急不急啊！”杨戬冲下面挥着手，“天规所定，得等午时三刻再斩。午时三刻一斩，烈日当头，魂飞魄散。”

“好，那就等午时三刻再斩，让他魂飞魄散。这么凶恶的妖猴，决不能让他再转世投胎，又成祸害！”

“今天的时间过得真慢啊。”杨戬看着孙悟空，故意叹气。

边说着，边四处张望。

因为斩妖猴不过是个幌子，其目的是要引那妖猴背后的大能上钩。

然而，四周如常，并无异动。

那就等吧，他也不急。

因为哪吒的十万天兵神将早已十面埋伏，而且就连元始天尊也在暗处守株待兔。

那大能若真的出来，老君也会出手相助。

今日之事，尽在掌控之中，完全可以高枕无忧。

午时二刻。

一道虚影掠过黑水，越过阴山，落在幽冥门前。

只见一个肥头大耳手持九环锡杖的头陀，骑在一只虎头、独角、犬耳、龙身、狮尾、麒麟足的猛兽身上。

两个鬼卒自幽冥之门手持钢叉而出，指着地藏吆喝：“什么人，胆敢擅闯地府禁地！”

地藏道：“你说是禁地就是禁地了？没这样的道理吧。”

一鬼卒仍威风凛凛地喝问：“放肆，竟敢说阎王定的规矩没道理，你这是不想活了！”

另一鬼卒忍不住笑道：“这正是应了那句，天堂有路你不走，地狱无门你自来投啊！”

“那我就来了哦。”地藏拍了拍猛兽的头，“谛听啊，那咱们就进去吧。”

谛听微微点头，径直就向幽冥之门闯了过去。

“找死！”一鬼卒吆喝着，当即将钢叉向谛听头上刺去。

谛听见状，将口一张，猛吼一声，口中涌出一股狂风，两名鬼卒直接被卷飞出去，撞在幽冥之门上，晕死了过去。

随即，谛听跨过两名鬼卒的身体，就进了幽冥之门。

但刚踏进门，进得地府十殿之第一殿，便遇到一群正往外来看动静的鬼卒，不由分说就挥着手中或钩或叉或刀的武器来攻击地藏。

地藏压根就没理会。

而座下谛听张口就吼。

吼声出，狂风起。

一群鬼卒无一能挡，全被狂风卷飞。

“大胆孽畜，竟敢来地府生事，看爷爷不锁了你！”

地藏抬眼一看，一扇门开，从里面奔出两名颇有些气势的鬼将来。

其中一名身材高瘦，脸白如粉，口吐长舌，面容带笑，头戴一顶白色长帽，手拿一条粗大铁链；另一名身宽体胖，面容凶悍，个子略小，头戴一顶黑色长帽，手拿一对染血铁钩。

不用说，这两人就是地府中任勾魂之职的黑白无常了。

黑无常将手中铁钩凌空甩起。

铁钩如长了眼睛般向地藏脖颈飞来。

“你想钩我？怕是钩错了地方！”地藏说着，将九环锡杖往上轻轻一撩。

铁钩钩在了九环锡杖之上。

黑无常用力一拉，想把地藏拉到身前。

然而，地藏端坐在谛听之上，有如老树生根，纹丝不动。

白无常一见，也将手中铁链抛起，向地藏身上套去。

“这天下能锁我之人还没出生呢！”地藏说着，竟将手中九环锡杖松开。

九环锡杖脱手飞出，一根化两根，打向黑白无常。

黑白无常的铁钩和铁链迎着九环锡杖，寸寸断裂。

两人见状，大惊失色，赶紧就往里逃跑。

地藏并无杀心，自将九环锡杖召回，然后骑着谛听慢条斯理地往里走去。

黑白无常逃进里面大殿，惊慌失措地报告给秦广王。

秦广王一听，马上命手下鬼卒去通知另外九殿阎王，然后亲自出马来阻挡地藏。

在大殿门口，便看见赶来的地藏。

秦广王将手中生死笔向地藏霸气一指，厉声质问：“何方妖孽，竟敢擅闯地府！”

地藏道：“你又是谁？”

秦广王道：“我乃地府十殿之第一殿阎王秦广王是也！”

“第一殿阎王？”地藏道，“我不管你是第一殿阎王，还是第十殿阎王，只要你放了这地府所囚之人，我转身便走；若不然，事情便麻烦了！”

“放肆！”秦广王喝道，“地府乃天庭所建，只听天庭之令，你算老几！”

地藏仍不急不缓地道：“你不要管我算老几，也不要管这地府是谁所建，总之，今日此地，我说了算。”

“你说了算不算，还是先问问我的生死笔再说吧！”秦广王说罢，将生死笔往空中一画。

第一殿的世界立刻消失不见，无端涌出一片惊涛骇浪往地藏淹没而至。

“米粒之珠，也放光华？”地藏只将手一挥，宽大袖袍扬起，那惊涛骇浪被卷进袖袍，立刻消失不见。

秦广王不服，再往面前一画，一座山岳向地藏压下来。

地藏将手向山岳一指，那巍然山岳立刻变成一片树叶，晃晃悠悠飘落在地。

“果然有些本事，再看千刀万剐！”

秦广王吼着，又将生死笔在空中一番乱画，立刻生出千刀如雨，向地藏密密麻麻地斩来。

地藏口一张，吐出一朵黑莲。黑莲碎散而开，化出千万莲叶，莲叶迎着刀雨而去。

那刀雨顷刻就化作了虚无。

地藏面色平静地道：“就这点本事，如何能坐镇地府？”

秦广王的脸色青一阵白一阵，却无计可施。

他的道行跟地藏比起来，显然不在一个层次。

就在他难堪之时，另外的九殿阎王也气势汹汹地赶来。

第二殿楚江王、第三殿宋帝王、第四殿五官王、第五殿阎罗王、第六殿卞城王、第七殿泰山王、第八殿都市王、第九殿平等王、第十殿转轮王。

还有牛头马面，凶神恶煞等鬼将都各施神通来捉拿地藏。

一时间，整个地府第一殿之上卷起阴风阵阵，鬼嚎声声。

楚江王的无底盆，装着汪洋大海；宋帝王的万灵绳，可一根变两根，三根，千万根，交织成网，网起烈火；五官王的三魂旗，晃一晃，让人眼前血雾茫茫；阎罗王的失心钟，摇一摇，让人失魂落魄；卞城王、泰山王、都市王、平等王和转轮王等几大鬼王俱有过人的神通和威风的宝贝。

然而，这些在地藏面前都是小巫见大巫。

用地藏的话来说，米粒之珠，放不出光华。

地藏先祭黑莲，再祭白莲，又祭金莲，最后祭出红莲。

四色莲花毫光大放。

任那什么宝贝，在四色莲花的世界都如泥牛入海，悄无声息。

包括十殿阎王的法力，也都如小孩耍宝，对地藏毫无威胁。

那十多件本来威力无穷的法宝，在地藏面前，就像是常人耍的把戏，眼花缭乱，都是花招。

地藏见他们拼尽全力也没什么作为，当即将手向楚江王一指，黑莲之上飞起一莲花瓣，飘向楚江王。

楚江王还想用无底盆来收。

但那花瓣迎风变大，直接把楚江王给裹住，将他摔倒在地。

地藏又指了另外九殿阎王。

白莲、金莲和红莲之上均飞起花瓣，将九殿阎王压制。

其余鬼将和小鬼就更不用说了。

地藏只是说了声："都原地站着别动。"

他们就都目瞪口呆地站在原地不能动了。

"跟你们说了，不要挡我，挡也是白挡，你们非不信。"地藏说罢，就骑着谛听往十八层地狱而去。

每一层地狱都有鬼卒鬼将把守，但全不是地藏的对手。

地藏从地狱第一层一直到地下十八层，乃至十八层之下的九幽。

他将关押在里面的所有囚徒全都放出来，并转告了接引道人的话，让他们去九湾河救孙悟空。

看那些地府囚徒离去之后，地藏骑着谛听在那里想了想，然后自言自语道："听接引道人道友说这孙悟空甚是了得，我不妨去看看。"

此时，九湾河边，斩妖台上。

杨戬时不时地看着那天空之上升起来的日头，等着午时三刻的到来，等着周遭而起的动静。

带天兵神将埋伏在附近的哪吒也在翘首以待。

七峰山的元始天尊也在等。

午时两刻已过。

一点一点地接近午时三刻。

紫霞的额头已经渗出了汗珠。

她一直在找机会。

然而，并没有机会。

斩妖台上，除了肉身成圣的杨戬外，还有封神的梅山六大妖王，金大升、朱子真、吴龙、戴礼、常昊和杨显。

他们都死死地盯着孙悟空。

她一旦有异动，恐怕还没有替孙悟空斩断铁链，便已被拿下了。

所以，她得等到行刑的最后一刻，好将那斩向孙悟空的刀刃改变方向斩向铁链，如此才能防不胜防，令杨戬等人措手不及。

而这种关乎生死的等待，却是最让人难受的煎熬。

但她知道，她没有退路。

“午时三刻已到，斩妖！”杨戬终于下了命令。

时辰到，已不可更改，既然大能不现身，能斩了孙悟空，也算是出了心中一口恶气。

紫霞接过旁边司神殿卫递过来的削铁如泥的斩妖刀，向孙悟空走去。

她虽早就做好一切准备，甚至迫不及待等这一刻，但这一刻真正到来时，她的心中还是紧张如战鼓擂起，手也有些发颤。

“杨戬匹夫，休动我兄弟！”就在紫霞离孙悟空还有两步距离，所有人都把目光聚焦在斩妖台上的孙悟空身上时，突然传来这一声暴吼。

早变化成凡人藏身在围观人群里的牛魔王眼见杨戬下令，全场注意力都向孙悟空集中过去的时候，他当即召唤出避水金晶兽，飞向斩妖台。

人未飞到，手中丈长三叉戟已向杨戬刺到。

杨戬一听动静，热血立刻沸腾起来。

他等的就是孙悟空背后的人现身，当即更不答话，一挺手中三尖两刃神枪挡向牛魔王的三叉戟，溅起一片火花。

斩妖台四周也激起一阵气浪，震得那山岳也摇晃了几下。

两人各被震得凌空倒退。

杨戬乃是肉身成圣之辈，而牛魔王也非同凡响，会七十二般变化，修出九千丈法天象地，离成圣只差一步。

但其大力之法，远胜移山填海，在妖族之中有大力魔王之称。是以，以大罗金仙之修为，硬抗小圣杨戬一招，却是半斤八两不分伯仲。

就在牛魔王杀上斩妖台时，埋伏在另外几个地方的鹏魔王、蛟魔王和狮驼王也各自带领手下妖族杀了出来。

还有途中偶遇的准备救孙悟空的两个猴族妖王，猕猴王和禺狨王，也各带手下小妖冲过来。

“作死的妖怪，修得猖狂，看小爷神通！”

见孙悟空背后势力出现，哪吒一声暴吼，当即率埋伏在九湾河底和密林之中的天兵神将包围了上来。

神妖大战顷刻爆发。

那些看热闹的凡人们顿如惊弓之鸟，死伤者不计其数。

不管是天兵天将，还是妖族，都血红着眼想要消灭对手，哪管得了这凡人生死。此时此刻，对双方来说，凡人就犹如千军万马阵中的蝼蚁而已。

随牛魔王一起营救孙悟空的六大妖王及数万小妖，和杨戬、哪吒及十万天兵天将混战，一时之间，并无法分出胜负，杀得无比惨烈。

牛魔王迎头向斩妖台冲去救孙悟空，杨戬却如山一般挡在前面。

三尖两刃神枪，光芒大放。

牛魔王的牛脾气一下子被激起，当即将头一仰，牛口大张，使出震天牛吼神功。

“哞！”

一声吼出，犹如万道惊雷，天色顿暗，地动山摇，一股排山倒海的力量向杨戬撕裂而至。

杨戬见状，当即也吼一声：“开！”

那额间三只眼立刻放出天眼神光，迎向牛魔王的震天牛吼功。

“轰……隆！”

巨大的爆响之声响起。

牛魔王再度被震飞出去。

杨戬却也在斩妖台上踉跄倒退，差点摔倒。

在匆忙地一瞥后，他惊呆了。

提着斩妖刀去斩孙悟空的紫霞，手起刀落之时，却并没有砍下孙悟空的脑袋，而是砍断了锁住孙悟空的铁链！

杨戬心里一颤，他还以为是自己看错了，或者是紫霞惊慌之下失手了。

结果，紫霞又砍下第二刀。

孙悟空身上的第二条铁链也被砍断。

砍得狠，砍得也准。

杨戬此时才明白，紫霞是故意的！

“你找死！”眼见紫霞又举起第三刀，杨戬怒吼一声，手中三尖两刃枪迎着紫霞就是一刺。

杨戬一刺，紫霞可不敢无视。

她只好将那一刀抽回来抵挡。

轰然一声爆响。

紫霞不敌杨戬一刺之力，身子被撞飞，落在斩妖台下。

杨戬趁机冲上前来，回手一枪就向孙悟空胸口刺去，既然孙悟空这个饵已经无用，他得趁早杀了他，以免夜长梦多。

他一心想杀孙悟空，可却忘了牛魔王这个劲敌。

牛魔王眼见得杨戬要杀孙悟空，直接将手中三叉戟脱手往杨戬后心甩出。

“呼！”

杨戬的三尖两刃枪还未落到孙悟空咽喉之上，牛魔王的三叉戟已然深深地刺进他的背心，直接从胸口穿了出来。

杨戬法力一散，一头栽倒下去。

旁边朱子真见状，赶紧来扶杨戬。

金大升则吼声：“你这妖牛，休要放肆！”

一张口，吐出一块牛黄打向牛魔王。

牛魔王一见便知是谁了，当即就骂：“你也是头牛，却甘做天庭走狗，还骂老子，老子今天非教训你一番不可！”

边骂着，边迎着那块牛黄就是一拳。

不料，金大升腹中练出这牛黄，威力奇大，有如泰山之重，牛魔王虽是出了名的大力魔王，但赤手空拳接这牛黄，还是吃了亏，被那牛黄打得摔了个跟头。

“自不量力的丑牛，看爷爷今天不收了你！”金大升得意地纵身向牛魔王扑来。

他见牛魔王被打倒在地，以为牛魔王不敌，却忘了牛魔王是可与杨戬一战的大魔王。

他人还未到，牛魔王已经翻身而起，冲他使出震天牛吼功。

霎时间，狂暴的力量犹如惊涛骇浪般向金大升袭击。

金大升措手不及，直接被牛吼功击中，霎时七窍流血，当场栽倒。

这边的吴龙也趁机来杀孙悟空。

但紫霞却再度飞向斩妖台，人未落，连劈出数道紫电击向吴龙。

吴龙忙使双刀来挡，但他的双刀哪里挡得住紫电之力，立刻被一道紫电打飞到台下。

紫霞又落到了孙悟空身边，再次挥刀来斩那根穿过孙悟空琵琶骨的铁链。

然而，和杨戬一样想置孙悟空于死地的哪吒也正往这边冲来，欲杀孙悟空，见紫霞想救孙悟空，二话没说，直接将乾坤圈丢出，打在紫霞背心。

紫霞当场吐出一口鲜血，半空栽落。

就落在孙悟空的面前！

孙悟空看着吐血倒地的紫霞，感觉很恍惚，像一场梦。

对这仙子，他自不会陌生了，恨他入骨，还曾想闯锁神殿杀他，为何今日却一反常态，拼了命地想救他，是被迷了心智吗？

随即，他看见了紫霞的眼神，说不清那是无能为力的愧疚，还是已然尽力的坦然。

那目光是那么的明澈而又坚毅。

“你要活下去！”她用尽全身的力气，也只说出这五个字，便晕死过去。

“没想到，你竟然是叛徒！”哪吒过来，一脚将紫霞踢开，然后面向孙悟空，将火尖枪举起，“妖猴，灰飞烟灭吧！”

说罢，火尖枪往前一刺。

然而，一道黑光飞来。

“轰”的一声爆响。

哪吒的火尖枪被什么东西击中，震得他虎口发麻，枪欲脱手，“噔噔噔”连退了数步才勉强站稳。

他再抬眼看时，孙悟空的身边多出了一个长得肥头大耳，面如猪相，单手举着一只钉耙的大妖。

“你让谁灰飞烟灭，谁就得灰飞烟灭吗？有问过老子吗？”猪刚鬣霸气地将九齿钉耙指着哪吒道。

“你算个什么东西，竟敢来教训小爷，看小爷今日就让你灰飞烟灭！”说罢，哪吒怒火中烧，直接将混天绫甩出来套猪刚鬣。

然而，猪刚鬣直接使了个天罡三十六变中的正立无影，顷刻消失在哪吒眼前。

混天绫自然也套了个空。

而消失掉的猪刚鬣，霎时出现在哪吒身后，挥起九齿钉耙向哪吒打来。

哪吒毕竟也是肉身成圣之辈，能力非同凡响。

猪刚鬣消失之时，他便在这虚空之中洞察动静，纵然猪刚鬣在身后偷袭，也逃不过他的感知。

一察觉身后动静，立马就回转身，使火尖枪刺向猪刚鬣。

而他一刺，猪刚鬣又使立正无影消失掉了。

“只你有神通，本太子就没有神通了吗？”哪吒说着，当即现出三头六臂来，立马将前后左右都看了个真切。

六只手臂握着六件兵器法宝，威风凛凛，再度使火尖枪向孙悟空刺去。

但猪刚鬣再度现身，并使出天罡三十六变化中的掌握五雷，扬手以五雷击向哪吒。

哪吒分心来挡五雷之时，猪刚鬣又使出纵地金光，出现在孙悟空身边，一钉耙落在那锁着琵琶骨的铁链上。

火星四溅，直接将铁链斩断！

本来，这锁孙悟空之铁链非一般铁链，乃是玄铁所铸，并有神法加持，若非御赐紫霞的那把斩妖仙刀，一般兵刀还真是斩不断。

但猪刚鬣这九齿钉耙，亦不是寻常钉耙，全名乃上宝沁金钯，乃太上老君用神冰铁锤炼，合六丁六甲之力锻造而成。

九齿钉耙重量连柄五千零四十八斤，其威力可想而知。

一耙下去，铁链应声而断。

而就在铁链断掉的一瞬间，孙悟空陡然之间长身而起，一声长啸，身上神光暴现！

锁住琵琶骨的铁链一断，他的法力马上就能施展。

手一伸，金箍棒在手。

金光暴现之间，烈焰腾腾而至，孙悟空将金箍棒向哪吒一指，咬牙道：“匹夫敢欺我，看爷爷今日打你个灰飞烟灭！”

早憋了一腔屈辱的孙悟空，一时间松开了束缚，获得了自由，那全身的力量和气势有如山洪暴发。

一棒落下，风云乱卷。

那周边许多在战的神与妖，都受不了这洪荒之力，被金箍棒的气势卷飞开去。

哪吒也被这气势震得心神不安。

但他毕竟还是入圣门之辈，当即使出三头六臂神通来战孙悟空。

经历此番磨难之后，孙悟空对哪吒及这些天兵神将更是恨之入骨，只将那怒火排山倒海释放而出。

金箍棒猛烈如狂风暴雨般落下。

哪吒的三头六臂也只能堪堪抵挡，被打得只有招架之功，无还手之力。

孙悟空见一时打杀不了哪吒，暴躁得怒吼声声，当即也使出三头六臂来，变化出六根金箍棒，迎着哪吒一顿猛打。

“猴哥，不可恋战，赶紧杀出去吧！”往这边过来的牛魔王大喊。

孙悟空吼道：“走什么走，害我之仇，不共戴天，今日此地，不是他死，便是我亡！”

接着，他拼出全身力量向哪吒当头一棒打去。

哪吒慌忙用火尖枪挡出。

“轰！”

一声爆响，如炸裂洪荒，卷起飞沙走石。

斩妖台不受力，在哪吒脚下应声断裂垮塌！

哪吒的身子如一片树叶般被打飞出去。

孙悟空正欲追上去赶尽杀绝，却在斩妖台垮塌之时看见了掉落的紫霞。

那一瞬间，他的心像被什么东西触动，当即一伸手，将掉落下去的紫霞拦腰接住。

刚才急怒攻心，他只想打杀这些天兵神将，却忘了被哪吒偷袭的紫霞，接过来一看，元神还未散，一息尚存，只是伤重。

孙悟空知道，这种情况，还有得救。

仇什么时候都可以报，但重伤的紫霞如果错过了救治的机会，也许就没有机会了。

当下，孙悟空暴吼一声：“老牛，你过来给我开路，先杀出去！”

“高衍在此，想逃，哪那么容易！”说话间，天兵的另外三队埋伏也杀了出来。一队以天魁星君高衍为首，率斗部三十六天罡星君及一万天兵出战。

一队以地魁星君陈继真为首，率斗部七十二地煞星君出战。

另一队则以九天应元雷声普化天尊闻仲为首，率火部正神火德星君罗宣、及尾火虎朱招、室火猪高震、觜火猴方贵、翼火蛇王蛟、接火天君刘环等出战。

此时被朱子真扶下去的杨戬服了一粒随身携带的太上老君所赠九转还阳丹后，又重新变得生龙活虎起来。他恨牛魔王在背后用三叉戟杀他，一心要杀了牛魔王报仇雪恨。

牛魔王数次想去孙悟空那边帮他开路，却都被杨戬死死缠着，脱身不得。

他与杨戬神通本来不相上下，可杨戬服了九转还阳丹后生龙活虎，他却大战众天兵神将，杀得手脚发软，面对咄咄逼人的杨戬，便只好吼一声使出“法天象地”。

然而，本来可变化出九千丈法天象地的他，却因为法力耗损过多，只能变出五千丈来。

杨戬却将身一晃，直接变出一万丈来，俯视牛魔王，眼神里充满了蔑视，狠狠地道：“你这条死牛妖，看本真君今日不宰了你，将你烘干成牛肉干下酒！”

杨戬说着便将三尖两刃神枪向着比他矮五千丈的牛魔王就刺，牛魔王用三叉戟去挡，却根本挡不住，一挡就是一跌，被追杀得十分狼狈。

而除牛魔王之外，其余众妖也均陷入危机之中。

本来，随着牛魔王的杀到，猪刚鬣的增援，妖族尚可与天兵神将一战，不分伯仲。

但在天庭后面的三队伏兵杀出来之后，整个战况就一下子改变了。

孙悟空顾着紫霞安危，无法全力战斗，堪堪与哪吒战成平手，但杨显和戴礼又来做哪吒的帮手，三方围着孙悟空厮杀。

猪刚鬣来这边替孙悟空开路，却被闻仲率火部六位神将围杀，虽可立于不败之地，却分不出身来帮孙悟空开路。

另外的狮驼王、鹏魔王、蛟魔王、禺狨王和猕猴王，全都以一敌三，甚至敌四敌五的被天庭神将围着厮杀。

一时间，孙悟空一方，尽在劣势。

任孙悟空血红着眼，怒吼声声，也杀不出那一重又一重的围困。

第 7 章　圣人之斗，摧枯拉朽

七峰山上。

元始天尊仍安静地立在那里，看着这金戈铁马的战场，脸色有些捉摸不定。

孙悟空的援兵虽然出现了，却并不是他期待的人。

在孙悟空的援兵之中，只有牛魔王和猪刚鬣算得上大神通，勉强可以称得上有入圣之门的资质。

但也顶多只是与哪吒和杨戬之流平分秋色，高明不到哪儿去。

然而，据杨戬所说，当初于花果山下东海之中，那人能从杨戬的三眼之下不动声色地将孙悟空救走，那种本事一定是可和他有一拼的天道圣人之辈。

可纵观九湾河的整个战场，无论是神还是妖，都无一有这等神通。

这到底是怎么回事呢？

就在元始天尊觉得圣人之心亦难猜测之时，突然，他的眼睛睁大了。

九湾河边的战场再起变化。

就在孙悟空一行被十万天兵和上千神将水泄不通地裹住厮杀之时，天空中却突然黑气弥漫。

随即，至少有数千之众的凶神恶煞之辈降落当场，对着天兵神将就是一番砍杀。

后面，一个肥头大耳骑着谛听的头陀如浮光掠影而至。

有天兵神将攻击他时，他只将袖袍一挥，那天兵神将便倒下一片，不过，他只是将对方逼退，却并未动杀心。

可见，他也是一位有道心之人。

“就是他了！”元始天尊已经感觉出来了，这才是身有大神通来无影去无踪的神秘大能，是杨戬之辈都望尘莫及的存在！

他当即现身出来，召唤出九龙沉香辇，乘于其上，直往九湾河战场而来。

“孙悟空，随我走吧。”地藏只往场中一瞄，看见一个长得雷公脸的猴妖，当即骑谛听往这边过来。

“他走不了！”黄钟大吕之声传来。

地藏回头一看，见九龙之辇上坐一道人，全身圣光大显，便知是大能，就问了句：“你是谁？”

元始天尊道：“竟然连本天尊都认不出，你还是这个世界上的吗？”

地藏道：“不好意思，我还真不是这个世界上的，谁是谁，我完全不认识。”

元始天尊道：“那今天就让你认识一下。”

地藏道：“我今日来，只为救孙悟空离开，不想开杀戒，更没兴趣认识人。”

元始天尊道：“看来你是没大弄懂我的意思。我的意思是，这地方不是你想来就来，想走就走的，你既然来了，就不要走了！”

“这么客气？”地藏道，“我可不是谁的面子都会给的，恐怕要让你失望了。”

“那就试试吧。”元始天尊说罢，手一抬，一道玄黄之气就往地藏卷出。

地藏淡然一笑，也将宽大的袖袍一挥。那有如洪流般的玄黄之气，竟被收进袖袍，如泥牛入海，悄无声息。

“果真有些道行。”元始天尊说罢，盘古幡已在手，向着地藏就是一挥。

霎时间，盘古之幡体之上，天神煞之气沛然勃发。幡面显现有盘古圣人开天辟地之无上景象，幡外有大道谶言环绕其上、幡内有开天符篆隐现其中。

五色毫光照耀诸天，盘古圣威震慑寰宇。

看起来真是气势恢宏，威力逼人。

“好宝贝。”地藏见此宝，眼神一亮。

但他知道，这看起来圣光大显的宝贝却也暗藏着无穷的杀机，半点不敢怠慢，忙将手中的九环锡杖迎空一指。

一阵叮叮当当响，锡杖上九环飞起，放出九色毫光，九色毫光又合而为一，迎着盘古幡威力挡去。

“轰！轰！轰！”

一阵惊天动地的爆响之声响起。

整个九湾河的神妖战场全被摧毁！

无论是那斩妖台，还是附近的山峰，全都崩塌，九湾河中，本来平静的水都被震得咆哮而起，在空中宛如水龙！

而那些在战的神妖，也是被卷得一个都不见了踪影。

就连哪吒、杨戬、牛魔王、猪刚鬣和孙悟空之辈，也都没能承受住这两大圣人以至宝相交的一击余力。

圣人之力，毁天灭地！

“好本事！”元始天尊也忍不住赞了声，却是再度将手一招，手中便多出一口钟来。

此钟名为混沌钟，钟身呈暗红色，看起来十分厚重古老，乃是盘古开天地时就生成的宝贝。

元始天尊只将那混沌钟一摇，整个天地顷刻陷入无边的黑暗之中，而那黑暗有如巨大的猛兽，发出摄人心魄的吼声，直向地藏吞噬而去。

此乃混沌之力，无穷无尽。

“阿弥陀佛！”

地藏单手竖起，念出一句佛号，面前便现出一朵金莲，金莲迎着黑暗飞去，离得愈近，变得越大，也使那如同猛兽般的黑暗寸寸后退。

元始天尊见他引以为傲的两大法宝都奈何不了地藏，当即使出本身道法“神龙九现”来。

他口一张，吐出一口玄黄气，那玄黄气在空中化为九条天龙，九条天龙各吐一颗光华大放的龙珠来。

九颗龙珠分别挟带着日、月、星、风、雨、雷、电、冰以及火的力量，向地藏呼啸而至。

“我若与你战，这天得塌了半边，还是算了吧！”地藏说声，将九环锡杖往地上一跺。

那大地顿时裂开一道深渊。

他随谛听一起落入深渊之中。

九条天龙之力跟着卷向深渊，然而，当地藏和谛听落入深渊的瞬间，那深渊马上便又合上了。

地面一如平常。

元始天尊往地下一看，但见得地藏在地下有如腾云驾雾，眨眼之间已在万里之外。

再一眨眼，便已不见了踪影。

他想追都来不及了。

而此时的孙悟空，也不知被元始天尊和地藏斗法之力卷到了一个什么地方。

四周都是巍峨高山，却不见人烟。

紫霞还在他的怀中，却已是双目紧闭，头颈软垂，连身体也没有了温度。

他心中惊了一惊，赶紧摸了一下她的鼻息和心跳，都没了。

死了！

孙悟空心一沉，再看紫霞元神，也游离在大脑边缘，随时都会散去，幸有最后的一丝执念，顽强地流连在那里。

“这，如何是好？”

孙悟空所修地煞七十二变之中，其实有符水和医术，可用药治病，但却不能让人起死回生，若是天罡三十六变的话，倒是有让人起死回生之术，然而他悟的却是地煞变数。

虽然，这仙子曾说与他有什么仇怨，恨不得杀了他，可在斩妖台上，她冒着生命危险救他的场景，却让他想起来一次，便觉得动容一次。

他也很好奇，她为何要杀他，又为何要救他。

不管如何，他一定得救活她！

怎么救？

孙悟空突然想起了自己的师父菩提老祖。

那可是圣人之辈，找他，一定有法子。

孙悟空来不及恢复元气，当即就往方寸山三星洞赶去。

然而，让他大感意外的是，当他赶到方寸山时，那里根本就没有道观，也没有修道的师兄弟，更没有菩提老祖。

只有一个蛛网遍布的洞。

还有两块写着“灵台方寸山，斜月三星洞”的牌子，而其余四处，都是苍松古树、怪石荒草。

这地方，根本就不见人烟迹象。

怎么回事？

但孙悟空来不及多想。

他现在最紧要的事是想办法救紫霞。

那仅靠执念而残存的一缕元神，终究会随着时间而烟消云散。

突然，孙悟空想到了一个人。

女娲娘娘！

虽然在这一世他和女娲娘娘并不相识，但他知道，在前世，彼此有很深的渊源。

如今紫霞仙子这种情况，只能去找她帮忙了。

当下，孙悟空又重新驾起云头，带着紫霞来到了中皇山女娲宫。

守卫在女娲宫前的腾蛇看见孙悟空怀中抱着一女子，就问：“什么人？”

孙悟空道：“我找女娲娘娘。”

腾蛇问：“你是谁，找女娲娘娘干什么？”

孙悟空道：“你是腾蛇吧，还记得那梅山上的袁洪吗？”

“袁洪？”腾蛇道，“你说你是袁洪？你胡说的吧，袁洪和鸿钧老祖道人一战，尸骨无存，灰飞烟灭，你怎么可能是袁洪？”

孙悟空道：“你自去和娘娘说就行了，是真是假，她自然心中有数。”

“你等一下。”腾蛇说罢，便往里找女娲娘娘去了。

很快，腾蛇就再出来，对着孙悟空道：“跟我进去吧。”

孙悟空当即跟着腾蛇进了女娲宫。

女娲娘娘正在女娲宫中的圣雪殿。

此殿非殿，乃是一方天地。

那天空之中飘飞着鹅毛般的大雪，世界白茫茫一片。

在那覆满积雪的世界中，有一粒种子正从冰雪的世界里冒出头来。

“娘娘，他来了。”腾蛇在身后报告。

本来正看着那小苗出神的女娲娘娘听得喊声，转过身来，看着孙悟空。

四目相对。

“我就知道，你会没事。”良久，女娲娘娘说出这么一句。

孙悟空道：“是的，我好歹也是出自鸿蒙之辈，不会那么容易死掉的，尤其是那些欺我压我之辈还活着，我就更不能死了。”

女娲娘娘道：“可我想不出来，这天下还有谁能瞒过当时的老子和元始天尊而救下你却不被察觉，是通天？”

孙悟空道：“不是，另有其人。”

女娲娘娘问：“谁？”

孙悟空看着怀中的紫霞道：“你先帮我救了她，我们再细聊吧！”

女娲娘娘问：“她又是谁？”

孙悟空道：“我也不认识，但在天庭斩我之时，她出手救我了，我想，我也该救醒她，再问一问前因后果。”

女娲娘娘道：“我知道天庭要斩一个打上天去的大妖，我还想起了当年的你有这胆魄，没想竟然真的就是你。行了，你在那里挖一个坑把她埋下吧！”

说着，便指向那雪地中长起来的一株孤苗。

“啊？”孙悟空一愣，“我是让你帮我救她，怎能将她埋了？”

女娲娘娘道：“置之死地而后生，这雪非一般雪，虽看起来深藏死亡和绝望，但其中却蕴藏着无限的希望。她也是修道之人，能否在这雪地中重生，也得看她自己的造化了！”

“行，我懂了。”孙悟空说着，便在那株孤苗边挖了个坑，将紫霞埋了下去。

然后，他便向女娲讲了他的重生之事。

“灵台方寸山，斜月三星洞，菩提祖师？”女娲皱眉，“难道跟他们有关？”

“他们是谁？”孙悟空问。

女娲娘娘道：“这天下修道悟菩提而成圣者，唯有那灵山西方教的大小教主接引道人和准提道人。”

孙悟空道：“这不大可能吧。”

“为何？”女娲娘娘问。

孙悟空道：“封神之战，我见过那接引道人和准提道人，他们帮阐教破万仙大阵，是和天庭沆瀣一气的，岂会冒着与天庭为敌之险而救我？”

“倒也是这个理。”女娲娘娘道，“难道这世上还有悟菩提而成圣的大能？可他又为什么要救你？救你之后，还不让你在外面说及此事，还把方寸山的一切都重新隐去，宛如从不曾发生过一般？”

孙悟空摇头。

这一切如谜。

女娲娘娘乃是圣人之辈，她都无法参透，又何况是他呢？

此时，西天灵山。

雷音寺。

接引道人正在接天莲叶池边看着里面自在的游鱼。

准提道人驾祥光而至，落地就道：“师兄，那孙悟空被救走了！”

接引道人仍淡定如常：“这不是很正常吗？”

“怎么，你知道了？”准提道人一愣。

接引道人道：“这就是我安排的，我能不知道吗？”

“你安排的？”准提道人颇为不信，“怎么可能？明明是那地藏大师，带着地府囚徒去救的，怎么会说是你的安排呢？地藏大师不可能会答应你帮忙去救一个反天之妖吧？”

接引道人道：“我若让地藏直接去救孙悟空，他确实不大可能会答应，但我让他去救那些地府囚徒就不一样了。”

“有什么不一样？”准提道人不解。

接引道人道：“这个不一样就是，原来天下为公，苍生皆自由，河流山川万物并无归宿，而天庭建立，一切都是天庭的了，这是犯了修道之忌的。地藏也是圣人之辈，他有悲悯之心，听了那许多自由之妖被囚地府，慈悲心一动，他就会答应。他修的善道，甚至胜过你我，苍生之事，他断不会推辞。”

“如此，倒也说得过去。”准提道人道，“可是，你让他去救地府囚徒，他又为何会去救孙悟空呢？”

接引道人道：“我让他转告那些被救的地府囚徒去九湾河救孙悟空，他便问了我为何，我便侧面说了那孙悟空也是为天下苍生挺身之辈，他是妖族争取自由和尊严的一点火光，也是这天下的一点火光。多余的话我不用说，地藏便自会去救的，因为这时他会觉得该救。有些时候我们让人去做某些事，他会想着你的目的，若是你的私事，他就未必会做，因为这世上帮人之事多烦恼，连修道之人也想清静，实在是有缘遇到了才为道心搭把手，若求着人帮，难有人愿。但若是有些事，他自己觉得该帮，是积德行善，那个帮字不用你说，他自会真心去做。简言之，有些事不能太直接，绕个弯子，委婉一些，更能打动人心。”

“这……”准提道人道，“师兄你这心机是不是也过深了些？”

接引道人道：“这怎么能说是心机深呢，这是处事的智慧！”

“智慧？”准提道人道，“这分明是不择手段地利用别人了，之前在封神大战里，你借帮阐教之机，收了许多阐教截教门人，如今又利用地藏大师为棋子，我真觉得有点过了，咱们修道，应修真修诚才是。”

接引道人一声叹息：“师弟你若真是这么看世界的话，就大错特错了。”

“是吗？我还有错了？”准提道人问，“你倒说说我哪里错了？”

接引道人道：“你也是修道成圣的，当知这天下之大，没有任何一个去处的道路是唯一的，即便无路的地方，也能修出一条路来。道路如此，世事也是如此。若是为了好的目的，又何须介意用什么方法或者手段呢？你看那世间坏人恶人，花样百出，伎俩甚多，若做好人都是直肠子，老老实实的，没有手段，那如何斗得过那坏人恶人？是以，凡事要站在高处，从全局来看，若为好的目的，不妨用些方法或手段。就怕你想做好事，想慈悲为怀，却没有方法，总把一盘好棋走输，把好事做坏，你说呢？”

“我说？”准提道人道，“我什么时候说得过你了，凡事歪的你能说正，黑的你能说白。”

接引道人道：“你这是说我歪曲是非颠倒黑白了？”

准提道人道：“我倒也不是这个意思，但总觉得有那么一点过了。”

接引道人道：“没什么过不过的，你就是太实诚，这世道已不如开天辟地时那么简单了，那时修道的人只想修自己的心，求自己的长生，而今那许多修道的人，开始想着争天下，掌控别人，甚至说谎，爱慕虚荣，玩弄权术。若我们还这样老老实实的修道，那我们也只能念念慈悲为怀，别想普度众生了。因为，那样的话，我们早晚也得成为人家手中的棋子，我们也可能被人诬陷为妖，说我们也吃人。那凡人都是看不清真相的，神说什么他们都信，我们想着普度众生，众生却视我们为魔，到那时，你就不觉得太实诚是件好事了。这世上唯一的好事，便是你能自由，而唯一能让你自由的办法是你强大到无人可中伤与侵犯；是你说的话，不管是真话还是假话，有人听，也有人信。并让人相信，才是这世间的大道！”

“好吧，似乎你说的也有道理。”准提道人道，“只要你不使我西方教背离普度众生慈悲为怀这基本之道，我便也不与你争其他了。”

接引道人道：“谋大事者，应站在高处，看在远处，有大格局，不拘小节，擅变通。这跟修身养性之道是不一样的。修身养性之道，贵在坚持；而谋事之道，则贵在变通。你等着瞧吧，看我如何铺出这一条往东之路，让那中土之众都信我、拜我。有朝一日，那中土之上，这四海八荒，都必有我慈悲圣光普照！”

准提道人将头抬起，看向远方。

似乎，他看见了那遥远的未来。

也许，真会如接引道人所说呢？

那又将是一番怎样的景象？

中皇山上。

女娲宫。

时间在一分一秒地流逝。

孙悟空站在大雪纷飞的雪地里，安静地看着那株孤苗边的积雪。

女娲娘娘说，若那积雪化了，便是那仙子活了。

心有希望，身有温度，白雪则化。

大雪如垮天般地下着。

他又想起了那年的梅山。

那时的他，根本不想修道，他只想和一个喜欢的人做自由自在的神仙眷侣。

然而，喜欢的人为了成就他，选择了一条不归路。

她再也回不来了，而他心中也早没了情爱。

他心中唯一想着的，已只有修道，让自己强大，才能有尊严地活着，才能求这世间应有的公道！

情爱，都随风烟消云散吧。

那孤苗边的积雪之上，白雾之气飘得更快更密了些。

是雪在融化。

一点一点地，变成水。

紫霞的身子从雪地下渐渐地显露出来。

她睁开眼来，像做了一场梦。

“这是哪？”

她脑子里冒出这个声音时，眼珠转动之间，便看见了一个站在不远处模糊的身影。

仔细一看，竟是孙悟空！

他？

我没有看错吧？我是在做梦吗？

她又使劲地揉了揉眼睛，看见孙悟空一步步向她走来，那样子越发清晰、真切。

然后，她就想起了九湾河边的事。

“怎么，你没事？我也没死？”她惊喜地道。

“是的，我没事，你也没死。”孙悟空道。

“真的吗？真的太好了。”紫霞兴奋地道，“真是苍天有眼，给好人留了一条活路。”

孙悟空道：“这你可就说错了。”

“啊？”紫霞一愣，“我哪说错了？”

孙悟空道：“你我没死，是因为你我不放弃，还有仗义之辈的帮助，并非苍天有眼。相反，我倒是觉得那苍天并没有眼，也或有眼，却是个睁眼瞎，太多的不公，罪恶，灾难，都在苍天之下，在苍天眼中，但它就看着，什么都不做。”

“嗯，你说的是。”紫霞从雪地里爬起来，又看了看四周，“这是哪啊？”

孙悟空道：“中皇山，女娲宫。”

“啊？”紫霞一惊，“在女娲娘娘这里？是女娲娘娘救了我吗？”

孙悟空道：“算是吧，但也不全是。”

紫霞问：“不全是是什么意思？”

孙悟空道：“因为她虽然给了你一个活过来的机会，但最终是你靠自己与这世界的感知，靠你的天赋和悟性，靠你的努力，才活了过来。”

“好吧，你说的也有理。”紫霞看着她，眼里有着更明亮而惊喜的崇拜，“我发觉你说话都好有玄机和深度。”

孙悟空无悲无喜不带一点儿感情色彩地道：“废话少说，我记得在天庭之上，你对我破口大骂，一心想杀我，为何却在九湾河边不顾一切地救我？”

紫霞道：“其实，我闯锁神殿，不是为了杀你，而是为了救你。只是当时我没闯到锁神殿就已经被俘，我若说是来救你，必被打得灰飞烟灭，我便撒了个谎，说是与你有仇怨，只想亲手杀你，如此就算犯了天条，却还能为天庭所容，我便还有机会再救你。”

孙悟空问道：“天条乃是天庭法度和威严，犯天条不就是犯天庭吗？为何犯了天条，还能为天庭所容？”

紫霞道：“犯天条和犯天庭，其实是有些不一样的。或者说，犯天条，也得看犯的是什么天条。若是与天庭对立，损害天庭利益，尤其是反天，或与反天之人为伍，那是必死无疑，这算是天庭大忌。除此之外，做的一些不合规矩之事，天庭不会过于追究，尤其是你为天庭所恨，我说想杀你，正顺他们心意，自然就不会从重处罚我。”

“哟，看不出来，你长得一副天真的样子，倒是有些城府。”孙悟空看着紫霞，“可我与你素不相识，你为什么要救我？”

“因为……”紫霞那一双眼如一汪清泉般明澈地看着他，“我们之间，颇有渊源。”

“是吗？”孙悟空问，“什么渊源，我怎么不记得认识你？”

紫霞当即使出取物之法，手中立马便多出了一顶头冠和一双鞋子来，道：“你看看这两样东西，觉得熟悉吗？”

孙悟空看着那两样东西，全身的血脉都在沸腾一般。

这感觉，亲切而熟悉。

他曾坐在梅山之上，遥望不周山上那塌天之处的火烧云，那补天之石，时刻等着他的召唤回归。

而这头冠和鞋子，正是以补天石所炼造。

紫霞道：“还有你身上穿的紫金战甲，也是我以补天石所缝制。开始我想的名字叫黄金锁子甲，可后来我想起我的名字叫紫霞，就给它取名紫金战甲，希望他能陪着你战斗。”

孙悟空莫名感动了下，但还是以一副宠辱不惊的神情问道：“你为什么要这么做？”

“因为……”紫霞道，“算是你成就了我，我也仰慕你。”

孙悟空问：“我怎么成就了你？”

紫霞道：“我本只是这浩瀚苍穹中漂泊无依的一片紫云，某天飘到了不周山上塌天之处，感应到补天石身上的灵气，便停留在那里，借着补天石的灵气得了道。后来，我也知道了你的一些事迹，你为救水牛精，与阐教门人哪吒和杨戬结怨，在梅山之上，一呼百应，众妖相投，我便对你有了更大的好感，觉得你是我心中一直幻想的那个顶天立地的盖世英雄！”

“盖世英雄……”孙悟空忍不住悲哀一笑，“你有见过盖世英雄眼看那天庭独断专行，猖狂霸道，欺压众生，毁我家园，非但不能惩罚他们，反而被打得九死一生，如丧家之犬的吗？”

紫霞道：“能赢的也许是强者，却未必是英雄。面对强者而不惧的，纵不敌却仍敢一战的才是英雄。敢为自己，为亲人朋友，为天下公道一战的，就算败了，也是英雄。何况，就连那鸿钧老祖也不曾杀得死你，我信你未来定能挑这天下大担，实现心中理想，被万人景仰！”

“是吗？”孙悟空道，“你倒好像比我还了解我自己，为何这么高看我？”

“是的，你在我心里，天下无人可比。”紫霞的眼神里有如一团火焰燃烧。

孙悟空道：“得了吧，不要给我戴高帽子，怂恿我去为什么天下了。我知道自己的斤两，我凭着一腔孤勇，打上天庭，那天庭三十三重天，我不过打到十重便成了阶下囚。那天庭之强，远远超出我预料。我修道，也修刀兵之法，我不是那不自量力白白送死之辈，接下来，我需要好好静静，想想未来的路到底该如何走。”

紫霞仍是满腔热忱地说：“没事，无论你做什么，我都支持你，你若要找地方好好修道，我也陪着你！”

“我说你是听不懂我说的话吗？”孙悟空看着她，“我念在你救我，所以话说得委婉了一些，你与我不是一路人，大家想事不一样，让你别缠着我，做自己的事去，你还非要死皮赖脸，有意思吗？”

“死皮赖脸？”紫霞的心里像是被什么狠狠地刺了一下，眼里满是失望，感觉眼泪都要流出来了一样，“你就这么看我吗？”

孙悟空问：“要不然呢？你觉得我该怎么看你？”

紫霞强忍着那种心里在流血般的疼痛道：“我可以仰慕你，也可以为了你不顾一切，哪怕灰飞烟灭。但我却不能容忍你践踏我，羞辱我！”

孙悟空道：“既然忍不了，那还不走，要我留你吃晚饭吗？”

“走就走！”紫霞恨恨地道，“孙悟空，算我眼瞎看错了你，没想你竟是个不识好歹狂妄自大的家伙，你就慢慢地做孤家寡人吧！”

说罢，气冲冲地转身而走。

转身的刹那，两行泪自眼角滚下。

她终还是没忍得住。

好在是转过身后，背着他，也算是为自己留了点可悲的颜面吧。

孙悟空见她走了，长长地叹息了一声。

他知道自己不该这样对她。

这世道已沦落，值得珍惜的人已不多，爱过的人走散了，一起奋斗的兄弟背叛了，各人自扫门前雪，事不关己高高挂起。如今紫霞，不计得失，坦荡对他，他怎能不感动呢？

然而，他是孙悟空，他是逆天者，他的命运，步步深渊，不可回头，他不能让她跟着，让她也来承受这一份动荡和凶险。

他跟她说的，他要放弃了，他再也不想做英雄，只是想让她失望而已。但他深知，他与天庭的恩怨，从梅山的那一场大雪封山开始，从白狐进纣王宫开始，从天下封神开始，就再也没有回头路了。

纵死，不弃。

希望她好好的吧，她是个好仙子。

他喃喃着。

“怎么，她走了？”身后传来一个声音。

孙悟空回过头来一看，是女娲娘娘。

“嗯。”孙悟空淡淡地应了声。

“你干吗让她一个人走？”女娲娘娘问。

孙悟空道：“不让她一个人走？难道还要我陪着她走的吗？”

女娲娘娘道：“那当然，人家救了你，就是一份情。”

孙悟空道：“我现在心里只有道，没有情！”

女娲娘娘道：“你是因为自己是逆天者，不想连累她，才让她走的吧！”

孙悟空道：“算是吧。”

“可是……”女娲娘娘道，“她本天宫仙子，却为救你，也和你一道，沦为逆天者，从今往后，永生永世，都将被天庭追杀，再不能回头，你让她一个人走，不是让她离开危险，而是将她推向更大的危险。因为你在，她还有依靠，有人保护，你不在，她就如浮萍，生死无人问了。”

“我怎么没想到，她已无处可去？我马上去找她！”孙悟空说罢就要往外追去。

“等等。”女娲娘娘在后面喊。

孙悟空回头问：“还有什么事吗？”

女娲娘娘递过一个火炉，说：“这是我当初给你的，封神大战中你受伤之后落下了，对于你以后的修道大有用处。”

“谢谢。”孙悟空还是莫名感动。

当初不周山下，女娲一句彼此不可再见，让他觉得女娲不近人情，心中大失所望，但后来发生的一些事，让他明白了，她为圣人，而且是真正为天下苍生着想的圣人，她确实有许多的不自由。

因为她心中所想，先是天下，而后才是自己。

女娲娘娘看着他道：“谢就不必了，封神事件后，你用了山河社稷图，他们也知道是我用自己的圣力帮了你，来这里兴师问罪过。

他们虽也不敢奈我何，但同在这方天地，我们都有大道规则要遵守。我答应过他们，此生不再离开中皇山，所以，我也帮不了你什么，你想做的事，只能靠你自己去完成了。”

看着这天地众生所敬仰的一代圣人，为了他，竟受如此委屈，孙悟空的心里莫名地有些哽堵。

但他也只是说：“有过那些经历，生死得失，我都看淡了，只要值得，我便去做。什么天庭什么神，永远也别想让我跪拜，我要做自己的神，这条路，要么死，要么成！”

“嗯，去吧。”女娲娘娘道，“那个仙子，在中皇山半山瀑布崖苍松之下。”

孙悟空道：“好，我去了。”

当即出了女娲宫，往中皇山半山瀑布崖而去。

紫霞站在那里，面向瀑布，心中正一阵莫名难过，或是对孙悟空失望，也或是对自己失望。

他本没那么好的，而我却一直把他视作信仰，视作光，结果他根本就是一个狂妄自大又自以为是的家伙。

我为他，背叛天庭，拼了一生，得到的却是羞辱。

孙悟空，他终究已不是当年的袁洪了。

想到这些，那泪就止不住一股一股的往外涌，在脸上流成了瀑布一般。

“怎么，没看过瀑布的吗？”身后突然传来一个熟悉的声音。

紫霞心中一惊，都忘记抹脸上的泪，转过身来就看见了孙悟空。

孙悟空道：“不至于吧，好歹也是得道的仙子，还像小孩子一样爱哭？”

“关你什么事？”紫霞倔强地道，“我这是哭吗？是瀑布的水溅到我脸上了！”

她边说着，边把脸上和眼角的泪抹去了。

“好吧，那是水，不是你哭了。”孙悟空道，“是我眼花了。”

“你来干什么？”紫霞问。

孙悟空道：“你为帮我背叛天庭已无处可去了，如果你不怕危险的话，可以跟着我一起。”

紫霞的心里一跳，可想起先前的事，她还是有些生气，也有些碍于面子，噘嘴道：“凭什么你让我跟你一起我就跟你一起！”

孙悟空道：“你先前不是说了想跟我一起修道的吗？这才多大一会儿，自己说的话都不记得了？”

紫霞道：“但你刚才惹我生气了，我改变想法了。”

“是吗？”孙悟空道，“那我就走了，你自己慢慢玩吧。”

说罢转身就走。

“喂！”紫霞气得直跺脚，“我不愿意，你就不能劝劝我吗？还有没有点诚意了？”

孙悟空道：“我只说一遍的话就是诚意，多说一遍都是敷衍，你要我再说一遍吗？”

紫霞道：“算了吧，我大度，包容你点！”

孙悟空道：“虽然我答应让你跟我一起修道，但有一点我得事先跟你说明白！”

紫霞问：“什么？”

孙悟空道：“你我只是朋友，你不要对我有非分之想！”

紫霞的心里像被什么刺了一样，倔强地道：“你在想什么呢？我确实对你有很大的好感，甚至说得上崇拜，也只因为你是个英雄。但这与情爱没有半点关系，我这么漂亮，还是仙子，那天上有多少神仙喜欢我也轮不到被我多看一眼，何况我喜欢长得玉树临风的，而你，长得丑！”

孙悟空点头：“嗯，那就好，想不到长得丑在很多时候还能成为优点，能不被人缠着，少了许多烦恼。走吧，以后我们就是兄弟了，除了情爱，你有需要，我都会帮你！”

“好，那一言为定，以后我们就做兄弟。”但紫霞说这话的时候，心里还是莫名酸酸的。

因为她心里装的就是对孙悟空的情爱，除情爱之外，全世界都是多余。

而她要的，注定会成为泡影。

“我们现在去哪？”紫霞问。

“去……”孙悟空想了想，“落霞峰。”

“落霞峰？”紫霞问，“那是什么地方？”

孙悟空道：“东胜神洲傲来国内，大妖牛魔王的洞府。”

紫霞问：“去那里做什么？”

孙悟空道：“牛魔王是我的结拜兄弟，在九湾河边的时候，他仗义带了人来救我，我得去看看他有没有事，顺便商量一下接下来的应对之策。”

“哦，我想起来了。”紫霞道，“那只大牛妖确实很仗义，也颇有神通，能跟杨戬一战而不落下风，你有他这个朋友，也算是幸事。”

孙悟空道：“是的，世态炎凉，人心不古，还有仗义之辈，确是幸事。”

两人说着，便御风往东胜神洲傲来国落霞峰而去。

然而，两人赶到落霞峰时，却发现整个落霞峰上都是天兵神将。

孙悟空让紫霞在山下等着，他变成一只鸟往山上落霞洞飞去看个究竟。

落霞洞口，摆着一张酒桌，桌上坐着几员神将在把酒言欢。

一个长得很矮跟小孩子一样的神将，跷着二郎腿，喝了一口酒，往口里塞了一粒花生米道：“这牛妖的洞府还真不错，不光有好吃的，还有陈年好酒。”

另一员身材高大赤脸红须的神将道：“土府星君还真是会享受生活啊，抱着六合仙子那样的美人在怀，又爱美食美酒。”

孙悟空认得，这矮子封神之前叫土行孙，没想也封神成了星君。

“那当然。”土行孙道，“人生一世，神仙万年，其实没什么区别，图的就是个乐子。若不快乐，岂不白活！”

赤脸红须的神将道：“牛魔王这落霞峰满山仙灵之气，一看就是仙家福地，这落霞洞更是洞天福地，土府星君若是能和天帝说了，要来做个居所，天天洞房，天天美食美酒的，岂不快哉。”

一青面神将道：“血光星君说得不错，若是土府星君你占了这洞府，咱们哥几个就可随时来这里找你喝上几盅了。”

土行孙道：“我何尝不想，但你们又不是不知道，你我虽也是神将，可在这天庭之上，还是人微言轻啊。我若是那哪吒和杨戬之辈，受天尊宠爱，那我还不是要什么有什么，可我毕竟不是，只能想想罢了。”

血光星君也道：“这倒也是，这天庭之上，有背景才占得了好处，没背景，也只有卖命的份。”

青面神将道：“说到这里我就不痛快啊，那哪吒算什么修道？小孩子一个，参加封神大战，靠着师门给了几件法宝，稀里糊涂得了些功劳，竟然被封肉身成圣。放眼整个封神大战，那成千上万的修道之辈，谁不是有几百几千年道行的，可谁有他风光。我本是他前辈，如今却归他管着，去哪说理去？”

土行孙道：“算了，别说这些了，被捅出去的话，我们都得吃不了兜着走，该送地府了。”

“地府。”血光星君道，“据说在九湾河边抓的妖都把十八层地狱装满了，杨戬打算上报天帝，把地府建宽一些呢，天庭现在就算要抓我们，也没得地方关了吧，哈哈。”

“没地方关？”土行孙道，“直接让你灰飞烟灭还不简单？”

青面神将道：“是的，老土说得对，天条面前，你我还是不要玩火了。要是那杨戬和哪吒之流有背景，犯点天条，无关紧要；若是你我，必有大祸临头。如今天庭，已成主宰，众生跪着都想进这门，天庭不会把咱们当回事的。”

土行孙道：“好了，不说这些了，还是四处去看一看吧。就算等不回来牛魔王，能抓两个小妖，也好交个差。”

血光星君道：“只顾喝酒吧，牛魔王肯定是不回来了，他毕竟又不傻，都反了天了，哪还敢回住处来。至于小妖，只要出现，满山的天兵早把它们抓了，哪还轮得到咱们动手，别操那么多心了，及时行乐吧！”

当下，几神将又举杯饮酒。

孙悟空回到山下。

紫霞问怎么样。

孙悟空道：“探听到两个情况：一呢，天庭到处在抓牛魔王，说明他还没事；二呢，牛魔王虽然没有被抓，但据说有很多去救我的妖都被抓了，关满了地府的十八层地狱。”

“那我们要去救吗？”紫霞问。

孙悟空道：“救是肯定得去救，但现在不能。”

紫霞道：“为什么？”

孙悟空道：“那地府有十殿阎王，黑白无常，无数鬼将，还有六道轮回，十八层机关。以你我现在的神通，恐没救得人，反赔了自己，就跟我打去天庭一样，只是凭着一腔孤勇，却连累了许多兄弟，我不能再那么鲁莽了，要打，就要打有把握的仗！”

“嗯，你说的是。”紫霞问，“那我们现在怎么办？”

孙悟空道：“去方寸山。”

紫霞问：“方寸山是哪里？”

孙悟空道：“在西牛贺洲，说了你也不知道，跟我走吧。”

说罢，当即便带着紫霞往灵台方寸山的三星洞而去。

那里还是那样荒芜。

不见菩提祖师的身影，也不见曾经与他一起修道的师兄弟。

那两块刻着“灵台方寸山，斜月三星洞”的牌子，却又在沉默而真实地证明着那一段岁月的存在。

紫霞不解地问：“这是什么地方，到这里来干什么？”

孙悟空道：“我曾在这里修道。”

“在这里修道？”紫霞满脸好奇，“就你自己，没有师傅吗？”

孙悟空想起当日菩提祖师说，从这里离开之后，不要在外说师门的事，当下便道：“是的，我的道都是自己悟的。”

“这么厉害？”紫霞道，“果真从鸿蒙出来的就是不一样，自己悟道也能悟出这么高的境界。”

孙悟空道：“这话留在我踏平地府打垮天庭之后再说吧。”

说着，便开始动手收拾三星洞周围的杂草，以及差不多将整个三星洞都封住的蛛网。

紫霞也跟着一起收拾。

两人毕竟都是得道之辈，收拾起来很快。

看着又如同往常一般的三星洞已物是人非，孙悟空的心里还是莫名有些空落。

不远处的西方天际，那艳丽的晚霞盛开如莲。

孙悟空竟然在那一朵朵盛开如莲的晚霞之中，看见了一幕圣光形成的似道非道的巨像。

他想起了当年那两个助阐教参加封神之战的西方教主来。

难道，这西方教将要兴盛了？

“你在想什么？”紫霞在耳旁温柔地问。

孙悟空回过头看着她道：“没什么，我在想，老牛到底在哪呢？”

紫霞道：“他也是有大神通的，只要没被天庭抓住，应该还好吧。”

“嗯，希望如此。”孙悟空道。

“看见那边的晚霞了吗？好美。”紫霞指着西方天际道。

孙悟空道：“有什么美的，还不如你美。”

“是吗？”紫霞的眼里亮起一丝惊喜，“你觉得我美吗？”

孙悟空怔了一怔，旋即道：“我觉得，只要是心里善良，还很勇敢的女人都很美。”

紫霞道：“其实你心里是觉得我美的，可你这个人就是不诚实，尤其不愿意承认别人的优点。赞美别人是一种美德，你为什么非要欺骗别人也欺骗自己呢？”

"得了吧！"孙悟空道，"给自己脸上贴金就算了，还要玩道德绑架，非得别人说你美才行，我见过脸皮厚的，但厚颜无耻成这样的，还真没见过！"

紫霞道："这你不就见到了？"

孙悟空道："是的，几万年来第一次见，所以，你也算是这天地间的一朵奇葩。"

紫霞道："随你怎么说吧，反正我一直觉得自己很美，就连那满天神仙也觉得我美。所以，你觉得我不美，那肯定是你眼光有问题！"

孙悟空道："我眼光确实有问题，因为我总是一眼就能把人看穿。"

"是吗？"紫霞问，"那你看穿我什么了？"

孙悟空道："有些事，看穿不说穿就还是朋友。"

紫霞道："我倒希望你真能看穿我，而不是在这里故作高深故弄玄虚。"

"对了，要和我结拜吗？"孙悟空道，"老牛，还有跟他一起来救我的狮驼王、鹏魔王和蛟魔王，都是跟我结拜的兄弟。"

"得了吧！"紫霞道，"我不和长得丑的人结拜！"

孙悟空道："随你吧。"

说着，他把目光看向远方，又想起牛魔王来。就算他没有被天庭抓住，可却不能再回落霞洞，还四海八荒地被天庭追杀，也是很狼狈啊。

牛魔王过得确实狼狈，而且不只是狼狈，而是处在生死一线。

他为救孙悟空，力战天兵天将，消耗法力之后，又遭杨戬的一万丈法天象地重击，受伤严重。

后来，元始天尊和地藏的圣人之战爆发洪荒之力，直接将已没有法力还处于战场中心的他打出了不知几千几万里。

当时从半空栽落，直接就晕死过去，不省人事。

当他睁眼醒来的时候，看见了一个穿着绿裙子的美丽少女，长得跟那天上的仙子一般，灵气动人。

直看得牛魔王眼睛一亮，精神大振，身上的伤都瞬间好了大半，可他想爬起来时却发现动不了，那身上骨节断出声响，痛得他大汗淋漓。

绿裙少女道："你全身骨节都碎成渣渣了，还想爬起来吗？"

牛魔王这才想起九湾河之战来，问："姑娘，是你救了我吗？"

绿裙少女道："这里就只有我，不是我救的你，难道是空气？"

牛魔王忙道："谢谢姑娘救命之恩，待我身体恢复，日后定当报答姑娘大恩大德。"

"得了吧。"绿裙少女道，"我救你，只是因为我善良，没想什么报答不报答的，你们牛族都本本分分任劳任怨的，何故被人打成这副模样？"

"这……"牛魔王有些欲言又止。

他突然想起，现在的自己已经不只是妖这么简单，而是反天者，要是这少女知道事情原委，把他交给天庭请赏，那可就糟糕了。

绿裙少女见牛魔王支支吾吾的，马上就黑了脸："怎么，我救你命，你还跟我玩花样？想编故事来骗我？你要是敢跟姑奶奶说半句假话，姑奶奶立刻就能让你灰飞烟灭！"

牛魔王一咬牙道："好吧，我老牛向来坦荡，既是你救我命，就算要拿我去天庭请赏，我也认。实话实说，是我兄弟被天庭所擒，我为救他，被天兵天将围攻，所以重伤如此，你救我也是一片好心，你要把我交给天庭请赏，也算给你的回报好了！”

“你兄弟被天庭所擒，你为救他？”绿裙少女问，“你这么牛？敢逆天而为？”

牛魔王道：“歃血为盟，同生共死，纵死，也得做。”

“这么看来你还算条汉子。”绿裙少女问，“你兄弟干什么的，为什么被天庭所擒？”

牛魔王道：“我兄弟就是花果山美猴王，打上天庭去的那个，天庭已经四处公告了，你应该听说过吧？”

“什么，你说的是孙悟空？”绿裙少女的眼神也一亮。

牛魔王道：“是的。”

绿裙少女道：“那孙悟空，一妖一棒，打上十重天，这份胆魄，亿万之妖而不及，你竟然是他的兄弟，看来我真没白救你！”

“这么说来，你不会把我交给天庭领赏了？”牛魔王问。

绿裙少女道：“那天庭算什么东西，没什么值得我去讨好的，要不是势单力薄，我也想去打垮那三十三重天了！”

牛魔王高兴地道：“那以后就跟我们一起吧，此番之后，我与天庭必不共戴天，势不两立，不是你死，便是我亡！”

“嗯，可以。”绿裙少女道，“你等等，我去给你熬点参药，让你好得快些吧。”

说着便快步跑去了。

牛魔王看着绿裙少女的身影，只觉得心里有一只小鹿怦怦乱跳。

他觉得他遇到爱情了，得好好争取才是。

牛魔王在心里美美地想着。

没多大一会儿，绿裙少女便端着一碗参药跑来给牛魔王喝，态度比之前也热情了许多。

“对了，姑娘救我之命，还没问姑娘名字的呢，如何称呼呢？”牛魔王问道。

绿裙少女道：“世人都叫我铁扇公主。”

“铁扇公主？”牛魔王道，“这名字？有点刚啊，我觉得你应该叫桃花仙子或者碧云仙子之类的，好听些。”

铁扇公主道：“名字而已，要那么好听干什么！”

牛魔王笑：“也是，人好看就行了。”

边说话，两只眼睛盯着铁扇公主都看直了，心里一阵阵地狂跳。

“对了，这是什么地方啊？”牛魔王突然想起来问道。

铁扇公主道：“翠云山，芭蕉洞。”

“你一个人住这里吗？”牛魔王问。

铁扇公主道：“是的。”

牛魔王道：“这荒山野岭的，你怎么会一个人住这里？”

铁扇公主道：“我喜欢，不可以吗？”

牛魔王赶紧道：“可以，可以，只要你喜欢，怎样都可以。”

“孙悟空怎么样了，救出来了吗？”铁扇公主问。

“猴哥……”牛魔王神色有些黯然，“也不知他是生是死……”

铁扇公主道：“你去救他，还不知他生死？”

牛魔王把当时的情况说了。

铁扇公主道：“原来是这样，那应该也是被那圣人激战之力卷走了，不会有事的，毕竟，他的神通那么大。”

牛魔王点头：“嗯，希望他能没事，他若在，我们尚可与天庭斡旋；他若出事，我便也无望了。”

铁扇公主没说什么，看着牛魔王，她想起了某头和他一样的牛来，只是，那也只是一段过往，于她，也没什么意义。

时间一天天的过去。

在铁扇公主调制的参药的滋补下，牛魔王的伤势也终于恢复。

在这些天里，牛魔王对铁扇公主的喜欢也愈加浓烈，已到不可自拔的地步。

温柔的夕阳之下，铁扇公主看着牛魔王问："伤已好得差不多了吧？"

"嗯，没事了，真是谢谢你了，你救了老牛我这条命，以后我这条命就是你的了。"牛魔王突然觉得心里跳得有些厉害。

铁扇公主道："不用这么客气，不过举手之劳而已。"

"可我……我……"牛魔王有些结结巴巴的，紧张得后面的话都堵在喉咙里说不出来。

"你什么？"铁扇公主看着他问。

牛魔王涨红着脸说："我……我……我想……想以后都能好好照顾你，不让别人欺负你。"

"你说什么？"铁扇公主陡听得这话，有些蒙。

牛魔王还是鼓起勇气道："我说……说……我喜欢你，想以后都能跟你在一起！"

铁扇公主问："你是还没睡醒，在做梦说胡话吧？"

牛魔王急忙道："没有没有，我很清醒，而且我想了好些天，想得很清楚了，今天才鼓起勇气跟你说的。"

"你是没有听明白我的意思。"铁扇公主道，"我是说我们之间不合适。"

"不合适？"牛魔王道，"为什么不合适呢？你看你娇小可人，我高大威猛，我们还有共同的爱好，都爱修道，也都讨厌天庭，愿抛头颅洒热血并肩作战，我们简直就是天造地设的一对！”

“你还是没明白。”铁扇公主道，“爱情跟这些都没有关系。”

“是吗？”牛魔王问，“那跟什么有关系？”

铁扇公主道：“感觉，懂吗？”

“感觉？”牛魔王还是有点蒙，“什么感觉？”

铁扇公主道：“当然是心动的感觉。”

牛魔王道：“我懂了，我对你就有心动的感觉。”

铁扇公主道：“但我对你没有啊！”

“对我没有？”牛魔王问，“怎么，我哪里不好吗？”

铁扇公主道：“其实，哪都好，就是……长得有点不好。”

“长得不好？”牛魔王道，“我觉得还行吧，都说我长得挺高大威猛的。”

铁扇公主道：“可还是丑啊，连高大威猛都掩盖不了你的丑，你说得有多丑，所以，我们只能做朋友，其他的你不要想。”

牛魔王道：“我没法不想啊，这些天，我闭上眼就是你的样子，睁开眼还是你的样子，我都已经暗暗发誓，这辈子非你不娶了。”

“这样的吗？”铁扇公主道，“那正好，我也在想，像你这么丑的，我打死都不可能嫁，你就慢慢等吧！”

牛魔王点头：“行，我就等你，等到你喜欢上我的那天！”

铁扇公主道：“可以，你慢慢等，等到哪天山都没有棱角了，天地又合在一起了，海都枯竭了，草都不生了，我想，我差不多就会答应你了！”

牛魔王道：“你是在跟我开玩笑吧，山生来有棱角，天地开后不能再合，再合则天地间的万物都得死，怎么会有那天？”

铁扇公主道："既然没有那天，也就是说，我和你不可能有在一起的那天，这道理还不够浅显吗？很难懂吗？"

牛魔王终于明白了。

他看着铁扇公主，只觉得心被人掏走了一样，莫名的难受、空落。

这世间最让人惆怅和伤心的事，恐怕就是爱而不得吧。

"行了，既然你的伤已经好了，咱们就去找孙悟空吧。"铁扇公主道。

牛魔王道："可这天大地大，要到哪里去找？他住花果山，但九湾河之后，他不可能回花果山去了。"

铁扇公主道："平常他有跟你提过他会去哪些地方吗？"

牛魔王道："我们只是英雄惺惺相惜而结拜，但结识得并不久，互相了解得不多，我只知他是从西牛贺洲来，但具体西牛贺洲什么地方却不知道。"

铁扇公主道："那就去西牛贺洲找找吧，那边是西方教的地盘，天庭少有踏足，说不准他就在西牛贺洲的某个地方呢。"

牛魔王点头："行，那我们就去那边找吧。"

当下，铁扇公主将芭蕉洞稍作收拾之后，便跟着牛魔王一起踏上了去往西牛贺洲的征程。

这些日子她对牛魔王悉心照顾，对他好，其实是想跟着他见一见孙悟空的。

那个敢凭一妖一棒打上天庭去的妖王，是个怎样盖世的英雄？

第 8 章　招妖幡出，万妖跪服

西牛贺洲，方寸山上，三星洞。

天刚蒙蒙亮。

紫霞睁开眼睛，就看见了从东方天际冉冉升起的一缕朝阳，落在了身边的草木上，露珠晶莹得发光。

她看了眼不远处的石板，孙悟空的床榻上面空着。

孙悟空居然这么早就起床了。

她揉了揉眼，看见孙悟空站在问道崖边。

金色的朝阳落在他的身上，如神一般挺拔而立，却又透着几分莫名的落寞。

这些天来，他拼命地修道，想突破境界，修出神通，打去地府，救回帮他的兄弟，然而却比从前更缺灵感。

这让他感到格外的暴躁。

这山上的石头都不知被他打碎多少块，树木也不知被打断了多少根，连她也跟着受了许多气，可她都忍着。

他冲她发火的时候，哪怕她难过得眼泪都要到眼眶了，她都忍着，仍微笑面对，她把从前在天庭时那些神仙吹捧和恭维她的所有骄傲都放下了。

她知道他心里比她更难受。

就像此刻，他一动不动地站在那里看着远方，看起来平平静静，此时阳光也好，景物也美，一切都是很美好的样子。

但她知道，他此时一声不响，内心却已千疮百孔。

她悄然转过身去，没有惊动他。

然后，她去山上的其他地方采了些野果灵芝类的东西回来做早餐。

他还是一动不动地立在那里。

此时阳光已烈，他仍浑然不觉。

“该吃早餐了。”紫霞实在不想他继续这样下去，在背后轻轻喊了声。

喊这一声的时候她有些提心吊胆，因为怕他发火，说她打扰了他。

孙悟空转过身来。

这一次，他竟没有发火，而是轻轻地“嗯”了一声，然后走到石桌前，开始吃东西。

“这些天辛苦你了，我什么都没做，虚度光阴，还让你跑上跑下去找吃的。”

破天荒的，孙悟空今天的声音里有几分难得的理智和温柔。

紫霞一笑：“这么客气干什么，我们是朋友嘛。”

她在想，只要他开心起来，就算累点、委屈点，她也愿意。

哪知孙悟空下一句就道：“吃了这一餐之后，你就不必管我的饮食起居，管好自己就行了。”

“啊？”紫霞心里一沉，“你这话什么意思？又要赶我走吗？”

“不是。”孙悟空道，“我突然想到了一个修道之法，不再需要进食了。”

“是吗？”紫霞问，“有什么修道之法不用吃东西吗？你不会是说辟谷吧，那可是基础之道，对你来说修了毫无意义啊！”

“怎么可能是辟谷。”孙悟空道，“肯定不是的，比起辟谷来，高深不止一万倍。”

紫霞问：“那是什么？”

孙悟空道：“女娲娘娘送了我一件宝贝，叫造物火炉，我要把自己关进造物火炉中烧一烧！”

“啊？你要把自己关进造物火炉？”紫霞陡听，不由大惊失色，“我听说女娲娘娘的造物火炉中的造物之火可炼世间至刚之物，比兜率宫老君的三昧真火还厉害，你进里面，哪还有活路！”

孙悟空道：“封神大战时，那老君曾以太极图化三昧真火烧我，然而，非但没将我烧死，反而使我在极限的痛苦之中唤出心中巨魔，立地成圣，所以，今日我决定用造物火炉一试！”

“不行！”紫霞坚决阻止，“这造物火炉，可炼世间一切，你不能冒这个险！”

孙悟空道：“事到如今，这已是唯一的希望了。我们都知道，修道讲悟性，讲循序渐进。然而，命运没有给我太多的时间和选择，已不会让我在无边的岁月之中慢慢去悟，那天庭在上，四海八荒地通缉我和我的兄弟，我若不强大起来，便没有活路，我的兄弟也没有活路了。若赌上一把，或有希望！”

紫霞道：“可这太危险了，希望太渺茫。何况，即便是那太极图三昧真火，你当初也是带着女娲娘娘所赐圣力，才勉强扛了下来。如今的你没有当时封神大战的神通，这造物火比三昧真火还厉害，你再想重复当年的奇迹，已不可能！”

“没什么不可能的！”孙悟空道，“路到尽头是风景，人到绝处是重生，万事不到最后都不可定论，这一把，我必须得赌，若赢不了自己，我又如何去赢天下。”

紫霞终不再说什么。

她就算有千言万语想说，可她知道，孙悟空做了这个惊天动地的决定，却用平静的语气告诉她时，就已经没有回旋的余地了。

他要将生死，付与理想。

吃过饭后。

孙悟空走进了三星洞中。

在洞门口，他转过身，看着紫霞，眼神里一片温柔。

此刻他的心情很悲怆。

因为他知道，这一转身，或许就没有以后了。

然而，眼前的人，这美丽的仙子，却是为他而逆天，为他付出了一切，可他能给她些什么呢？

“本来，留你在身边，我是想拼我之命保护好你。但我更清楚，若我不能迅速强大，就算我在你身边，也未必能保护得了你，早晚，我们都得折在天庭手里。所以……如果四十九日内我没能出来，你便不要等我了，去天涯海角的无人之地好好躲着吧。”

“我会一直等在这里的！”紫霞眼神坚定地道，“纵然，你死……死在了这里，我也会在这里守着你，不会抛下你独自而去。”

这话说完，一股心酸涌起，大颗的眼泪从眼眶滚落出来。

一瞬间，孙悟空心里一股情绪涌起，但他还是硬生生地压制住那股情绪，忍住了想上前去替她拭泪的冲动。

“我孙悟空没有白交你这个朋友，那就等着我成圣归来吧！”说罢，孙悟空手一挥，化一方巨石，将洞口封住了。

两个人，洞里洞外两处天，不能相见。

孙悟空毅然转身进了洞中，在当时菩提向他传道的一处水池边，拿出造物火炉，念动真言。

顷刻之间，里面的烈焰熊熊燃烧。

孙悟空咬了咬牙，毅然走进里面。

三星洞外，紫霞连嘴唇都咬破了，她拼命地不让自己哭出来，可那晶莹剔透的泪却还是从眼角涌出，在美丽的脸上流成了河。

没多久，她就听到了里面传出来震人心魄的嚎叫声。

那种痛苦，撕心裂肺。

整个方寸山都在地震般地摇晃。

她能想象得出，此刻已在造物火炉中经受造物之火焚烧的孙悟空，在经受着何等无法忍受的痛苦。

可纵然痛苦，痛苦到满地打滚，那烈火如牢，他也出不来了。

方寸山摇晃得越来越厉害。

那满山的石头都到处乱滚。

可见孙悟空在造物火炉中的痛苦和挣扎有多巨大。

紫霞咬着嘴唇，终于忍不住，挥手一道紫电击向三星洞口，然而，她的法力不如孙悟空，根本破不开孙悟空封住的巨石。

她只能在外面焦急的等待。

一个日出，一个日落。

每天，听着里面抓狂的嚎叫，她都充满了说不出的担心和心疼。

她知道，那造物火炉中的烈焰会越来越烈，孙悟空需要用极致的毅力并激发身体和意志的本能去抵抗这种痛苦。

只要出现任何一个崩溃的瞬间，他就会灰飞烟灭。

生与死，只在一念之间。

然而，她再着急，也做不了什么。

一天过去，又一天过去。

经历过生不如死撕心裂肺之痛的孙悟空，终于安静了下来。

四周仍烈焰腾腾，燃烧出轰隆隆的风雷之声。

孙悟空只在其中闭眼盘腿静坐。

他全身的毛发都已被烧光，身上也被烧得通红，就像烙铁，一道道的烈焰仍猛烈地往他的身体里钻。

有时候就像是锋利的刀子，在他的身上呼哧一声割裂开来。

但他马上就用意念使伤口弥合。

造物之火愈加凶猛，轰隆隆地燃烧着，好像不将他摧毁，誓不罢休似的。

有好多次，孙悟空的身躯都快撑不住了，发出猛烈的战栗，如同快要散架的朽木。

但他终究还是撑住了，稳住了。

在第三十六天，造物火中的孙悟空，被炼成了一块石头，如同一个鸵鸟的蛋，立在那里。

第四十六天，那个鸵鸟蛋一样的石头先是裂开一道缝隙。接着一片咔咔声，裂开无数道缝隙。

破壳之中，里面居然重现出一个孙悟空！

而那个孙悟空，在破壳的瞬间睁开眼，眼里猛地射出一道金光。

金光过处，造物之火都退避三舍。

旋即，孙悟空身上又如春雨后的万物复苏般长出了毛发来。

而造物之火，再也烧不着那些毛发。

孙悟空的神情无悲无喜的平静，有如风霜雪雨一万年不变的石头。

他缓缓将双手胸前合十。

猛然之间，神情狰狞，一声怒吼，将口一张。

一道光影闪出。

那光影落地，竟然是一只手臂奇长面孔狰狞凶恶的猿猴。

“通臂猿拜见主人！”

那猿猴见孙悟空倒头便拜。

“把这火给我灭了！”孙悟空的神情之间现出王者之气。

“是！”通臂猿王应声，转身面向那腾腾燃烧的造物之火，张嘴一声怒吼，猛将双臂往前打出。

那手掌立马变得奇大，将大片的火都打灭了。

然而，那打灭的火立马又开始复燃。

通臂猿王暴怒起来，吼一声，手中竟多出一条漆黑的棒子，棒子上有三个字：“擎天柱”。他将擎天柱往前一扫。

顷刻之间，那造物之火，尽皆熄灭。

“火已灭，主人还有何吩咐？”通臂猿王跪问。

“没事了，回来吧。”孙悟空道。

“是。”通臂猿王应声，收起擎天柱，飞回到孙悟空的身体之中。

孙悟空如同刚睡醒一般，慢吞吞地伸了个懒腰，缓缓站起身来，一步一步，走出造物火炉。

那落下的每一步，都震得地动山摇。

“轰！”

紫霞正看着三星洞口出神。

突然，那洞门的碎石飞溅，洞口打开了。

孙悟空的身影出现在那里，他一步一步地向洞外走来。

“猴子，你没事！”那一刻，紫霞的心里万分惊喜，激动欲泣。

孙悟空漫不经心地伸了个懒腰，一脸的云淡风轻：“不就悟个道，能有什么事？”

紫霞道：“我听见里面地动山摇的动静，听见你痛苦的嚎叫，可我什么都做不了，我以为你遭遇不测了呢……”

“怎么会？”孙悟空道，“我说过，我没那么容易死的，路到尽头是风景，人到绝处是重生！”

“看你说得这么轻巧。”紫霞道，“我在外面都担心死了，我想冲到洞里去看，但冲不进去。你修成圣人之道了吗？”

孙悟空道：“大概，应该是吧！”

“真的吗？”紫霞满脸惊喜，“那能让我看看这圣人之道都有什么厉害的神通吗？”

孙悟空道：“神通是用来改天换地，而不是拿来看的。不过，我倒可以让你看看！”

说罢，双眼猛睁，神通运起，一道金光现出。

他将那金光向四处一扫。

“老牛？”孙悟空的脸色猛然一喜。

“老牛？”紫霞一愣，“什么老牛？”

孙悟空道：“那个带人来九湾河救我的兄弟——牛魔王！”

“哦。”紫霞也转头看了看，却什么也没看见，“在哪？没看见人啊！”

孙悟空道：“若你都能看见了，我这又如何称得上圣人神通！走吧，咱们去找他吧！”

说着，便抓住紫霞的手，腾空而起。

半空之中，他又回过头来，再看了眼这灵台方寸山，斜月三星洞，心存感激地说了声："谢了。"

在世间，无论是成神，成圣，或是任何成功，除了自己的努力之外，机缘都是必不可少的东西。

而机缘，便是所遇贵人。

虽然那位菩提祖师悄然地消失在他的世界里了，但他曾经来过，用道术将他从一块石头中唤醒，并留下"灵台方寸山，斜月三星洞"这一句圣人偈语，使他于造物火困住之时，能坚守本心，悟出道的真相，菩提祖师都功不可没，绝对是他生命中的贵人。

不管未来是否还会相逢，也无论菩提祖师是带着什么目的而来，总之，菩提祖师成就了他，就值得他说一声感谢。

牛魔王和铁扇公主正在一条哗哗流淌着的小河边歇息。

天上的阳光很烈，牛魔王渴得直接在河里饮水，一口气喝了个饱，又看着铁扇公主关心地问："这么热的天，你不渴吗？"

铁扇公主道："我渴也不喝河里的水。"

"不喝河里的水？"牛魔王问，"那喝哪里的水？"

铁扇公主道："泉水或者井水。"

牛魔王道："可这遍地都没见泉水或井水啊。"

铁扇公主道："那我就不喝，反正我不喝河水，万一有人在上面洗脚或洗澡，有牲口拉屎撒尿，那得多脏。"

牛魔王想了想道："行，那你找个阴凉处歇歇，我去帮你找找有没有泉水或井水。"

说罢，便向一处有山峰的方向驾云而去。

铁扇公主看着牛魔王远去的背影不由轻声叹道：“唉，心眼还是好的，可就是长得丑了点，没感觉啊。而且那一妖一棒打上天去的孙悟空才是盖世英雄。”

这一路走来，牛魔王对她可谓百般顺从，体贴照顾，让她看见了一个抠脚大汉背后的温柔，有时细腻得确实让人感动。

但爱情这东西，真是勉强不来啊。

很快，牛魔王就满头大汗地回来了。

他用变化出来的两只水桶，帮铁扇公主提了两大桶水回来，满脸欣喜地道：“我总算找到泉水了，那边山上有好大的一股泉水，喝着还很甘甜，快来喝吧。”

铁扇公主看着那两桶水道：“我看你不是牛，倒有些像猪，我哪能喝这么多水，有一瓢就够了！”

牛魔王笑道：“没事，你喝不完我还能喝，我肚子大。”

铁扇公主看着他，心想，真是憨啊！

“轰隆！”

铁扇公主刚喝得一口水下去，突然发出一声巨响，连地面都跟着震了一震。

牛魔王马上护在铁扇公主身前，保持着戒备。

“何方妖魔鬼怪，竟吵扰到你牛爷爷，赶紧给牛爷爷滚出来，否则让你牛爷爷逮着，要你小命！”

牛魔王转动眼珠扫视四周，却不见半个人影。

铁扇公主也向四处看了看，不见异常。

牛魔王道：“可能是小妖作法，看见牛爷爷我在，吓到了，不敢吱声了。”

“轰——隆！”

哪知他话音刚落，又是一声巨大的声响，地面都震动了。

“谁？到底是谁？有种就出来跟牛爷爷斗法，别藏头露尾见不得人！”牛魔王气得咆哮如雷。

“是吗？你要跟我斗法？”孙悟空突然现身在牛魔王面前。

“猴哥？”牛魔王一见，顿时惊喜万分，拔腿跑向孙悟空，激动得张开双臂一把就将孙悟空抱住。

“喂喂喂，都是男人，能不要搂搂抱抱吗？”孙悟空将他推开道。

牛魔王不好意思地笑了笑：“我到处打听你的下落，一直担心你呢，这突然见着你，高兴得有点收不住。”

孙悟空的目光突然落在往这边走来的铁扇公主身上。

铁扇公主也目不转睛地看着他，眼中有光。

“怎么了老牛，找压寨夫人了？”孙悟空问。

铁扇公主忙道：“你别乱说，我和他只是朋友。”

她说着又看着孙悟空身边的紫霞，心里莫名地酸了下。也不知是因为她长得漂亮，还是因为她跟在孙悟空的身边。或者，两者兼而有之吧。

牛魔王当即为孙悟空介绍了铁扇公主，说是他的救命恩人。

孙悟空道：“那老牛你得用一辈子去报答人家啊。”

牛魔王道：“那是那是，必须是，你旁边的这位是嫂子吗？”

“什么嫂子！”孙悟空道，“别乱说，我们也是朋友。”

“也是朋友？”牛魔王笑，“现在男女在一起都不谈爱情，只交朋友的吗？”

孙悟空道：“好了，别扯那么远了，你在这里干什么？”

牛魔王道：“我来这里找你啊，你之前不是说你从西牛贺洲去的吗，所以我就来西牛贺洲找你了，没想到还真找着了。”

孙悟空问：“那你有什么打算吗？”

“打算？”牛魔王摇头，“我不知道，我就是想找到你，看你有什么打算，反正我们是捆绑在一起的，你干什么，我就跟着你干什么！”

孙悟空道：“我打算反天，你也跟着吗？”

“跟啊！”牛魔王道，“为什么不跟！”

孙悟空道：“你要想清楚，这条路，每一步都可能是万劫不复！”

“那又怎样？”牛魔王道，“九湾河一战，你我都已上了天庭的通缉名单，我们不反，天庭也不会放过我们！”

孙悟空道：“但四宇八荒之大，你只要找个地方躲起来，天庭也没那么大能耐找遍每一个角落，你只要不高调出世，还是可以平平静静生活的。”

牛魔王道：“猴哥你这是看不起我老牛吗？我老牛好歹也修过几千年的道，在妖族之中算一号人物，岂是那贪生怕死苟活之辈。只要猴哥你敢干的，我必生死相随，要不然，咱们还算什么兄弟！”

“好！”孙悟空也豪气干云道，“这反天之路，不管生死，我都带上你了！”

“也算上我一个吧！”一个铿锵的声音随之响起。

孙悟空看过去，是铁扇公主。

“你？”他的神情之中有着几分疑惑。

“怎么，是瞧不起我吗？”铁扇公主问。

孙悟空道：“不是瞧不起，只是，你与天庭无冤无仇，又何必走上这一条不归之路呢？”

铁扇公主道：“因为我们是朋友，你们想做的事，我怎能不帮。”

孙悟空道：“这可不是一般的忙，这是要命的事！”

铁扇公主道：“你不要小瞧我，我虽是女流之辈，但不比男人胆小，生死无所谓，只要做得对！”

“嗯，像条汉子。”孙悟空道，“那就加入吧，这是一条为我自己的复仇之路，更是一条为天下妖族的正名之路，有理想者，热血当燃。”

“那猴哥你有什么计划吗？”牛魔王问。

“计划？”孙悟空眼睛一眯道，“我得再去一趟女娲宫！”

“去女娲宫？”牛魔王问，“去那干什么？”

孙悟空道：“借东西。”

“借东西？”牛魔王问，“借什么东西？”

孙悟空道：“去了就知道了，别废话了，走吧，先去女娲宫！”

既然孙悟空已这么决定，牛魔王、铁扇公主和紫霞也都没有异议，当即就跟着孙悟空一起往中皇山女娲宫而去。

到中皇山后，孙悟空让三人找个地方等着，他独自一人去了女娲宫。

白矖和腾蛇都认识孙悟空，听他说要见女娲娘娘，马上就带了他去。

“又有什么事吗？”女娲娘娘问。

“我来借一样东西。”孙悟空道。

“借什么东西？”女娲娘娘问。

孙悟空道：“招妖幡。”

“招妖幡？”女娲娘娘眉头微微一皱，“你借招妖幡做什么？”

孙悟空道："这个原因不便说，但招妖幡对我极为重要。"

女娲娘娘似有些明白，当即也不再多问，只是道："既然对你很重要，那我便借与你吧。"

当即手一伸，拿出招妖幡来，递给孙悟空，并说了使用法诀。

孙悟空接过招妖幡收好，道："若是日后有什么事，天庭问起来，你也不要说是我找你借的，只说被偷了最好。"

"被偷？"女娲娘娘道，"被偷，你又如何会这法诀？"

孙悟空道："以前我们是认识的，你教过我，那时你并不知我会偷你的招妖幡做什么，自然也就不用担责了。"

女娲娘娘道："看来，你已经什么都想好了。"

孙悟空道："是的，想了很久，有些事再难，却不得不做；有些路再坎坷，也总得去走！"

女娲娘娘道："螳臂当车之事，还须小心。许多次跌倒都可以再爬起，但不是每一次都可以，所以，不要轻易让自己倒下去。"

孙悟空点头："我会尽力的，事在人为吧！"

女娲娘娘点头，也不再说什么。

孙悟空当即收好招妖幡，出了女娲宫，在半山处和紫霞、牛魔王、铁扇公主会合。

"猴哥，你去找女娲娘娘借什么啊，借到了吗？"牛魔王好奇地问。

铁扇公主道："你这不是废话吗？要没把握，你觉得猴哥会来？"

孙悟空道："看不出你还挺聪明。"

铁扇公主笑："是吧，不只漂亮，还聪明，我除了说你有眼光，还能说什么呢。”

牛魔王道：“紫霞仙子也挺漂亮的嘛。”

铁扇公主瞪了他一眼：“那你说是她漂亮，还是我漂亮？”

“那……当然是你。”牛魔王赶紧笑道。

铁扇公主道：“既然我最漂亮，为什么还要提她，你是生了牛的骨架，长了猪的脑袋吧！”

“得了，就不要怼老牛了！”孙悟空道，“其实，老牛还是有些牛脾气的，平常没几个人敢惹，就算那东胜神洲上的大妖听到他的名字，也要把说话的语气放低些，但他对你，脾气已是难得的好了。而一个脾气大的男人在一个女人面前温柔的时候，我想那肯定是因为爱情，不要辜负了他！”

“你在胡说什么！”铁扇公主道，“你这么懂他懂爱情，你要不要跟他在一起！”

孙悟空道：“女人总是不讲理，我不和你争。”

牛魔王也道：“是的，猴哥别和她争，还是说说我们接下来该做什么吧。”

“接下来？”孙悟空道，“回花果山去！”

“什么？”牛魔王一惊，“回花果山去？”

孙悟空道：“你没有听错！”

牛魔王道：“那怎么行，你的花果山肯定和我的落霞峰一样，早被天兵天将派人守着了，咱们回去，不是自投罗网？”

孙悟空道：“你这脑子果然跟猪有得一拼，你觉得我会干那自投罗网的事？”

牛魔王道：“可不就是吗？”

“当然不是！”孙悟空说话掷地有声，“我敢回去之日，便是再也无人挡我之时，谁若挡我，便是找死。我此番回去，是找那天庭算账的，我岂还惧他！”

牛魔王道：“有气魄是好事，可气魄不等于本事啊。咱们这几人肯定是没法跟天庭斗的，还得从长计议才是。”

铁扇公主道：“你这脑子真是比猪还笨，猴哥先去找的女娲娘娘，然后才打算回花果山，他心里会没数吗？”

牛魔王顿时恍然：“也是，猴哥才去找过女娲娘娘，肯定是有了破敌之策！”

当下，四人驾云就直向东胜神洲傲来国内花果山而去。

情况不出所料，花果山上也早有天兵天将把守，带队的天将是托塔李天王手下先锋官巨灵神。

此时，身材魁梧粗壮如一座大山般的巨灵神带着两名天将正在花果山水帘洞前喝酒作乐。

孙悟空四人按落云头。

正仰头喝下一杯酒的巨灵神听见声响，本来漫不经心的他抬起头时，脸色立马大变，赶紧抓起旁边的宣花板斧起身大喊：“赶紧过来，是反贼孙悟空和牛魔王，还有紫霞仙子！”

四周天兵吼声顿起，一片刀枪斧钺就往这边逼了过来。

一下子几百天兵就把水帘洞前围了个水泄不通。

孙悟空道：“老子的地盘，几时轮到你来吃喝了？”

“你的地盘？”巨灵神冷笑，“你一只丧家之犬，也敢口出狂言，说是你的地盘？你是还不知道，那地府下九幽有一只巨大的牢笼在等着你吧！”

孙悟空道：“看来，你知道的和我知道的不一样，我知道的是，那地府在三日之内就会被打个稀巴烂，而你在我面前活不过一个时辰！”

“狂妄！”巨灵神怒起，当即大吼一声，“来人，给把我这反贼拿下！”

身边两员神将应声，一人提长枪，一人舞双刀，气势汹汹地就向孙悟空这边杀过来。

孙悟空压不屑地道：“这种小虾米，不值当我出手，你们谁替我收拾了吧。”

牛魔王道：“那就让我来吧。”

“你来，那就是条死牛了！”长枪神将说着，把手中枪一舞，现出数朵枪花，那枪花竟化成巨蟒，张着血盆大口就向牛魔王咬来。

“下三流的神通，也敢和你牛爷爷斗！”牛魔王都不用兵器，直接赤手空拳，见着那扑来的巨蟒，一拳打出去，将那巨蟒打得脑浆迸裂。

再用双手抓住一条巨蟒，用力一扯，直接将那巨蟒扯成两段。三两下，就将那天将枪法破解了。

接着，使双刀的天将将双刀往空中祭起，双刀化一把剪刀，向牛魔王剪来。

这剪刀倒也厉害，刃上红光现，血腥气弥漫，杀气逼人。

可牛魔王却仍是不放在眼里，不躲其剪，反而以牛角迎头撞去，那剪刀碰到牛角，竟一刀两断，掉落地上。

吓得那神将面如土色，蹬蹬后退。

“都是些不入流的小丑，还有什么本事，尽管跟你牛爷爷使出来！”牛魔王轻蔑地看着巨灵神道。

巨灵神此时也有些心虚，但这么多天兵看着，他不敢露怯，当即一咬牙：“你牛角硬，敢挨本神一板斧吗？”

牛魔王冷笑道：“你倒是个聪明玩意儿，不敢跟你牛爷爷打，倒是要让你牛爷爷不还手，硬挨你一板斧？可惜你牛爷爷艺高人胆大，就不还手，挨你板斧又如何，看你能砍得动你爷爷？”

当即就哞地叫了声，把头一伸。

巨灵神一咬牙，将宣花板斧扬起，念动法诀，运起法力。

顿时，宣花板斧之上响起雷来，耀起闪电。

“啊！”

一声暴吼，巨灵神将那重逾山岳之力的板斧直接就往牛魔王的头上劈下！

是的，他不劈牛角，而是直接劈牛魔王的头！

他知道牛魔王的牛角坚不可摧，他很难劈断，就算能劈断，也不能因为伤一只牛角而制服牛魔王。所以，他要直接一板斧劈了牛魔王的头！

虽然牛魔王平时是个粗人，但在与人斗法时神通却并不弱，他一下子就看穿了巨灵神的险恶用心，当即狠狠地道：“你要我死，我岂能让你活！”

当即也不硬挨那一斧了，待巨灵神的宣花板斧将要落下时，他突然将头往前猛顶！

霎时间，牛魔王的两只大尖角就深深地插进了巨灵神的肚子里。

“你……卑鄙……”

巨灵神的宣花板斧重重地落在地上，他捂着被牛魔王剜出来的肠子，踉跄倒退着咒骂。

“卑鄙？”牛魔王道，“你也配跟爷爷说卑鄙？你以为你跟爷爷玩的那点花样爷爷不知道？要是爷爷像你以为的那么好骗的话，还能在这强食弱肉的世界活到现在？”

巨灵神的嘴角缓缓地流出血来：“你……跟天庭为敌……是……不会……有好下场的！”

“那不管了。”牛魔王道，“至少，你得死在我前面！”

巨灵神大惊，拼命想逃。

牛魔王当即使出“牛吼功”，将口一张，一道摧枯拉朽之力有如风暴般卷向巨灵神。

“轰隆！”一声巨响。

逃跑的巨灵神直接被牛魔王这惊天动地的一吼给打飞出去，连影子都不见了。

其余天兵天将一见，吓得立马抱头鼠窜。

“不要让他们跑了，全都抓起来！”孙悟空下令。

牛魔王应声，当即再次使出牛吼功来，仰天一吼，惊心动魄，那些天兵当场被吼得魂飞魄散脚下发软，当场就瘫倒在地。

“都杀了吗？”牛魔王问。

孙悟空道：“蝼蚁之辈，杀之无用，让他们都在水帘洞前跪着吧，谁不跪便将谁杀了！”

“好。”牛魔王应声，当即命令那些吓得瘫倒的天兵在水帘洞前跪下。

“现在怎么办？”牛魔王看着孙悟空问。

孙悟空道：“现在给我在水帘洞前筑一个百丈高的将台。”

牛魔王问：“筑将台干什么用？”

孙悟空道：“你筑就行，我自有用。”

“可这干活的事……”牛魔王道，“就我们几人要筑百丈高的将台，那得要不少时间啊，毕竟，这玩意又不能施法变出来！”

孙悟空看了眼那些跪着的天兵道："让他们帮忙吧，不干的就杀了！"

牛魔王应声，当即让那些天兵帮忙一起筑将台。

孙悟空飞身进入水帘洞中，一直走到那棵硕果累累的桃树旁。

那尊猴子的石像仍在，盘膝而坐，双手结印，目微闭，仿若坐禅。

虽为圣人之辈，可他仍不知这尊石像何时存在，又是何人所留。但他至少知道一点，能在这世间仙灵古老之地留下道像之辈，皆是要用肩膀扛起天下的先驱。

这是天意，他注定要为这天下而活。

孙悟空在里面转悠了一圈出来，牛魔王和成百上千的天兵还在忙碌地筑着将台。

铁扇公主和紫霞也在帮忙。

孙悟空找块石头坐下，跷着二郎腿，金色的夕阳洒落余晖，使花果山看起来有一种格外的静谧之美。

这真是个与世无争的仙家福地，能使人自在修道，与人无扰，奈何那天庭神仙作祟，妄立权威，挑起刀兵，那就看谁才能做这天下之尊大道之主吧！

次日，百丈将台已高筑而起。

孙悟空拿了几面布幡，让牛魔王把那日去九湾河的兄弟之名都写在布幡之上。

牛魔王照做了。

孙悟空便用那写好名字的布幡做成旗帜，上了百丈将台。

"猴哥，你这是干什么？"牛魔王不解。

孙悟空道："此乃招魂法，我将谁的名字写在幡上，作法念咒，无论他在天涯海角，做梦还是醒着，都能听到我说的话。”

“哦，我明白了。”牛魔王大喜道，“你是要借此法召兄弟们来花果山相见吧！”

孙悟空道：“是的。”

说罢，便将招魂幡插在将台上，作起法来。

只见他将手往东西南北天上地下各指了一下，然后口中念念有词。

片刻功夫，便作法完毕。

孙悟空道：“好了，老鹏、老蛟、老狮，还有后面跟你来的禺狨王、猕猴王都没事，他们都藏在深山里，已听到我的召唤，很快便可到花果山来与我们相聚了！”

“那真是太好了。”牛魔王大喜，“猴哥你啥时候也会这作法的玩意儿了？”

孙悟空道：“我会的多着呢，是你永远都想不到的。”

“厉害……”牛魔王道，“果真是修道的天才，修几年道竟比我修了几千年都强，你这天赋，未来必是大圣之辈啊！”

孙悟空只是一笑。

牛魔王不知道他已成圣，而且不是哪吒、杨戬之流那种入门的小圣，而是真圣之上，距离大圣，也只一步之遥。

自己兄弟面前，就低调点吧。

“对了，就算把老鹏和老狮他们召回来了，咱们的实力也不够和天庭一战啊！”牛魔王又忧愁起来。

“毕竟，如今那天庭有天兵数百万，神将也成千上万，而我们就这么几个人。”

孙悟空道：“不要急，我自有安排的，如今只是先召几位兄弟回来叙叙旧。叙完旧，该向天庭宣战时，我自有法！”

“有什么法啊？”牛魔王问。

孙悟空道：“你别管了，信我就行。”

“行，我信你！”牛魔王也摆出一副豁出去的架势，“我感觉你像个干大事的，必然胸有成竹。”

孙悟空道：“你去搞点好酒来，等下老鹏和老狮他们来了，咱们得痛饮一番才是！”

“搞酒，这个好说，包在我身上。”牛魔王胸有成竹道，“我在落霞峰附近好几个地方埋了陈年好酒呢！”

孙悟空叮嘱了一声小心。

牛魔王便驾云而去。

孙悟空又没事地坐在那里跷着二郎腿，看着那些跪在那里的天兵。

他不打他们，也不杀他们，只是要让他们感受一下，平常他们让妖族跪着时有多趾高气扬，此时他们就有多屈辱狼狈。

还有一个，让他们跪在这里，是为了不让他们跑回去向天庭报信。

虽然最终难免一战，但他希望是在和几个兄弟相聚之后，并不急于开战。

一切都已在他的计划之中，如今的他将要指挥千军万马，决战天下，不可再如当日一般毛毛躁躁了。为将帅之才，当有稳如泰山之气概。

很快，第一个妖王就驾云赶到了花果山。

他降落下来，收起那一对巨大的翅膀，正是鹏魔王。

在几大妖王之中，鹏魔王的飞行速度可谓得天独厚，一扇翅就是几万里，可想而知有多快。

鹏魔王见了孙悟空，上前就是一个拥抱。

孙悟空为铁扇公主和紫霞都做了介绍。

随后，牛魔王带了酒回来，与鹏魔王才刚聊得几句，蛟魔王和禺狨王也赶到了。

再然后，狮驼王和猕猴王也赶了过来。

见兄弟们都安然无恙，几大妖王更是兴高采烈，一起动起手来，摆上酒就开始庆贺。

铁扇公主和紫霞也坐在了一起。

喝到酣处，牛魔王说起了禺狨王和猕猴王的仗义，本来他只是和鹏魔王、蛟魔王、狮驼王一起来九湾河营救孙悟空，没想在路上遇到了也赶过来相救的禺狨王和猕猴王，于是就一起了。

禺狨王和猕猴王亦豪气干云地道："这还用说，猴哥是我们猿猴一脉的骄傲，他敢以一妖一棒打到天上去，仅此胆魄，已是我们猴族万世荣光，他有难，我们岂能不救，就算万劫不复灰飞烟灭，又有何惧！"

"很好。"孙悟空举起酒坛，"我孙悟空交朋友拜兄弟，不看道行高深，不分成就大小，只看一个义字，只要讲义气，就可做我兄弟。若你二人不嫌弃，今日我们就一起结拜了吧！"

"猴哥这是哪里话！"禺狨王道，"猴哥你愿和我们结拜，那是看得起我们，我们岂有不愿之理，肯定求之不得啊！"

孙悟空道："有一点我还得说清楚，这不只是结拜的事情，接下来，我将竭尽全力反天，这是一条不归路，生死一念之间。若拜了兄弟，便没有了退路，你们得想好了！"

"不用想！"猕猴王掷地有声道，"我们早看那天庭不顺眼了，只是不够胆，今日若有猴哥你带头，赴汤蹈火只管走，绝不回头！”

孙悟空道：“好，那咱们就再拜一次吧！”

当下，众妖王赶紧准备了香案，倒头便拜，齐认孙悟空做大哥，牛魔王为二哥。

紫霞和铁扇公主作了见证。

结拜完毕，孙悟空长身而起：“好了，万事俱备，只欠东风，该我向那天庭宣战了！”

“啊？宣战？”牛魔王问，“怎么宣战？”

孙悟空看着众妖王道：“你们且先退到一边去，看我的吧！”

众妖王退下了。

孙悟空走到百丈将台中央，从身上取出了女娲娘娘那里借来的招妖幡。

手一挥，招妖幡迎风而起，猎猎作响。

孙悟空默念法诀。

他们没见过招妖幡，也不知这小小旗帜有何用处，只是看着孙悟空很认真，煞有介事的样子。

然而，很快，花果山上的天空变了颜色，风起云涌，四方来聚。

天生异象，必有大变。

果然，有妖自四面八方来投，拜在台下。

让牛魔王等目瞪口呆的是，后面的妖更是如潮水一般涌来，黑压压的一片，很快就将花果山占满了。

就连花果山下也排了一大片出去，还有附近的山上也聚满了妖，简直如蝗灾时的蝗虫一般密密麻麻。

那些被召来之妖还不知何事，在下面议论着。

以前，他们受招妖幡之命都是出自女娲之手，为何今日招妖幡却在一个雷公脸的猴子手里？

这猴子是谁？

孙悟空霸气地扫视四方，然后对着牛魔王等几大妖王、紫霞以及铁扇公主道："你们都到台上来吧！"

几人应声上台。

"猴哥，这感觉，好威风。"牛魔王小声地道。

孙悟空没理他，而是看了下从四面八方涌来的众妖，清了清嗓子，道："你们中间应该还有不认识我的，我就先做个自我介绍吧。我是这花果山之主，美猴王孙悟空！也就是前不久，一妖一棒打到天上去的那个孙悟空！"

"好哇，他就是孙悟空，他一妖一棒打到天上去，而且还打过了十重天，好厉害！"

"我就说嘛，在这花果山上的肯定是孙悟空！"

"果然是盖世的英雄，有气吞山河之势！"

孙悟空一报出名号，下方就沸腾了起来。

"好了，都安静，听我说！"孙悟空颇有气势地止住了下面的议论，"凡招妖幡招来的，在场的，包括我，都有一个充满了侮辱的头衔，就是妖！那天上神仙说，我们是虫卵湿生，披毛带角之辈，低贱；说我们靠吃人而活，万恶；说我们是这个世界上应该被消灭，或被当成坐骑的畜生。

"凭什么呢？那西王母还豹尾虎齿而善啸、蓬发戴胜，不也是虫卵湿生，披毛带角之辈吗？为何她能住瑶池神仙地，身有神仙名？还不是因为她修有圣人之法，非常强大，西昆仑有门人成千上万，那元始天尊不封她，她便可把这天地搅个天翻地覆。

"诸如此种，那哪吒还是个肉球，生来就被叫做怪胎；雷震子生来是个鸟人，纯披毛带角之辈；杨戬生来长三只眼，也不伦不类，若换常人，便是妖魔，但他们是阐教门人，便不叫妖魔，而叫奇人。那哮天犬，只是杨戬的一条狗，但它也能称之为神，有这道理么？

“所以，这世界讲的根本就不是道理，而是背景和强弱。而规则，也是强者制定，那天条亦是。既然如此，那咱们就看看到底谁强谁弱，用实力说话，秣马厉兵打上天庭，做我们自己的神！”

“对，打上天庭，我们做自己的神！”下面的妖瞬间怒吼而起，吼声如浪潮，一阵高过一阵，风云退避。

百万之妖的热血瞬间被点燃，令山岳震动。

孙悟空又挥手示意众妖安静，道：“我虽用招妖幡召了你们来，但这条我们自己成神的反天之路，毕竟也是一条生死之路。胜则成为天地之神，败则灰飞烟灭。所以，这件事遵从自愿，绝不强迫。有胆怯害怕的，可自行离开，我不阻拦；有愿为自己的尊严和自由一战的，便是我兄弟，我愿冲锋陷阵在前，与大家生死与共，不成功，便成仁！”

“大王，有句话我不知当讲不当讲！”下面一只狐妖怯怯地问。

孙悟空道：“讲吧，我非那天庭神仙之辈蛮横霸道，我讲理，允许大家畅所欲言！”

“多谢大王。”狐妖当即便道，“我们妖族，虽也人多势众，却无大能之辈，就如大王，气吞山河，却只打到十重天上便被擒了。那天上多的是成圣之辈，我们若仅有一腔热血，却没有与圣人匹敌的大神通，终究难赢！”

这一说，下面的妖也都认同，议论纷纷。

孙悟空道：“你说得没错，蝼蚁再多，终难成器。修道之辈，还得比神通才是，那我就小露几手神通，给大家开开眼界吧！”

说罢，孙悟空便吼一声：“法天象地！”

“轰”的一声爆响。

霎时地动山摇。

孙悟空突然迎空长起，变得身高十万丈，那头如泰山，腰如峻岭，眼如闪电，口似血盆，牙如剑戟，吼一声黄钟大吕，跺一脚惊天动地！

唬得那周围一众大妖心肝发颤，两腿发软，更有甚者直接瘫倒在地。

那气势真是天下王者，舍我其谁。

“我的个天！”旁边的牛魔王也一下子看傻眼了，情不自禁地发出了惊叹，下一秒就激动起来，“这是十万丈法天象地，猴哥，你这是天道圣人境界，你成圣了啊！”

孙悟空收了神通，一脸云淡风轻地道：“若是成不了圣，我如何去与那天斗，与那鬼神斗，打出我要的天翻地覆！”

“猴哥真厉害！”牛魔王激动得热泪盈眶，“这才多长时间没见，没想你竟然已修成圣了，这下不用怕那天庭了！”

“拜见猴圣，猴圣威武！”

下方众妖立马跪拜。

这反天之妖中，竟出了一个天道圣人之辈，这是何其令人激动之事啊。

他们都知道，孙悟空有了天道圣人的神通，便有了改天换地的大造化。

如此，这与天一战便有了希望！

孙悟空看了看下方跪着的众妖，用睥睨天下的气势道：“从今日起，我便称齐天大圣，在这四海八荒之内，与天地而齐。我在天地在，我亡天地亡，天道因顺我而昌，神仙因逆我而亡！从今往后，这天地众生，不由天庭神仙主宰，不由地府鬼王所判，我们就是自己的神，我们的命运，由我们自己决定！”

“拜见齐天大圣！”

众妖又拜，声如雷震。

孙悟空将手往花果山之巅一指，道：“至今日起，这里便竖起我齐天大圣的旗帜，昭告天下，十万里伐天之路，就从这里开始！”

“支持大王，我愿捐出我所有的财产，支持大王伐天！”那狐妖又在下面踊跃地道。

“你叫什么名字？来自哪里？”孙悟空问。

狐妖道：“回大王话，我叫玉面狐狸，来自积雷山，我父亲曾是万岁狐王，后遭劫而不知所踪，留我镇守积雷山，小有家产，可助大王伐天！”

“积雷山？”孙悟空道，“待我看看那是个什么地方？”

说罢，将火眼金睛一睁，两道金光射往西南方向积雷山上。

而这一看，令孙悟空不由一震。

火眼金睛所见，那积雷山高有万里耸入云天，犹如天梯一般巍峨雄伟，山上仙气萦绕，犹如人间圣境。

但这不是最重要的，重要的是那积雷山的四周，竟布下了一个庞大的阵法。阵法共由十万八千道雷霆组成，每一道雷霆相连，互相呼应，牵一发而动全身，可将雷霆的威力提高到数十万倍甚至百万倍以上。

就算以他的圣人之力，都不可能挡得下那百万雷霆一击。

好厉害的阵法！

“那积雷山之阵，是你所设？”孙悟空问。

“不是。”玉面狐狸道，“是我爹渡劫之前为我所设，说是可以保护好积雷山。”

孙悟空道：“看来你爹道行颇为了得，这积雷山所设阵法甚是厉害，易守难攻，是个兵家险地。”

玉面狐狸道：“若是大王需要，我随时可以送予大王。”

孙悟空点头：“嗯，你先退下，等会我自有安排。”

玉面狐狸应声退下。

孙悟空接着把牛魔王、鹏魔王、狮驼王、蛟魔王、禺狨王和猕猴王喊到台前，对着下方数百万之妖道：“这几大妖王，乃我结拜之兄弟，我被天庭所擒于九湾河问斩时，他们不顾自己性命，率众来救，可谓仗义，如今更是不畏那天庭强大，与我一同伐天，同生共死，我既称了齐天大圣，他们当也与我一样。”

他看着牛魔王等妖王道：“你们想称什么圣就自己说吧。”

“这样行吗？”牛魔王竟然怯怯地道，“我们还没修到圣人境界呢！”

孙悟空道：“那有什么，那天上神仙之号不都是自己封的吗，哪吒和杨戬之流都成圣了，你就给自己封个圣名又如何？我孙悟空的兄弟，还不能称圣吗？”

“好，那我老牛就不客气了，称平天大圣吧，我要把那三十三重天都踏平！”牛魔王道。

“我叫覆海大圣吧。”蛟魔王道，“我生在海中，我的梦想就是有翻江倒海之力。”

“我叫混天大圣吧。”鹏魔王道，“我希望，我这一双翅膀可在无边苍穹任遨游，愿这天庭以后任由我飞。”

“我叫移山大圣吧。”狮驼王道，“我修移山法，希望以后这陆地上的亿万山峰，我能一念移之。”

“我叫通风大圣吧。”猕猴王道，“风无孔不入，无处不在，自由自在。”

“那我叫驱神大圣。”禺狨王道，“平生之志，战天驱神，唯我独尊！”

孙悟空道：“行，以后就这么叫吧。”

台下数百万之妖又齐声喊：“拜见齐天大圣、平天大圣、覆海大圣、混天大圣、移山大圣、通风大圣、驱神大圣！”

牛魔王等见这场景，个个都笑得合不拢嘴，喜不自禁。

修道为妖以来，他们何曾有过如此风光的时刻，竟被数百万妖跪拜！

孙悟空止住下方呼声道：“既然咱们是要伐那天庭，与天兵天将决战，自然不能再如散兵游勇、乌合之众一般，得有军队的章法。我今宣布，将这一支军队称为伐天军团，集妖族之力，伐九天之神。并将伐天军团分作七支，由我们七大圣各领一支，于陆地之上选取兵家要地驻守操练，待攻伐经验成熟，便合兵伐天！还有，因我非这招妖幡原主，我之圣力也还未到大境界，用招妖幡时，只能召万里之妖，而我们需要团结四海八荒全天下之妖，所以，随后，我将发布伐天公告，号召全天下之妖来投，你们可将这消息广而告之！”

台下众妖均齐声响应。

随后，孙悟空便让牛魔王等几大圣各领数十万妖，去选兵家要地驻扎练兵，随时等候伐天之令。

“猴哥，我可以选那积雷山吗？”牛魔王道。

“为什么选积雷山？”孙悟空问。

牛魔王笑道：“你不是说那积雷山阵法厉害，易守难攻，是个兵家险地吗？”

孙悟空道：“看来，你还是个有心人啊。”

“嘿嘿。”牛魔王憨憨一笑，又把目光看向铁扇公主道，“我可以带铁扇一起去吧？”

“不，我才不跟你去，我喜欢花果山，我要留在花果山！”铁扇公主马上拒绝。

哪知孙悟空却道：“你还是跟他去吧，毕竟，你是跟他一起来的，自然跟他一起去，而且，这花果山上太过拥挤了。”

铁扇公主不满地道：“就不能多我一个吗？”

孙悟空道：“我之圣力，可无须人助，有紫霞在便可，我看出你身上藏了一把扇子，乃太阴精叶所成，威力奇大，可助老牛。”

牛魔王也趁机道：“就是，花果山是好，但伐天乃大事，不可懈怠，还是跟我去积雷山，操练兵马，建功立业吧！”

铁扇公主白了牛魔王一眼，却是没再坚持。

她又不是傻子，岂看不出牛魔王在想什么？她只是在心里暗骂：你这只丑牛，就别癞蛤蟆想吃天鹅肉了，我不喜欢你，就是不喜欢，我是绝不可能跟你在一起的！毕竟，我喜欢的，可是像齐天大圣这样顶天立地的盖世英雄！

但孙悟空这么说了，她便也不好强留在花果山了，只能把所有的怨气都记在牛魔王身上。

六大圣都在下方各领了数十万妖，去到自己的地盘。

最后留了一百万妖在花果山。

孙悟空看了眼身后的紫霞。

紫霞也看了眼他，什么都没说，又好像什么都说了。

“你先去休息会儿吧，我在四周布布阵法。”孙悟空道。

“布阵法？”紫霞问，“布什么阵法？”

孙悟空道：“我以招妖幡之力，使得万里之内数百万妖来投，必已惊动天庭，应该很快就会有天兵天将来攻，我得布下阵法防守才行。”

紫霞道：“我们今既已聚数百万之众，为何不先下手为强，打上天庭去，反而等他们来攻？”

孙悟空道：“这你就不懂了，行军布阵乃兵法，不能全靠神通。我自己可以无所顾忌地打到那天上去。可我率数百万之妖，却必须操练兵法杀伐，否则，阵脚一乱，必死伤无数，那厉害的还有一线生机，本事不济的就在人群里被踩成烂泥了。”

紫霞道：“嗯，这我不懂，都听你的吧。”

孙悟空当即传唤众妖，在花果山四周布下风刀阵法，若无山上守军放行，外人强行闯阵，立马就会卷起狂风，风中有剧毒之刀如箭雨射出，纵是神仙之辈碰触这刀，也会立马化作一摊血水。

部署完毕，孙悟空又来到花果山山顶。

那里垒着一个坟堆。

孙悟空在坟堆前静默着。

“这是谁啊，你的什么人吗？”紫霞问。

孙悟空道：“一个萍水相逢的有缘人吧。”

紫霞问：“怎么死的？”

孙悟空道：“那天兵放火烧山，被烧死的。”

紫霞叹道：“想那满天神仙，都称修道之辈，庇佑苍生，没曾想，苍生于他们，却不过蝼蚁，可以任意践踏。”

孙悟空没说话，他看着那静默的坟堆，又想起了那天真活泼的小狐狸。

父母在落霞峰被天兵杀戮不久，她也遇害。

孙悟空又想起了轩辕坟中的那只白狐。

然而他又深知，斩仙飞刀之下，法术不可变化，死亡不可重生。

为何他初见这只小狐狸时，倍感亲切？

也许，只是爱屋及乌吧。

这个仇他得报，这笔账他得算！

转身，孙悟空回到水帘洞前。

“传斥候将来见！”孙悟空道。

很快，一名鹰妖来跪见，口称：“拜见大圣！”

孙悟空的眼睛一眯，射出两道锋芒的杀气，道：“让你的斥候队传达六大军团，各率擅水性大妖万名，明日辰时阴山之外集合，准备过黑水，跨冥海，踏平地府，救出九湾河之战中被囚的兄弟们！”

鹰妖领命下去，遣手下传令牛魔王等六大妖王。

第 9 章　冰封冥海，踏平地府

东海之上的夕阳慢慢落下。

一轮明月自遥远的海平面升起，照亮了花果山。

孙悟空坐在一块大石头上看着花果山前方的海。

那不能叫海了。

因为里面已经只有少得可怜的海水。

记得就在不久前，他初来花果山时，那时龙族还居于海中，那碧蓝的汪洋大海中有快乐的游鱼，还有闲逛的虾兵蟹将，海中世界一片生机勃勃。

而自龙族被天庭赶入大荒之后，这一片海也渐渐枯竭，渐渐失去了生机。

龙族，自有天地以来，天上可飞、地上可跑、水中可游，他们真的甘愿生活在那满是沼泽荆棘的大荒中吗？

他们应该从大荒中走出来，为了他们的家园，为了他们的自由和尊严，与天庭决一死战。

可惜，那四海龙王却是贪生怕死之辈。

当年敖丙被哪吒打杀，后来哪吒还被封神，肉身成圣，他们也没敢吱声，还能指望他们做得了什么呢？

“其实，以你现在的圣人之力，单枪匹马去那地府，也能救出众妖的吧？”身边的紫霞道。

孙悟空转过头看着她。

月光下的紫霞真美，美得不沾染一点红尘庸俗，美得犹如那画中人一般。

孙悟空道：“应该不会有什么问题的吧，以我今日之力，谅那十殿阎王也不能奈我何！”

紫霞道：“既然你单枪匹马也行，为何还要命六大圣各率一万大妖出征？不是显得多此一举吗？”

“当然不会是多此一举。”孙悟空道，“他们出征很有必要。”

“是吗？”紫霞问，“有什么必要？”

孙悟空道：“这些妖平日里各自为政，不懂兵法，如乌合之众一盘散沙，若是打起仗来，很容易被对方击溃。所以，此番攻打地府，不过是借地府给他们练胆，提升战斗经验而已。就算平日的训练，也不及这样一场胜券在握的实战！”

“我明白了。”紫霞看着孙悟空，越发觉得他有王者之风，佩服得五体投地，“看来，还是你高瞻远瞩，深谋远虑。”

孙悟空道：“大家都把性命和希望托付在我身上，我绝不敢再像从前一样鲁莽，凡事只管拼命，生死看淡。我得对每一个相信我、跟着我的兄弟负责，我要尽一切可能避免他们的死亡，要让他们在这场用生命为赌注的战争里，赢得属于他们的自由和尊严！”

紫霞点点头，没有说话。

她看着孙悟空，其实心里有很多话想说，但她已没有勇气说出来，因为他一开始就说过，他和她只能是朋友，让她不要有非分之想。

想到这里，紫霞心中的惆怅就像这洒满世界的月光一样，那么美丽，却又那么孤独。

所幸的是，她没有看错他。

他是那个可以用双肩挑起天下和众生的盖世英雄。

数百万大妖聚集花果山的消息被火速传到天庭。

昊天大帝急急忙忙地登上凌霄宝殿，召集各路神仙商议。

“报！”千里眼又跌跌撞撞地奔进大殿。

“花果山下聚集了数百万之妖，黑压压的一片。花果山顶还飘起了一面旗帜，上面书有‘齐天大圣’四字！”

“什么？齐天大圣？”昊天大帝怒道，“好大的口气，一只妖猴也敢称大圣？还与天齐？”

清福正神柏鉴道：“这妖猴前世在封神之战中成就过大圣，想必他如今也是修成了圣道吧！”

“不可能！”哪吒道，“圣是那么好成的吗？寻常之妖修上几千年才得神道，要想成圣，就算天赋异禀，也得万年光阴，那妖猴是再世重生，他凭什么修成圣道？前不久打上天来，也不过堪堪与我匹敌而已。还齐天大圣？我看他是做白日大梦吧！”

杨戬也道：“是的，他不可能在这么短的时间里修成圣道，那妖猴性格张狂，不过取这么一个名号给自己壮胆，好在外面招摇撞骗，让那些妖族听他使唤而已！”

昊天大帝道：“不管他有没有修成圣道，他此举是谋反，该如何是好。”

“报！”

众神仙还未说话，顺风耳也急跑进殿来，气喘吁吁地道："禀陛下，那妖猴孙悟空与牛魔王等六大妖王均称了圣号，并将那数百万之妖称作伐天军团，然后分作七支人马，各占了兵家险地，操练之后便将伐天！"

"放肆！"昊天大帝气得暴跳如雷，"那妖猴眼里还有天庭，还有天条，还有众神吗？竟敢聚妖称伐天军团，还想打到天上来，让这天翻地覆吗？"

李靖道："陛下莫急，如今天庭有天兵千万，神将过万，法宝神器无数，谅那妖猴纠集一群乌合之众，也成不了气候。只要我率兵伐他，他必伏法！"

昊天大帝问："你确定你能行？要不要请天尊来商议？"

李靖道："这种打仗之事就不用劳烦天尊了，陛下只需许我调兵遣将之权，臣必踏平花果山，擒拿孙悟空，剿灭那一群不知天高地厚的叛妖！"

昊天大帝道："你既有如此把握，那朕就封你为平妖大元帅，即刻调兵遣将，讨伐叛妖，还四方安稳！"

李靖拱手道："臣遵命，不过为保此番平妖之战万无一失，臣还有一不情之请，望陛下恩准！"

昊天大帝道："只要是平妖之事，但说无妨！"

李靖道："叛妖此番声势浩大，实力不容小觑，臣还有两子：金吒和木吒，分别师从阐教大仙文殊广法天尊和普贤真人，修有大神通，且都有在封神之战中立功，今恳请陛下，也允许二子肉身成圣，助我平妖，必立大功！"

"这……不妥吧。"昊天大帝道，"那金吒和木吒连金仙都未修得，直接肉身成圣，可是天大的封赏。何况天庭大军还未出征，功劳未得，如何就先行封赏？”

台下神仙也均附和。

毕竟，李家父子本来就只是一般人物，只不过在封神大战中占了机缘，得元始天尊宠爱，竟双双肉身成圣，在天庭中也大权在握，这已经让很多本来比李家父子辈分高许多、功劳大许多，权力地位反而不如李家父子的神仙多多少少心生不满了。

如今，孙悟空反天，仗还没打，李靖竟让天庭先封其子，而且还不是一般封赏，直接来个狮子大开口，肉身成圣！

要知道多少神仙之辈，修了万年的行，悟了万年的道，也未必入得了那圣道的门。

对于李家父子来说，竟能白白地捡吗？

多少神仙都忍不住在心里暗骂，这世上竟真有如此厚颜无耻之徒！

文曲星比干直言道：“自有天地以来，无论人间还是教派，皆是拾级而上，论功而行赏，如今木吒与金吒寸功未得，如何能封，还封肉身成圣，岂不是全无章法了？”

李靖道：“文曲星君此言差矣，凡事有寻常之时，也有特殊情况。如今战事起，十万火急之时，凡事岂可循规蹈矩而为之。兵法有云，将在外，君命有所不受，就是这个道理。”

比干道：“将在外，君命有所不受，是指指挥策略，将军在战场，须审时度势而为，所以君命可以不受，却非将士未出征，却要先封赏。”

“为何不能有？”李靖道，“两军交战，士气为先，先封赏以鼓舞士气，有何不可？何况如今妖猴反叛，来势汹汹，我天庭正须大神通之辈，天尊赠了天庭好几粒肉身成圣灵丹，用以嘉奖功臣之辈，与其让那灵丹放着，倒不如拿出来成就征战之士，建功立业，维护天庭稳定，有什么不好的？”

比干问：“既如此，那你为何不让其他神仙同僚吃这肉身成圣灵丹，而要让你两子受之？还不是私心，却被你说得如此冠冕堂皇！”

“私心？”李靖道，“我能有什么私心？我不过是为此番平妖之战着想而已！”

“是吗？”比干露出轻蔑一笑，“本星君倒想听李天王说说，为何只封赏金吒和木吒是为平妖之战着想？”

李天王道：“很简单，长期以来，我悟出了一种阵法，称为四方阵，一方守一圣，四圣向中央，合力之下胜天网。如今我家只我和哪吒肉身成圣，还缺二人配合。”

比干道：“那雷震子和二郎真君不也都是肉身成圣之辈，可听你调遣？或者再使其他神仙同僚成圣，不能帮你吗？”

李靖道：“文曲星君修的是文才，不懂武功兵法，兵法之道，将与将，兵与兵，讲的是默契。尤其是阵法，默契更是灵魂。默契度越高，心领神会，如鱼得水，如虎添翼，才显威力奇大。而这世上，没有什么比一家人父子间更有默契了。”

比干道：“硬是把一点私心说得振振有词、冠冕堂皇，你这强词夺理的本事本星君都自叹不如！”

“金吒和木吒可肉身成圣！”突然传来一个声音。

众神仙循声一看。

只见，九龙沉香辇上乘一道人，转眼便进了凌霄殿。

众神仙立马恭恭敬敬见礼，口喊：“拜见天尊。”

就连昊天大帝也起身见礼，道：“怎么，天尊也觉得该让金吒和木吒肉身成圣？”

元始天尊下了九龙沉香辇，看了一眼大殿上的众神仙，最后将目光落在昊天大帝脸上，道："是的。"

"有什么理由吗，天尊？"比干问。

元始天尊道："你们知道金吒和木吒的师父是谁吧？"

比干性直，忍不住道："金吒和木吒的师父是天尊门下十二金仙之文殊广法天尊和普贤真人，难道就因为他们的师父是天尊的弟子就如此破格？"

元始天尊道："金吒和木吒的师父是我门人不假，我也是因此破格，但却不算徇私，而是很有必要。"

比干问："有什么必要？"

元始天尊道："封神之战，我门下十二金仙中，文殊、普贤、慈航、以及惧留孙都失踪不见，而诸多迹象表明，他们极有可能被西方教那两位教主于不动声色之中收走，入了西方教门。金吒和木吒为文殊和普贤弟子，未曾叛教，仍为天庭出力，又生于将门之家，值此妖猴叛天，使其肉身成圣，为天庭效力，也算名正言顺！"

既然元始天尊都如此说了，谁还敢反对？何况那肉身成圣灵丹本就是元始天尊赠予天庭的。

李靖一听大喜，赶紧道："谢天尊封赏！"

金吒和木吒亦赶紧谢恩。

元始天尊道："不必谢我，好好剿灭那妖猴吧，若灭了妖猴，也算没费我一番苦心。"

李靖忙连连称是。

"弟子有个问题想请教天尊。"杨戬突然道。

元始天尊问："何事？"

杨戬道："那西方教收我阐教门人，这是坏了规矩，我们为何不找他要个说法？”

元始天尊道：“一切都只是我的推测，没有证据，就算人家要做，自然也是要做得滴水不漏，如何去找他要个说法？”

杨戬道：“纸总是包不住火的，都是修道之辈，还能不出世吗？”

“出世？”元始天尊道，“那时怕就是摊牌的时候了！”

“摊牌的时候？”杨戬不解，“天尊此话怎讲？”

元始天尊道：“你如今是天庭司法之神，脑子也如此不够用吗？西方教为何要借封神之战收我门人？当然是为了壮大，他为什么要壮大？自然是有他的野心？他的野心又会是什么？当然是为了入我东土！当西方教强大之时，必是入我东土，与我一争高下之时！”

“啊？”殿上神仙顿时惊呼一片。

杨戬道：“既如此，为何不让天庭出兵西方，踏平他教！”

“你还是没点脑子啊！”元始天尊道，“封神之战时，西方教曾帮我教出力不少，功劳不小，人尽皆知。如今平白无故，我天庭却派兵伐他，师出无名，岂不是失信天下，自毁名声？若无名声，又如何在这天地立足，那时西方教再借题发挥，只怕这巍巍天庭，便会一朝崩塌了！”

“这……”杨戬也一时愣住，“那这如何是好？”

元始天尊道：“这你不用操心了，你与李靖一起，好好地平妖猴之乱。西方教之事，我自有应对之策。”

这么一说，殿上众神仙以及昊天大帝对封金吒和木吒肉身成圣之事半点意见都没有了。

他们本以为，这巍巍天庭已固若金汤，却不知其中还藏有这么多令人震惊的变数。

殿上神仙都知道西方教，更知道西方教的接引道人和准提道人两位教主是可与太上老君和元始天尊齐名之辈。

若西方教真是要与天庭争锋，恐怕是比孙悟空和百万大妖反天更令人担忧的事吧？

元始天尊看了殿上昊天大帝和众神一眼，道：“天庭建立，就是一个新的天地，自古以来，一个新世界的诞生，必然伴随着战争和动荡。无论凡人还是神，利益永远是矛盾的开端，天庭的稳定之路还很长，妖猴也好，西方教也罢，都不必太过担心，但也不要觉得，做了神仙，就万事大吉，可以高枕无忧，自在安逸。修好的道，需不断去修，才能更好，若是懈怠了，早晚会坍塌。”

“那妖猴说过一句话，极有道理，他说他要做自己的神。这世间的道理都是强者说了算，今日你强，你是神，他是妖。若来日他强了，打上天庭，成了胜者，他说他是神，你是妖，谁敢反驳？反驳就会被灭了。所以，这天下，终究还是强者为神，强者制定规则。但世道浮浮沉沉，没有永远的强者，也没有永远的弱者，只能是今日你为强者，当把目光看远，想到一切皆有可能，想到万一的变故。如同渔夫在海中，要预见风浪，知道应对，才不至于灾难临头而惶惶不可终日。”

一殿神仙都被训得鸦雀无声。

元始天尊却没再多说，只留了句：“都各自好好反省反省吧。”

当即乘九龙沉香辇离开了凌霄宝殿。

出凌霄宝殿后，元始天尊没有回麒麟崖玉虚宫，而是回到东昆仑。

在东昆仑山后的一株苍劲古柏之前，他将手一挥，那古柏移开，后面竟现出一条大道。

大道九曲十八弯，看不见尽头。

元始天尊乘九龙沉香辇飞进里面，那古柏立马移了回来，路就被封上了。里面似乎没有了世界的光亮，但九龙沉香辇及元始天尊身上的祥光瑞气仍将里面照耀得亮如白昼。

往里行了一会儿，立马就现出了一个开阔的世界来。

那世界跟外面一般，有高山流水，有飞禽走兽。

而更引人注目的是，当元始天尊进入之后，立刻从里面的山上飞出来许多手执拂尘、身穿道袍的道士。

那些道士的道袍颜色各异，有黑色道袍、有白色道袍、有灰色道袍、有红色道袍、有黑白相间太极图道袍。

很快就密密麻麻一片，整整齐齐地站在元始天尊面前，前面的一个道士带头拱手见礼，高声喊道："拜见天尊！"

后面的道士跟着一起喊："拜见天尊！"

元始天尊微微点头，抬了抬手。

道人都直起身，均双目有神，气势不凡。

元始天尊对一个体如童子貌、面似美人颜，穿着黑白相间太极图道袍的道人喊了声："镇元子，你跟我来。"

镇元子应了声，便走了过来。

元始天尊对其余人道："都各自修炼去吧。"

那一群道人便各自散开了。

镇元子看着元始天尊问："天尊有何吩咐？"

元始天尊道："养兵千日，用兵一时，吾要让你去完成一个使命！"

镇元子问："什么使命？请天尊吩咐。"

元始天尊道："你从这小昆仑世界出去后，找一灵地为道场，稍作建造，尔后去那西牛贺洲灵山雷音寺，找那西方教主论一论道。但论道是假，一窥灵山动静是真。”

“窥灵山动静？”镇元子不解，“什么动静呢？”

元始天尊道：“我疑那西方教收了我门人，暗中壮大，徐图东土，你要在那里查看我门下普贤、慈航、文殊和惧留孙等弟子是否隐藏在灵山世界，若被我早拿了证据，便可借机伐那西方教，若待他坐大成势就难办了！”

“还有这样的事吗？”镇元子应声，“行，那我便往那灵山走一遭。”

元始天尊道：“切不可急了去，去得急了，那接引道人必有怀疑，你得按照我说的，先去建自己道场，并传些名声出去，接引道人查你底细，才不至于怀疑到你与我有关，明白吗？”

镇元子点头道：“我跟天尊和天庭都没关系，我就是一个与世无争的修道之人。”

元始天尊道：“是的，你也修道万年，有些道行，可与接引道人论道，我再送你点东西，这样就万无一失了。”

说着，便从身上拿出一个淡绿色的瓶子递了过去。

镇元子接了瓶子问：“这是什么？”

元始天尊道：“这是人参果，乃是祖师从鸿蒙带出来的灵果，这果子要九千年才能成熟一次，凡人闻得一闻，就能活三百六十岁；吃一颗，就能活四万七千年，乃是修仙之辈梦寐以求之至宝！”

“这么厉害？”镇元子两眼大放异彩，欣喜若狂，双手接过。

元始天尊道：“吃了这东西，你去称个地仙之祖也不为过。不过那核却不能丢了，可找仙灵之地种着，以后还能长出树来，结了果子吃。”

“谢天尊，我定会完成天尊使命。”镇元子说罢，便离了小昆仑而去。

元始天尊又看着小昆仑山上正修道的众道士，喃喃自语：接引道人，你以为你可瞒天过海，我就不会明修栈道，暗度陈仓吗？

封神大战，门下慈航、文殊、普贤和惧留孙都无故失踪之后，他猜测到是被那西方教主接引道人借机收走。也预料到，早晚有一日，西方教要图谋东土，是以，他便游历天下，暗中物色了一些天赋极高的修道之士，组建成阐教护法军，暗中训练，以便有朝一日，应付那西方教的突如其来之举！

这阐教护法军，全是有金仙道行之辈，共有五支，分为金木水火土，能组成五行四方冰火风沙大阵，其威力之大，可改天换地，纵是他亦不可抵挡。

这全天下，恐怕除了道心未损时的鸿钧老祖祖师可勉强应对，当再无一人能力敌。兜率宫太上老君不可，那西方教主也不可。

这是他最引以为傲的王道之师，一旦祭出，必所向披靡，天下无敌。

这天下，在吾手中是乱不起来的。

元始天尊自言自语着。

新的一天已经到来。

李靖长子金吒和次子木吒吃了肉身成圣灵丹之后，在一夜之间成为了和杨戬、哪吒一般的小圣之辈。

李靖一门，便出了四位圣人，虽然只是刚入圣门的小圣，跟太上老君和元始天尊这种大圣人相比，简直差了十万八千里，但在整个四宇八荒之中，也绝对是凤毛麟角般的存在。

在金吒和木吒肉身成圣之后，李靖开始全力调兵遣将，准备踏平花果山。

花果山上，温暖的朝阳缓缓地从海平面升起。

孙悟空已经开始挑选擅长水性的大妖，往地府开拔。

他让斥候传令，牛魔王等六大妖王各率一万大妖，而他则独自挑选了四万大妖，合起来，共十万之数。

孙悟空看了眼下方已经准备就绪的四万大妖，胸中之豪气沛然勃发：“那幽冥地府之中，养有恶犬，烧有烈火，铸有锁链，设有囚牢，凡不受天庭奴役者，皆打入其中，受尽折磨、践踏。我妖族许多兄弟，为了情义、为了公道、为了理想而触犯天庭，却被囚入那里遭难，而今我便要率众去踏平那里，毁了那给天庭为虎作伥的爪牙，都准备好了吗？”

“准备好了，踏平地府！”众妖吼声如雷。

孙悟空道：“好，出发！”

“这种事，怎么能少得了我！”突然传来一个声音。

孙悟空抬头一看，一个长成猪相肥头胖耳的家伙按下云头，落在点将台上。

很面熟啊。

孙悟空马上就想了起来，九湾河时，这不速之客拼命救过他。

“怎么，有点突兀吗？我自我介绍一下吧，我叫猪刚鬣，在福陵山云栈洞得道。”

孙悟空还没来得及问其姓名来历，他就自己熟络地先说了。

“我们好像素不相识，你为何在九湾河舍命救我？”孙悟空问。

猪刚鬣笑道：“你我虽素不相识，但同是天涯沦落人，相逢何必曾相识。何况，敌人的敌人便是朋友，我理所当然要救你！”

孙悟空眉头一皱，问：“你也与天庭有仇？”

猪刚鬣道：“不只有仇，而且是不共戴天之仇。”

“怎么回事？”孙悟空又问。

猪刚鬣便讲了杨戬率天兵入侵福陵山，杀了他老婆卵二姐之事。

孙悟空恍然：“原来你心里竟有如此冤屈！”

猪刚鬣道：“所以我猪刚鬣这一生，誓反天庭，这天下受天庭欺压者众，而敢反者寥若星辰，我知你以一己之力打到天上后，未见面，已视为兄弟，誓与你并肩作战！”

“好！”孙悟空胸中一股热血涌起，“我与你所想不谋而合，凡敢挺身与天一战之勇士皆为我兄弟，你都会些什么本事，说来听听，看你可在伐天军团之中坐个什么位置！”

“我吗？”猪刚鬣道，“倒也会些本事，一把钉耙五千零四十八斤，擅天罡三十六般变化，会移星换斗、撒豆成兵、呼风唤雨、五行大遁、六甲奇门等诸般神通。”

“懂行军布阵否？”孙悟空问。

“有所涉猎。”猪刚鬣道，“在福陵山上时，我研究过黄帝和炎帝的阪泉之战，也研究过炎黄二帝与蚩尤的逐鹿之战，读过九天玄女所授行军布阵和奇门遁甲之法，对于兵法韬略是懂得不少的。”

“很好。”孙悟空道，“我现在正需要一个擅兵法者来助我，既你有这般本事，我就封你个天蓬大元帅，统率伐天军团，伐上九天，踏平天庭！”

“好！”猪刚鬣也热血沸腾，“猴王既然如此看得起我，我便恭敬不如从命了！”

孙悟空道：“你我志同道合意气相投，就不必喊猴王了，以兄弟相称，喊我一声猴哥吧。”

“是，猴哥。”猪刚鬣喊道。

孙悟空看了眼下方四万之妖，高声道：“行了，兄弟们都出发吧，去那地府，灭十殿阎王，平十八层地狱，还我清白人间！”

“灭十殿阎王，平十八层地狱！”众妖齐声怒吼。

当下，孙悟空选了有数千年道行的穿山甲王为花果山守将，对花果山做了一番部署，然后才与猪刚鬣一起，带着四万大妖，直奔幽冥地府而去。

幽冥地府之外，有两道天险阻碍。

第一道为冥海黑水，第二道为阴山，阴山之后就是幽冥地府。

冥海上空充满不见天日的毒瘴之气，道行浅者，若是吸入，立刻化为血水，落入冥海。

而冥海中的黑水，同样是剧毒之水，可化神仙之躯。

冥海之上，驻守着由东岳泰山天齐仁圣大帝黄飞虎所统辖的五岳卫兵。

东岳泰山大帝为五岳之首，执掌幽冥地府十八重地狱。

孙悟空和猪刚鬣率四万大妖赶到冥海之边时，牛魔王、鹏魔王、蛟魔王、狮驼王、禺狨王和猕猴王六大妖王已各率一万大妖集结于此了。

冥海由黄飞虎帐下哼哈二将郑伦和陈奇率一万五岳卫兵镇守。

孙悟空看了一眼那毒瘴弥漫的冥海，他是不惧，凡有大罗金仙之体者皆可过得去，但众多妖兵却是过不去。

猪刚鬣过来说：“要不，让我施点神通吧！”

孙悟空问：“什么神通？”

猪刚鬣道："我修天罡三十六变中有一法，称划江成陆，将冥海化成陆地，自然就能过了。"

孙悟空道："这是天庭之地，有道法护之，寻常法术未必能灵。"

猪刚鬣道："我试试吧。"

说着，他便摆出架势，念动咒语，只见那冥海之中一阵动荡，水中显露出一些平地来，却又很快如融雪般沉了下去。

"果然有些门道，我用推山填海之法吧。"猪刚鬣又再施法，欲将四周五岳之山移来冥海。

然而，那五岳之山也有道法护住，比起寻常之山重了何止千百倍，猪刚鬣根本移不动。

他又移那些寻常之山。那寻常之山落入冥海，直接如雪山般融化，完全沉了下去。他累得满头大汗，却毫不奏效。

"你让开，我来吧！"孙悟空道。

"你？"猪刚鬣愣了愣，他的记忆还停留在那个被绑九湾河的孙悟空身上，和他的神通应该也就伯仲之间，他不行，孙悟空又怎能行。

不过他还是让开了。

孙悟空站在那里，望着茫茫冥海。

一念起。

平地起一股风，直往冥海对岸卷去。

风过处，冥海之处尽成冰！

"这怎么回事？冥海之水能化泥石，怎会结冰？"但问出这个问题之后，猪刚鬣马上就震惊起来，"这是圣人之法？猴哥你修成了圣人之法？"

孙悟空轻描淡写地道："会一点点吧。"

“厉害，真是厉害。”猪刚鬣一时佩服得五体投地。

孙悟空看了眼身后的牛魔王等众妖道：“趁机会过去吧，时间久了，对方会准备得更充分，凭我的法力也无法冰封冥海太久！”

牛魔王点头，当即冲着身后众妖一声厉吼：“冲过去！”

十万大妖发出怒吼，踏着冥海冰层就往对岸冲去。

冥海对岸驻守的郑伦和陈奇见冥海突然结冰，不由大惊，一边命手下兵士准备好强弓劲弩严阵以待，一边命人报与阴山守军请求支援，又至地府报与十殿阎王。

十万大妖冲到离冥海之岸不足五百米处。

哼将郑伦一声令下。

早已张弓搭箭的兵士立马松了弓弦，那弓箭和弩箭都一起如飞蝗般射出来。

冲在前面的鹏魔王立马振翅飞起，将他那两翅一张，变得如巨扇一般，迎着那些弓箭弩箭猛扇而出。

狂风骤起，大片的弓箭弩箭都被扇飞在一边。

牛魔王也使出牛吼功，直接将一大片弓箭弩箭震落在地。

猪刚鬣将九齿钉耙丢出去，一把化两把，两把化四把，化一片出来，将弓箭弩箭击落。

另外的蛟魔王、狮驼王、禺狨王和猕猴王也各施法力。

后面的大妖如潮水，把那些漏射下来的弓箭弩箭都挡落下来。

孙悟空走在最后面。

一步一步地踏过冥海冰面。

走得很稳，很淡定。

就如寻常散步一般，但神色之间又有无限的霸气。

他压根不担心前面的战场。

因为他知道，无论是十殿阎王，还是五岳大帝，都不在话下。别说一座地府，就算整个天庭，又有几人能挡！

今日之战，尽在他掌握。

跟在身边的紫霞，不时侧目看他，看见她心中幻想过无数次的真正的盖世英雄的样子。

千军万马之前面不改色，天塌地陷之间也淡然。

她终究是没有看错他。

只是，他已是这天下众生景仰的盖世英雄，却不能是她一个人的。

这让她感到莫名的惆怅。

也许，只要能在彼此身边，那个字说不说出口，能不能拥有，又有什么关系呢？

在每一个日升月落的日子里，她能陪着他，去走不管是危险还是辉煌的路，便也知足，不枉此生了。

她这么想着，还是能感到有一种暖暖的幸福缓缓地从心底涌起。

前面的厮杀已激烈起来。

冥海守军与十万大妖冲杀在一起，短兵相接，杀声震天。

哼将郑伦在封神前就已是一员猛将，骑火眼金睛兽，使两柄降魔杵，随身可使唤三千乌鸦兵，师从西昆仑度厄真人，窍中有二气神通，只要将鼻子一哼，就响如钟声，喷出两道白光，吸人魂魄。后在封神大战之中，又拜了截教瘟神吕岳为师，修得瘟疫之法。

封神之后，凭着这两样神通，被黄飞虎调来守幽冥的第一道门，可想而知其绝非泛泛之辈！

他将那鼻子一哼，白光喷出来，那被喷到的妖迎头就栽倒下去。

还有那三千乌鸦兵，都被他施了瘟疫之法，迎着妖阵冲入，瘟疫之气沾上妖身，那妖兵有痛的、有痒的、有昏厥的、有满地打滚的。

猕猴王见状，将爪子一抖，手臂如钢鞭，节节暴长，向着郑伦抓过来。

郑伦见状，一挥手中降魔杵，扫向猕猴王。

但猕猴王这一双手，硬时如钢，软时如水，迎着郑伦的降魔杵，立马就软成了绳子般，将郑伦的降魔杵直接给绞住了。

郑伦拼命挣了挣，却是动不得分毫。

猕猴王一只手缠住郑伦的兵器，另一只手直接化为钢鞭往郑伦头部击来。

郑伦见状，又赶紧将鼻子一哼，喷出一道白光。

猕猴王见识了郑伦这白光的厉害，知道不可抵挡，立马化作一阵风遁去。

而旁边的猪刚鬣见状，却将九齿钉耙往郑伦头上打去。

郑伦惊慌之下，赶紧以一双降魔杵去挡。

然而，他这一双降魔杵，哪里挡得住重有五千零四十八斤的九齿钉耙！

只听得“轰隆”一声。

郑伦的降魔杵直接被猪刚鬣的九齿钉耙给打断，钉耙又打到郑伦手臂上，将郑伦手臂打断。

郑伦一声惨叫，当场从火眼金睛兽身上栽倒下来。

而这边的陈奇下场也并不比郑伦好。

陈奇同样骑火眼金睛兽，手执荡魔杵，身随三千飞虎兵，受异人秘传，腹中练成一道黄气，张口一哈，黄气喷出，见者魂魄自散。

他与三千飞虎兵也伤了些大妖，当他遇到了牛魔王，冲着牛魔王一哈，那黄气直往牛魔王喷去，牛魔王都还没出手，上方的铁扇公主挥起手中那太阴精叶的芭蕉扇，冲着陈奇就是一扇。

“呼啦”一声，陈奇连着他喷出来的黄气都被扇去九霄云外，无影无踪。

那三千飞虎兵一见主子不见，也都惶惶而逃。

郑伦和陈奇折戟，那一万冥海守军兵败如山倒，很快就被十万妖兵冲乱阵脚，抱头鼠窜。

牛魔王将冥海岸的营帐房屋全都砸了个稀巴烂。

孙悟空从后方缓缓走来，看见那地上躺着染了郑伦瘟疫之法的妖兵，只是捻指之间一个意念，念动真言，那强大圣力涌出，顷刻便将瘟疫解去，恢复如常。

“猴哥，接下来呢？”牛魔王问。

孙悟空看向那阻挡在前方的背阴山，将手一指，从牙齿缝中缓缓地吐出五个字：“这山，踏平它！”

“好，那就踏平它！”牛魔王热血沸腾地大吼。

他从未觉得自己的人生如此快意恩仇过，从未感觉到这般热血沸腾，心里就像有一场轰轰烈烈的大火在烧。

猪刚鬣对着十万大妖一挥钉耙，大吼：“兄弟们，冲啊！”

十万大妖发出震天动地的怒吼，往背阴山冲去。

在半路之上，正遇到背阴山守将值年太岁殷郊率援军过来。

“一群小妖，休要猖狂，看我太岁神通！”殷郊吼着，当即舞动方天画戟就来战猪刚鬣。

猪刚鬣挥起九齿钉耙迎敌。

殷郊挡不住猪刚鬣的九齿钉耙，被一耙打翻出去。

猪刚鬣飞上去，想趁机取其性命，但这殷郊神通了得，尤其有一宝，叫番天印，迎着猪刚鬣就打了过来。

这番天印翻脸无情，专拍脑门，凡被打中者，皆脑浆迸裂，死状奇惨。

猪刚鬣本事非凡，却猝不及防，那番天印又快又重，直接就砸在了猪刚鬣的脑门上。

他虽一时大意没能躲得开番天印，但毕竟也是得接引道人点化成就大罗金仙之体的能者，还会天罡三十六般变化。

那番天印打在他的脑门上，也只是把他打得摔了一跌。

殷郊见状，持雌雄剑就要来取猪刚鬣首级。

旁边的牛魔王见状，一舞三叉戟把殷郊的雌雄剑架住。再冲着殷郊就是一张口，使出牛吼功。

一道惊涛骇浪般的狂暴之气卷向殷郊。

殷郊纵还有神通法宝也都没机会使出来了，直接被那股力量轰击出去，撞在后面的背阴山上。

猪刚鬣从地上爬起来，缓了缓神，与牛魔王等六大妖王以及十万大妖一起，各使神通往背阴山冲去！

“轰，轰，轰！”

一阵阵震耳欲聋的爆裂声。

一片飞沙走石，尘雾漫天。

但那背阴山巍然屹立，高耸入云，又有道法加持，非寻常之力能破。

牛魔王使出法天象地，猪刚鬣全力挥下重五千零四十八斤的九齿钉耙，狮驼王更是使出大力神通移山之术，鹏魔王也使出了风雷双翅，铁扇公主甚至挥起了芭蕉扇，扇出怒吼狂风。

十万大妖都倾尽全力，却仍无法撼动背阴山。

那强大的力道冲击在背阴山上，就如蚍蜉撼树一般，只有一些石头哗哗滚落。

“都让开，让我来。”

一个声音自背后慵懒而又霸气的响起。

众人回头一看，见是孙悟空，当即全都退了开去，为孙悟空让出一条路来。

孙悟空却并不走那路，而是手一伸，耳中飞出一根针来。

那针在手中一下子变大，变成了一根金光闪闪的棒子。

然后一直变大，变得有如擎天之柱一般。

棒身之上还燃起烈烈火焰。

那笼罩在背阴山上的无边黑气碰到那烈焰，尽皆散去。

一声厉吼传来，孙悟空猛然凌空而起，将手中金箍棒向着背阴山全力挥出！

一道金色的光华耀眼而出。

顷刻风雷大作，狂流汹涌。

“轰隆！”

传来一声震耳欲聋的爆响。

接着就是轰然倒塌的声音。

金箍棒横扫在背阴山上，直接将背阴山拦腰打断，整座山成了个半截桩立在那里。

孙悟空见状，又一棒打在那下面半截山上。

“呼”的一声，那下面半截山直接就飞了出去，伴随着一片碎石飞溅。

那耸立在前的背阴山，顷刻就被夷为平地。

“齐天大圣！齐天大圣！齐天大圣！”

群妖激动大喊，慷慨激昂。

“走吧，往前去，踏平地府！”孙悟空那桀骜的眼神里，燃烧起腾腾的杀气。

那些从前过往又潮涌上心头，但今日的我已非当时被天压着，让理想黯淡，将屈辱吞下；如今之我，身有洪荒之力，心有圣人之光，我之所往，神圣不能挡。

谁挡，就毁了谁！

此时的地府前面。

十殿阎王、牛头马面、黑白无常，数十万鬼卒，皆已列阵相待。

同时，第一殿秦广王已派鬼卫前往泰山府告急，请五岳之首泰山天齐仁圣大帝黄飞虎率众驰援！

远远的，一团黑影逼近，越来越大，如风卷残云一般。

“踏平地府，消灭鬼王！”

十万大妖怒吼着。

十殿阎王的脸色再无从前的嚣张霸气，而是从未有过的凝重。

伐天军团抵达冥海时，他们已接到报告，但并不以为然。带队的孙悟空，不过是天庭的手下败将；一众妖兵，不懂兵法战术，不过是一群乌合之众，不足为道。

然而，就是他们压根瞧不起的这支乌合之众，在不足一个时辰的时间里，竟直接打过了冥海黑水和阴山天险，直逼地府门前！

哼哈二将和太岁殷郊，竟都不堪一击。

那可都是封神大战中的猛将，有重宝护身！

这种战斗力，何其恐怖！

尤其是在前不久，步步杀机的地府被地藏一人杀个通关，这使得一直自以为掌握着众生生杀大权、视众生如蝼蚁的十殿阎王内心感到害怕。

似乎，他们并不能掌握天下所有人的生死。

或者说，他们的力量和权威并没有他们以为的那样无敌。

才刚缓过神来，第二次打击又来了。这一次比之前来得还猛。

地藏来时，并无杀心，只为救人。

如今，这伐天军团却要踏平地府，消灭阎王！

何其猖狂！

鬼卒前面一排长相狰狞，吐着长舌头、獠牙大露的地狱犬凶恶地狂吠着，随时准备扑出去将一众妖兵撕碎。

秦广王摆着鬼王的架子，将手中生死笔一指："孙悟空，上次你无知，打上天庭而成阶下囚，捡回一条命，就该老老实实的，却不知死活，还来冥界闹事，当真是嫌命长了吗？"

孙悟空却连眼皮都懒得抬一下，不屑地道："今日，你已不配和我说话！"

猪刚鬣接过话头，将手中九齿钉耙往秦广王一指："咱们大圣的意思是，在他面前，这天下的神，都不如狗屎，根本没资格来主宰众生命运。天下唯能者居之，我们要做自己的神，我们要自己决定自己的命运。你这妄图掌控众生生死的地府，不该再像一个笑话一般存在，若你们识趣就自己拆了它，然后磕头谢罪，我们也能大度，放你们一条生路。若不识趣，今日便踏平这地府，灭了这鬼王，整个冥界之地从此片甲不留、寸草不生！"

"狂妄！"秦广王听了猪刚鬣这一番话，简直要把肺气炸，生死笔一指，"你谁啊？无名之辈，口吐狂言。封神之后，天庭光芒大放，威服四方，岂容你这种狂徒践踏，有种出来一战！"

“你跟我战？”猪刚鬣忍不住笑了。

“是我又如何？你敢吗？”秦广王盛气凌人。

猪刚鬣笑道：“我倒是敢，就怕你不经打，让我过不了瘾！”

“行，出来战吧，本王倒要看看你凭什么狂！”说罢，秦广王持生死笔出列。

他觉得，若是孙悟空的话，有一妖一棒打上天去的本事，他或有畏惧，但若只是孙悟空手下一妖，他正好出手教训，顺便出口恶气。

猪刚鬣便出列。

秦广王道：“你虽是无名之辈，好歹也报个名字吧，我要将你的名字刻在地府九幽之下，让你永世入不得轮回！”

猪刚鬣道：“咱行不更名坐不改姓，乃花果山伐天军团天蓬元帅猪刚鬣是也，你是何人，能受得起本元帅一耙吗？”

“猪刚鬣？天蓬元帅？”秦广王忍不住大笑起来，“原来是那福陵山上被天庭通缉的猪妖，你来得正好，本王正好拿了你向天庭请功！”

“行，我来让你拿！”猪刚鬣向秦广王靠近。

那地狱犬声声狂吠着。

秦广王也站出来，手握生死笔，袖中藏孽镜。

“我让你先出手吧！”猪刚鬣道。

“跟你这种反贼，我也不必客气！”秦广王说声，一挥生死笔，画一座大山，向猪刚鬣压来。

“就这点本事？”猪刚鬣一笑，立马使出天罡三十六变中的移山之法，将那山移走。

秦广王又画海来淹猪刚鬣。

猪刚鬣以翻江倒海之法，反将那海向秦广王倒淹过去。

秦广王见状，只好把海抹掉，又画火来烧猪刚鬣。

猪刚鬣又用回风返火来烧秦广王。

接着，秦广王改画龙虎来攻。

猪刚鬣却又会降龙伏虎。

秦广王一口气用生死笔画下数十道攻击，却都被猪刚鬣轻而易举破解，直累得他大汗淋漓。

一是累，二是急。

这时候他渐渐地预感到，猪刚鬣似乎不再是福陵山上那个被杨戬三两下就打死了老婆，然后吓得屁滚尿流逃跑的猪妖了。

他预感到自己不敌，但还是作困兽斗。

袖子一抖，从里面便掉出一面镜子来。

这镜子非寻常镜子，乃叫孽镜。

“孽镜”为地府第一殿镇殿之宝，本放置于第一殿通往第二殿的“孽镜台”前，照众生之相。而众生之相有善恶，皆在秦广王意念之间。

若是秦广王让孽镜照众生之善相，那孽镜中就会出现众生真善美的一面；若他让孽镜照众生之恶相，便会让众生看到自己心中所贪恋的七情六欲，并且会放大人心里的阴暗和脆弱。

秦广王以生死笔不敌猪刚鬣，便取出孽镜来，在猪刚鬣面前一照，意念一动。

猪刚鬣的脑子里立马就出现了福陵山云栈洞那个月光皎洁的夜晚，他和妻子卵二娘正在乘凉，却遇天兵来……

猪刚鬣感觉好像有万道雷电轰击在他的心里，万念成灰般的痛楚。

秦广王一见猪刚鬣着了道，不由大喜，趁机用生死笔画一把长枪，直往猪刚鬣咽喉刺去。

孙悟空见状，眉头一皱，顺手拔了根毫毛，迎着那只长枪弹出。

长枪距离猪刚鬣的咽喉还有一尺，却如刺在铁板之上，被一股无形而强大的力量挡住。

秦广王用尽了吃奶的力气也刺不动半分。

而此时猪刚鬣已经清醒过来，怒道："竟用暗宝阴我！"

接着，他一挥九齿钉耙就向秦广王打去。

秦广王用生死笔来架。

但猪刚鬣正在怒气之下，这一耙下来，岂止万钧。

秦广王连人带笔就被打飞了出去。

旁边的楚江王忙丢起"无底盆"，宋帝王祭出"万灵绳"，五官王舞起"三魂旗"，阎罗王摇动"失心钟"，轮转王使出"四象轮宝"……

剩下的九殿阎王各使法宝，往伐天军团攻来。

那黑白无常、牛头马面、凶恶的地狱犬也都跟着一起扑了过来。

早就按捺不住的铁扇公主见对方大举来攻，不由分说，提起那太阴精叶的芭蕉扇就是一扇。

一股狂风惊涛骇浪般卷起。

直接将那涌来的阎王和鬼卒扇飞了一半。

牛魔王等妖王也率领妖兵冲杀。

两方混战在一起。

孙悟空也亮出了金箍棒。

他没有与这些小卒混战，而是提着金箍棒，走向幽冥之门，一棒挥出。

金色的光芒划过。

轰然一声。

那幽冥之门直接被打出一个巨大的缺口来。

孙悟空提着金箍棒大摇大摆地走了进去。

众妖紧随其后。

几只地狱犬狂吠着向孙悟空扑来。

孙悟空一棒打出去，棒身之上三昧真火腾腾而起，那地狱犬碰着就化成了灰烬。

也有鬼卒上前来拦，但结果还是一样。

金箍棒之下，非圣人之辈，都是蝼蚁。

孙悟空直往前走，从第一殿直接打到第十殿。又从第十殿往下，打到第二层。

他将第二层关押的囚徒都放了出来，冲着他们道："我乃齐天大圣孙悟空，今在花果山聚天下妖族，称伐天军团，要平这地，破那天，有愿加入的就跟在我后面，不愿意的便自己走！"

那囚徒们一听，都跪拜加入。

孙悟空带着囚徒，从第二层一直往下，打到十八层，又打到九幽之下。

九幽之下关着好多囚徒。

这些囚徒全都非一般囚徒，而是犯下逆天大罪，被判生不如死，永不入六道轮回的重囚，全被粗大的铁链穿过琵琶骨，悬吊在烈火的上方。

其中有一名囚徒，像被烤干的咸鱼，双眼灰白，气若游丝，却又死不掉。

孙悟空一棒挥出，将那数条粗大的锁链都打断了。

那囚徒跌在地上，虽枯瘦如柴，却是咬着牙，拼命想站起来。

瞬间，孙悟空从他的眼神里看见了一种骨气、一种志气、一种可成大器的潜质。

“来人，背着他！”孙悟空下令。

马上有一名被救下来的囚徒要过来背他，但他却咬着牙道：“不用背，这地府，我要自己走出去！”

他先向孙悟空恭恭敬敬地行了一礼，然后摇摇晃晃地往外走。

“外面还有许多鬼卒，你想杀吗？”背后响起一个有力的声音。

那囚徒回过头来，看着孙悟空，铿锵答道：“当然！”

“那我就帮你一把吧！”孙悟空说声，便将一只手伸长，直接将手掌按在他头顶的天宫穴上。

顷刻之间，圣力源源不断地涌入。

很快，那囚徒的面色开始红润，皮肤也从干枯变得正常，身躯也变得粗壮起来。

那囚徒看着恢复后的自己，充满了震惊之色，当场单膝下跪：“沙河上感谢圣人再造之恩！”

孙悟空道：“你我皆是逆天者，不必言谢。”

“圣人也是逆天者吗？”沙河上问。

一名囚徒道：“废话，我们大王号齐天大圣，在花果山有百万之妖，称伐天军团，就是为了打垮那天呢！”

“真的吗？”沙河上大喜，“那大王可否收我于麾下，带我一起战天？”

“当然可以！”孙悟空道，“这四宇八荒，只要有志反天者，皆是我兄弟，你是为何被关到这里的？”

沙河上道：“我本也是那天庭之神，称卷帘大将，因曾在北海得道，对北海有些感情，前不久天庭划龙族为妖，我想替那北海龙族说情，却被杨戬之流给我扣上一顶妖族奸细的帽子，昊天听信谗言，要贬我下界，我一怒之下从凌霄宝殿反出，欲打下天庭，却寡不敌众，失手被擒，被囚此地，生不如死！”

“看来也是一员猛将！”孙悟空满脸喜色，“我孙悟空就欣赏有情有义有血性之辈，你身为天庭神将，竟为护北海龙族挺身而出，了不起。你既在那天庭为卷帘大将，那在我伐天军团之中，也封你为卷帘大将，你我一起，打上三十三重天，重建这天下秩序！”

“谢大王！”沙河上热血激荡，“沙河上愿随大王赴汤蹈火，死不足惜！”

“走吧，出去收拾残局！”孙悟空说罢，带着沙河上往外杀出。

沙河上在九幽外面抓住一个鬼卒，问他的月牙神铲在哪里。

那鬼卒指了地方。

沙河上过去将那月牙神铲拿在手中，便跟着孙悟空一路杀出。

每到一层地狱，便直接打塌。

孙悟空见沙河上真是猛将，那一把月牙神铲，舞起来风雷大作，便知也是上古神器，不由心中欢喜。

一行人打出十八层地狱时，看见的却是猪刚鬣和牛魔王等人被重重包围。

十殿阎王虽然已被打垮了，秦广王叫的支援却到了。

那执掌幽冥的泰山天齐仁圣大帝黄飞虎，骑五色神牛，提金攥提芦枪，率西岳、南岳、北岳、中岳四大帝及百万五岳卫兵赶来救援。

猪刚鬣一方十万妖兵与十殿阎王及鬼卒血战，死伤有三成，只剩不到七万。而今黄飞虎率四大帝和百万五岳卫兵加入战局，猪刚鬣一方立刻就显得弱了许多。

那黄飞虎骑在五色神牛之上，神色倨傲：“猪刚鬣，牛魔王，跪下受缚可以留个活口，否则待本大帝一声令下，尔等俱成灰灰也！”

“这么狂的吗？”突然传来一个声音。

金光一闪。

半空之中，一只肩扛金色棒子的猴妖，踩在一朵金色云团上，睥睨天下，不可一世！

“你就是那逆天反贼孙悟空？”黄飞虎蔑视地问。

孙悟空冷笑道：“就你，也配说反贼二字？当年你为商纣朝堂武成王，后来却倒戈相向，投了西岐，反来灭商。你一时跪那纣王表忠心，死为商臣，一时又拜那周王，誓死灭商。你出尔反尔，认贼作父，却一朝封神，趾高气扬，你还知道要脸吗？”

“幸好我还有些记忆，不然都被你说得无地自容了。”黄飞虎道，“那纣王负我，难道我不该反吗？”

“纣王负你，你该反？”孙悟空道，“而如今，天庭负妖，天理不公，妖族反，就不该？只许州官放火，不许百姓点灯？做了神仙就这副德性？”

黄飞虎的脸青一阵白一阵，咬牙道：“我不跟你这个尖嘴猴腮雷公脸的妖猴讲道理，咱们还是凭神通说话吧！”

孙悟空轻蔑一笑：“你？还不配用神通和我说话！”

黄飞虎道：“莫讲大话，过招试试！”

“好，那爷爷就让你见识见识什么叫山外有山天外有天！”孙悟空应道。

“大王，让我来会会他吧！”沙河上站出阵来。

“你？”孙悟空还是有些不大放心的样子。

他看得出来沙河上是一员猛将，神通不小，但黄飞虎如今可是执掌幽冥五岳的天齐仁圣大帝！

沙河上看出了孙悟空的担忧，便道："区区黄飞虎，小菜一碟！"

"那，行吧。"孙悟空还是答应了。

他知道沙河上想出一口恶气，就算输了，他也能再赢回来。只要他在，一切都在掌握之中。

黄飞虎定睛一看，忍不住嘲讽："哟？我当是谁呢，这不是那九幽的阶下之囚卷帘大将吗？哦，已不能叫你卷帘大将了，应该叫你沙妖，你是否已忘记不久之前的自己身锁囚链，跪于我身前？"

"无知小辈！"沙河上道，"你才封神多久，就这副不可一世的样子，却不知你沙爷在鸿钧老祖建天庭之初，南天门里我为尊，凌霄殿前吾称上！你一个后来小辈，哪来的资格嚣张？"

黄飞虎道："活在当下，莫谈过往，想逞强，先问我手上金攥提芦枪答不答应！"

"行，看招！"沙河上将手中月牙神铲一摆，怒吼一声，纵身就向黄飞虎扑去。

那一铲落下，划出日月光华。

黄飞虎提枪挡来。

轰然一声爆响。

如同天崩地裂般，掀起惊涛骇浪。

沙河上所的使月牙神铲，又称降妖宝杖，取材于月宫梭罗仙木，由大匠师鲁班打造而成，外边嵌宝霞光耀，内里钻金瑞气凝，重达五千零四十八斤。

黄飞虎也非同凡响，当年为商纣武成王时，南征北战，沾染无数猛士鲜血。后封神为东岳泰山天齐仁圣大帝，得五岳仙气，聚幽冥黑暗之力，金攥提芦枪可化泰山，重逾万钧；可生黑暗，蔽日遮天；

可招阴兵，弹指杀人；可借地狱之火，化物为烬。

黄飞虎的金攥提芦枪上，涌出泰山之力，竟把沙河上逼得退了几步。

不过沙河上却并不慌张，仍提铲上前，猛攻猛打，越打越快。

黄飞虎本来力道比沙河上要强一些，却被这一股气势打得惊心动魄，颇感招架不住，他大喊一声："不给你点颜色看看，你当我这大帝无能！"

金攥提芦枪向四方一指。

霎时之间，三山五岳都向沙河上压来！

沙河上一见，也是不慌不忙，手一伸，掌心里便多出一串骷髅念珠来。他将那骷髅念珠打出去。三山五岳见之，竟都退避一旁。

黄飞虎一见，大惊失色，赶紧又变招，吼一声："阴兵何在！"

顿时，一阵呼天抢地之声，无数白骨之兵，露出狰狞之相，伸出瘦骨嶙峋的爪子向沙河上扑来，要将他撕碎一般。

"雕虫小技，班门弄斧！"沙河上说着，突然将月牙神铲一收，化作万道流沙，穿过那万千阴兵，那万千阴兵都化成了黑气！

黄飞虎见状大惊，又变招数。

金攥提芦枪向苍穹一指："遮天蔽日，地狱无边！"

吼声毕，只见天上黑云滚滚，如同拉开一张黑色巨幕，天地之间顿时陷入无边黑暗，伸手不见五指。万物之声也都消失了，万籁俱寂，仿佛这天地间再也没有任何生命。

这是一种死亡的体验，令人内心之中的恐惧油然而生。

整个世界已只有黄飞虎和沙河上，再无第三者。

沙河上却并不慌乱，仍旧将那串骷髅念珠丢起来，口中念念有词。

那骷髅念珠共九颗，九颗均有七窍，七窍中皆放出金色的光华来，一瞬间，六十三道光华汇成一片光幕，那光幕迎着无边的黑暗冲出，如同朝阳破云，照耀整个世界。

黄飞虎只感到一股排山倒海的力量向自己涌来。

他想要抵挡，却感无力，如一片树叶被卷飞出去，好在旁边的西岳华山金天顺圣大帝蒋雄眼疾手快，将手中法宝神抓金纽索甩出，直接将黄飞虎套住，一把拉了回来。

被拉回来的黄飞虎，脸色苍白，满头是汗。

“不用浪费时间了，五岳卫兵，给我一起冲，灭了这些反贼！”黄飞虎恼羞成怒地大喊。

霎时间，那百万五岳卫兵如潮水一般往被包围在中间的孙悟空等人冲来。

“那就杀吧！”孙悟空一咬牙，下令。

“杀！”数万大妖发出怒吼，迎着五岳卫兵冲去。

孙悟空从身上一抓，拔下一把毫毛，往空中一丢，吼一声：“变！”

顿时，凭空里多出大群猴子来，也各持兵器往五岳卫兵冲杀过去。

他再将手中金箍棒丢起，也变化出千万根来，向那五岳卫兵迎头就打。

那有百万之众的五岳卫兵，在猴兵和金箍棒的强攻之下，往前进不得半步，反倒是伐天军团中的妖兵，往前冲去，势如破竹。

很快，百万之众的五岳卫兵就被打得溃不成军，屁滚尿流。

就连五岳大帝，也都被猪刚鬣、牛魔王、沙河上、铁扇公主等人打得没有还手之力，灰头土脸，仓皇逃窜。

“行了，收兵吧。”

把黄飞虎和那五岳卫兵追出数里，孙悟空想着花果山，便下令止了兵戈。

众妖停步，看着那逃远的五岳卫兵，还有身后已成一片废墟的地府，一片潮水般的欢呼声响起。

尤其是那些被从地府救出来的囚徒，更是高兴得要喊破嗓子。

曾几何时，他们被关在地府，不见天日，丧失自由和尊严，没有梦想和希望。没想到，一个叫齐天大圣的王者来了，一举踏平地府，救他们出世，将那些迫害折磨他们的仇敌打得如丧家之犬，真是痛快淋漓！

孙悟空也满意地看了眼那倒塌的地府，又仰头看了看苍穹，轻声地说：“等我来打塌你！”

第 10 章　镇元大仙，投石问路

齐天大圣孙悟空踏平地府，打败百万五岳之兵，一时天下震动，天庭震动。

托塔天王李靖刚率千员神将和百万天兵抵达东海之边，就收到了天庭传来的密信。

“原来，那妖猴不在花果山？”李靖将手中密信撕毁，抬头看了看不远处的花果山。

能看见那里有密密麻麻守山的妖兵。

纵是山脚之下，也有安营扎寨的守卫。

李靖眼神一眯，道：“孙悟空，你敢去踏平地府，那我就捣毁你的老巢！”

“哪吒听令！”

“在！”哪吒应声前来。

李靖道：“你领一万天兵，神将十员，为前锋，向花果山冲杀而去，我随后就到。”

“是！”哪吒得令，立马点兵点将，向花果山冲杀过去。

离花果山下的驻军还有好几百米时，他将火尖枪往前一指，爆发出一道威力，准备将那营帐摧毁时，却轰然一声爆响。

一道狂风轰然卷出，将火尖枪之力吞没，同时从里面射出一片密集飞刀，箭雨般向哪吒的大队人马呼啸而来！

哪吒赶紧踩着风火轮躲开。

可跟随他的天兵就没那么幸运了，躲不开的，均被那刀射中，变成一滩血水！

哪吒不由脸色一变："妖猴居然有布阵！"

他不服气，又从身上取出乾坤圈来，拼尽全力往前面打去。

又是轰然一声巨响。

那乾坤圈也被狂风卷回，伴随着大片飞刀如箭雨射来。

哪吒早有准备，便不慌张，念念法诀，将乾坤圈接下，化解了那刀雨。

然而，以他圣力和法宝加持，却还是破不开这阵法。

他束手无策，只好回来向李靖报告。

"有阵？"李靖道，"待我看看！"

他当即飞身而起，去往花果山上，眼看着那树木石头就在眼下，他想落下去，果然也碰到了铜墙铁壁一般，然后卷起狂风，裹挟刀雨，直向他射来。

风与刀之力，比闻仲的五雷轰顶都还要强，不由将他吓出一身冷汗，赶紧祭舍利子黄金玲珑宝塔破之。

然后又围着花果山看了一圈。

他毕竟也是带兵之人，封神前就熟读兵法，称常胜将军。在经过数次试探之后终于看了出来，这是地煞七十二变中的风刀阵法。

当下，李靖便回到东海边的天兵阵营。

"哪吒听令，带十万天兵，神将十员，往花果山西面，占土位，见金光冲天，全军冲杀花果山；金吒听令，带十万天兵，神将十员往花果山南面，占火位，见金光冲天发起进攻；木吒带十万天兵，神将十员，往花果山北面，占木位，见金光冲天为号；雷震子领十万天兵，神将十员在东面，占水位，也以金光冲天为号。其余天兵神将，随我至花果山上空，见金光冲天，各以法力法宝，猛攻花果山。待令起，便将花果山夷为平地！”

顿时，各路天兵神将闻风而动。

李靖带着天兵神将往花果山正上方而来。

待四方人马归位之后，他便将舍利子黄金玲珑宝塔祭起，念动法诀，那塔身之上霎时金光大放，其中一道金光冲天而起！

分别在四个方位待命的哪吒、金吒、木吒和雷震子一见金光冲天，立马下令所属十万天兵往花果山猛攻，并同时祭出自己的法宝。

正上方中位的李靖发出信号之后，再将舍利子黄金玲珑宝塔往下压去。

这舍利子黄金玲珑宝塔可是当年燃灯道人的佛家至宝，内藏万字真言，有破万邪之功，镇诸天之力，李靖将舍利子黄金玲珑宝塔压下，风刀阵法正要发动阵力。

然而，那东西南北四方之上，哪吒现三头六臂，使出九龙神火罩、乾坤圈和混天绫；金吒现四面八臂法身，以双剑、鞭、戟、枪及遁龙桩；木吒也现四面八臂法身，使浑铁棍和吴钩剑；雷震子现金翅铁爪，使黄金神棍。

各天兵神将跟着一起施法使力。

只听得轰然爆裂之声。

在东西南北中五方圣力的攻伐之下，风刀阵法势弱，顷刻被破。

刹那间，天兵天将如潮水一般冲向花果山。

花果山上负责驻守的穿山甲王也早对那数十万大妖小妖做了部署，见天兵天将攻来，便大吼一声杀，施展出独门穿山术迎敌。

穿山甲王的独门穿山术，无坚不摧。

只见他将身子一抖，那身上便飞出一片如雨般的鳞片，那鳞片均胜过强弩利剑，直接穿过天兵神将的身躯。

正上方的李靖见穿山甲王厉害，立马祭起舍利子黄金玲珑宝塔来战。

顿时，穿山甲王的独门穿山术就没法奏效了，那飞射而出的鳞片，遇着舍利子黄金玲珑宝塔的圣光，立马就变成枯叶一般无力掉落了。

李靖毕竟是肉身成圣之辈，穿山甲王顶多只有大罗金仙的法力，自然不是李靖的对手，一下子就被打得只有招架之功，毫无还手之力，狼狈不堪。

手下四大穿山护卫过来助他，才让他缓了一口气。

整个战场，虽然伐天军比天兵的数量要多，但天兵久经训练，有战斗经验，而众妖却如一盘散沙，阵脚大乱，情况极不乐观。

穿山甲王见状，赶紧对斥候将传令，让斥候将火速前往冥海报告孙悟空。

哪吒一见不由冷笑："你想找孙悟空求援？别说他赶不回来，就算能赶回来，也不过自投罗网，自取灭亡！"

"老子一回花果山，就听到你在放屁，老子回来了，你能奈我何？"突然一个声音响起。

哪吒和穿山甲王一看，一道筋斗云落下。

筋斗云上，来人头戴凤翅紫金冠，身穿黄金锁子甲，脚蹬藕丝步云履，肩扛如意金箍棒，满脸霸气，气色桀骜，尽显王者风范。

真是仇人相见，分外眼红，哪吒将火尖枪怒指对方，道："孙悟空，正好你回来送死了，小爷正到处找你不着呢。"

孙悟空轻蔑一笑，道："你？早已不配为我之敌，要问你在我眼里算什么，两个字送你——蝼蚁！"

"找死！"哪吒怒吼一声，当即取乾坤圈向孙悟空打来。

孙悟空把金箍棒一伸，乾坤圈便被孙悟空挂在棒子上，然后一舞，乾坤圈直接被甩去了九霄云外。

这一下，差点没把哪吒给看傻眼。

要知道这乾坤圈乃是道家至宝，乃元始天尊赐予太乙真人为金光洞至宝，其硬坚不可摧，其力重逾万钧，随手打出便可翻江倒海，震荡乾坤，非大罗金仙不可挡，非悟三千大世界之圣人不可接，孙悟空竟然轻描淡写地就接下了？

就如同孩童手中铁环一般？

这怎么可能呢？

毕竟，数月之前，天庭之战，九湾河之战，孙悟空的战力也仅仅比他强那么一点，而法力差不多是相当的。

但这次一过招，两人之间，却是天壤之别。

哪吒以为只是错觉，是孙悟空玩了什么把戏，还不服气，又把混天绫向孙悟空丢去，想把他套住。

"尽要些小把戏。"孙悟空轻笑一声，直接伸手就把混天绫接住了，然后当头绳一样在头上缠了个头箍，跟玩似的。

哪吒这下彻底崩溃了，吓得惊慌倒退，口中连喊："来人，来人，这妖猴成圣了，给我合力打他！"

另一边正在战斗的李靖一听，也是心中一惊，立马就喊："圣将归位，合力擒拿妖猴！"

“还妖猴妖猴，你们这群自称神仙的家伙不识字吗？花果山上老子的旗帜上写得清清楚楚，是齐天大圣四个字不够晃眼，还是你们不识字？”

孙悟空一声长啸：“给我记好了，老子名叫孙悟空，号齐天大圣！”

说罢，一挥金箍棒就向李靖打去。

一道金光风雷卷出。

李靖赶紧祭起舍利子黄金玲珑宝塔来挡。宝塔顷刻变成山岳一般大，但还是挡不住孙悟空这一棒，被打飞了出去。

李靖将宝塔召回，又念法诀，宝塔顿时祥云缭绕，紫雾盘旋，里面现出诸多佛像，围着孙悟空压来。

“尽搞这些虚的，却不知老子的金箍棒，遇神杀神，遇佛杀佛！”孙悟空吼一声，召出金箍棒上烈火，向往那诸佛烧去。

那佛像遇到金箍棒烈焰，即刻消散。

孙悟空又用金箍棒去打李靖。

但此时金吒、木吒、雷震子听到李靖之令，都往这里奔了过来，围着孙悟空厮杀。

李靖和哪吒亦合围了上来。

五个均是肉身成圣之辈，神通非凡，合力之下，风云裂变。

孙悟空化出五个分身来战，但分身的威力小了许多，虽也能占到上风，一时之间却也不能将对方击倒。

纵观战场，伐天军因缺少战斗经验，处于极度劣势。而且带去地府的后续人马还需要一些时间才能赶到，他是自远处感应到了花果山有危机，一个筋斗云翻回来相救，其他人却没有这么快。

权衡之后，孙悟空只好又多化出了几个分身对抗天兵。化出来的分身越多，本体的威力就越小。不过，他好歹也是悟透了三千大世界而成圣之辈，就算是小分身，李靖和哪吒之流也还不能灭杀他。他不断地化出分身，不断地去替其他伐天军分担压力，但情况还是岌岌可危。

李靖除了带来百万天兵之外，还有千员神将，这些神将都有着非常厉害的法宝和神通，杀伐极为凌厉。

譬如金大升、朱子真、戴礼、杨显、常昊和吴龙等原来的梅山大妖，还有使宣花斧的巨灵神、药叉将、鱼肚将、土行孙等都是神通广大之辈。

不过很快，战局就迎来了转机。

鹏魔王、牛魔王、猪刚鬣、沙河上、紫霞和铁扇公主几人率先驾云赶回花果山，加入了战团。

铁扇公主瞄准那天兵密集的地方，甩开芭蕉扇就是一扇。这一扇，狂风过处，那天兵立马就消失得无影无踪。芭蕉扇威力虽大，却也有短处。那就是两方的人互相厮杀之时，没法去扇，一扇，两人都得扇没了，于是她就只能取双剑来战。

紫霞的紫电则可得心应手，看准了天兵打出。

牛魔王见孙悟空被五位有三头六臂大变化术的天将围攻，吼一声，挥动三叉戟就过来助战。

鹏魔王、沙河上和猪刚鬣也各使神通，奋勇杀敌。

尤其是猪刚鬣和沙河上，两人都被天庭迫害，落得悲惨境地，心中有无边怒火，一旦爆发出来，便是摧枯拉朽。

猪刚鬣的九齿钉耙和沙河上的月牙神铲，各重有五千零四十八斤，全力挥出，重逾数十倍。这满山天兵神将，恐怕除了围攻孙悟空的五位肉身成圣之辈，其余人概莫能挡。

每一耙每一铲出去，天兵立马被打成一片肉饼。

孙悟空的压力一下子缓解了许多，立马收回许多分身，变回本相，口一张，怒吼出声，唤出心中通臂猿王。

通臂猿王手持擎天柱飞身而出，迎着前面的雷震子就打。

雷震子一惊，忙用黄金神棍去挡。然而，他的黄金神棍哪里挡得住擎天柱的威力。

“轰隆”一声爆响。

雷震子被那一柱打得头晕耳鸣，倒飞百丈之外。好在他也是天赋异禀，肉身成圣，否则定被这一棒打成肉饼。

那边的金吒见通臂猿王如此凶狠，立马将遁龙桩祭起。

只见黄澄澄的一根柱子，上面镶有三个金圈，下面有一朵金莲，祭出去瞬间就风生四野，云雾迷空，播土扬尘，迎风而长，长到三丈多高，三个铁环变成三个大铁圈，套向通臂猿王。

通臂猿王刚挥擎天柱将雷震子打飞，而这遁龙桩套人却是瞬息之间奇快无比，通臂猿王一个猝不及防就被锁在那金柱之上，被金圈扣牢。

然而，通臂猿王也有圣人之法，尤其一双手臂，通天彻地，只将手往那遁龙桩的金圈一拉，生生地就将那金圈给拉了开来，抓起遁龙桩，反手就向金吒砸去。

金吒赶紧念法诀将遁龙桩收了回去。

这边的木吒忙挥吴钩剑来砍通臂猿王。

这吴钩剑乃上古神器，削铁如泥，纵金刚不坏之身亦不能敌，通臂猿王也感受到那剑之锋利，不敢小觑，当即将擎天柱横扫而出。

一股飓风卷起。

木吒迎着那风便站不稳，被逼得踉跄倒退，哪还敢招架，只好借那气势躲了开去。

而李靖哪吒父子即便凭着舍利子黄金玲珑宝塔及九龙神火罩，也完全不敌孙悟空，被打得东躲西藏，但也还能勉强自保。

一是靠着李靖那舍利子黄金玲珑宝塔，堪堪能挡一挡孙悟空，二是李靖到底兵法过人，看出这种战场对孙悟空的神通不利发挥，孙悟空一旦祭起大招，他便往那伐天军团的妖兵身后去躲，孙悟空投鼠忌器，就使不出全力。

李靖提醒大家效仿，不可力敌只能智取，以消耗孙悟空的法力为主，一旦孙悟空的法力消耗得足够多，他的神通威力就会大大下降，有些神通使不出来时，便是杀他之时。

为此，李靖还调来一百员神将，主要围攻孙悟空和通臂猿王，并且以躲闪战术消耗孙悟空的法力。

渐渐地，孙悟空感觉圣力在下降，通臂猿王也显出疲惫，要回到他的心里去。

好在带去地府的援军终于在两方都厮杀得天昏地暗之时赶到，既为花果山守军燃起士气，也使天兵天将打得胆战心惊。

伐天军团一下子便扭转了劣势，士气如虹，大开杀戒。

终于，天兵天将气势已颓。

李靖眼见天兵丢盔弃甲之狼狈，且孙悟空之战斗力已注定非他能攻下，赶紧下了撤退命令，命雷震子和哪吒殿后，布下风雷火阵，阻挡追兵。

孙悟空破阵后，李靖已率天兵天将驾云离开。花果山上四处都是受伤的妖兵，而孙悟空的法力也损耗巨大，当即将通臂猿王唤回心中，折转身来，整顿人马。

一番清点。

天兵天将的尸首共有三十万之众。

而伐天军团尸首也多达二十万。

看着那满山的尸首，孙悟空有些沉默。

这世界本安宁，何苦要有战争，要有这么多流血牺牲呢？

有那么一瞬间，他竟有放弃这一场战争的念头。

他知道如果再打下去，还会有无数的流血牺牲。

而这些流血牺牲的，都是相信他，愿意为他赴汤蹈火的兄弟！

他只希望这些敢抛头颅洒热血的兄弟能平安、快乐，好好地活着。

可这场战争还得打下去。

天道不公，妖被魔化，没有尊严，也没有自由，这是另一种对精神的摧毁，对信仰的践踏，是比肉身所受更痛苦的痛苦。

这世上越是可贵的东西，如尊严和自由，越需要代价来换。

就算死亡，也不能后退。

每一条生命的代价，都得有一个说法，都得有一个交代。

而唯一的说法和交代，就是打到那天上去，让那神仙之辈灰飞烟灭，让妖族抬起头来，自由而有尊严地活着！

“猴哥，这满山的尸体怎么办？”猪刚鬣过来问。

牛魔王道：“还怎么办，当然是都埋了。”

“都埋了？”猪刚鬣道，“这堆积如山的尸体，就算花果山上的每一寸土都用上，也埋不下。”

牛魔王道：“当然是只埋我们自己兄弟的尸体，那天兵的尸体还埋他干什么，直接找个地方堆起来，一把火烧了！”

“大圣，你说呢？”猪刚鬣问。

孙悟空默默地点了点头。

猪刚鬣道：“不过，若是单个坟堆埋，花果山也还是埋不下，要不要运到附近的山上去埋？”

“不，就埋在花果山。”孙悟空道，“若埋不下，便多用几个大坑。他们来投了花果山，这花果山便是他们的家，生在这里，死在这里，埋在这里！”

猪刚鬣应声，当即下去安排打扫战场。

“接下来我们怎么办，猴哥？”牛魔王问，“重整军团，闯昆仑，打上天庭去吗？”

孙悟空摇头道：“不，现在还不是时候。”

“不是时候？”牛魔王不解，“为什么？”

孙悟空道：“其一，伐天军的战斗力和天兵比起来，还有很大差距，战斗之中，弱的一方必然伤亡更大，我们需要提升伐天军的战斗力；其二，我伐天军兄弟虽有百万之众，但真正有本事的却并不多，你我都可驾云上天，直取南天门，可伐天军中有一多半都还不懂驾云之法，陆战尚可，空战却根本没有战斗力，如何能战？而那天庭建有三十三重天，每一重都守卫森严，后面还有大阵加持，若准备不够，不过徒劳送死。”

“嗯，的确如此，现在打上去，确实胜算不大。”牛魔王道。

孙悟空道：“所以，当下最紧要的，一是让伐天军的兄弟加紧操练，二是让受伤的兄弟能好好休养生息，恢复元气。就算你我，也还需使神通精进。今日之战，可见天庭的强大远超过我们的想象。毕竟，封神之战前，鸿钧老祖为天庭安排了一批神通广大之人，封神之战又封了一大批神，且收了百万大妖为天兵，封神之后又网罗了许多大神通之辈归顺天庭。我们起于草莽，却不能鲁莽。毕竟，这已不是我个人与天庭的战争，不能只由着热血冲动，打没有准备的仗！”

牛魔王点头道：“嗯，都听猴哥的，你说怎么办就怎么办！”

孙悟空道：“回去好好训练你那支人马，尤其是要熟练驾云之术。若不然，我们纵有千万兄弟，大部分都上不了天，也是枉然。”

牛魔王道：“行，那我先回积雷山。”

孙悟空点头。

在花果山上，猪刚鬣正指挥人手一边将那些天兵天将的尸首烧掉，一边挖着坟坑掩埋自己的兄弟。

在花果山的苍松古柏之间，已经垒起了许多新的土堆。

那土堆里，曾都是鲜活的生命，他们有情有义，有热血理想，而到头来，竟成了一抔黄土。

李靖带着残兵败将逃回天庭，疾步跑进凌霄宝殿向昊天大帝汇报情况。

“什么？”昊天眼睛瞬间睁大，“你败了？你怎么可能败呢？不是你说的，只要授你调兵遣将之权，你定踏平花果山，灭那逆天妖猴的吗？何况，未战之前，还先封你两子，使其肉身成圣，使你如虎添翼，你竟还是败了？”

“就是。”比干也跟着发泄心中的不满，“李天王你不是说，你必马到成功手到擒来吗？怎么会败呢？那孙悟空刚踏平地府，全天下都看着天庭，等天庭灭了妖猴，为地府出这一口气，彰显天庭威严，你却不是去替天庭出气，而是替天庭丢脸，这……尴尬啊！”

李靖在天庭也是有脸面之人，听昊天责问也就罢了，听比干如此阴阳怪气冷嘲热讽，哪里还忍得住，当即就冲着比干发火：“尴尬什么？你也是读书之人，胜败乃兵家常事，有能耐你去打啊！”

比干道：“李天王不必如此恼羞成怒，你也说了我是读书之人，我至少懂得各司其职，带兵打仗是你们元帅将军的职责，我一介文官，岂能带兵，你别是被那妖猴给打昏了头，糊涂了啊！”

“好了，不要吵了，还是说说怎么回事吧！”昊天大帝在座上道。

李靖道：“禀陛下，此事实在不怪我，乃是那妖猴太强，比起之前打上天来时，简直不可同日而语。”

昊大帝问：“如何不可同日而语了？”

李靖道：“那妖猴应是悟透了三千世界，已成了真正的圣人之辈，可从心中唤出巨猿，法力超然，我肉身成圣，还用了舍利子黄金玲珑宝塔，均不能敌。我、哪吒、金吒、木吒和雷震子，合力战妖猴，妖猴还能占上风，化分身出去帮助妖兵作战。那妖猴如此能耐，恐只有老君、天尊和金母等圣人之辈才可收服！”

“什么？这才多少时日，那妖猴就悟透三千世界，成就圣人之道了？”昊天满脸惊疑不信，“你可不要为自己的失败编出这样荒唐的借口！”

雷震子上前道：“禀陛下，我可作证，李天王所言句句属实，虽还不知那妖猴悟透的是三千世界中的小世界、大世界、还是圆满世界，但他成就的圣道比我等都强，确是事实！”

此言一出，满堂神仙皆惊，纷纷议论起来。

要知李靖、哪吒之流，吃了元始天尊的灵丹，并借天庭功德封赏，再借着本身的天赋异禀而肉身成圣，那成的也只是小圣。

圣人之道通常分为五个级别。

从大罗金仙到圣道的门口，为小圣，准确地说，小圣都还算不得真正的圣人，只是站在了入圣的门口或者门槛上而已，可免神仙之劫，但却并没有开悟三千世界。

踏入圣门之中，悟透三千小世界后，则可称半圣，半圣就是名副其实的圣人了，只不过神通境界还是如同凡人世界的少年之辈；再往上，悟透三千大世界，则可称真圣，有大造化之功，与天地同存，如同人类的中年；再往上，便是悟透三千圆满世界，成就大圣，可在天地之内开创新的世界，这世界未经悟者打开，外人看不见也进不去，生灭都在圣人一念之间。

而最高的境界，则是悟透三千世界之外的虚无，成就至圣之道。成就此道，即可以随心所欲，无处不在，可在天地之中再开天辟地，可逆转时间，改变天机。世间万物命运，皆在手掌之中。

而无论是小圣、半圣、真圣、还是大圣，也都各有小境界和大境界之别。

也就是说，即便同为大圣，也分大圣小境界和大圣大境界。

李靖能确定的是孙悟空已悟透三千世界，成就真正的圣人，但不知道孙悟空悟透的到底是三千世界中的哪一层世界，也不知道他成就的是圣人之道的哪一道。

昊天大帝道："既如此，便只有天尊能对付这妖猴了，赶紧去请天尊来！"

马上有值日星官领命，火速往东昆仑玉虚宫而去。

约莫一个时辰左右，元始天尊便乘九龙沉香辇而来。

昊天大帝把情况说了一遍。

元始天尊道："若是我能出手早就出手了，但问题是现在我不能出手。"

"天尊不能出手？"昊天大帝和一众神仙满脸迷茫。

元始天尊道："这天地之间对天庭威胁最大的并非那妖猴，而是那灵山的西方教，此教大小两位教主都是悟透三千世界的圣人之辈，一直觊觎东土。我战那妖猴，自然稳操胜券，可也须消耗些法力。当我法力消耗之时，若被那西方教主偷袭，我圣道则毁矣！”

“那该如何是好？”昊天大帝有些慌，“太上老君每日沉迷炼丹放牛，朕想请天尊帮忙解忧，如今天尊也不便，那朕还是请太上老君看看吗？”

元始天尊道：“他也不必请。”

昊天大帝不解：“为何？”

元始天尊道：“那西方教的大小两位教主，我和师兄枕戈待旦，都须防着他们才是。”

“这样吗？”昊天大帝顿时茫然，“那妖猴之事就放任不管了吗？他打天庭、平地府，灭我数十万天兵，若不灭他，天威无存也！”

元始天尊道：“自然不可放过他，但我有办法。”

昊天大帝问：“什么办法？”

元始天尊道：“你只要遣人去太公山请姜尚出山，授他调兵遣将之权，必可灭那妖猴！”

“可是……”昊天大帝道，“如今那妖猴悟了三千世界，成就圣道，李靖等五位肉身成圣之辈联手都不能胜他，兵法再好，没有大神通之辈制他，恐怕终是奈何他不得！”

“无妨。”元始天尊道，“他从心中唤出巨猿，力战李靖五人占些上风，应该只是真圣的大境界，还算不得大圣。真圣大境界，七位小圣可敌之。”

“七位小圣可敌？”昊天大帝道，“可现在天庭一共就六位肉身成圣，没有七位啊！”

元始天尊道：“无妨，我阐教中那金仙之辈，自封神后，有不少已突破大罗金仙境界，成就小圣之道，我可遣几位到姜尚帐前听令，别说那妖猴只是真圣，就算他成了真的大圣，也能拿他！”

昊天大帝大喜：“好，那就劳烦天尊了。”

当下，他立即派人往太公山去请兵法大师姜子牙。

此时，西牛贺洲之上，灵山雷音寺，烈日当空。

接引道人捻指入定，头顶上方却悬浮着一团金色云彩，风微微吹起宽大的道袍。

四周一片寂静无声。

金色云彩在接引道人的头顶之上翻滚着，如同开水般沸腾，又如金莲盛开。

很快，接引道人的手微微地动了一动，那如金莲盛开的云彩又化为瑞气千条，环绕着接引道人头顶飘舞，逐渐化成千万条金丝。

金丝极有规律地盘旋着，逐渐缩小、凝聚。

大约缩至一个头大小的时候，所有的金丝竟然凝聚在一起，变成了一个金箍子。

接引道人松开了捻着的手指，将手掌一摊。

金箍子便落在了接引道人宽大而肥厚的掌心之中。

他眼帘睁开，微微点头。

“师兄在正午之时，借烈日之光，化金莲盛开，结为金环，是又练成了什么法宝吗？”准提道人过来问。

接引道人道：“此物为金箍。”

“金箍？”准提道人问，“有何妙用吗？”

“妙用？”接引道人道，“这天上地下，无论妖魔，或是神佛，纵是圣人，只要戴得这金箍，便永生永世也逃不出我手心了。”

“这么厉害？”准提道人疑问。

接引道人道：“自然有这么厉害，不过还缺一样东西才能有此妙法。”

准提道人问：“什么东西？”

接引道人道：“此乃天机，不可泄露！你又在东土听到了什么消息吗？”

准提道人道：“那孙悟空用招妖幡招了百万大妖，于花果山称齐天大圣后，率妖踏平地府，又在花果山大败李靖所率百万天兵。”

“是吗？”接引道人微微一笑，“看来，这孙悟空倒真没让我失望。”

准提道人道：“没想到孙悟空这么快就已成了圣道，力战李靖、哪吒、金吒、木吒和雷震子五位小圣，让天兵败北。此一战，天庭恐要请那元始天尊才能对付得了他了！”

“那倒未必。”接引道人道。

准提道人问：“难道天庭还有别的大能之辈对付孙悟空？”

接引道人道：“封神时，阐教那金仙之辈都受封为大罗金仙，又过了这百多年，那大罗金仙之辈，也应有不少成圣的。就更别说自天庭建立至今，驻守四海八荒的仙人神将，合起来怎么也有数万之多，且多的是大能之辈。单是那西王母一脉，也未必比花果山孙悟空弱。孙悟空这点实力，哪轮得到元始天尊出手！今日天庭，远非封神之前的天庭了！”

准提道人道：“既如此，我西方教如何进得了东土普度众生？”

接引道人一笑：“不但能，而且快了。”

“快了？”准提道人问，“怎么快了？”

接引道人道：“你等着看就是了。”

此时，突然一道金光落下。

接引道人和准提道人两人定睛一看，见是一体如童子貌，面似美人颜的道人，道人三须飘颔下，鸦翎叠鬓边，好一派仙风道骨之气。

“无量寿佛。”道人向两人见礼。

两人还礼。

接引道人问：“道友驾临灵山，不知有何贵干？”

道人道：“贫道乃万寿山镇元子，世间一散仙，云游天下以悟道，路过贵宝地，见此处祥云笼罩，紫气环绕，料定必是人间圣地，遂落下云头来看，便见两位道兄果真都是圣人之资、大道人物，镇元子这厢有礼了。”

“客气了。”接引道人微微一笑，“修道之辈，相逢即缘，有请镇元道友入寺中小坐。”

镇元子道：“道友盛情，那镇元子就恭敬不如从命了。”

当即，就跟着接引道人和准提道人进了雷音寺内。

三方坐定，开始聊一些天南地北的道家之理。

“我观道友这灵山之地，灵气馥郁，圣光遍地，实是仰慕得紧，不知道友可否方便带我参观一二？”镇元子请求道。

“这……”接引道人略有迟疑，还是应了，“当然可以。”

他知灵山有些东西不可看，他也知镇元子来路可疑，但都是修道之辈，礼仪道德不可废。

何况，他若拒绝，便越显可疑。

当下，他带着镇元子出了雷音寺，往灵山四处来看。

只不过，当他带着镇元子出寺之时，顺手就在寺门侧边菩提树的叶子上点了一下。

旋即，那片叶子便消失了。

当接引道人带着镇元子游到了雷音寺后，那里本是一片不生草木的悬崖，悬崖如万仞，崖下是万丈深渊，不见其底。然而此时却是一片菩提林，没有任何异常。

镇元子站在那片菩提林前，他感觉到似乎有些什么不对劲，却又看不出来哪里不对劲。

他看了眼接引道人和准提道人，两人的神色如常。

“这片菩提林，长得甚为茂盛啊。”镇元子没话找话。

接引道人一笑：“菩提为我修道之根，菩提盛我，我盛菩提也！”

镇元子道：“道友所言甚是。”

于是也就继续往一边去看了。

然而，让接引道人没有想到的是，他以为他用一叶障目瞒了镇元子，灵山秘密便算盖过去了，却没想到出了个意外。

正当准提道人和接引道人陪着镇元子闲逛，突然灵山地下崩裂，窜出一个黑影。

黑影一手拿九环锡杖，一手牵一只怪物。

接引道人和准提道人瞬间愣住。

因为这人不是别人，正是地藏大师。

都还没说话，地藏大师便开口道：“怎么，道兄，灵山今日有贵客？”

“嗯，是。”接引道人硬着头皮答。

镇元子一脸疑惑：“这位道友是？”

“哦。”地藏大师自答，“小僧地藏，天地一微尘而已。”

“地藏？”镇元子眼睛瞬间睁大，“道友就是单枪匹马闯地府救出十八层地狱囚徒，还大战元始天尊救下孙悟空的地藏？道友善举，名扬天下啊！”

“哦，这其实还是接引道人的功劳。”地藏大师道，“我本在深渊修行，是接引道人给我指引，我才做了这一桩善事。”

接引道人听得这话，从内心深处发出一声长叹：这嘴怎么这么不严啊。这是能随便说的吗？

可他还是只能微微笑道：“哪里哪里，我只是随便提了一提，倒是大师慈悲为怀上了心，其实与我无关。”

镇元子又问：“接引道友和地藏道友很熟吗？”

“不……”接引道人本来想说不熟，可觉得这样说出来，肯定得罪地藏，打了诳语，又马上改口，“不能说熟，算是知己吧，我们在修道之上，有许多共识，每每论道，各有所悟，地藏大师可谓良师益友。”

地藏大师道：“道兄谦虚了，论道行境界，道兄比我要高，对我也多有指点，且道兄是有大志向之辈，一心要将西方教传播东土，发扬光大，我也很想看道兄让西方教照耀这四方大地，普度众生，那盛世景象令人神往。”

唉，真是哪壶不开提哪壶啊！

接引道人在心里又是深深地一声叹息。

“哦，对了，镇元道友，实在有些对不住，我才想起今日与一老友约了论道，差点就误了时间，不如我们改日再论吧。”

接引道人实在是怕再聊下去，地藏把灵山深渊都说出来了，赶紧找了个借口，结束这本来就没什么必要的谈论。

镇元子自然也听得出这是对方在委婉地下逐客令了。

都是修道的体面之人，他自然不能赖着不走，当即也就作揖告辞而去。

“接引道兄和哪位老友约了？”地藏大师还信以为真。

接引道人道：“不是我与人约了，而是我担心道兄再多说话，生出祸端。”

“我多说话，生出祸端？”地藏大师不解，“道兄此话怎讲？”

接引道人道：“我与这镇元子素不相识，他称今日路过此地，要观我灵山风景，但我总觉他来者不善。大师你入地府救人是一善举，但却为天庭不容，若这镇元子乃天庭人物，如果再一不小心说出深渊地藏山来，地藏山无宁日也！”

“怎么，他是天庭人物吗？”地藏大师一愣，“我还以为是你相熟的道友呢？”

接引道人道：“此人道行极高，怕也是悟了三千世界的圣道中人，若我真与他相熟，肯定早介绍与大师相识了。”

“那现在如何是好？”地藏大师问。

“无妨。”接引道人道，“地府之事，是我找大师帮忙的，纵有什么祸端，我自会想办法应付。”

地藏大师叹道：“唉，想不到我一时失言，给你惹了麻烦。若是那天庭来找麻烦，你便与我说，我自和他们解决。”

接引道人一笑：“没事的，大师可先回地藏山去吧，这灵山后深渊，我已以菩提叶蔽之，无人能发现。”

地藏大师道：“行，若有什么事，你与我说就是。我既敢做便敢当，不惧那天庭！”

接引道人点头。

地藏大师便回深渊去了。

准提道人却有些忐忑起来：“师兄，那镇元子真有可能是天庭人物吗？”

接引道人道："不是可能，而是肯定。"

准提道人不解地问："为何？"

接引道人道："那镇元子说他在万寿山修行，万寿山乃有名的仙家宝地，封神之后，这种仙家宝地都归天庭所有，他若没有天庭背景，如何能住在那等地方？"

"嗯，有道理。"准提道人道，"若是如此，那天庭必会来找我们，我们该如何应对？"

接引道人道："无妨，自我在封神大战中广收阐教门人，便已料到了这一天，已早有准备。"

准提道人问："什么准备？"

接引道人道："你和我去一个地方便知道了。"

准提道人也不知他葫芦里卖的什么药，于是架起祥光就跟了上去。

片刻之后，接引道人在一座山前落下。

那山看起来倒也寻常，既不高耸入云，也无仙雾缭绕，唯一的特点就是满山枫叶红了，看起来如同满天云霞一般绚烂。

"这是哪儿？"准提道人问。

接引道人道："普明香岩山。"

"普明香岩山？"准提道人不解，"来这里干什么？"

接引道人道："我们接一个人走。"

"接一个人走？"准提道人问，"谁啊？"

接引道人道："昊天。"

"昊天？"准提道人问，"你说那天庭大帝昊天？你接他干什么？他又怎么会在这里？"

接引道人一笑："你大概还不知道，坐天庭之上的那个昊天是假的！"

"啊？假的？"准提道人更是一脸惊诧，"你说什么？天庭之上的昊天是假的？"

接引道人道："你看你能不能上得了这山便知真假了。"

"能不能上得了这山？"准提道人越发茫然，"什么意思？"

接引道人将手往那山上的枫叶中一指："真的昊天在那山上木屋之中，你去找他问便是。"

准提道人听罢，架祥光就往山上去。

然而，他的祥光却在往前飞起之时猛然碰到一堵铜墙铁壁般，将他弹了回来。

准提道人落地，满脸惊诧地看着接引道人："这是怎么回事？谁在这里施了法连我都能阻挡？而且我却未能看得出来？"

接引道人问："你觉得在这世界上谁有如此能耐？"

准提道人想了想，眉头一皱："你是说……鸿钧老祖？"

接引道人道："显然，这三界中，唯一施下圣法而让你我不能见也不可破的，只有鸿钧老祖了。"

准提道人不解："他在这里施下圣法干什么？师兄你又是怎么知道的？"

接引道人道："玉京山取代西昆仑建立天庭时，一个叫昊天的少年横空出世，谈经论道，众神称赞，而昆仑金母不服，与之斗法。以造化玉碟放一核，成仙岛幻象，众神皆见那是仙岛，唯昊天说那是一蟠桃核，因而被鸿钧老祖推为天帝。后来这天庭的一切，包括封神，昊天均看鸿钧老祖之意。于是我便知道，昊天只是鸿钧老祖手中一个棋子，而且那是一个假的昊天，只是鸿钧老祖用他的圣法，化出来的一个傀儡。但世上真有昊天其人，我也听过一些传闻。于是我便找到这普明香岩山，想去看看，结果和你一样，我进不了这山。然后我又细看了看，这里没有去往山上的路，本来有路的地方也长满了荆棘荒草，就问了一个去旁边山上砍柴的樵夫，他却笑话我，说我指着的地方，根本就没有山，是一片海。我便知道，这里确实被人施了圣法，而这个人，就是鸿钧老祖。鸿钧老祖为什么要将普明香岩山施了圣法，原因只有一个，这里面藏着不为人知的秘密。那就是，他把真的昊天困在了这里面！”

“什么？”准提道人一脸惊疑，“你说鸿钧老祖化了一个假的昊天坐镇天庭，却用圣法把真的昊天困在了这里面？鸿钧老祖可是一代大圣人，东土道家的祖师人物，怎会做出这样的事？”

“其实，也不能说是鸿钧老祖做的吧。”接引道人道。

准提道人一脸茫然地问：“是他就是他，不是就不是，什么叫也不能说是？”

接引道人道：“因为那时的鸿钧老祖大概是在悟至圣之道上，未能完全驱赶心魔，反而使沉睡的心魔醒来，变得强大，控制了本来的他。所以，建天庭、谋天下、困昊天的，都不是本来的鸿钧老祖，而是他的心魔。”

准提道人道：“师兄你这么说的话也就说得通了，我还奇怪，鸿钧老祖乃是先我们之前的大圣人，悟透三千大世界者，为何会不惜生灵涂炭筹谋封神之战，原来是生了心魔的鸿钧老祖所为。可是，我却又有一些不解了！”

接引道人问：“有什么不解？”

准提道人道：“如果真如师兄所言，你既能看出鸿钧老祖被心魔所控，困了真昊天，用了假昊天，那老子和元始天尊常在鸿钧老祖左右，也应能看出端倪来吧？”

“看出来又如何？”接引道人道，“或许，有人就想借这机会谋事呢？你忘了，封神之前，号称天下第一大教，万仙来朝的，是截教。封神一战，截教没了，通天教主消失了，而阐教却如日中天，鸿钧老祖仍在与心魔斗，老子仍只爱炼丹和放牛，整个天庭都是元始天尊说了算。”

准提道人瞬间开悟：“师兄你这么一说，还真是细思恐极啊，想不到那元始天尊的心机竟如此之深……”

“这倒也不能说他心机深。”接引道人道，“你忘记我与你说过了，成大事者，必有眼光，必有谋略，这是难免。”

准提道人道：“可元始天尊也是修道之辈，不该如此。”

“怎么不该呢？”接引道人道，“纵是修道之辈，也始终在道上，而这世间，没有哪一条道是真正无欲无求的，若有，那便是灰飞烟灭了。纵是圣人，对人对事，也总有偏见。喜之所喜，恶之所恶，而这喜恶都只是自己的，却不是这世界上公正的看法。鸿钧老祖成就大圣人，但在老子、元始天尊和通天教主之间，他亦有偏袒。女娲成了大圣人，众生皆为她的子民，但她却对袁洪独好。情之一字，是凡人，也是神仙和圣人的精气神之魂。谁也逃不过，只是或多或少而已，却总是有的。”

“说得也是。”准提道人问，“那我们现在为何来这里？”

接引道人道：“当然是把真正的昊天带走。”

准提道人道：“可我们破不了鸿钧老祖的圣法，根本就进不了这山。”

接引道人道：“你我一人不行，但二人合力，或可一试。”

准提道人道：“嗯，若是两人的话，应该可以。”

当下，接引道人祭起十二品莲台，准提道人祭起七宝妙树，一起往前方的普明香岩山发出圣力。如同一块巨石落入海中，起了一股浪潮来，而那浪潮的中间便现出了一条通道。

两人当即顺着那条通道进了普明香岩山，去找昊天。

“师兄，就算我们找着了真的昊天又有什么意义呢？难道要带去天庭揭穿那个假昊天吗？”准提道人问。

接引道人道：“这个，我自有安排。”

准提道人便也不再多问，只是跟着往那山上的木屋和木亭处而去。

一片火焰般的枫叶林中，有几间木头上长满了青苔和荒草的小屋。

木门吱嘎一声被打开。

一个身着白衣的少年踏步而出。

很久以来，世人在想，若这天下都由自己一人说了算，那会是一种何等的风光惬意。而他在这普明香岩山中，被困已无数年，在这一方世界里，一切都属于他，什么都由他一人说了算。然而，他却觉得活着是一件如此索然无味的事。

人生拥有再多，也不见得快乐，最大的快乐，还是要与人分享。

他竟突然想回曾经的国家去，当那国家的君王，他将会做得更好。

因为，在这山中无数年，他似乎明白了活着的许多真相。

活着，是要与人为伴的。

他的眼睛猛然一亮，竟看见了两个道人。

这使得他那空寂如海的心里一下子就荡起了希望的浪花。

无数年后，他竟然再一次见到了人！

那两个道人从树巅上行过，从无路的荒草上行过，身边祥云瑞气环绕，一看就是悟透大世界的圣人之辈。

若非圣人之辈，如何进得了这普明香岩山。

或者，就是他们将这普明香岩山画地为牢，困我数年而不出？

总之，他似乎看见了希望，也接近了真相。

接引道人和准提道人落在昊天面前互相对视。

昊天先开口问："不知两位仙家所来何事？"

接引道人问："想出去吗？"

昊天道："当然。"

接引道人道："那就走吧。"

"我能不能问几个问题？"昊天问。

接引道人道："说吧。"

昊天问："是两位仙家将我困在此处吗？"

接引道人道："当然不是。"

昊天道："如若不是，那又是谁呢？两位仙家又是如何找到我的呢？"

接引道人道："水落方能石出，早晚你会知道真相。你现在跟我们走，便是去看见真相。"

"这样的吗？"昊天道，"那好吧。"

"那走吧。"接引道人道。

昊天又回头看了眼木屋。

突然之间，曾经那么迫切想要离去的心情，在此刻竟有无限的不舍和惆怅。

有些东西，经过时间沉淀以后，你总能看见不一样的意义。

而这里对他的意义，如同鲜血流淌于身体。

一个人哪怕再孤独，都会总有一些东西陪伴，哪怕这些东西从不曾言语，但他们默默的陪伴并不会比善言语的人更薄情。

昊天走回木屋，看着屋子里的一切，仿佛那些从不曾言语的东西此刻又在对他说着千言万语。

这千言万语都化作过往。

那每一个日出日落，那些他静静地坐在门前听风、看雨、赏雪、数星星、看花开花谢、草木枯荣，回首过往，幻想未来的岁月。

而这一切，也像一场日落，一场融雪，一片飞花。

终究会告别。

金色的余晖之下，昊天一步一回头，随着接引道人和准提道人离开。

那道被夕阳拖长的身影，渐行渐远。

最终消失不见。

第 11 章　两教相争，各有居心

镇元子回了昆仑，到玉虚宫见了元始天尊，说了在灵山见到地藏之事。

“没想是这西方教主捣的鬼！”元始天尊的脸上有了些怒意，“我之前还以为，是我那已经消失了的通天师弟指使这地藏帮孙悟空与我掰手腕，没想到，却是那看起来一派谦恭、道貌岸然的西方教主！”

镇元子道：“我在灵山转了一圈，发现灵山雷音寺后面有一片菩提林，总觉得有什么不对劲。”

“有什么不对劲？”元始天尊问。

镇元子道：“我总觉得那是一片虚像，而它的背后藏着强大的玄机，令我充满好奇却又莫名忌惮，我知道以我之力，看不破那道玄机，若强行走进去，只怕出不来。”

元始天尊道：“世人知有西方教已久，也知西方教主已久，但西方教门人却是永远的谜。没人知道西方教有多少门人也没人知道谁是西方教的门人，更没有人知道西方教的门人都在哪里。但可以想象，西方教的门人，在一个常人不知的世界里，也许，就是你看见的菩提林，那灵山雷音寺的后面有这么一个不为人知却又深不可测的世界。”

“看来，这西方教主的心机是真深。”镇元子道。

元始天尊道：“是时候摊牌了，你去调阐教护法军，等我命令。”

镇元子应声，当即离去。

元始天尊也乘九龙沉香辇出了玉虚宫。

此时，姜子牙已受命从太公山赶来天庭，正在天庭上受玉帝之命，从李靖手中接管兵符。

姜子牙拿着兵符准备出去调兵遣将。

突然一阵仙音嘹亮，九条飞龙拉辇而进。

“老师。”姜子牙赶忙恭敬见礼。

元始天尊道：“你且回来。”

姜子牙也不问为何，只应了声是，便退回大殿。

元始天尊看着昊天大帝道：“妖猴之事，暂时搁一搁吧。”

昊天大帝问：“天尊有何高见？”

元始天尊道：“先前闯地府救囚徒和在九湾河救妖猴的地藏，就居于西牛贺洲的灵山，且这一切都是那西方教主在背后怂恿的结果，那西方教一直欲图我东土，今既有把柄在手，正可借机兴师问罪，亡了他教！”

昊天大帝一惊：“是吗？那地藏竟是受西方教主怂恿，天尊可有证据？”

“当然！”元始天尊道，“若无证据，我岂能上门去找他。”

昊天大帝愤然道：“那西方教主竟真的包藏祸心，真是其心可诛，天尊觉得该如何兴师问罪？”

元始天尊看着姜子牙，道：“你立刻调五百万天兵神将，与我一同前往西牛贺洲，去围了灵山，让那西方教主给个交代！”

“五百万天兵神将？”姜子牙一愣，“这……恐怕调不了吧？”

元始天尊问：“如何调不了？”

姜子牙道：“我找李天王做过一些了解，这天庭兵力一共也就两百万，他与孙悟空厮杀，折损天兵三十余万，如今也就剩一百多万了。天河水军，以及南天门守军共八十万，得留守天庭，能调走的不足一百万了。”

元始天尊道：“那四海八荒五岳和地府兵力呢？”

姜子牙道：“地府和五岳兵力也本有百万之众，但被孙悟空打亡了半数，如今在修整之中。其余地方加起来的兵力总数倒也有数百万，但却都镇守一方，以防妖魔作乱，或可适当调动部分，离五百万之数，恐是远远不够。”

元始天尊道：“那就有多少调多少吧！”

姜子牙道：“是！”

元始天尊道：“人马准备好之后，来兜率宫你大师伯处找我。”

说罢，便乘九龙沉香辇来了兜率宫太上老君处。

老君正在兜率宫后方的青草坪上放牛。

本来，天庭封神之后，鸿钧老祖有意让他来引导昊天，总管天庭，便使众神和昊天尊其为太上，称老君。

以他的身份，本可以住天庭最中心的九重神楼。

但他却无心天下，只沉迷于炼丹和放牛，于是就在天庭边缘的偏僻之处选了个地方建兜率宫。

因为兜率宫旁边没有那么多拥挤的宫殿，有很宽阔的空地，他便在空地上种了许多草，用来放牛，日子过得极为悠闲。

那众神虽然当面尊重他，暗地里却无不笑他傻，这大好的天下、无限的荣华是多少人穷其一生的梦想和追求。他却只知道放牛。

却没人知道，他每天看着牛只要有草吃，便再没有别的奢望，也不与人争吵，不与人结仇怨，那种境界才真真正正应该是神仙之上，超凡入圣的境界。

即便是那草，也胜过那人或神仙许多。

满地的草，被牛不断地吃光，却又不断地长出来，从没有抱怨，也没有放弃，无论牛怎么吃，它们都能重新长起，绿油油的，遍地都是。

那人或神仙，谁不笑话牛或草呢，却不知道，他们比牛或草都不如。

世间处处都有道，而且不乏让人开悟的大道，只是世人不觉而已。世人不觉，反倒怨这天、怨这世道，或怨别人，给予的少。

这世间纷纷扰扰、吵吵闹闹，都是没有活明白而已。

老君透过天幕看向人间，不由一声轻叹。

“怎么，师兄放牛，为何你在一边，牛在一边？”突然传来一个声音。

老君不用看也知道是谁，淡然答道：“你能看见的距离，根本就不是距离。你觉得我们不在一起，其实，只是你看不出来而已。”

“嗯，我懂。”元始天尊道，“有些看着在一起的人，其实隔得很远，譬如貌合神离；而有些隔得远的人，其实在一起，因为心有灵犀。”

老君道：“我知道你懂的多，有事说事，莫绕弯子！”

元始天尊道：“行，那我就有事直说了，有件极重要的事需要师兄帮忙。”

老君问："不会又是对付那妖猴吧？"

"那倒不是。"元始天尊道，"那妖猴之事，还不至于要来请师兄帮忙。"

老君问："还有比妖猴反天更大更难的事？"

元始天尊道："是的。"

老君问："什么事？"

元始天尊道："西方教的事。"

"西方教的事？"老君皱眉，"西方教有什么事？他们也反天了？"

"反天倒没有，不过，也差不多了。"当下，元始天尊便把大概情况说了一下。

"这个……"老君道，"我觉得你去找人家有点多余，没有什么道理。"

元始天尊道："他收我门人，且暗中帮助反贼，欲来东土传教，为天庭大患，为何找他还没道理？"

老君道："你我修道之人当知道，要入我门，必得人愿。你门人愿入他西方教，那是你教导无方，至于说他暗中帮助反贼，人家暗中帮，其实已顾及彼此情面，若不顾彼此情面也就明帮了，既人家都顾着这情面，你何苦去撕破？"

元始天尊道："然而，他做这一切，都是想使西方教入我东土，若等那天到来时，就为时已晚了！"

"什么为时已晚了？"老君道，"谁说这东土只能你阐教传道，不能别的教来传了？这天下众生只要不做伤天害理之事，他们愿信谁是他们的权利和自由，你凭什么非要人家只能信你呢？你阐教普度众生，他西方教也是普度众生，既然都是普度众生，为什么只能你普度，不能别人来普度呢？”

“这……”元始天尊一时语塞，“理是这个理，可有时候理不是这么论的。”

老君问：“那你觉得该如何论？”

元始天尊道：“这天下王道，谁强，谁决定这世间是非黑白。若人强时，我为鱼肉，是以，必得我强，方有路可走。”

老君道：“我们修的是大道，你为何要论王道？”

元始天尊道：“自己的道是大道，然众生的道，大道度不了，只能王道。若不然，那西方教两位教主也是成圣道者，为何借封神之机暗收我门人，又借地藏之手暗助逆天妖猴，可见他们修的也不是大道，而是王道。若他人欲争，我如何能放？若不然，师尊为何至今还在玉京山紫霄宫内？你该知道，天庭也好，封神也罢，都是因王道而生，而非大道。师尊都没能成就那理想之道，尚有杂念，何况你我？两百年前的硝烟才散去不久，如今是短暂的太平之时，你我皆可静心求道。若有一天，妖族崛起，魔族重来，要逆这道，你是以大道服人，还是以王道？”

“行了，行了。”老君道，“你知道我爱清净，却总喜欢跟我长篇大论，每个人有自己心中的道，也都觉得自己的道是对的，你说服不了我，正如我说服不了你一样。我不想你我如当年你和通天师弟一样，各为了自己心中的道，闹到生死相见。”

元始天尊道：“当年，师兄你不是也觉得是通天师弟的道不对吗？”

老君道：“是，当年我是觉得他不对，可又悟了这么多年之后我才发现，当年是我浅薄了，一个浅薄的人认为别人不对，错的其实是自己。只是，那些事已成遗憾，终究无法挽回了。我也没有想明白，是祖师教我们众生平等，为何后来要嫌那披毛带角、虫卵湿生之辈？一个修道的圣人，推翻了自己振振有词的道，还把信这道的人打入了万劫不复的黑暗，这何其荒唐？”

“然而，你此刻又何尝不是在推翻曾经的自己呢？”元始天尊问。

老君无言。

元始天尊又道：“我们都是悟透了三千世界的圣人之辈，都可超脱这三界之外，不问这世间，可这天下的局已摆好，我们是执棋之人，灾祸无处不在，我们能将眼一闭，念一声无量寿佛，什么都不管，任我门人和这天下都自生自灭吗？”

“行了！”老君道，“你别和我讲这些所谓的道理了，你要我帮，我便帮你吧。”

元始天尊微微一笑：“这就对了嘛。”

老君却在心里深深地叹息了一声。

都是师父的徒弟，这么多年的师兄弟，师尊也有叮嘱，天庭之事他得担待点，他能怎么办？这么多年了，他一直想跳脱出那些纷纷扰扰，图个清静自在，然而，却始终没能跳得出来。只要和这世间还有牵扯，就总有断不了的麻烦。

镇元子带了一万阐教护法军，姜子牙带了三百万天兵，还有阐教中可独当一面的仙人之辈，都跟随元始天尊和老君一起，驾云直往西牛贺洲灵山而去。

一路上，风云变色，烟尘滚滚。

遥遥看见灵山。

姜子牙一声令下：“给我围起来。”

三百万天兵四散而开，将灵山方圆十里之地都围了个水泄不通。

元始天尊和老君向灵山靠近。

南极仙翁、太乙真人、玉鼎真人、灵宝大法师、广成子、赤精子、清虚道德真君、黄龙真人、道行天尊等都跟随左右。

镇元子也率一万阐教护法军跟随其后。

“接引道人，赶紧给我出来！”元始天尊在云端威严喝道。

雷音寺中，接引道人缓步走出，抬眼看了看大兵压境的阵势，并没有半分意外，而是如见老朋友般微微一笑：“是老君道友和元始天尊道友大驾光临灵山，真使我灵山蓬荜生辉，赶紧下来喝茶叙旧吧！”

元始天尊板着脸：“你我之间，恐怕已没什么旧可叙了，倒是有些事，你得给个说法！”

“哦？”接引道人还是淡然而笑，“有什么事找我要说法呢？”

元始天尊道：“你这是和我揣着明白装糊涂啊，你看这情形，就该知道你做的那些见不得人的事已经见人了吧！”

“此言差矣。”接引道人道，“我修道之辈，凡事问本心，所做之事，皆光明正大，没有什么见不得人的。”

“还在装？”元始天尊道，“行，我让你认一个人，看你怎么说吧！”

说着，便向后面的镇元子招了招手。

镇元子上前来。

元始天尊看着接引道人问：“还认识他吗？”

接引道人仍不觉意外，还微笑着打了个招呼：“镇元道友？怎么了？”

元始天尊道：“你怂恿地藏去地府，还救妖猴孙悟空，你还问怎么了？”

“这事？”接引道人还是微微一笑，“这委实与我无关，我只与地藏大师论道，说起天庭地府，是地藏大师觉得，这天地本来是众生的，为什么人间要有朝堂，天上要有天庭？这世上为什么要有监狱和地府？为恶之人当关押，当惩罚。然而，那被关押和惩罚之人真的皆是有错有罪之人吗？未必吧。还有，天庭昭告天下，说妖族食人，这是弥天大谎啊。妖在深山，长于丛林，靠天地灵气草木精华而修行，如何食人？食人的，对人间有罪的，只有人自己。当然，也或许还有——神。地藏大师问本心，同情那妖族，便去做了。我也挺佩服地藏大师能有如此慈悲公道之心，为弱者挺身，但却不是我要他去做这些的。”

元始天尊问：“就算不是你指使，你可知天条之中，有一条叫逆天之罪，知情不报，视为同罪？”

接引道人淡然笑道：“天条是你们定的规矩，拿你们定的规矩来作为衡量别人的标准，就有点不大合理了吧。要不，我觉得，谁见了我不拜我，就是有眼无珠，该剐杀了？这有理吗？天庭把名山大川、天材地宝都说成是自己的，把神之下的众生都视为低等，你们还要别人认可你们的做法，如若不然，便是有罪，这天下还有理吗？还是说，天庭就是理？”

元始天尊的脸色变了变，道：“看来，你是想把这脸彻底撕破，要用翻脸的法子来解决了？”

“道友莫激动。”接引道人道，“事已至此，我倒是觉得，元始天尊道友和老君道友如果信得过我，也为这天下着想，不如落下云头，来我寺中小坐，我们好好聊聊，如何？”

元始天尊问：“事到如今，你觉得还有什么可聊的吗？”

老君道："人家说愿意聊就聊嘛。有些事，在大庭广众之下聊起来想必也是影响不好，关起门来聊还是有必要的，你何必一再抗拒呢？"

接引道人道："还是老君道友是明白人。"

老君这么说了，元始天尊也只有答应了，便吩咐镇元子和姜子牙把四周看好，没有命令，一只苍蝇也不能放出去。

哪知按落云头之时，老君却在他耳边小声道："今日，你得输给这个接引道人。"

元始天尊一愣："为何？"

老君道："你没看出来，他对你的到来并不意外，且自始至终都很淡定，胸有成竹？这说明他早料到这一切且早有准备了。"

"那又如何？"元始天尊道，"他再如何准备，西方教还能强过天庭？"

老君只是一笑，不予置评。

元始天尊和老君进入雷音寺。

接引道人和准提道人如接待老友一般迎着奉茶。

元始天尊却始终板着个脸。

他觉得彼此没什么可客套的了。

两方坐定后，元始天尊就咄咄逼人："你有什么花招就尽管使出来吧。"

接引道人微微一笑："道友言重了，我只是有一个问题想请教两位道友而已。"

元始天尊问："什么问题？"

接引道人道："那三十三重天的凌霄殿上坐了一个昊天，称大帝，曾为光严妙乐国太子，而在普明香岩的山中也有一个白衣飘飘的少年叫昊天，也曾是光严妙乐国的太子，后于山中悟道，悟着悟着却再也走不出那座山了。他也不知自己被困在那山里多少年，然而，当他被困在那山里时，外面却有一个和他身份一模一样的人做了天帝。我悟透过三千世界，却没有悟透此事玄机，不知两位道友能否为我释疑？”

“这……你……”元始天尊脸色一下子就变了，“你到过普明香岩山？”

接引道人道：“我云游四方时，恰好到过。”

“到过？”元始天尊问，“你能进山里去？”

接引道人问：“怎么，道友觉得那山有什么蹊跷，很难进得去吗？”

元始天尊道：“既然话已说到这里，你有什么话就直说吧，不要跟我绕弯子了！”

接引道人道：“道友还是没有听明白我的意思，其实话说到这里，很多事都已经说明了。同一个世界存在两个同样的人，而且还是天帝，这是会掀起轩然大波，甚至改天换地的，我并没有把这事说出来，已是为天庭着想，为了故旧着想。所以，道友又何必抓着我的一丁点儿是非大做文章呢？大家各自安好，岂不是两全其美的事？非要反目成仇，弄得天下大乱，鸡飞狗跳吗？”

元始天尊道：“你说得倒轻巧，你以为我不清楚你在打着什么样的算盘、谋着什么样的局？”

接引道人道：“道友这话可就过了，我除了想传道，普度众生，没想别的。”

“是吗？”元始天尊问，“你敢带我去看看你灵山后的另一个世界吗？”

“看了又如何？”接引道人问，“看了就把灵山后的世界和两个昊天的事一起公之于众吗？”

元始天尊问：“你是想用两个昊天的秘密来威胁我？然后找机会使西方教入主东土，取代天庭？”

“非也，非也！”接引道人道，“我说了，我从未想过要取代天庭，亦未想过要与道友翻脸，若是想了，我早将两个昊天之事公之于众了。这样做，于我没有益处，我修道，是为普度众生，而非白骨累累。”

“那你为何要在灵山之后藏另一个世界？”元始天尊问。

接引道人道：“这天下从来不太平，多少教派湮灭于时间的长河里，无论修的是什么，都得有力量，才能保护好自己。这是自保之法，道友想必也懂。”

“行，我再问你一件事，看你敢不敢承认。”元始天尊道。

接引道人问：“何事？”

元始天尊问：“你是不是借封神大战趁火打劫，收了我门人？”

接引道人道：“我收了你门人不假，但却非趁封神大战之机，更不是什么趁火打劫。那阵亡之士，恰与我有缘，我便收了。道友该知道，修道之辈，信一个缘字，错一有缘人，道损过三尺。既有缘，我自不能视而不见。若真是趁火打劫，那封神大战，伏尸百万，我得收多少啊！”

“你这就是强词夺理，你分明就是……”

“好了好了，说那么多废话干什么。”老君打断了元始天尊的话，看着接引道人，“这事深究下去没有意义，接引道人道友说不与天庭为敌，不会挑起这天下兵戈战火，是真的吗？”

接引道人道：“绝对是真的，而且未来天庭或道友若有需要，言语一声，我西方教仍会如封神大战一般竭力相助。”

老君道：“既如此就好，看来这就是一场误会，大家说开了就好。”

“那普明香岩山的昊天呢，是还在那里，还是被你带走了？”元始天尊突然问。

接引道人道：“他既脱困，自然不会留在那里，但至于去了哪里，我却也不知，我们不再计较这事，翻篇过去如何？”

“走吧，人家都说了，不会与天庭为敌，不会挑事，不就行了嘛。”老君见元始天尊还想追究什么，就拉了他一把。

元始天尊终究也没再多说，虽然心中不悦，却还是与接引道人和准提道人拱手告辞。

很快，将灵山围了个水泄不通的天兵天将就撤得无影无踪了。

“师兄，你不是想让西方教入东土，为何不借昊天之事向天庭提条件？”准提道人不解。

“向天庭提条件？”接引道人问，“你是想让这点起来的火烧得更大吗？或者，你真以为那元始天尊会接受这种威胁，答应西方教入东土，受人跪拜？”

准提道人道：“只要将两个昊天之事公之于众，便可使天庭陷入危局，他们敢不听从？”

接引道人道：“你想得太简单了。两个昊天之事可使天庭陷入一时被动，却是终不可将其撼动。”

准提道人不解：“为何？”

接引道人道：“你就算今日打了那些凡人的脸，挖过他们的祖坟，明日只要给一点好处或希望，他们又会信你跪你，他们若知两个昊天之事会起一阵哄，然而只要天庭找个好点的借口，便可将他们敷衍过去。”

“凡人好忽悠，可那天庭神仙呢？”准提道人道，“他们若知道自己每日所跪拜信仰的天帝是个假的，必不会善罢甘休的吧。他们若乱，天庭岂能不倒？”

接引道人道：“你还是想得太过简单了，不了解那天庭神仙，他们知道天帝是假的，虽也会闹一闹，然而却不可能让天庭倒。”

“是吗？”准提道人问，“这又是为何？”

接引道人道：“道理很简单，只要天庭在，那神仙就都是受益者，说得再简单点，天庭说起来是天下人的天庭，其实就是那帮神仙的天庭，他们占着最大的威严，得了最多的好处，他们会不惜一切维护天庭的稳定。反之，若天庭倒了，他们何去何从？重新沦为草莽？不会的。假昊天之事会让他们尊严上有些受伤，会闹一闹，但只要元始天尊给他们一点承诺，他们就会为了自己的利益选择和元始天尊一起来维护天庭稳定。更何况，天庭神仙大多数都是阐教门人，听命的是元始天尊，他们岂会砸了自己的缸？”

准提道人问：“这么说来，假昊天之事对元始天尊和天庭竟无半点用处吗？”

接引道人道：“用处肯定是有的，若是闹出来，天庭肯定会乱，至于乱成什么样，这是元始天尊也难以预料的。就算能解决，也足够他头疼；若是解决不了，就可能会使天庭毁于一旦，世上任何一种较量，都没有绝对的输和绝对的赢，都看概率。所以，博弈，博的都是概率。我不将假昊天这颗棋子公之于众，是因为我也看不到胜算，或者说，就算有胜算，代价也会很大；元始天尊不敢碰这颗棋子，是因为他也不确定自己能不能摆平这乱局，至少他还没有足够好的应对之策。因为比凡人和神仙这两道坎都难跨过去的，是西方教！”

准提道人问：“所以，元始天尊现在还没到撕破脸的时候，是因为他还没有胜算？”

接引道人道：“准确地说，老君才是明白人，他知道西方教手里握的这颗棋子意味着什么，知道追究下去，再怎么样都是两败俱伤。老君心中无名利，他不想生事，所以选择了各退一步。”

准提道人点了点头：“那你说的让西方教朝阳破云，照耀东方，又如何实现呢？”

接引道人微微一笑：“你忘了你那徒弟孙悟空了？待他与元始天尊斗到人困马乏之时，方才是我登场之日。”

准提道人恍然：“原来，你是想坐山观虎斗，鹬蚌相争渔翁得利？”

接引道人道：“若不然，你以为我为什么会把假昊天这颗棋子捏着，而不祭出去？因为没必要。唾手可得的东西，不必动手去抢！”

准提道人点头，似乎明白了什么，却又不大明白。

离开后的元始天尊想了又想，觉得那西方教主颇有心机，他们捏着昊天这颗棋子，终非善事，就该今日踏平灵山。

老君问：“你清楚西方教到底有多大的实力吗？”

元始天尊摇头：“不知。”

“那不就得了？”老君道，“你连对方的真正实力都不清楚，哪来这么大的自信去踏平人家？”

元始天尊道：“虽然我不清楚西方教的真正实力，但我至少清楚一点，西方教的实力再强，也绝对比不了今日之天庭和阐教！”

老君道：“你这么说，大概是忘记了一些人一些事吧！”

元始天尊问：“我忘记什么了？”

老君道：“你还记得通天师弟吗？你用封神一战，使整个截教覆灭，世上虽无他的消息，你可知他是否在想念你，会在某个时候突然回来找你？还有，那花果山竖起齐天大圣旗帜的孙悟空也成圣了，率有数百万伐天军，你当他是空气呢？你就算比西方教的实力强一半，若打下来，你把西方教灭了，你能以一半疲惫之军对付孙悟空的数百万伐天军？”

元始天尊不说话了。

是的，若天庭与西方教开战，孙悟空必在后方趁火打劫，天庭被前后夹击，必危矣！

老君继续道：“所以，别以为一切都在你的掌控之中，世事变化莫测，那西方教纵有再多不是，也是以普度众生为己任，接引道人和准提道人毕竟也是慈悲为怀的圣人，没有杀伐之心，你又何必咄咄逼人？”

元始天尊道：“师兄你是没看出那西方教打的什么主意吗？他们是想让西方教入东土，使我阐教势弱，而独占鳌头！”

“这有什么？”老君道，“这天下哪个修道之人不想成大圣？哪个立教之人不想收门人，被天下人信奉？无论神仙凡人，还是圣人，私心总是有的，有时候还是要学会睁只眼闭只眼，留个情面。不要动辄觉得自己厉害，可以灭了别人。四处树敌，终有一亡。”

元始天尊没再说话。他希望这东土之上，这四海八荒，都是阐教之光。所以，纵然西方教也是为普度众生而来，他也不想让西方教来。

回到玉虚宫后，元始天尊召姜子牙前来，问姜子牙打算如何征伐孙悟空。

姜子牙道："其实，弟子没打算立马出兵花果山。"

"哦？"元始天尊一愣，"不立马出兵？为什么？"

姜子牙道："弟子对孙悟空的伐天军做了些了解，共有兵力两百万以上，占着傲来国中七大险峰，尤其是那积雷山玉面狐狸也投靠了孙悟空，将积雷山作为伐天军屯兵之地，那积雷山有万雷阵，需有四大圣人之力方可破之。孙悟空也是阵法高手，虽然风刀阵法被李天王破了，但他还会布下厉害的阵法来。如今若以天兵强攻，虽可定胜局，但伤亡必大，弟子觉得，或可先用智谋，再用强攻，则事半功倍！"

"嗯，你说得有理。"元始天尊问，"那你有什么智谋吗？"

姜子牙道："天下之法，须借天地之气。若天庭使傲来国内无雨，那山川万物失去滋润，亦失灵气，自会使孙悟空的伐天军战斗力大打折扣，而且长久无雨，那妖众必慌，心理战术也奏效，再看准时机攻伐，必一击而溃也！"

"嗯，这倒是个好法子，不过……"元始天尊道，"只需使伐天军的七大险峰长时间无雨便可，没必要使整个傲来国都长久无雨吧。"

姜子牙却道："必须是整个傲来国都无雨。"

元始天尊不解地问："为何？"

姜子牙道："这是心理战。若使整个傲来国都长久无雨，天庭再公布其因，乃是孙悟空聚妖反天，使得天怒人怨，所以有这千年不遇的大难，那时傲来国人都会视孙悟空及伐天军为不共戴天之敌，他们会自发地去声讨和攻伐孙悟空的七大险峰，以灭孙悟空而后快。"

元始天尊道："然而，这些乌合之众又岂能给孙悟空和伐天军造成威胁？"

"当然能！"姜子牙道，"虽然从法力上来讲，这的确是一群乌合之众，但他们却会像剧毒之蛇一般。孙悟空若是动了杀心，自然可在弹指一挥间灭了他们，然而，这就坐实了妖族和孙悟空的恶毒残暴行径，引起全天下人的激愤，孙悟空便成了过街老鼠，那时我们再出手，不但可轻而易举擒拿孙悟空，还可赢得天下的无比尊敬。"

"高，确实是高！"元始天尊极为赞赏，"想不到，你的兵法韬略又上层楼，使为师也刮目相看了！"

姜子牙亦喜不自禁："封神战后，弟子一直在想，这世间之力，除圣法可以一敌雄狮百万之外，还有就是兵法！是以，弟子回顾了开天辟地以来，各大战场对决，深悟兵法，略有心得。"

"很好，很好！"元始天尊大喜道，"你在兵法之上有如此造诣，妖猴之事，我便放心了。"

姜子牙道："老师只管放心，先让孙悟空受那凡人牵制，我再借此时机训练天兵攻伐战阵经验，届时我以猛虎之师对孙悟空疲惫之军，他必亡无疑！"

元始天尊点头："好，难得你有如此进步，替我分忧解难，来，这个给你吧。"

说着便将一火红色瓶子递了过去。

"这是什么？"姜子牙问。

"肉身成圣灵丹。"元始天尊道，"还有最后一粒，给你吧。你的兵法过人，须有圣力加持，方可如虎添翼，如鱼得水。"

姜子牙大喜，连忙跪谢。

离开玉虚宫时，姜子牙感觉整个人都在飘。

犹记得他当年在昆仑修道，元始天尊说他资质差，悟性差，修不来不死之身神仙之体，如果足够努力，可以享一享人间富贵。那时他真绝望，他都六七十岁了，如果修不成不死之身神仙之体，还能享什么人间富贵啊，没几年两脚一蹬两眼一闭，就驾鹤西去了。

他长吁短叹过自己的命运。然而，封神拜相，助周灭纣，劳苦功高，元始天尊竟直接封了他大罗金仙，硬是以仙灵之丹把没有修道天赋的他变成了神仙之体。

成为大罗金仙的他，又开始仰慕圣人，甚至觉得哪吒和杨戬这种师侄小辈都能肉身成圣，真是羡煞人也。然而，他确实没有什么修道天赋，在太公山上，悟十年、二十年，他的道法境界都没有精进。

他去找过元始天尊。元始天尊说他的资质和悟性不适合修道法，他是修不成圣道的，能有个大罗金仙之体，就算圆满了。他又一次感到失落，于是放弃修道，只潜心研究兵法。

如今兵法成，没想元始天尊竟又破例，给了他肉身成圣灵丹，这让他特别感慨。

人生啊，你看着的是失望绝望，却永远也不知道什么时候就冒出来了希望，所以，没有任何人可以决断你的命运，只要你真的努力，有时候总有意想不到的奇迹。

姜子牙心花怒放，骑着四不像，耍着打神鞭，直往凌霄宝殿而去。

孙悟空并不知道一场大危机即将来临。他只知道的是，托塔李天王大败而归，天庭必然还会有一场狂风暴雨般的攻打。但他并没觉得这是个什么事。

他早就赌下了生死，与敌人血战，只会使他心中猛虎狂啸。

他现在唯一要做的就是，做好战斗的准备！他每日都在加紧训练伐天军的架云之术，并督促牛魔王等六大妖王也加紧训练手下兄弟。然后，他也会在安静的时候继续开悟三千世界。他在造物火炉中悟出来的三千世界，还只是三千大世界的第一层，后面还需要更大的提升。

紫霞每天会在花果山上摘很多的野果、挖很多的野菜做给他吃。

有时候，他看着紫霞的样子，还是忍不住动容，也会想起当年轩辕坟中的那只白狐来。

想起那一夜皎洁的月光下，她为他跳的那一支舞。

如果他只是一个凡人或只是一只普通的妖，他想他会娶紫霞的。

然而，他是齐天大圣，他担负着伟大的使命。

他必须成就真正的大圣，去与天斗，与地斗，与鬼神斗，赢得他和妖族的自由与尊严。

而成圣就必须抛开情欲，半点不可动心。

这世上许多东西，都得用失去来换。

成神是，成圣亦是。

皎洁的月光下，紫霞看着他的那双眸子溢满温柔，而他却一脸的无悲无喜，然后将目光转了开去，看向山那边的海。

好几天没有下雨了，那海在不断地枯竭，这似乎是个不好的兆头。

紫霞还是看着他。哪怕是看着他的侧脸，她都觉得他魅力无敌，令她芳心一阵狂乱。

是的。

她比从前更爱他。

跟在他身边的日子，她将他看得更清楚，觉得他是真正当之无愧的盖世英雄。

强大，正直，果敢，气吞山河，一呼百应。

然而，她也感觉得出来，这么长的时间过去，他对她还是冷冰冰的，并没有给她半点温柔。

有些热爱，总是求而不得。

虽然能在身边就好，却还是难免惆怅。

“我觉得有些不大正常。”紫霞突然道。

“怎么不正常了？”孙悟空问。

紫霞道：“你踏平了地府，又打败了李靖，使天兵伤亡无数，天庭应该派重兵来围剿你，然而，数天过去，却毫无动静，这不应该啊。”

孙悟空道：“没什么不应该，天庭未动，肯定有谋划。如今伐天军会驾云之术的不多，仓促之间打上天去，我们也没有胜算，亦不敢轻举妄动。为今之计，也只能以不变应万变，等待宁静之后那场暴风雨的到来。”

“说得也是。”紫霞道，“只是不知道，那一天到来时，我们的命运又将会如何？”

孙悟空目光落在那遥远的海上，淡淡地说：“只要是做对的事情，做自己想做的事情，管他命运如何，只管去做，莫问前程。”

“可是……”紫霞迟疑了下，“我有时候就在想，如果自己也能像个凡人一样，可以有自己的家、有自己的孩子、有一份完整的幸福该多好，你想过吗？”

“想什么啊！”孙悟空道，“你只是看到那凡人的幸福，却没看到凡人的痛苦。他们弱小，又看不透世间真相，以为向神下跪，就能换一世安稳，却不知，他们只是神之下的一颗棋子。他们努力了一辈子，也逃不过生老病死，要经历无数次的生离死别。你是仙子，你是体会不了那种痛苦的。我曾经平凡的时候，知道身为弱者之不幸！”

“好吧。”紫霞道，“其实是我觉得你如今已足够强大，可以有个孩子，继承你的衣钵的。”

孙悟空看了紫霞一眼，其实知道她心里想什么，他还是淡然地道：“没这么想过！”

紫霞道：“真的可以想想，小孩子挺可爱的。”

孙悟空道：“这是不可能的事，从前不可能，以后也不可能。我孙悟空这辈子都只会想着一件事。”

说罢他抬头，看向那浩瀚苍穹，咬了下牙，道：“我要带伐天军打到那天上去，哪怕穷我一生之力，也要改天换地！”

说罢，他也不管紫霞，自顾自地走了。

紫霞站在那里，已说不清自己心里的爱恨。

或许，兼而有之吧。

第12章　大师用兵，高人斗法

时间一天一天地过去。

傲来国内的天一天比一天晴，烈日如火，落在大地上，地面都干出了裂缝，庄稼干死了，树木枯死了，就连那曾一望无涯的东海也干涸了。

那傲来国人日日拜神求雨，却也无用。

后来，天庭下来一纸诏书，说是傲来国内花果山猴妖孙悟空作恶多端、桀骜反天，傲来国人对这些犯上作乱的妖视而不见，有帮凶之嫌，惹怒了天庭，昊天大帝决定惩罚傲来国人，整个傲来国内将三年无雨。除非花果山平，孙悟空死！

知道了真相的傲来国人，不由得对孙悟空破口大骂，一时群情激愤，决定要为民除害，踏平花果山，灭了孙悟空。

傲来国人满腔怒火、一身正气地扛着锄头、带着铁锹，浩浩荡荡地往花果山而来，想找孙悟空兴师问罪。

一路上，他们气势汹汹地喊着激动人心的口号：

“踏平花果山，灭了孙悟空……”

“踏平花果山，灭了孙悟空……”

那怒吼之声此起彼伏，如同浪潮。

浩浩荡荡的人马赶到花果山下，却又踟蹰不前了。

他们毕竟只是凡人，看见伐天军的那些妖都长着一副凶恶的嘴脸，想起关于妖法力无边还吃人的种种传说，就不由得心里发怵。于是就只想着让别人冲上前去，自己跟在后面。

然而，人们都是这么想的，谁也不想冲到前面去面对那些可怕的妖，于是只是口中喊得厉害，却原地不动。

那妖挥一挥手中武器，还吓得他们一阵倒退。但他们口里还在倔强地喊："让孙悟空出来受死，我们要踏平花果山！"

因为孙悟空有令，凡妖族一律不可伤人，伐天军只伐天庭，只与神战，不能伤及凡人。所以，尽管那一众凡人逼近花果山下，伐天军却也没有动手。

孙悟空此时正在花果山后山，看着那新垒起来的土堆，想起那些为了守卫花果山而战死的妖族兄弟，心里就莫名悲怆。

接着，他就听到了从后面传来的吵闹声，想去看时，穿山甲王已飞快跑来向他报告了情况，还狠狠地道："这些作死的凡人简直愚蠢至极，天不下雨，却怪罪到我们身上，大圣你下令，我去把他们都杀了吧！"

沙河上也狠狠地道："是的，这些凡人也太可恶了，弄不清自己的分量，花果山是什么地方，是他们能撒野的地方吗，我一把月牙神铲就能把他们杀个精光，看他们有什么可嚣张的！大圣，你下令吧！"

"都杀了？"孙悟空道，"你是想帮天庭的忙吗？"

"帮天庭的忙？"沙河上一愣，"什么意思？"

孙悟空道："天庭一直在声嘶力竭地告诉世人，妖如恶魔，乱杀人，吃人。你去把这些人都杀了，不就证明天庭说的是真话吗？那么多妖族的否认和辩解岂不是都毁于一旦了？何况，这天下的人，你能杀得完吗？你把傲来国的人都杀了，那天下万国所有的人必都一生视妖为敌，而这正是天庭想看到的，明白了吗？”

沙河上道：“道理如此，可如今那些凡人喊着要踏平花果山，灭了大圣，我们能忍吗？”

“踏平花果山，灭了我？”孙悟空道，“他们都只是些渣渣，能奈我何？让我来看看他们的本事吧！”

说着，孙悟空便架起筋斗云，直接向花果山前山而去。

花果山下，一直排到东海之边，包括那干涸的东海里，都站着黑压压的人，如同蝗灾时的蝗虫一样密密麻麻的。

“我就是孙悟空，谁要杀我？”

一声厉吼如晴天霹雳，唬得那一众凡人肝胆欲裂。

那一众凡人闻声抬头，看见驾着筋斗云在空中的一只威猛猴妖，两眼血红如同烈焰燃烧，牙齿张开如同剑戟排列，顿时吓得连连倒退，还有人双腿发软，当场就栽倒下去！

但还是有一个不怕死的老头子挺身而出，一派义正辞严地道：“孙悟空，你率妖反天，触怒天庭，使天下大旱，民不聊生，简直罪大恶极，人神共愤。今日不管你有多么凶狠，我们也要齐心协力，灭了你，踏平花果山！”

“你说什么？”孙悟空问，“你再给我说一遍。”

“难……难道我说的不对吗？”对着孙悟空的火眼金睛，老头子还是心里发怵，也不似之前那么有底气。

“对什么对啊！”孙悟空道，“你是老糊涂了，还是怎么了？你们这些凡人，也都长着脑袋，却为何没一点脑子呢？这天下大旱无雨，是我让天不下雨的吗？不是。那是谁呢？是天庭，是神啊。既然是天庭，是神不给你们下雨，你们来找我干什么？谁不下雨给你们，让你们没有活路，谁就是你们的敌人，你们就该去找谁，这道理很难懂吗？”

老头子道：“是你反天在先，触怒天庭，他们才不下雨的！”

“你这脑子真是坏成渣渣了。”孙悟空道，“有人要睡你老婆，你老婆不愿意，那个人就去街上杀人，说你老婆不愿意他就杀人，难道官府应该来抓你老婆，说是你老婆不跟别人睡，别人才杀人的？”

“你……”老头子面色一红，“你强词夺理，这不是一码事！”

“好吧，好在你们是凡人，我不屑打死你们，今天就跟你们讲讲什么是道理！”孙悟空摆出一副睥睨天下的气势，“长久以来，你们自己无能，于是信神、拜神、供神香火，卑躬屈膝，比对父母还恭敬孝顺，为的是什么？为的是能得到神的庇佑，使你们能平安无事。若是你们被人欺负，神也该出来惩罚那欺负你们的人，保护好你们。可现在没人欺负你们，是我与神作对，然而那神却挑软柿子捏，他们不敢来打我，反而不给你们降雨。神本来应该保护你们，而今不但保护不了你们，反而降灾难给你们，让你们来帮他对付我？神都拿我没办法，何况蝼蚁般的你们。所以，神就是让你们来送死的，想借我的手杀了你们，用你们的命让我背上一个恶名。然而，妖并不吃人，我也不是恶人，所以我也不想杀你们。当然，如果我真是恶人，你们都已经是尸体了，明白吗？”

说着，孙悟空手挥金箍棒，往一块巨石上一挥，轰然一声响，那块巨石立马就变成了碎石。

“你们觉得，你们的命有这块石头硬吗？你们要是在一个恶人面前这么吼，你们早就死无葬身之地了。”

一下子，那些凡人你看看我，我看看你，他们觉得孙悟空说得有理，可是又不知如何解决眼下的灾难。

孙悟空又道："况且，我孙悟空反天，乃是反天之不公！自盘古天王开天辟地以来，这天下生灵皆平等、自由，在这世界自生自灭。天下，也是众生的天下。而那天庭一朝建立，这天下就都成天庭的了，还把众生分了等级，神仙在上，凡人在下，妖为异类，还制定天条，修建地狱。听话的跪着，不听话的关进去，天下的理，只能他们说了算。我孙悟空不仅是为妖族，也为你们凡人争取平等，你们不知道对我说一声感谢，反倒来怪我，这有道理吗？"

"你既然这么厉害，那你能不能帮我们？"老头子问。

孙悟空问："帮你们什么？"

老头子道："帮我们降雨啊！"

"这……"孙悟空着实为难了。

本来，他所修道法中是可以呼风唤雨，甚至请出风雨雷电之神的，但如今天庭禁止下雨，掌控和限制了所有的风雨雷电之神，使那四方风雨雷电之神不听道法使唤，他便也没辙了。

"都是些可怜人，就帮帮他们吧。"突然传来一个虚无的声音。

孙悟空四下一看，看见花果山对面一座山上的一棵树上盘腿坐着一个樵夫模样的老者，冲他微微笑着。

老者似乎看出了孙悟空的顾虑，继续道："不用担心，我可以帮你降雨。"

孙悟空看了看四周，没人能看见老者，也没人听见老者说话。

看来，这老者也是圣人之辈，而且是大圣人之列，只是隐去了圣光，看起来平凡。

孙悟空很快就想起来，当初他离开方寸山后不知去哪里，后来找一老者问路，老者给他指了花果山。

看来，这老者与他大有渊源，也不会害他。

当下，孙悟空看着那下面黑压压的人群道：“我帮你们降雨可以，但有个条件！”

老头子道：“只要能帮我们降雨，别说一个条件，就算一万个条件，我们也答应！”

其余人纷纷说是。

孙悟空道：“既然神仙已庇佑不了你们，你们便将那些供奉的神仙牌位都砸了，再也不拜那神仙，我自会替你们降雨！”

“这……”老头子一时不敢答应。

毕竟，他们根深蒂固地认为，神仙是不能得罪的，神仙可以决定这世间一切的命运。

“怎么，怕神仙吗？”孙悟空道，“放心吧，那神仙也没什么本事，我不是打平了地府，也打上过天庭，他们把我怎么样了吗？没有。所以，他们一直说他们无所不能，可以掌握天下苍生的生死命运，其实，只是唬人的。我这花果山有数十万妖族兄弟，那天庭神仙一个也奈何不了我们！再说，那神仙们掌握着风雨雷电，却不给你们降雨，你们还信他们干什么？”

“行，只要你帮我们降雨，我们便听你的！”老者终于心一横，下定了决心。

孙悟空道：“可以了，你们回去等雨就是。”

虽然还是有很多人不信，但也没有更好的办法，只好半信半疑地离开了。

孙悟空使纵地金光落到了对面的山上，见到了那老者。

“前辈到底是什么人？”孙悟空问。

他至少知道一点，连他火眼金睛都看不出对方的来历，便可知对方的道法在他之上，而道法能在他之上的，必是悟透三千大世界，甚至三千圆满世界的大圣人。

老者道：“我是谁不重要，总之，我们有缘就行了。”

孙悟空道：“前辈说的能为傲来国降雨，是真的？”

老者道：“当然是真的，若不然，岂不是害你言而无信，坑了你？”

孙悟空道：“可如今天庭掌控着四方风雨雷电之神，使风雨雷电之神不被道法召唤，前辈以何法降雨？”

老者一指地下：“从这里。”

“从这里？”孙悟空一愣，“前辈说从地下降雨？这如何降？”

老者道：“这天下之水，本有两个去处，一个去处是化为云雾，蒸腾去了天上；一个去处则是浸入地下，藏于深层泥土。天庭掌控着风雨雷电之神，却掌控不了这深不可测之地下。你放心吧，即日起，我便帮你，使这傲来国内大雨三日不停。”

“我明白了。”孙悟空顿时狂喜，“前辈是想以圣法吸水，将地下之水化为云雾而落下？”

老者微微一笑，不说，算是默认。

孙悟空道：“前辈果真是高人，就是不知前辈到底是何来历，为何帮我，我这心里痒得慌。”

老者道：“这个，日后有缘再说吧。”

话落，霎时凭空消失不见了。

在回傲来国的路上，越来越多的人觉得孙悟空说的话有道理。

既然他们跪神、拜神、敬神香火，求的就是神的庇佑，无论是谁给他们灾难，神都应该帮他们化解。而今，神不但不能替他们化解灾难，反而给他们灾难，真是岂有此理。

当越来越多的人意识到这一点之后，就开始燃起了对神的愤怒，掀起了一股汹涌怒潮。

回去之后，他们都纷纷地将当地的神庙以及家中供着的神仙牌位全部砸了或者烧了。他们把所有的怒火都发泄了出来。

而就在当晚，有担心被神惩罚的人辗转反侧难眠之时，忽然听到了淅淅沥沥的声音，于是亮起灯来一看，发现下雨了，顿时狂喜大叫。

后来那些睡着的人也被吵醒了，起来看雨。

那雨从开始的淅淅沥沥，到后来的哗哗啦啦。

在黑暗的苍穹之下，那些人激动得热泪盈眶，一个老人朝着花果山的方向跪下，口里喊道："感谢大圣爷爷。"

"感谢大圣爷爷。"一个又一个的人朝着花果山的方向跪下，热泪盈眶地喊着。

雨下三日不停，人们奔走相告，在家里供起了齐天大圣孙悟空的牌位来拜。

顺风耳急忙奔进凌霄宝殿，启禀昊天大帝。

"什么？那傲来国内下雨了？"昊天大帝一愣，"怎么可能，朕明明已经对闻仲下令，使傲来国内半年无雨。怎么会有雨的？速速去给朕传闻仲来！"

很快，九部雷神闻仲被传唤到凌霄宝殿。

闻仲跪道："禀陛下，臣知傲来国内有雨之后也甚奇怪，迅速调查了风雨雷电四位正神，都称没有违反天条而施雨，而且臣也看了，那雨无风无雷无电，自云端直落，甚是奇怪！”

“胡说八道！”昊天大帝道，“这降雨归你雷部所管，若无你雷部之令，这雨从哪里降来？”

“禀陛下！”千里眼又跌跌撞撞地奔了进来。

昊天大帝问：“何事惊慌？”

千里眼道：“臣观傲来国内，发现他们将所有神庙及供奉神仙牌位全部砸坏烧掉，另外供了那妖猴孙悟空的牌位！”

“岂有此理！”昊天大帝听罢勃然大怒，“这些蝇营狗苟的凡人是不想活了吗？要跟着那妖猴一起造反？谁给朕去抓了这些贱民，打入地府去！”

比干出列道：“陛下，不可！”

“为何不可？”昊天大帝问。

比干道：“桀纣暴戾，因而亡国。水能载舟，亦能覆舟。凡人砸神仙牌位，大概是气四方大旱，而神不能庇佑他们。应该是那孙悟空设法降了雨，所以他们砸了神仙牌位而供了孙悟空。如若天庭派兵抓了他们，必激起天下民愤，从此，天下再也无人信神了！”

昊天大帝问：“可是，他们如此亵渎神明，难道朕就视而不见放过他们吗？”

“比干说得对，不可抓捕凡人！”突然传来一个声音。

众人循声而望，乃是元始天尊乘九龙沉香辇而来。

昊天大帝问：“天尊为何也这么说？”

元始天尊道：“我查了下那雨的来历，乃是有大圣之辈，引地下之水化为云雾，再降落而下，不在风雨雷电之神管辖的雨水之内，所以也怪不得他们。姜尚本想以此计孤立孙悟空，不想他却将计就计，反使天庭被动。此时，天庭若是强抓凡人，便正中孙悟空下怀，使那天下人都信他，而与神作对。更重要的是，如此一来，万里之外的西方教便会趁火打劫，让天下人信西方教，天庭就会陷入危局，东土沦陷也！”

“那……天尊觉得，为今之计，如何是好？”昊天大帝问。

元始天尊道：“罪魁祸首乃是孙悟空，只要解决了他，那些凡人很好对付，不是什么问题。仍让姜尚调兵征讨花果山，拿下那妖猴，天下太平矣！”

“姜尚，那你就着手调兵去征讨吧。”昊天大帝道。

姜子牙出列，应声道：“臣遵命！”然后又转身看着元始天尊，谦恭地道：“老师还有什么指教吗？”

元始天尊道：“经此一役，你也看出来了，那孙悟空不是泛泛之辈，你虽兵法谋略过人，但那孙悟空也有乾坤，不可大意。需稳扎稳打，若有难处，可到玉虚宫找我！”

说罢，便又离去了。

姜子牙则立刻从四海八荒征调人马，制订作战计划，准备择日攻打花果山。

花果山上，孙悟空也在积极备战。

天蓬元帅猪刚鬣和卷帘大将沙河上负责练兵，演习战法。

穿山甲王则负责巡逻布防。

孙悟空也搞明白了之前为什么天庭一直按兵不动，原来是想借旱灾和凡人之手来削弱伐天军实力，乱伐天军阵脚，再伺机而动。如今天庭阴谋失败，弄巧成拙，恼羞成怒，肯定会不惜一切代价踏平花果山，摧毁伐天军。

为了稳妥起见，孙悟空亲自出山，去另外六大妖王的驻军之地巡视，并指挥伐天军部署。

巡视到积雷山时，他想到了一个好的阵法部署。

地煞七十二变之中的北斗七星大阵。

在七大险峰之间建立一条快捷通道，一旦哪一峰遭遇围攻，便立马发出信号，对面和两侧位置的伐天军立马包抄过来，以迅雷不及掩耳之势把对方包围在中间困杀！

七大伐天军团，散开为七，合拢围一，灵活多变，威力无边。

牛魔王听了孙悟空这北斗七星大阵，激动地说："绝！绝！绝！"

"就这么部署，等那天兵天将来自投罗网！"孙悟空说罢，便离开了积雷山。

"哎，不知道有没有那一天，等打下了天庭，猴哥做了那天帝，咱也在天庭上称神仙，封一个兵马大元帅或大将军之类的呢？"

看着孙悟空离去的背影，牛魔王已经开始美滋滋地幻想了。

铁扇公主道："这还用说，只要猴哥做了天帝，你和他是结拜兄弟，怎么也得封王封侯啊！"

"嗯，这肯定是。"牛魔王喜不自禁，"我开始有些迫不及待了，想住那天上宫阙，过那神仙日子，是何等惬意。"

"如果到那天，你是不是最应该感谢我救了你一命呢？"铁扇公主问。

"这还用说吗？"牛魔王豪爽地道，"就算没有那一天，我也得感谢你的救命之恩啊，时时刻刻都应该感谢！"

"真的吗？"铁扇公主问，"那你要不要帮我一个忙？"

"什么忙？"牛魔王道，"赶紧说，只要我能帮的，就算拼了这条老命也帮。实不相瞒，我一直都想为你做点什么，苦于没有机会啊！"

“这么好？”铁扇公主道，“那……我就不客气了。”

“不要客气，千万不要客气！”牛魔王道，“你对我有救命之恩，我们还一起出生入死，你怎么能跟我客气呢！”

“好吧，那我就不客气了。”铁扇公主道，“其实，我是想……想你帮帮忙，跟猴哥说一声，我……喜欢他。”

轰！

犹如五雷轰顶击中牛魔王，他一下子就愣在当场。

“什么？你说什么？你喜欢猴哥？”牛魔王那心里拔凉拔凉的，一下子感觉精神恍惚了。

铁扇公主道：“这有什么好奇怪的吗？”

“奇……奇怪啊。”牛魔王道，“我记得，我在翠云山时说喜欢你，你说我长得丑了，猴哥……比我还丑呢，你怎么会……会喜欢他？”

“这个……”铁扇公主笑了笑，“就是你不懂了，每一个人眼里的美和丑都是不一样的。你喜欢一个人的时候，再怎么看他都美，而你不喜欢一个人的时候，再怎么看都觉得差了点。”

“我还是不大懂。”牛魔王道，“你说你是因为喜欢猴哥，就觉得他长得美，那你喜欢他什么呢？”

铁扇公主道，“其实我也说不大清楚，还没有看见他的时候，听说他以一妖一棒打到天上去的时候，我就怦然心动了，觉得他就是我心里的盖世英雄。后来见到他，果然有王者之气，就更加喜欢了。怎么，你说的帮我这个忙，不会说话不算话吧！”

“不……不是，我也想帮你这个忙，但……我真的帮不了。”牛魔王结结巴巴地道。

“帮不了？”铁扇公主问，“为什么？”

牛魔王道：“难道你没看出来，猴哥身边已经有紫霞仙子了吗？”

铁扇公主道："他们不是只是朋友吗？"

"是朋友。"牛魔王道，"但猴哥说了，是因为他这辈子不会找女人，若是要找，那肯定是紫霞仙子了，说明猴哥还是喜欢紫霞仙子的！如果他连紫霞仙子都不找的话，你肯定就更不行了。"

"你就是不想帮忙，找这些借口！"铁扇公主有些生气了。

"真的不是。"牛魔王道，"我了解猴哥的性格，他做事有他的主见，谁也不能强劝。再说了，天涯何处无芳草，我哪里不好吗？神通我有，天我敢反，对你又好，实话说，像我这样的男人，打着灯笼修八辈子的福分都很难找到啊！"

铁扇公主看着他："你别的好我没看出来，但脸皮厚却是一眼可见。"

牛魔王道："我说真的，有时候你憧憬得很远很远，到头来却发现，真正值得珍惜的人就在身边。"

"你又让我想起了一件往事。"铁扇公主道。

牛魔王问："什么往事？"

铁扇公主道："在很久很久以前，我还是某个小国的公主，有一次出王宫去，看见了一头牛，觉得好奇。我骑过马，骑过象，但没有骑过牛，就让侍卫把牛牵来给我骑了，觉得很好玩，后来我就常骑着那头牛玩。"

"本来我一直只当他是头牛，没事骑着玩，却没想到有一天那头牛突然说话了，说喜欢我，想陪我一辈子。我跟他说，我喜欢的是那种可以踏着七色云彩来娶我的盖世英雄。于是，那头牛就走了，他说他去修道，他要去做盖世英雄，有一天回来娶我。

"那一瞬间，我莫名地感动了。我也在想，他若真是愿受那修道的苦，得道归来，不管他是不是盖世英雄，我都嫁他，然而……"

“然而怎么了？”牛魔王问。

铁扇公主道：“他确实修成了道，也在这天地间有了些名气，当年在梅山之上，其名仅次于袁洪，也曾在封神大战中勇猛无敌，但最后他投降了天庭，做了死对头杨戬的下属，知道那个消息之后，我的心就死了，我发誓，这辈子我都不会再相信一头牛！”

牛魔王道：“牛和牛也是有不同的！无论别人如何，但我牛魔王永远都不会做背信弃义之事，我说的话，永远都会做到！”

铁扇公主道：“好了，不要说这些没意义的事了，我先去休息了。”

“你真的喜欢猴哥吗？”背后的牛魔王又问。

铁扇公主转过身来：“喜欢。”

牛魔王眼神一暗，道：“行，你和狐狸看好积雷山，我去花果山找猴哥，帮你说说。无论结果如何，我都尽力！”

“你真的愿意帮我？”铁扇公主似有不信。

牛魔王道：“我牛魔王直肠子一根，不说假话。”

“谢谢。”铁扇公主道。

“没事，谁让我喜欢你呢，若这点忙都不能帮你，那还谈什么喜欢，算什么真心，我先去了！”

说着，牛魔王便驾云往花果山而去。

铁扇公主站在那里，看着那消失在月色下的身影，如同平静的心湖中落入了一颗石子，起了一圈微微的涟漪。

这头牛，虽然丑，但很忠厚，也很可爱。

铁扇公主这么想着，不禁对他又生出了几分好感来。

结果自是不用说的。

牛魔王赶到花果山，找到孙悟空，说了铁扇公主喜欢他之事。

孙悟空看着牛魔王说：“你能长点脑子吗？”

牛魔王一愣，问：“怎么了，猴哥？”

孙悟空道：“明明你喜欢她，你却来说她喜欢我。”

牛魔王道：“可她就是喜欢你，不喜欢我啊，我也很无奈。”

孙悟空道：“那是因为她喜欢霸气的男人，那你就对她霸道一点，说你喜欢她，她愿意则愿意，不愿意也得愿意，反正你这辈子就只喜欢她一个，这辈子娶她娶定了，她在哪。你就在哪，也许就不一样了。”

“真……真的吗？”牛魔王半信半疑。

孙悟空道：“我是这么认为的，如果一种方法不行，你就换一种。总之，你可以回去告诉她，我对她没兴趣，别说对她没兴趣，我对所有女人都没兴趣。修道修到我这个境界，我只想悟透三千圆满世界，领悟一粒微尘的真谛，成就大圣之道。不要让那些男欢女爱之事来烦我，否则，只会让我愈觉得讨厌。”

“嗯，好的，猴哥。”牛魔王告辞离去。

孙悟空看着月色下的远方。

远方的山川静默。

他已隐隐地感觉到了，那滔天杀意正在汹涌逼近。

此时，离花果山万里之遥的招摇山下，远远地有一祥云瑞气飞过。

突然，那道祥云瑞气停住了。那祥云瑞气之间，一个端坐在十二品莲台上的道人，目光缓缓略过下面那一片干裂的土地。

“西海，竟成这般模样了，天庭之过啊。”接引道人微微叹息一声。

随即，他的目光落在不远处一个巨大的深坑之上，坐莲台往这边过来，渐渐地脸上出现了微微的笑意。

随即，他乘着十二品莲台直向那深坑落下。

深坑之下，正是归墟。

此时，金蝉子和小白龙正坐而论道。

归墟还是如从前一般寂静，但自从小白龙来了之后，金蝉子至少觉得这寂静的地方再也不寂寞了。

他将摔落成重伤的小白龙救起，听小白龙说了四海龙族之事，既气愤四海龙族的软弱，也被小白龙的一腔赤诚热血所感动，于是向小白龙传道。

彼时的金蝉子就是截教通天教主首徒，堪比燃灯道人和南极仙翁之辈，一只脚踏在入圣的门口，归墟悟道，又精进不少。

小白龙便拜了金蝉子为师，随金蝉子修道，可谓进步神速。

他俩在这归墟之地，整日想着的便是如何才能出得这归墟。

四处无路，而归墟的上方，有一段虚空，可以从上面落下，却无法从下面飞出，除非有悟透三千大世界的圣人之力。

然而，即便是金蝉子现在的境界，也不过刚悟透三千小世界的底层，距离悟透三千大世界，还不知得多少年月。

突然，一片金光映亮黑暗的归墟。

金蝉子和小白龙一看，那金光自归墟上空落下，就落在他们不过十多米的面前，出现了一个端坐莲台之上圣光大显的道人。

“西方教主？”金蝉子一见来人，大大地意外了下。

接引道人微微一笑：“你记性不错，还记得我。”

金蝉子问：“你如何也到这归墟来了？”

接引道人道："我路过招摇山下，察觉到这归墟之下有异样，特地下来看的。"

"原来如此。"金蝉子道，"看来，还真是不是冤家不聚头。"

"冤家？"接引道人道，"这说法不当吧，此地相见，当是有缘之人。"

金蝉子道："你帮那阐教打我截教，不是冤家是什么！"

接引道人道："那只是阐教来求我帮忙，我不好拒绝，也恰好是截教的劫数而已，但那事已成过往，早化为尘埃了。今日相逢，只论今日的缘分。"

"得了吧！"金蝉子道，"你我之间，只有恩怨，没有缘分。"

接引道人道："世间之道，没有恒常，只有变数。封神之战时，我便已觉得你与我西方教有缘，想收你入门，此时此地再见，可见这缘分早已注定，你不妨考虑一下。"

"没什么可考虑的。"金蝉子道，"封神一战，万仙大阵中，你我是敌非友，既是因，也是果！"

接引道人道："你若知封神战后之事，便不会这么认为了。"

金蝉子问："封神战后又如何？"

接引道人道："封神战后，姜子牙欲斩白狐，袁洪舍命相救，力战老子、元始天尊和鸿钧老祖，他本有灰飞烟灭之劫，但得大能相救，今又重生，占了花果山，称齐天大圣，聚百万妖族反天。我知你与他是生死之交，你若入我门，我便助你出这归墟，重见天日，再逢故友。若不然，你还得在这归墟之下再待上千年万年，不知外面世界日月更替，你如何选？"

"你说什么，袁洪还活着吗？"金蝉子问。

接引道人道："他如今不叫袁洪了，叫孙悟空。"

“管他叫什么，只要他还是当初的猴子就行。”金蝉子道，“我听小白龙说，他与鸿钧老祖一战，灰飞烟灭，只留下传说，他真的还活着吗？”

接引道人道：“是不是真的，你出去看看不就知道了吗？而且，很快天庭大军压境，他应该正是需要你的时候。因为与阐教的某些渊源，我亦不能帮他，但你若入我门，修我法，你去帮他，那便是你的事了！”

“你与他并无渊源，为何帮他？”金蝉子问。

接引道人道：“因为我到西岐看他第一眼时，便觉得他也与我教有缘，欲度他入我教。而阐教天庭所为，也有诸多不当之处，不敢苟同。我西方教愿出一些微薄之力，使这天道平衡。考虑一下，要入我门，修我法，出这归墟去吗？”

金蝉子道：“如果真如你所说，我便拜你！”

接引道人道：“出家人不打诳语。”

金蝉子道：“行，那我便信你！”

当下，他便与小白龙拜了接引道人，入西方教，随接引道人修灵山菩提之法。

一时间，归墟之下，圣光大显。

接引道人引领金蝉子在三千世界中开悟圣法，金蝉子本就天赋异禀，很快就悟透了三千小世界，踏过入圣之门，成就半圣。

小白龙的修为则要浅得多，不过接引道人赐了一瓶灵山清净水给他喝下，再与他讲了三千大道真言，也使小白龙进步神速，直接从大神境界到达大罗金仙境界。

随后，接引道人和金蝉子一起带着小白龙飞升到归墟之上。

归墟之上，明月皎洁，映亮大地。

但清晰可见的是，那西海之上四处裂开如深渊般的缝隙，千疮百孔，触目惊心。

想着从前这里是一片汪洋，水族繁荣兴盛，那是一段多么温暖而又美好的回忆啊，然而如今，那当初的家园却成了这般荒凉破败的模样。

小白龙仰头看向苍穹，咬牙道："那天上诸神都给我听好了，你让我龙族失去的，我都会加倍要回来。欺我龙族者，虽远必诛！"

接引道人道："你若想完成如此夙愿，只怕还得去做一件事。"

小白龙问："做什么？请祖师指教。"

接引道人道："龙族离四海之后，逃入了大荒。孙悟空以招妖幡号令天下妖族，但以他的法力，只号令了万里之妖。龙族藏身大荒之中，或不知孙悟空反天之举，或还是怯懦，不敢出来。龙族是该活于大荒，还是四海，就看你了！万事除了看造化缘法，也要看自己的努力！"

小白龙掷地有声地道："行，我立刻赶去大荒，唤龙族归来，与伐天军一起，打到天上去！"

金蝉子问："那我是陪你去大荒，还是先去花果山？"

接引道人道："大荒之路，也颇凶险，四海龙王无胆，也是难劝，你陪他一起去会好些。"

金蝉子点头。

当下，接引道人乘十二品莲台回去灵山。

金蝉子则陪着小白龙往大荒而去，欲唤龙族归来，陪伐天军一起打上天庭。

大荒，为这四海八荒之中最为偏远荒芜之地。

最早的大荒，日月至此而出，惠泽天下，祥瑞遍地，是一个充满了灵性和生机之地。但后来，神魔大战爆发，日月受神所召，离开大荒，去而不回，从此大荒就陷入了永世的黑暗之中。还遍布沼泽、毒草和凶兽。是一个被神仙和凡人，甚至妖魔都不喜的诅咒之地。若不是无路可走，行到绝处，谁也不愿跑来如此黑暗而又险恶的地方生存，一生不见光明。

小白龙和金蝉子一路向大荒赶去，感觉这天光越来越暗，并且伴随着不知名凶兽的低吼，团团的黑云浮在上空，仿佛随时都要塌下来一般。

地上随处的沼泽，腐烂的野草，发出恶臭的气息。

“啊，救命，别吃我……”

小白龙和金蝉子突然听到凄厉的求救声。循声一看，见是一只全身乌黑的铁嘴大鹏从沼泽之中叼起一只丑陋的褐色虫子。

既然遇见，自不能见死不救。

金蝉子手一挥，一道金光打出。

铁嘴大鹏见状，当即松开了丑虫，避开金光，然后凶恶地向金蝉子扑来。

“此等凶鸟，还想伤我？”金蝉子将两根手指一弹，一朵金莲打出。

铁嘴大鹏躲避不及，被打中身子，惊叫一声，仓皇飞走。

幸好金蝉子未起杀心，否则，它还焉有命在。

小白龙按下云头，看见那落在地上的负伤丑虫。

“三太子？你是三太子？”那丑虫突然惊喜起来。

“你是？”小白龙一脸茫然，“你认得我？”

丑虫简直喜极而泣道：“我是西海龙族啊。”

“你是西海龙族？”小白龙皱眉，“怎么可能？你的龙鳞，龙爪，龙身呢？”

丑虫一脸羞愧，颓然低头道：“都没有了。”

“都没有了？”小白龙问，“为何都没有了？”

丑虫道：“我们龙族离开四海之后，一路逃亡，不但遭遇天庭抓捕，还遭遇其他妖族欺负，真是龙游浅水遭虾戏。为了活命，很多龙族都藏在沼泽和泥泞之中，甚至藏到地底深处。长久以来，不见光，也不飞不游，我们就蜕变了，变得不像龙了，有人叫我们地龙，甚至还有人叫我们蚯蚓。”

“真是岂有此理！”小白龙只听得一阵血脉偾张。

什么时候，龙族竟然被逼得活在了不见天日的地下，被人称作地龙，甚至被叫做蚯蚓！

蚯蚓？

什么玩意！

“把其余龙族都给我召唤出来，随我一起，走出大荒，重回四海，打到那天庭去，重振我龙族雄风！”

那一刻，小白龙心中热血燃烧。

想我龙族自洪荒崛起，几千年来尊贵无比，神圣不可侵犯，何曾落得如此狼狈屈辱！

纵死，绝不认命，也绝不低头而活！

那只丑虫立刻钻入地底之下，唤出了大群和他一样已经蜕变成蚯蚓的龙族来，也是黑压压的一片。

然而，其中并无四海龙宫王族存在。

其中一条地龙说，西海龙王住在大荒中一座叫做大言的山上。

当下，小白龙和金蝉子率领一群地龙往大荒中的大言山而去，果然看见了大言山上有飞龙护卫。

小白龙率一众地龙上前，有飞龙前来阻拦，结果发现是小白龙，当即就带他去见了西海龙王敖闰。

敖闰见到小白龙也是大喜。

父子俩简单叙旧之后，小白龙说，大荒之外有孙悟空占了花果山，以招妖幡号召数百万大妖，称齐天大圣，建伐天军团，反那天庭。他此番前来就是想带四海龙族出去，助孙悟空一臂之力，也替龙族找回尊严。

然而，敖闰听后却沉默了，随后摇头："不行，这是自寻死路，我龙族逃来大荒，历经磨难，好不容易在大荒中立足下来，岂能又回去送死！"

"这怎么能是送死呢？"小白龙道，"孙悟空的伐天军团势如破竹，踏平地府，打跑李靖，与天庭数战而无一败。若再得龙族相助，必如虎添翼，所向披靡！"

敖闰道："你真当天庭那么好打？想当年截教多强，号称万仙来朝，天下第一教，还只是和阐教打，都被打得名存实亡。何况如今天庭不但有阐教撑腰，还封了许多大神大仙，有老子、元始天尊和西王母等圣人，一个孙悟空，凭什么去打下天庭？凭七分无知八分热血？"

"龙王此言差矣。"金蝉子说话了，"孙悟空不是别人，乃是我当年故友袁洪，你也应听过袁洪曾在天罗地网阵中，一怒成大圣，力战老子、元始天尊，甚至伤了鸿钧老祖。如今他揭竿而起，连女娲娘娘都帮他，给他招妖幡，天下妖族无不拥护。这天下妖族，皆可为自由和尊严拼死一战，你堂堂四海龙族却只苟活在大荒，你自问，你真想龙族永生永世都在这大荒中苟活吗？"

小白龙道：“何况，这不是苟活就能过得去的，听说那天庭之上，神仙动辄就以龙肝凤髓为宴。待天庭平定天下，早晚也会到大荒中来捕龙，但凡苟活者，大多都活成了悲剧，躲不了的！”

“行，我去问问你大伯他们的意见吧。”终于，敖闰的心还是松动了。

小白龙道：“我跟你一起去。”

敖闰也没有反对。

金蝉子亦跟随一起。

敖闰带着小白龙和金蝉子见到了东海龙王敖广。

敖广开始也和敖闰一样，畏首畏尾，诸多顾忌。但在金蝉子和小白龙的劝说之下，似乎重新振作了起来，燃起了希望，决定走出大荒，为龙族的命运拼一次。

敖广同意了，什么都好说了，那南海龙王和北海龙王也都唯命是从。

当下，小白龙和四海龙王一起，召集了大荒中所有龙族，包括已经沦落的地龙，一起走出大荒，决定和孙悟空一起并肩作战！

百万龙族，浩浩荡荡地走出大荒这屈辱之地，再一次向死而生，爆发出风云裂变的气势！

花果山的战斗已然打响。

姜子牙调了四值功曹、五岳大帝、六丁六甲、九曜星官、二十八宿，还有阐教二代弟子十位，三代弟子一百名，以及雷火瘟部正神、杨戬、托塔李天王等在内的共三百万天兵天将，浩浩荡荡地出征花果山。

那一日，整个苍穹都如要倾塌一般，黑压压的一片。

四周无风，但能感觉到空气中有一种比狂风更撕裂的力量。

花果山的百里之内，鸟雀早已仓皇逃离，连地上的蝼蚁也成群结队地搬家，尽可能地离花果山远一点。

一时间，在花果山地界，除了伐天军之外，不见半个生灵，就如同一片死亡炼狱般，笼罩着莫名压抑的恐怖气息。

孙悟空看了看苍穹之中压顶而来的天兵神将，又看了看那一片茫茫的远方，伸手折了一根树枝，丢在嘴里嚼着。

每嚼一下，心中的戾气便暴涨一寸。

他一直在等的这一刻，终于来了。

紫霞站在他身后，没有说话，但她在想，今日纵然陪他死在这里，也是一件让人骄傲的事情。

死了，就能永远地和他在一起了吧？

她曾害怕过死亡。

如今，看着死亡迎面而来，她心里却是从未有过的平静。

不为别的，就因为他在。

能和他在一起，她无所谓是生或死。

孙悟空回过头来，看着她问："怕吗？"

紫霞微微一笑："我有怕的事情，但绝不是死亡。"

"那你怕什么？"孙悟空问。

"我怕……"紫霞道，"还是算了吧，自己的软肋和恐惧不可让人知道，否则极容易受制于人，所以，还是让它成为我心里的秘密吧。"

孙悟空并没有追问，只是一笑："居然还有点心眼，走吧，回去披上盔甲，准备战斗吧！"

紫霞跟在后面。

她不害怕死亡，害怕的是不能和孙悟空在一起。

回到水帘洞中，孙悟空去拿凤翅紫金冠和藕丝步云履。

紫霞却先伸手拿了道：“我替你穿吧。”

孙悟空愣了愣。

那一刻对上她的眼神，觉得那眼神从未有过的明亮动人。

“不用，穿戴之事，我自己就行。”孙悟空伸手去拿。

“客气什么。”紫霞道，“我为你编织好后，还从未亲手为你穿戴过呢？以后就不一定有机会了。”

这句话一下子让空气变得有些生离死别的沉重起来。

孙悟空便也未再推辞。

他知道，今日之后的命运，有几分难料。

紫霞便帮孙悟空先戴上了凤翅紫金冠，再穿上了藕丝步云履，最后替他披上了黄金锁子甲。

然后，紫霞看着那样子忍不住有些呆。

一个本来的盖世英雄，再穿上这一身威武的装备，简直太过英气逼人。

她感觉自己心中的某种情绪就似要决堤一般。

其实，哪怕与他有个拥抱也好。

但她还是生生地压住了那股情绪。

“你去帮我把天蓬元帅喊来。”孙悟空道。

紫霞应声而去。

很快，猪刚鬣就跟随紫霞来了水帘洞。

“大圣，有什么吩咐？”猪刚鬣恭敬地问。

孙悟空指着紫霞道：“等下战斗起来，你要派人保护好紫霞。”

紫霞道：“我跟你在一起，你为什么要别人保护我？”

孙悟空道：“等下打起来，咱们就没法在一起了，我要跟天庭中至强者作战，必定会爆发出摧枯拉朽之力，你跟在身边，很容易被误伤。”

紫霞没说话，她知道这是事实。

圣人之战，天塌地陷。她只算仙子，连金仙都不是。哪里受得住圣人之力，尽管她再想跟在孙悟空身边，也是不可能的。

天兵此番前来，必有大神通之辈。

“那，你自己要小心。”紫霞关心地道。

孙悟空一笑：“多大的阵仗我都经历过了，这点场面，毫无压力可言。行了，你跟着天蓬去吧，我出去布阵了！”

说罢，孙悟空出了水帘洞，让穿山甲王传令伐天军在整个花果山布阵，并让积雷山和狮驼岭的六大军团配合，使北斗七星大阵随时待命，待战斗一起，随时启动阵势，将那天兵天将杀个落花流水。

第 13 章　仙妖大战，龙族归来

很快，三百万天兵天将在花果山十里范围之内，形成团团包围之势。

姜子牙率一百万天兵在花果山前方，九天雷神闻仲、火德星君罗宣和十天君跟随其后，随时听命。

杨戬领五十万天兵在花果山左侧，哮天犬和梅山六妖、千里眼、顺风耳、土行孙和三百司法神将相随。

李靖领五十万天兵在花果山右侧，哪吒、金吒、木吒、巨灵神、二十八宿和五百金甲神人相随、

广成子领五十万天兵在花果山后方，赤精子、云中子、道行天尊、灵宝大法师、太乙真人、黄龙真人、申公豹，以及三百阐教门人听命。

另有泰山天齐仁圣大帝黄飞虎领五十万天兵作为后备支援，灵活听调，另外的西岳、南岳、北岳和中岳大帝，以及瘟癀大帝吕岳、十殿阎王、牛头马面、黑白无常，跟随听命。

万军列阵，只等将令。

姜子牙将手一指，威风八面地喊道：“尔等妖众，还不赶紧喊那

孙悟空速速出来受死！”

“轰！”

一道金光，射冲斗府。

众人定睛再看，那花果山前方，筋斗云之上，立着一位头戴凤翅紫金冠，身披黄金锁子甲，脚穿藕丝步云履，背后插着七色王旗的强者。

身后跟着伐天军七十二将。

那股气势，简直睥睨天下，势不可当！

孙悟空从身后抽出一面金色王旗，向姜子牙一指：“我当谁在这信口雌黄，原来是你这个钓鱼佬，钓鱼七十年，穷得叮当响，一遭踩到狗屎，挂帅拜相，就狐假虎威招摇过市，你却是忘了当年，我怎么破你天罗地网阵，打得你如丧家之犬屁滚尿流了？”

“当年？”姜子牙一脸的不以为然，“你也只能提提当年了，然而，当年如何，都已成过往。如今你在我包围之中，插翅难飞，我劝你识相点，自己跪下受戮，也省得让这些无知小妖陪你流血送死！”

孙悟空道：“我看见你这张厚颜无耻的老脸就忍不住想揍你，你不要只知道吹牛，痛痛快快地站出来与我拼死一战吧。”

“笑话！”姜子牙道，“我乃堂堂主帅，岂可随便出战。而且，一场战争，千军万马阵前，又岂论个人强弱，本帅再问你一句，是降，还是战。若战，本帅一声令下，踏平你花果山！”

“尽说废话！”孙悟空一脸桀骜，“这花果山上，只有战死的孙悟空，没有怕死的孙悟空。不对，我还没法战死，因为你能耐不够。我会踩着这众神的尸体再打到三十三重天上去，让天帝俯首！”

姜子牙道：“既然你如此执迷不悟，那本帅也不必与你客气了。”

当即，他又对身后的传令官道："发信号吧！"

传令官马上向天空射出一支响箭。

随着响箭升空。

"杀！"

"杀！"

"杀！"

霎时之间，万丈杀气冲空而起。

姜子牙身后雷部天尊闻仲和火德星君罗宣，立马施展雷火之法，率先向花果山上冲杀过去。

那伐天军成员自然抵挡不住这一雷一火两尊大神的法力，但孙悟空不会让任何人在他的眼前猖狂，当即将手一伸，唤出金箍棒，喊一声："长！"

金箍棒瞬间变得数丈，棒身金光爆射，迎着闻仲和罗宣扫出。

一股狂猛金潮涌出，惊涛骇浪般卷向闻仲和罗宣。他俩大惊，赶紧边退边反击。

闻仲一连打出十道雷霆，罗宣也发出数十道烈火，但那股金潮还是摧枯拉朽般逼近。

后方的十天君一起出手，才硬生生将孙悟空这一棒给挡住。

姜子牙见此情景，也不由眉头微皱。他知道孙悟空已悟透三千世界成圣，但到底在什么境界还不得而知，如今看来，比他想象的还要厉害得多。

孙悟空并没有继续冲来。

他身为齐天大圣，是花果山主帅，并非凭匹夫之勇作战，而是要指挥全局，刚才只是见闻仲和罗宣来得猛，给他们个下马威而已。

一棒将两人打退之后，孙悟空将手中金色王旗一挥，道："给我守住此关口，蝼蚁不可踏近一步！”

身后伐天军七十二将应声而出，与再次冲上来的闻仲和十天君等恶战在一起。

孙悟空则腾空而起，在上方掌控全局。

在姜子牙号令的响箭升空之后，左右和后方的三路人马也一起向花果山发起了冲锋。

杨戬和李靖早就对孙悟空有满腔怒愤，如今姜子牙率三百万天兵，千员神将，誓要灭了孙悟空，占着绝对的优势，他们更是勇猛非常。

李靖将舍利子黄金宝塔向伐天军乱打；杨戬变化出法天象地；哪吒现出三头六臂。

金吒、木吒、以及雷震子等都各施大神通，风卷残云般地向花果山上扑来。

猪刚鬣率人在左侧挡住杨戬；穿山甲王率人在右侧挡住李靖；沙河上率人在后方挡住广成子。

哪一方势弱时，孙悟空便立马挥棒相帮。

尽管如此，花果山伐天军还是显得特别被动，挡不住四路人马的进攻，往花果山上节节败退。

但孙悟空并没有立刻启动北斗七星大阵。因为他发现攻伐花果山的四路人马都没有全军出动，每一路人马都留下了一半在原地按兵不动。另外还有黄飞虎率领的一路人马，也处于观望状态。

姜子牙不愧是兵法大师，尽管占据优势，仍没有掉以轻心，没有用全力攻打花果山，而是留下一半兵力，以防奇兵偷袭。

如果四路人马都冷静地等在那里，就算孙悟空启动北斗七星大阵，让六大妖王率队包围上来，一时也难以将姜子牙击败。必须得使姜子牙一方防不胜防时，从后方杀出，方可使阵法威力大显。

可眼看着这样下去，伐天军已很难撑住。

姜子牙已经在阵后露出了志在必得的笑容，开始悠闲地捏着那一撮白胡子了。

孙悟空一咬牙，当即将心中通臂猿王唤出。

一声震天动地的吼叫。

通臂猿王执擎天柱而出，对着孙悟空喊了声：“主人。”

孙悟空道：“看哪方攻得最狠，能打死的打死，能打灰飞烟灭的就打灰飞烟灭！”

通臂猿王应声是，跃上高空，目光一扫，见广成子率领阐教二代弟子打得最猛，沙河上已经被打得完全无法招架，当即吼一声，挥着擎天柱就往那边打去。

姜子牙一见，暗叫一声不好，当即挥动手中帅旗，喊：“左右各调十员神将支援后方，天齐仁圣大帝支援后方，合围通臂猿！”

通臂猿冲过去，看准冲杀正猛的广成子就将擎天柱砸下。

广成子忙挥剑来挡。然而，他哪里挡得住通臂猿这一棒。

通臂猿本来有真圣之力，接近大圣之门，广成子却只能算半圣，低了一个大级别，而擎天柱的重量比他手中的雌雄剑又厉害得多。

那一棒落下，直接将他手中的雌雄剑打落地，然后直接打到他的手臂之上。

幸好他穿着扫霞衣，封神大战时曾挡得住火灵圣母的金霞冠，也是一件厉害的护身法宝，将擎天柱的威力化去近半。

广成子只是一跌坐在了地上。

旁边的赤精子赶过来帮忙，以一样新炼宝贝丧门钟来攻通臂猿王。

这丧门钟摇动之间，起一种哀乐，使人灵魂昏睡，四肢无力，如同傀儡。

然而，通臂猿王乃是圣人之辈，虽也受了这丧门钟干扰，但却控制不住他的魂魄。

通臂猿王晃了一晃，立马醒过神来，挥擎天柱就往赤精子打去。

赤精子忙用水火铎来挡。

然而和广成子一样，他哪里挡得住擎天柱的威力。

擎天柱打掉他的水火铎，落在他身上，好在他也穿了八卦紫绶仙衣，具有强大的防御之力，将擎天柱之力化去多半，他也只是栽了一下。

这边的道行天尊和黄龙真人等见通臂猿王甚是厉害，也各施法宝法力围着他打。

另外两方也来了金大升、哪吒、雷震子、黄飞虎及东岳、南岳、北岳和中岳四位大帝，以及瘟癀大帝吕岳，十殿阎王，都一起围着通臂猿王打。

通臂猿王虽是圣人之辈，但被这数十位成就半圣或小圣或大罗金仙之辈围着打，一时之间也是吃力。

只听得怒吼声声，那擎天柱爆发出阵阵风暴，但都被众仙众圣合力化解，然后反打。

沙河上也率伐天战将过来帮忙，但伐天军战将的法力跟这些在天庭中得了诸多机缘的大仙和圣人比起来，确实有些差距。

孙悟空见状，只好再使出法力，化出四个分身来帮通臂猿王。

而姜子牙等的就是这一刻！

孙悟空一旦化出分身，法力就会减弱，化出来的分身越多，法力就会越弱，如今他化出四个分身之后，法力顶多也就在真圣级别。

“上，给我拿下妖猴！”姜子牙当即冲着身后一直待命的六丁六甲、九曜星官、十二元辰、财神赵公明下令。

霎时间，众神仙各持法宝向孙悟空包围过来。

要换平常，就这些人加起来，也别想近得了孙悟空的身，他只要一棒挥出来，就能把这些神啊仙的吓得腿软。

然而，他已化出四大分身，法力减弱，被这样团团围着，就显得十分被动了。

姜子牙一见孙悟空被围住，马上召回闻仲和罗宣，让接火天君刘环和尾火虎朱招、室火猪高震、觜火猴方贵、翼火蛇王蛟一起配合着对伐天军发起毁灭性的攻击。

只见得诸神施法之下，那万道雷霆，狂猛烈火，滚滚浓烟，万千火鸦，都一起向花果山的伐天军袭去。

霎时之间，那花果山上的树木被烧成黑炭，石头被烧成灰，许多伐天军成员也被打得灰飞烟灭，惨不忍睹。

天兵天将势如破竹，如大海怒潮般往花果山上涌去。

孙悟空见状，赶紧召回四大分身，使法力强大起来，将围攻的六丁六甲和九曜星官等逼退，然后从身后抽出另外红、绿、黑、紫、青、橙六色王旗，丢到空中。

六色王旗飞在空中，放出六道光芒，照向六个方向。

姜子牙一见，便知是在叫救兵，忙让剩下的天兵在周围布阵，以阻挡外军。

早已枕戈待旦的牛魔王等六大妖王，一见王旗信号，当即按照孙悟空部署的北斗七星大阵启动支援。

牛魔王率领积雷山三十万妖众从东南方向杀出。

相隔一刻钟，鹏魔王率三十万妖众从西北方向杀出。

又隔一刻钟，狮驼王率三十万妖众从正北方向杀出。

后面的猕猴王、禺狨王和蛟魔王各等一刻钟后从另外的方向杀出。

六支人马与花果山伐天军，正好组成滴水不漏的北斗七星阵。

牛魔王、铁扇公主和玉面狐狸的三十万伐天军率先杀到。

早有准备的姜子牙立刻指挥天兵天将应战。

两方人马拼杀在一起，只杀得天昏地暗，日月无光。

而就在两方人马杀得激烈时，又是一阵喊杀声，鹏魔王率三十万伐天军从西北方向天兵天将的后方杀来。

一下子便将天兵天将的阵脚杀乱，人心杀慌。

好在姜子牙确实有用兵如神之术，立马挥帅旗将花果山上攻伐之军撤下一队，来阻鹏魔王。

然而，刚刚力挽狂澜，把战局打平，又是一阵惊心动魄的喊杀声席卷而至。

狮驼王又率三十万伐天军从正北方向杀到，再一次将天兵天将的阵脚冲散，杀得天兵天将措手不及。

姜子牙只好再将花果山上的天兵天将撤下来挽救。

然而，形势总是刚刚好转一点，立刻又被从后面杀出来的猕猴王、禺狨王和蛟魔王给打得措手不及。

整个花果山上的天兵天将都已全部撤了下来，但还是被伐天军团裹在中间厮杀。

孙悟空也指挥着花果山守军杀下来，配合着牛魔王等所率的六大军团，组成北斗七星大阵。

声声惨叫，有如鬼哭狼嚎。

天兵天将如同樵夫巨斧下的树桩般轰然倒下。

姜子牙见情况已经不妙，令杨戬、李靖和广成子组成天地人三才之阵，分三个方向杀出重围。

孙悟空踩着筋斗云，挥着七色王旗，不断变幻阵势，让牛魔王、猪刚鬣和沙河上拼死堵住，绝不让天兵天将突围。

他看着这场令人血脉偾张的厮杀，大喊道："兄弟们，轰轰烈烈地燃烧你们的热血吧。今日一定要倾我伐天军之力，将这天庭神仙全部灭杀于此，为我死去的妖族兄弟报仇雪恨，一个浩浩荡荡的时代即将开启！

"今日，将这一腔热血，为我妖族尊严而战！

"为天下苍生的公道而战！

"这世上，从来就没有天庭，没有神，若要有神，我们就做自己的神！今日起，我毕生理想皆实现，要改这天，要换这地！"

顿时之间，这长久以来被天庭诸神压制的妖族，将心中那股怨愤之力全都爆发出来了，以风卷残云之势压向天兵天将。

本来，两方的作战人数几乎对等，天庭方面大能还居多，但在孙悟空的北斗七星大阵裹杀之下，伐天军便逆转了劣势，使得天兵天将如困泥潭，败相大露。

姜子牙见形势不妙，大喊："赶紧，用圣人金仙阵！"

圣人金仙阵，乃是姜子牙在出兵之前，新创的一个大阵。

以他为首，加上广成子、赤精子、云中子、太乙真人、灵宝大法师、李靖、杨戬、哪吒、金吒、木吒和雷震子十二位成圣之辈，按照十二分支，逆冲十二个方位。

然后黄龙真人、道行天尊、清虚道德天尊、五岳大帝、雷部天尊等大罗金仙之辈，随圣人身后护法，增持法力，引领后面天兵天将冲杀。

十二道力量往十二个分支方位冲杀，就如同十二把利刃一般，迅速将孙悟空的北斗七星大阵撕开缺口，冲出阵外。

“堵住，今日定要将这诸神埋葬在这，不要放虎归山！”孙悟空大吼着，也挥金箍棒拼命来阻。

然而，姜子牙的圣人金仙之阵确实有过人之处。孙悟空和通臂猿王之力只能堵住两个方位，使其没法突破。可另外十个方位的伐天军，包括牛魔王和猪刚鬣的方位，都挡不住天兵突围。

而天兵突围之后，姜子牙马上阵法一变。

突围出去的十队天兵，立马如数条长龙般向孙悟空和通臂猿王掩杀过来。

十二队人马，来往穿梭，将孙悟空和通臂猿王团团裹在中间，将伐天军切割成十二块，且十二块都在天兵天将的圣人金仙阵法包裹之中。

孙悟空和通臂猿王声声怒吼，欲冲破阵法。

牛魔王、猪刚鬣和沙河上也各使神通。

但那阵法却如流沙，即便被冲散，又能马上汇聚在一起。

孙悟空感觉自己心中又猛生一道魔性出来，不断膨胀，逐渐演化，又一个魔猴即将呼之欲出一般。

“杀！”

“杀！”

“杀！”

突然之间，传来阵阵惊天动地的暴吼！

孙悟空抬眼一看，只见那空中奔来大片飞龙，遮天蔽日一般，地上也有如蝗虫蝼蚁般的军团，一起往这边冲杀过来。

龙族来了！

“猴子，不要慌，我来了！”

孙悟空听闻喊声，仔细一看，心中大喜，竟是故友金蝉子。

金蝉子和小白龙，以及四海龙王率百万龙族冲杀而至，杀天兵天将如砍瓜切菜一般。

这绝对是天降奇兵！

姜子牙的圣人金仙阵也惧怕这突然从后方而至的杀伐之力。

很快就被百万龙族给冲杀散乱。

“杀！杀！杀！”百万龙族嘶吼着，咆哮着。

大地震裂，风云乱卷。

那苟活于大荒中的屈辱，那对自由和尊严的渴求，让龙族爆发出前所未有的杀伐之力。

伐天军也趁此机会绝地反击。

两股强大的力量，如同暴风怒潮。

“轰！轰！轰！”

一个又一个的天兵天将在其中灰飞烟灭。

姜子牙一看这阵势就知道大势已去，无力回天，当即下令撤退。

那些平时一派尊贵悠哉的圣人金仙之辈，此刻也变得狼狈不堪，赶紧逃命。

孙悟空率伐天军和四海龙族又乘胜追击了一番。

一直追到北昆仑通天门，有许多妖族不会驾云，而且也不敢贸然追到天庭去，孙悟空才作罢，下令收兵。

回到花果山，孙悟空下令全军庆贺，并大摆宴席招待金蝉子、小白龙以及四海龙王。

孙悟空听四海龙王说要加入伐天军，一起对抗天庭，更是高兴地道：“这就对了，你们龙族可是自上古以来最辉煌的种族，还天上可飞，地上可跑，水中可游，一身本事，可谓得天独厚，居于四海，名扬天下，凭什么那神仙建起天庭，制定天条，就要把你们赶跑！”

小白龙也热血沸腾道：“就是，既然这世道注定弱肉强食，那我们就做强者，绝不任人宰割！”

孙悟空很欣赏地道：“不错不错，年纪轻轻，却很有志向，龙族有你这样的人才，早晚会兴旺！”

小白龙道：“反正以后我敖白就跟着悟空大哥你一起了，南征北战，赴汤蹈火，我都绝不离弃！对了，我称呼你一声大哥，你不会嫌弃吧？”

“不会不会。”孙悟空笑，“只要是与我志同道合，一起反天者，皆是我兄弟！你以明月丹心对我，我必与你祸福与共！”

小白龙高兴地道：“一路上听到许多悟空大哥的传说，甚至连那凡人都对你顶礼膜拜，今日一见，果真是盖世英雄，豪气干云！”

孙悟空向四周看了一圈，胸中好像有一团火焰在燃烧，道：“说真的，我孙悟空来到这个世界，本来孑然一身，无依无靠。然而，如今却有这许多志同道合、耿直仗义的兄弟，实在是三生有幸，我敬大家一杯！”

“先干为敬！”

“只要大家能当我是兄弟，无论任何时候，你们的事就是我的事。谁若欺负你们，就得先问我老孙的金箍棒答不答应！”

“来，干！”

“干！”

金蝉子、小白龙、四海龙王、猪刚鬣、沙河上、牛魔王、紫霞仙子、铁扇公主、玉面狐狸等一大群伐天军骨干都豪爽举杯，一饮而尽！

这一日的花果山，从未有过的喜庆。

无论是大王还是小妖，对于这一战的大获全胜，都激动不已。

他们看见了更光明的未来，燃烧的希望。

此时，整个天下都在沸沸扬扬地传扬着齐天大圣孙悟空的英雄传说。

从一妖一棒打上南天门开始，到率十万妖众踏平地府，打败托塔李天王，再到打败姜子牙。

他是绝对让人仰望的存在。

他是真真正正的王者。

傲来国大旱之事，更使天庭失信，孙悟空扬威，传得天下皆知。

那天下人都开始期待着孙悟空能打到天上去，推翻天庭，由孙悟空坐那天帝之位，庇佑天下苍生。

这一下，昊天大帝更急了。

姜子牙带了三百万天兵，数千员神将，结果伤亡大半。

天庭蓄积了几百年的实力，在和孙悟空打过几仗之后，一下子折损大半。

“现在如何是好？现在如何是好！”昊天大帝看着凌霄宝殿上满堂神仙大声问。

满堂神仙俱低头，无人能答。

李靖出马，败了。

封神大战之中灭了有万仙来朝天下第一教之截教的兵法大师姜子牙，也败了。

而且姜子牙此番出征，不只是倚仗他的兵法，还调动了四海八荒三百万天兵，数千神将，连数位阐教的大师都出马了。结果，还是落了个一败涂地！

如今，还有谁敢出马一战？

“事到如今，恐怕还得天尊出面才行了。”姜子牙道。

“赶紧，请天尊来！”昊天大帝喊。

马上有值日官前往玉虚宫请元始天尊。

元始天尊踏入大殿，看向姜子牙。

姜子牙羞愧地低下头。

“又败了？”元始天尊问。

一个又字，伤害性不大，侮辱性极强。

姜子牙还是努力为自己争辩道：“本来，弟子用圣人金仙阵差那么一点就可以打败孙悟空了，哪知四海龙族突然从后方杀出，冲破我的阵脚。还有，当初截教之金蝉子也出现了，如今他也有一身圣力……”

“四海龙族回来了？”元始天尊眯着眼，若有所思。

昊天大帝道：“如今情况，需得天尊亲自出手，方才稳妥。”

“亲自出手？”元始天尊道，“我若亲自出手，西方教再趁火打劫怎么办？”

昊天大帝一愣：“可如果天尊不出手，这孙悟空如何能灭？”

“我倒有个办法。”元始天尊的脸色舒展开来。

“哦？”昊天大帝顿时大喜，“天尊有何法？”

元始天尊道：“陛下派一重臣去花果山，招安他，只要他归降，这天上神仙之位由他坐，他想做齐天大圣，便封他做齐天大圣，他手下得力的兄弟，都封神仙之位，荣耀天下！”

“这……”昊天大帝一时傻眼，“这孙悟空可是逆天反贼，触犯天条，如今不惩罚他，反而要对他进行大肆封赏？还对他那一群反贼都大肆封赏？这……这是什么道理？”

“什么道理？”元始天尊道，“杀人，不只用刀！”

昊天大帝道：“朕还是不大明白，而且这么做没法服众啊！”

元始天尊道：“表面看来，天庭给了孙悟空高官厚禄，他是得了便宜。但他在得了这些便宜之后就得臣服于天庭。且让他和他的兄弟过过神仙般的安逸日子，慢慢地，他的斗志会被岁月消磨；他那一帮出生入死的兄弟，也会没那么热血，不会那么齐心了。等他丧失斗志，他的兄弟也成一盘散沙的时候，天庭就可以找机会跟他秋后算账了。所以，这只是权宜之计，缓兵之计，欲杀先捧，杀人不见血！我想了很久，才想出来的一个绝妙之法！”

“原来如此！”昊天大帝恍然，连声道，“好，好，好！还是天尊高明，果然是好办法！”

满殿神仙也都跟着恭维起来。

当下，昊天大帝便派太白金星带御札前往花果山招安。

昊天大帝和那满殿神仙都已经展开各种幻想孙悟空接到诏书之后兴高采烈地来凌霄宝殿跪拜的样子了。他们甚至为孙悟空感到可悲。

成就圣道又怎样，一呼百应、百战百胜又如何，到头来还不是要来这里跪着听话？

这天下，没有谁逃得过名利虚荣的。

无论平日里怎样一派清高，不屑荣华的样子，一旦好处落在自己身上，立马就会下跪，点头哈腰起来。

孙悟空也不会例外。

然而，他们很快就发现了自己大错特错。

孙悟空无情地泼了他们一盆冷水，甚至泼的是冰水。

太白金星赶到花果山，有守兵去做了通报。

孙悟空正和金蝉子叙旧，听说天庭派太白金星来，有事要见他。

“天庭想干什么？”孙悟空很意外。

金蝉子道：“肯定是谈和吧。”

“谈和？”孙悟空道，“他们想跟我谈和？他们放得下那高高在上的面子？”

金蝉子道：“见一见便知了。”

孙悟空便吩咐把太白金星带来。

很快，小妖就带着太白金星赶来。

太白金星一脸堆笑，见着孙悟空，立马行礼，跟老熟人一样，口中道：“哎哟，大圣啊，久仰大名，久仰大名。”

孙悟空道：“废话少说，有什么事直接说吧。”

当下，太白金星就说了来意。

“什么？招安？”孙悟空道，“你的意思是让我投降？”

“不不不。”太白金星连忙道，“招安是招安，投降是投降，不一样的。”

孙悟空道：“都归天庭管，有什么不一样？”

太白金星道：“投降的话，那是屈辱归顺，也不会有太好的待遇。招安就不一样了，招安是受到重视，避免战争，皆大欢喜。”

“去你的皆大欢喜吧！”孙悟空道，“你让那天帝去种地，让那天庭神仙都解散，各归洞府。以后这天下仍如从前一样，大家各修各的道，各管各的事，就皆大欢喜了，还搞这么多鬼名堂干什么！”

“那怎么行呢。”太白金星道，“鸿蒙打开，洪荒以来，经历过多少物换星移才有今天，果如大圣所言，岂不是倒退了？”

“扯什么倒退？”孙悟空道，“老子顶天立地一大王，凭什么做事还要看人脸色？”

太白金星仍陪着笑：“大圣你只要受了天庭招安，就云里来风里去，逍遥自在，不用看人脸色了！”

“不用看人脸色？”孙悟空问，“难道让我坐那天帝位置？如果这样的话，让那昊天下来，我去坐他位置，君临天下，我还是可以考虑的！”

“这……”太白金星讪讪地笑着，“大圣说笑了，天帝乃是众神所选、众望所归，岂能随便换人。”

“什么众神所选，众望所归？”孙悟空问，“选的时候问我了吗？我希望他当天帝的吗？这天下亿万苍生，你们问过谁了？你们自己一帮自称神的家伙，自己同意了，就觉得天下人都同意了？还要不要点脸？”

“这，这……”太白金星本来也有一副好口才，昊天大帝才派他来，然而此时却被孙悟空一番咄咄逼人的言语问得无言以对，脸上青一阵白一阵。

孙悟空道：“话不多说了，若要我孙悟空不战，就只有一种可能，便是那天庭自毁，众神解散，各归洞府，否则，我必率伐天军打去南天门，攻入凌霄殿，让那昊天跪在我脚下颤抖！”

“大圣，这么好的机会，这么好的条件，再考虑考虑啊。”太白金星还不死心。

孙悟空道：“本来，两军交战，不斩来使。如果你还在这里废话，惹我生气的话，我也不知道我会做出什么让人意外的事来了，你想发生点意外吗？”

“算了，算了，小仙先告辞了。”太白金星赶紧起身。

毕竟，这魔王真不是好惹的，至少，太白金星惹不起。

他边转过身边擦额头的汗。

从一开始，他就被孙悟空那咄咄逼人的气势搞得提心吊胆，一见谈不好，赶紧逃也似的离开花果山。

昊天大帝和满堂神仙听了太白金星所说，无不气得肺炸。

昊天大帝连呼："真是岂有此理！岂有此理！岂有此理！"

元始天尊也忍不住了，本以为可以借这一招不战而屈人之兵，他还在沾沾自喜，换来的却是孙悟空狠狠地一巴掌。如今，无论如何，他已没有选择，必须灭了孙悟空！

西方教那里，他已顾不得了。而孙悟空如此桀骜不驯，嚣张无敌，必是天庭大患。他必须得亲自出手了。

他再一次去找了太上老君，说明情况。

老君叹气，叹完还是只能勉为其难同意帮忙。

他真不愿卷入这天下名利纷争，可考虑到师兄弟的情面，还有当时鸿钧祖师再三叮嘱过要他看好天庭，不能出事。

有些事，终究是逃不过的。

元始天尊请了太上老君，又让镇元子调出了他本来用以对付西方教的阐教护法军，再将阐教门人金仙之上的高手悉数调出。再让姜子牙调动四方天兵神将。

另外，还去找了西昆仑王母一派。西王母没有答应亲自出马，她称自己在修道的紧要关头，不能参与杀伐之战。

元始天尊明白，西王母还是对当年之事心存芥蒂。

不过毕竟同属天庭一脉，西王母还是派了九天玄女率十万西昆仑门人相助，元始天尊便也没再说什么。

一切准备就绪。

元始天尊再为天庭和昆仑都布了一道防御大阵，以防西方教偷袭。然后，他才和太上老君领头，带上九天玄女、玄都大法师、南极仙翁、镇元子、广成子、姜子牙和李靖等再次浩浩荡荡地杀奔花果山而去。

此时，于花果山和孙悟空而言，也不再是从前了。

与姜子牙一战之后，齐天大圣孙悟空之名传四方，万里之外，当初那些畏惧天庭，觉得孙悟空会反天失败的妖也蜂拥来投。一下子，孙悟空的伐天军又增加了数百万之众，更加壮大起来。

于是，孙悟空让四海龙王及龙族高手帮忙训练伐天军的驾云飞行能力，牛魔王、猪刚鬣和沙河上负责训练伐天军的攻伐经验。

而孙悟空又走到了水帘洞中那尊神似他的塑像前。他明明从心中唤出了魔来，成就了通臂猿王，为何在姜子牙的圣人金仙阵中，感觉还有一种魔将要成形而出？

他想不明白，继续往水帘洞前方走。

前方没有尽头。

他一个筋斗云十万八千里，然而无论他往水帘洞之前飞多久，却都从没有飞到过尽头。

就如水帘洞前有一句偈语所言：水帘洞洞天。

这看起来只是一座寻常洞府，实则里面别有洞天，是另一方世界。

“我倒要再去看看，这洞府深处到底有什么样的洞天？”

孙悟空那股倔强劲上来，又打算驾筋斗云往前面去看个究竟，突然，金蝉子从洞外走了进来。

“在发什么呆？”金蝉子问。

孙悟空道：“没有，就一个人静一静。”

“咦，你还造了尊塑像？”金蝉子突然看见了那个石猴，但马上又道，“这也不像你造的啊，看起来很古老了。”

孙悟空道：“是的，我来这里的时候就有了，我也奇怪呢。”

“是吗？”金蝉子道，“看来，你还真是天选之人啊。”

“天选？”孙悟空不屑，“那天压根就不在我眼中，我岂要它来选我！”

“不对不对！”金蝉子道，“我所言之天，乃是大天，三千世界之外，真正无边无际的世界。这抬头就能看见的苍穹，小天而已。”

“三千世界之外？”孙悟空道，“那是怎么回事？”

金蝉子道：“如今你虽境界在我之上，确实是因你天赋异禀，但我随老师悟黄庭时，曾听老师提及，常人都觉得神仙可翻云覆雨起死回生很厉害，圣人可改天换地更是了不起，然而，在三千世界之外还有一个无边的大世界，是圣人穷其一生也参悟不透的。再大的圣人，在三千世界之外的世界，都渺小如微尘。然而，与三千世界一样，那个无边的大世界，一样会眷顾某些具有灵性之人或物，使其成就大造化。被大世界眷顾之人，会有一个世外法身，而这就是你的世外法身！”

“这有什么用吗？”孙悟空问。

金蝉子道：“什么时候，你悟出道来，将这法身融为己身，你便可真正拥有再强杀伐力都无法毁灭的不死金身。也就是说，纵然鸿钧老祖出世，也不可能杀得死你，明白了吗？”

“这么厉害？”孙悟空道，“可是，我又如何能悟出道来，让这法身融为己身呢？我如今已悟透三千大世界，开始悟三千圆满世界了，看着这你所谓的法身，却是丈二和尚摸不着头脑。”

金蝉子道：“这个我也帮不了你，悟道之事，还得看自己的灵感。”

“好吧。”孙悟空看着水帘洞深处，“要陪我到这洞里走一遭吗？”

金蝉子看了眼黑漆漆的洞府里面：“这里面有什么好走的？”

孙悟空道：“你可别小看这洞府，这可是一方天地，就如你说的，恐怕是三千世界之外的大世界，连边际都没有！”

“连边际都没有？”金蝉子笑了，“你又在说笑了，一个洞府而已，岂能没有边际。”

孙悟空道：“你不信就往里走走试试，只管使出你的道法来。”

金蝉子是真不信，当即就施出纵地金光，向水帘洞深处飞去。

然而，那确实是个无边无际的世界，他再怎么往前，都是仙雾缥缈，永远看不见尽头。

“怎么样，我没乱说吧，要知道我一个筋斗云十万八千里，我在这里翻过一整天筋斗云，都没有看到边际呢！”

孙悟空驾着筋斗云在身后取笑。

“筋斗云？你以为筋斗云就厉害了吗？”突然传来一个声音。

“谁？是谁？”孙悟空和金蝉子突然听得这虚无缥缈的声音，举目四望，却不见半个人影，只有那虚无缥缈的雾。

“你看不见边际，就如同你看不见我一般。”那声音又似远还近地传来。

“你到底是谁，别藏头露尾的了，出来说话！”孙悟空吼道。

然而，他却是暗暗心惊的。毕竟，这里是水帘洞后方虚空世界，谁会在这里？更重要的是，他如今也是踏入大圣之门的大圣之辈，居然发现不了对方的存在？

“你成圣靠的是天赋，而不是靠修心，还得多悟才行啊。”那声音再次响起。

随即，一幕紫光在虚空亮起。

出现了一个身着粗布麻衫的樵夫，他乘坐奎牛之上，有着令人景仰的仙风道骨。

正是那个帮忙降雨的老者。

“老师，是您老人家？”

孙悟空正想说话，金蝉子却已拜了下去。

老师？这是通天教主？

孙悟空有些发愣。

奎牛上的人说：“你竟然能认出我来，看来，你的道行又精进了不少。”

金蝉子道：“嗯，弟子在归墟之下又悟懂了一些门道。”

“原来是截教教主。”孙悟空道，“老孙在这里给你见礼了，感谢前日相助。”

通天教主道：“不要称我截教教主了，截教已无。也不必言谢，封神大战，你也曾助我，彼此有情义在，该我还你。”

“老师，您怎么会在这里？”金蝉子问。

通天教主道：“我那两个师兄已经亲自出马，要来踏平花果山了，以你们现在的修为还不是他们的对手，我得帮你们一把才是。”

金蝉子道：“谢谢老师。”

通天教主将手一挥，四道光芒飞出，金铁交鸣，旋转空中。

金蝉子惊呼：“诛仙四剑？”

通天教主道：“拿去吧，就算你只有真圣之力，只要用了这诛仙四剑，也能有大圣之力，非大圣之辈不可敌。若摆下阵来，则会更强。”

金蝉子看着诛仙四剑道：“这个，老师您就不要给弟子了吧，您老人家摆下阵来，比弟子强多了。”

通天教主道：“不行，我可把诛仙四剑给你，却不能亲自出面。毕竟，那两位都是我的师兄，我已不能明着与他们争斗厮杀了。”

“为何不能？”孙悟空道，“那元始天尊和老子启动封神大战，灭你截教，你还念着和他们的情谊吗？”

通天教主道：“我倒不是念着和他们的情谊，只是看祖师面子。”

孙悟空道：“看祖师什么面子，那鸿钧老祖老儿不也是帮他们的吗？”

通天教主道：“话不能这么说，其实当初我也有不是，太过坚持，祖师想要建天庭，立正统，我却非要逆了他心意。我截教皆是虫卵湿生、披毛带角之辈，若让他们都坐上天庭去，也总有些不大好看。何况，封神大战，祖师一直在背后看着，万仙大阵，祖师若要我亡，便没有我今日。他已看在师徒份上，放我一条生路，我自不能再逆他了。”

金蝉子道：“好吧，既然老师你为难，那弟子就收下这诛仙四剑了。”

通天教主点头：“嗯，你能体谅为师就好。截教已无，你我也不再是师徒，以后也别再喊我老师，咱们就算个熟人、朋友吧。”

“老师……”金蝉子突然觉得有些哽咽。

通天教主微微一笑：“不必难过，你自归墟而出，未来会有大造化，但也会有诸多磨难，愿你能成为真正慈悲为怀的普度众生之人。”

“弟子谨记老师教诲。”金蝉子道。

“后会有期。”通天教主骑着奎牛转身，却又突想起什么来，回过头，看着孙悟空道：“其实，世界再大，都没有心大。你筋斗云再厉害，翻一年都未必到得了的世界，你用心去看，或许就看得见了呢。毕竟，有时候目光所及，都是有限的世界。你的名字取得不错，打破冥顽须悟空，空，才是无边的大世界！”

不待孙悟空说话，通天教主已骑着奎牛消失不见。

孙悟空与金蝉子对视了一眼。

金蝉子看了眼手中的诛仙四剑，道：“大战在即，我先出去排练剑阵吧？”

孙悟空点头：“行，我再照教主所说，用心去看这世界，看有什么玄机。”

金蝉子当即拿着诛仙四剑去了。

孙悟空又看了眼这水帘洞洞天的无边世界，然后在空中悬浮盘坐，双手结印，双目微闭，开始如通天教主所言，用心去看这世界。

渐渐地，他听到了那轻轻的风，感受到了微微的气流和若隐若现的雾，他随着那风、雾和气流往四方而去。

穿过洪荒，他看见了一个熟悉的世界。

在洪荒的边缘，有一处云雾环绕的世界。

他很熟悉那个世界。

那是鸿蒙的最后一个角落，被后来的神称为秘境。

这天下圣人，多从鸿蒙而出。

那也是他最初的家。

他随着那风那雾那气流进入了秘境。

虽还是鸿蒙，却已不是最初的鸿蒙了，完全不是他记忆中的样子。

他记忆中最熟悉的部分，那个可以被称之为家或故土的地方已经被毁掉了。

有些被毁掉的东西就如时光一样，走过了就再也回不去。

他的意识随着风、雾和气流穿过鸿蒙秘境，一直往前。

然后，他在秘境的尽头看见了云雾缭绕之中长着一株如人形般青色的草。这草长得挺奇怪啊。

正在感慨，那青色的草上立刻就开出一朵紫色的花来。

他还来不及惊叹好看，花便已凋零，结出一个白色的果来，他还在想着白色的果会不会是有很强灵力的圣果，结果，那白色的果突然就裂了开来。

随即，从里面飞出一只七彩的蝴蝶，往远处飞走了。

他想跟上去，然而，那蝴蝶却消失在无边的云雾之中。

前面的世界还是不见边际的茫茫一片。

这世界的尽头在哪？

为何我用心去看，还是看不见这世界的边际？

孙悟空回过神来，颓丧地又走到那被金蝉子称为法身的塑像面前。

猛然，如一道闪电击中脑海。

孙悟空突然明白了过来，他其实已经看见了这个世界的边际。

这个世界的边际，就是那株青色的人形草，开出紫色的花，结出了白色的果，然后飞出七彩的蝴蝶。

世界的尽头就是一次次的蜕变，破茧成蝶。

这也是生命的真谛，道法的根本。

唯有打破自己，甚至放下自己，才能成为新的自己。

所以，一株永远被泥土禁锢在原地而不能离开的草，却在一次次的蜕变之中，变成了长出翅膀，可以在天空中自由飞翔的七彩蝴蝶！

那一刻，他的灵识也如那只长出翅膀的七彩蝴蝶一般。他忘掉了袁洪，忘掉了孙悟空，变成了眼前那永远一动也不动的石猴塑像，就那样一动不动的，不闻世间，却与天地长存至时光尽头。

轰然一声爆响，那石猴塑像顷刻间碎裂，如同光影一般，融入了孙悟空的身体之中。

他的心中再次敞开一个世界。

然后，那个世界里再次轰然窜出一个猴子来！

那猴子塌鼻子、凸额头、白头青身、火眼金睛，高有数丈，头颈长达百尺，上套一根大铁链，鼻孔之上还吊着个大铃铛，手执一根黑色镔铁棍，凶神恶煞之气，盖过通臂猿！

孙悟空将口一张，那猴子窜出来。

猴子见着孙悟空倒头便拜："无支祁拜见主人！"

"无支祁？"孙悟空眉头一皱，"你是大禹治水时的淮河水怪赤尻马猴？"

无支祁道："是，也不是。"

孙悟空问："何为是，又何为不是？"

无支祁道："是，因为我曾经是；不是，因为是主人将我从过去的囚牢中唤醒，赋予我新的力量和使命，我便是新的自己。从此，我便是主人你身体或生命中的一部分了。"

"是吗？"孙悟空还是有些疑惑，"可你被大禹锁于淮水，我如何能将你唤出？"

无支祁道："我本就是大王心中一个念头，当年大王孕成灵胎，却被元始天尊道人以盘古斧劈来补天，大王心中有一股怨气出走，便成了后来的我。如今，大王修成圣道，便可唤我回归了。"

"这样的吗？"孙悟空不由又想起，当年他还是自鸿蒙出世的那块石头时，老子、元始天尊和通天教主带着盘古斧要来劈他补天，好友金蝉子为了护他竟伤于元始天尊的盘古斧下，后金蝉子被通天教主带走。

那时他的心中起了数个念头。

有过怨念，想不顾一切，毁天灭地，泄愤出气；有过挣扎和反抗，希望自己强大，不被欺压，可以狠狠地惩罚那些高高在上而专横霸道的神，可以守护这天下公道；也有过认命和慈悲，觉得虽然牺牲了自己，可若补了那天的窟窿，使天下苍生免于灾难，也算一件功德；还有诸多矛盾的念头交织在一起，恨自己的无能。

没想到，当初的一念出走，便得道而成为另外的自己。

孙悟空道："行了，你先回来吧，很快有一场大战将起，到时候我带你一起征战，守这天下之道！"

"是，主人。"无支祁应声，飞回孙悟空体内。

第 14 章　轮回之剑，天外有天

水帘洞外。

金蝉子已经开始在花果山四处勘察地形，然后让猪刚鬣等配合着摆下诛仙剑阵。

那诛仙剑阵果然非同凡响。

四剑悬于四方，只见万丈煞气升空，愁云惨雾四下笼罩，隐有凄厉的鬼哭狼嚎之声，震人心魄。

四海龙王见状，连连称赞，不愧是封神战中让圣人也望而却步的第一大阵！

“好了，有此阵在，那天兵天将便无法踏进花果山半步了！”金蝉子高兴地对孙悟空道。

孙悟空道：“我倒有些迫不及待，看那天庭怎么来拿我了！”

金蝉子道：“这一次，定是我那老子或元始天尊师伯亲自来吧！”

孙悟空道：“我真的很想会会他们，上次我打到天上，那老君用个金刚镯把我打倒，真是跟打小孩一样，他想不到，士别三日，应该刮目相看了！”

“报！有大批天兵自昆仑方向往花果山而来！”

正说着，便有斥候将来报。

“来得真及时！”孙悟空当即对身后的猪刚鬣道，“传令下去，伐天军全军备战，这一战，我们要打得比上次更好、更过瘾，要借这一战将所来的天兵天将全歼，来日我们再打天庭时，便如探囊取物，不费吹灰之力了！”

猪刚鬣和沙河上立马下去进行作战部署。

金蝉子则启动诛仙大阵。

孙悟空命人搬了把椅子来，放在花果山长得最高的那棵树上。他就坐在那椅子上，肩上扛着金箍棒，身后站着伐天军七十二将，等着天兵天将的到来。

很快，那惊天动地的阵势就滚滚逼近。

老君还是骑着那头板角青牛，元始天尊则乘着九龙沉香辇，一片仙音妙乐吹奏，瑞气祥云环绕。

身后跟着老君唯一的弟子玄都大法师，还有元始天尊门下的南极仙翁、广成子等。

李靖和杨戬之流站更后面。

虽然，南极仙翁和广成子这些人并不在天庭任职，但说起来却是杨戬和李靖的师叔辈，分量终究还是要重得多。

当元始天尊带着阐教护法军和天兵天将赶到花果山时，他本来笃定的脸色变了变，因为他又看见了那如梦魇般熟悉的场景——诛仙大阵！

虽然，如今的他已非封神大战时的他，当年他不过半圣之辈，如今已成大圣，压根不惧诛仙大阵。这天下除了鸿钧老祖祖师外，唯一还让他忌惮的，是曾创下了万仙来朝天下第一教的截教掌尊通天教主！

其实，有大师兄在，本可敌通天教主，但孙悟空一方增加了个强大的帮手，再加上诛仙大阵，就使孙悟空一方如虎添翼了。

本来他抱着只要他出手，孙悟空必被拿下的念头，此时开始有了些不确定性的动摇。

不过好在他还是圣人之辈，心中虽慌，脸上还是摆出睥睨天下的姿态，冲着孙悟空问道："怎么，我那通天师弟既在这里摆阵，却藏头露尾，不敢出来见人吗？"

金蝉子道："这阵乃是弟子所摆，跟老师无关。万仙大阵之后，老师已归隐远方，不问世间恩怨。"

元始天尊问："这么说来，他是把诛仙四剑传给你了？"

金蝉子道："是的。"

元始天尊道："你老师尚且迷途知返，隐退远方，你为何还执迷不悟，助纣为虐，毁自己一世前程？"

"哈哈……"金蝉子不由笑了起来，"师伯你说这话真是厚颜无耻。我自毁前程？要知道，我截教本来繁荣昌盛，大家修道，自得其乐，各得其所，而有人为天庭，为自己门人利益，策划封神榜，挑起封神大战，使生灵涂炭。从那一刻开始，便是你我的不归路。我与无数截教弟子的大好前程就为了成全你阐教门人的前程而毁了，你们踩着我截教门人的肩膀，踏着我截教门人的尸骨，坐上了天庭那金碧辉煌之地，号令天下。你不知为自己的行为感到羞愧，反而指责于我，你欺压我时，我不该反抗？当真是岂有此理！如此看来，师伯你修的道，不是天道，是地道，是歪门邪道啊！"

"岂有此理！"元始天尊听得大怒，"你一个小辈，没有了师父教导，便如此目无尊长了么？我今天要不好好教训一下你，这道我都算白修了！你给我出阵来，看我怎么替你老师教你尊师重道！”

“哈哈哈，妙！真是妙！”孙悟空突然鼓掌站起，“元始天尊老儿，我早知你厚颜无耻，却没想到你不要脸到这个份上啊，你以长者身份，叫阵晚辈，还如此理直气壮，就是那凡人，大人打小孩，也不会觉得是自己有本事，偏偏你就觉得格外自豪。既然你这么想打，我满足你，我跟你打吧！”

孙悟空知道金蝉子不可能是元始天尊的对手，可金蝉子如果不接招，又显得示弱，所以他立马挺身而出，要替金蝉子战斗。

“行，你要战，我便与你战！”

无论如何，孙悟空已经喊话了，元始天尊也不能不应。他若不应，必输士气，贻笑大方。而且他认为孙悟空虽然也悟透了三千世界，但应该还在真圣级别，不够真正的大圣。

就算是真正的大圣，在大圣的境界里，又各有高低。

而他已算是中等偏上的境界了。

一个孙悟空，岂在话下。

若能拿下孙悟空，也算擒贼先擒王，免了这一场旷世兵戈。

当下，双方的兵马都各自退了开去，把战场让出来。

孙悟空却把金箍棒往那空旷的东海一指：“去那边打吧，这边窄了，打不开，免得伤了无辜。”

元始天尊一笑：“随你。”

孙悟空当即一个筋斗云就翻到东海之上。

元始天尊对姜子牙耳语了几句之后也跟了上去。

“请吧。”元始天尊还是一派圣人风范。

孙悟空道：“那我就不客气了。”

他讨厌元始天尊已久，觉得完全没必要跟他假惺惺的客气，彼此都是要论生死的，还客套什么！

话落，金箍棒向元始天尊一指，一道烈焰金光就向元始天尊杀去。

元始天尊将宽大的袖袍一拂，那烈焰金光便悄无声息地散了。

孙悟空再将金箍棒一抖，喊一声："长！"

那金箍棒立刻变粗变长，粗若山腰，长若天柱。

孙悟空将金箍棒挥起，金箍棒燃烧起烈烈火焰，犹如泰山一般就往元始天尊头上落下。

这一棒，元始天尊也不敢无视。

金箍棒重达一万多斤，他并不在乎。然而，在孙悟空的圣力之下，猛劈下来，这是石破天惊的力量。至少在并没有真正弄清楚孙悟空的圣力之前，他不敢掉以轻心。

当下他也把手一挥，喊一声："起！"

头上诸天庆云冉冉升起，迎向金箍棒。

金箍棒落在诸天庆云之上，如泥牛入海，但诸天庆云也被打散开了些，随即复又聚拢。

这一下，孙悟空和元始天尊心里都有些微惊了。

孙悟空知道，他这一棒落下有数百万斤力，可将大地打开万丈深渊，但打在诸天庆云之上，却只是打散开一下后又恢复如常。

可见这诸天庆云的防御之力，确实恐怖。

而元始天尊之所以惊，是因为这诸天庆云的防御之力，在这三千世界之内，恐怕除了老祖的鸿蒙蒲团之外，便只有老子的太极图和西方教主的十二品莲台可与其相提并论了。

纵然是那恐怖如斯的诛仙四剑，也难攻破诸天庆云的防御。

然而，孙悟空这一棒竟将诸天庆云打得震荡开来。

就这一棒，他便知孙悟空绝不是悟透三千大世界的真圣，而是悟透了三千圆满世界的大圣了，而且不会低于大圣中层境界。

也就是说，孙悟空的圣力并不比他低，这令他极为震撼吃惊。

距离封神大战才两百年不到，孙悟空如何有如此强大的圣力？

要知道自封神大战之后，他用了无数的天材地宝灵丹妙药助力悟道，才从半圣悟到大圣，这已经是非常震惊的事了。而他这点长进相较于孙悟空的长进来说，简直就是小巫见大巫了。

解与不解，元始天尊都得正视孙悟空的圣力了。而让他更吃惊的，还在后面。

孙悟空见一棒居然无法攻破诸天庆云，心中那股桀骜的狠劲一下子就爆发了出来。

不管打得怎么样，只管先打了再说，打痛快了再说！

那金箍棒犹如疾风骤雨一般就往元始天尊头上砸下。

诸天庆云竟开始有些受不住了。

孙悟空的金箍棒打得太快太猛，甚至在上一棒的力量还未消退之前，又落下一棒，这就使得那威力逐渐增加。

元始天尊见状，知道必须变被动为主动，于是祭起三宝玉如意，向孙悟空打来。

这三宝玉如意，攻伐力极强，且专打天灵盖。凡被打中者，皆失魂落魄而亡。

宝还未到，孙悟空已感应到一股摄魂之力，他便知厉害，立马挥金箍棒就向三宝玉如意打去。

而那三宝玉如意乃是圣宝，非一般兵器能挡。它见金箍棒打来，竟立马化出黑白红三道光华，并绕开金箍棒，继续向孙悟空打来。

孙悟空见状，将双眼一睁，火眼金睛放出两道金光，直冲三宝玉如意而来。

这火眼金睛金光射出，胜过离弦之箭，三宝玉如意竟避不开，被打落下来。

元始天尊赶紧伸手将三宝玉如意收回，又赶紧祭出混沌珠来打孙悟空。

这混沌珠乃是鸿蒙灵珠，内藏鸿蒙之力和诸般变化。

一颗青色珠子打出来，立马光华大放，发出震耳雷霆，铺天盖地如疾风骤雨般向孙悟空打去。

每一颗珠子，都暗藏百万斤力。

孙悟空见状，冷笑一声："此等术法，岂能赢我。"

当下，他把金箍棒往地上一插，吼一声："看我金箍大阵！"

刹那间，那根金箍棒化出千百根金箍棒，在孙悟空四周围成一个水桶般的阵法。

那混沌珠打在金箍大阵之上，只听得轰然爆响的金铁交鸣之声，眼前一片金光四溅，却打不进金箍大阵，也伤不了孙悟空。

元始天尊见状，立马将手再挥，道袍卷起。

一时风云际会，如狂潮涌出，卷动那混沌珠猛烈冲撞向金箍大阵。

爆响之声过后，金箍大阵有所动摇，却仍屹立不倒。

元始天尊的眼神里掠过一丝颓然之色。

孙悟空的圣力，或者说是这金箍大阵的威力，超出了他的想象。

他似乎隐有预感，今日，他将落于下风，颜面尽失，不过也已骑虎难下了，当即仰天一声长啸："九部天龙何在！"

霎时间，那九龙沉香辇下九条飞龙猛窜而出，九条天龙分九州之力，向孙悟空凶猛扑去。

孙悟空一声冷笑："这一招，你几百年前就用过，那时奈何不了我，何况今日乎？"

话说着，只将金箍棒祭起，化为九根，迎向那九部天龙。

九部天龙张开嘴，如同深渊，欲将金箍棒吞下。

然而，孙悟空却口中大喊："长！长！长！"

那金箍棒便一直长！

天龙见吞不了金箍棒，便绕开金箍棒，直接来攻孙悟空。

"汝敢欺我？看我法天象地！"

暴吼声中，孙悟空的身躯如同离弦之箭般往苍穹上长去，长高三十万丈！

手臂比泰山还粗，拳头比华山还大。

那九部天龙往孙悟空飞来，孙悟空挥拳打出，直接将一条天龙打飞出去，缩成了一条虫子！

其余天龙仍不畏惧，前赴后继。

孙悟空一口气，连挥九拳，把九条天龙都打成了虫子。

此时，一面旗帜迎空飞起。

见九部天龙被破，元始天尊终于祭出了他的超级法宝——盘古幡！

盘古幡一出，物换星移，改天换地！

霎时间，千里冰封，万丈烈火，九州山岳，诸天万物，汇聚成一道毁灭深渊，一起向孙悟空压来。

那是世上最让人敬畏而又恐惧的力量。

仿佛整个世界都会在下一刻被毁灭！

那在外观战之辈，除了老君都已看不见孙悟空了。他们在这一刻便看见了一生所见，风雨雷电云雾水火天地万物。

孙悟空在其中渺小如蚂蚁，随后就消失了一般。

“猴子。”当紫霞看见这一幕时，再也控制不住担心，失声喊出，要往这边奔来与元始天尊拼命。

金蝉子一把拉住了她。

金蝉子知道，圣人斗法，有些非肉眼可见。

从先前破解了元始天尊的三宝玉如意和混沌珠以及九部天龙可见，以孙悟空的造化，是不会这么容易输的。

事实确实如此。

观者无不提心吊胆，孙悟空却只是一声轻笑，并不慌张。

眼看着那一整个世界往他埋葬而来，他一声大吼：“画地为牢！”

就见那金箍棒绕天上地下转了一圈，转过之处，留下一片金幕。

那向他埋葬而来的千里冰封、万丈火海、九州山岳和诸天万物皆穿不破金幕，遇而消散。

元始天尊不断地挥动盘古幡，改变天地奥义。

然而，孙悟空只是念动真言。

那金箍棒画下的圈子，金光如幕，无论神佛妖魔人，未有他的允许，皆不能入！

“呀……啊……”

见盘古幡居然都奈何不了孙悟空，元始天尊一代大圣人，也终于破碎了所有的修养，怒叫声声，使出了他的终极杀手锏——轮回之剑！

一柄自虚空而出、可使人轮回到过去的剑！

这是元始天尊内心真正的骄傲。

自从随鸿钧老祖修道以来，他在三千圆满世界之中悟出了许多真谛，在这宇宙洪荒之中，也是寥若星辰般的存在，尤其是打灭截教，使阐教称尊，让他成为这万古时光中至高的存在。

但这些都不如他悟出了轮回之剑。

这剑可使任何人或物，回到过去的任何时候！

他要以轮回之剑使孙悟空回到最初，回到那无能不堪之时，再将其灭掉！

只见元始天尊将手往天上一划，一道虚影如浮萍在空中；再将手往地上一划，一道虚影也如浮萍在空中；再往四方划一圆，又一道虚影浮在空中。

三道虚影，分别为天地四方，过去、未来和现在。

随即，他将三道虚影合而为一。

那三道虚影便成了一把如晶莹露珠色的长剑！

这便是他新近悟出来的无上圣法轮回之剑！

元始天尊再将轮回之剑往前一推，一道白光便射向画地为牢之金幕。

“轰！”

一声震天动地的爆响。

那四周许多观者立刻感觉到一股排山倒海的力量涌来，道行浅者根本站不稳，凌空就摔飞出去。纵然是猪刚鬣之辈，也脚下踉跄，身子摇晃。

而孙悟空的画地为牢之术，也被那轮回之剑洞穿，瞬间碎散。

轮回之剑又向孙悟空射去。

孙悟空见画地为牢之术被破，知这圣法厉害，当即将金箍棒一抡，迎着轮回之剑就打了出去！

然而，那轮回之剑不闪不避，迎着金箍棒刺来，竟然穿过了金箍棒！

眨眼之间，便已射到孙悟空面前。

而也就在那一瞬间，孙悟空感受到一种从时空中涌来的无穷之力，那无穷之力如同一个巨大而黑暗的旋涡一般要将他吞噬，竟然令他有了一种无力感，如同一个凡人溺水面对死亡的恐惧一般！

他毕竟也是悟过三千世界，甚至见识过三千世界之外无边大世界的圣人之辈，他知道这是时光轮回要将他带走。

他用意念强抗着。

这世上几乎没什么能抵挡得住时光之力，然而，一个人的信仰却可以！

只不过，这种抵抗是一种很痛苦的过程，就如涅槃一般。

沦陷，撕裂，破碎。

痛苦和恐惧如同惊涛骇浪卷入脑海神识，如同泥潭深渊将他困住。

那些过往，如潮水一般将他淹没。

那一年，他还只是一块石头，只因共工怒触不周山，使天塌陷，元始天尊便带着盘古斧来劈他补天。

金蝉为了保护他，被一斧劈落翅膀。

不周山下，他见到分隔了几万年的花蛇，然而相隔了几万年的花蛇已成了天下大圣人女娲，她告诉他，圣人有圣人的不自由，她与他不可再见。

梅山之上，他与白狐一见钟情，过着简单的日子，杨戬带着哮天犬狩猎，他看着白狐被三尖两刃枪刺伤，却救不了她……

在那个月光皎洁的夜晚，她为他跳了一支绝美的舞，从此再无音讯，他发疯般地找遍整个天下都不见她，后来才知道，她竟然去了纣王宫，成了万人唾骂的妲己……

他还看见，白狐被绑在封神台上，姜子牙祭起斩仙飞刀。

那一瞬间，白狐被斩成两截。

这世间再无希望，再无挂念。

然而，正当他想着随那旋涡而去，放下一切了无牵挂之时，之前那个在他心中蠢蠢欲动的生命又在他心里使劲往外窜。

就像是一个溺水的人，在拼命地抓着救命的稻草，想上岸来。

他是谁?

我走，却不可带走别人!

孙悟空这么想着，意念一起，便要放那生命出来。

也就在那一瞬间，轰然一声爆响。

一道影子飞出，将元始天尊的轮回之剑击碎!

而在孙悟空的眼前又多出了一只猴子。

那猴子长得有些奇怪，也说不出哪里奇怪，仔细看清楚，竟然长了六只耳朵!

还有，那六只耳朵的猴子肩膀之上扛着一根黑色的铁棍，看起来不起眼，但孙悟空能感觉出来，那黑色铁棍之上藏着无边圣力。

“六耳猕猴拜见主人!”

那猴子当即向孙悟空跪下见礼。

“你，也是我当初的一缕神念么?”孙悟空才想起无支祁的话来，问道。

六耳猕猴道：“是的，我是当初主人那不甘而又誓死不屈的一念，如今得主人圣力所唤，我回来了!”

“这老头子就交给我，让我来打死他吧!”六耳猕猴转过身来，面向元始天尊。

“你，你是谁？你如何破得我的时光轮回之剑？”元始天尊面露惊骇之色。

六耳猕猴桀骜一笑：“时光轮回之剑？很牛吗？你不知小爷善聆音，能察理，知前后，万物皆明？时光无穷，小爷都能看破，凡事看破了，都是浮云。还有，看见小爷这根棍子了吗？你别认错了，它可不是烧火棍，而是随心铁杆兵，知道随心铁杆兵什么意思吗？就是随心所欲的意思，心在哪里，力量就在哪里。时光可以穿过天下万物世间一切，唯独穿不过人心记忆，因为时光只有在人心记忆里才能存在！没有人心和记忆，也就没有时光。所以，你的轮回之剑，可将人带去将来或过往，而我只要选择遗忘，一切时光在我身上都会荡然无存。听明白了吗？没有听明白我教你！”

一席话，元始天尊只觉额头汗珠涔涔滚落。

自女娲补天降圣，祖师又道心损毁闭门，这天下，论圣法修为，真正能进入他眼中的，恐怕就只有他老子师兄了。

没想到，今日一个名不见经传的家伙却破了他最引以为傲的大道圣法，使他顷刻之间颜面无存。

这一席话比起那移星换斗的力量击在心上更令他崩溃。

因为修道最极致的力量，其实就是心里的力量。

一旦道心受损，甚至崩溃，一切道法，都将成浮云。

元始天尊只觉得身形虚浮，脚下踉跄。

此时，一个声音飘然入耳：“师弟，你也是这大道圣人，不要执着于成败得失，也不要在意输赢高下，世间万法，都只是因，未曾经历的才是果。”

一瞬间，如醍醐灌顶，元始天尊稳住心神，心中暗道一声惭愧。

老君走了过来，看着六耳猕猴道：“道友看起来还尚稚嫩，没想到道法高强，悟性超人，不如小道来领教领教道友的圣法吧。”

六耳猕猴道：“你乃人教圣主，传天下道德，倒是个难得的好人，我不忍打你啊。”

“哈哈……”老君仍和颜悦色，“不打紧的，世人也好，圣人也罢，总难免有做得不妥之处，我若挨打，也是自找。”

六耳猕猴道：“你说话态度真的很好，谦恭，低调，不像有些人仗着有点本事就趾高气扬、嚣张跋扈，我虽不想与你战，但你若要战，我也可以陪你玩玩！”

老君微笑道：“不胜荣幸。”

六耳猕猴道：“那动手吧。”

老君道：“不，还得你先出手。”

六耳猕猴道：“好吧，我只客气一下，就不接着客气了。”

话落，将手掌往虚空一划。

一道龙卷风裹挟着电闪雷鸣向老君卷出。

老君不紧不慢，手指一捻，指间多出一片树叶来。他将那树叶迎着风弹出。

顷刻之间，那龙卷风便消散。

再大的风，可吹折树干，或树枝，但从来吹不断一片叶子。

六耳猕猴见状，又往虚空一划，九支飞剑向老君射去。

老君还是不慌不忙，手指一弹，一滴水飞出，再化为九滴，迎着飞剑剑尖而去。

剑尖触着那水，立马消散。

刀剑再锋利，可斩万物，唯斩不断风水。因为风水断开，立马又融合。

两人你来我往斗法。

六耳猕猴施了许多圣法，但都被老君破解。

老君也用了金刚镯、乾坤图、风火蒲团以及太极图，但也都奈何不了六耳猕猴。

六耳猕猴以一根随心铁杆兵，施随心所欲之法。纵然太极图化出三千世界，六耳猕猴也照旧遁出三千世界之外。

后来，老君使出一气化三清来，化为太清、玉清、上清三位大圣人，各以圣宝来降服六耳猕猴。

六耳猕猴见了，也只是一笑道："用这法子诳我，也看看我的吧！"

说罢，摇身一变，竟然也化出了太清、玉清和上清一模一样的三个圣人来。

"再加你们几个！"

话说着，六耳猕猴突然凭空消失，化出一个老君，还化出一个元始天尊来！

"随心所欲，倒也确实称得上无上圣法了，只是这世间万物，从来一物克一物，我这里恰好新悟出了一样宝贝呢！"

老君说着，亮出一面镜子来。

那镜子放出一道白光。

六耳猕猴顺着白光，看见那镜子里竟然也有一只六耳猕猴！就在他看见镜子里的六耳猕猴时，他一下子被定住了，一动不动的，如同塑像一样立在那里。

"这，这，这，师兄你这是什么宝贝，居然如此厉害，这么轻易就把他制服了？"元始天尊惊喜地问。

老君道："此乃照心镜，里面有三千世界，可照万物之心，万物之心进其中，都休想再出来！"

“如此厉害？”元始天尊听罢大喜，便又看向孙悟空，“那往这妖猴一照，岂不是就能收了他！”

“收我？”孙悟空冷冷一笑，“你修道是修天真了吗？你真以为那什么狗屁照心镜就厉害了，能收六耳？你却不知，他的心在我这里，他听我的呢！”

说罢，孙悟空当即喊一声：“六耳，回来！”

老君手中的照心镜如同水波般晃了下，立在那里的六耳猕猴也如梦初醒，然后直接飞向孙悟空。

孙悟空口一张，六耳猕猴便回到了孙悟空的心里。

“通臂猿，无支祁，出来！”

孙悟空吼声，将口一张。

霎时之间，便自他口中飞出了通臂猿王和无支祁两大混世魔王，一人手执擎天柱，一人手执镔铁棍，落在地上，连大地都跟着一震。

“给我拿下这两个为圣不尊的家伙！”孙悟空下令。

通臂猿王和无支祁领命，立马挥着那盖世奇兵扑向元始天尊和老君。

元始天尊见状，当即也下了最后的命令：“现在不拿下花果山，更待何时！”

姜子牙得令，便看向九天玄女，问想出破阵之法没有。

九天玄女点头道：“其一占九九方位，九九归一，冲诛仙大阵；其二直取摆阵之金蝉子，擒贼先擒王，擒摆阵之人，阵法可破！”

姜子牙听罢，看着镇元子点了点头。

镇元子当即对一万阐教护法军下令：“摆九九归一阵，破诛仙大阵，剿灭反天妖，踏平花果山！”

阐教护法军得令，在诛仙大阵之外占了九九八十一个方位。

镇元子挥动帅旗，九九八十一组阐教护法军从八十一个方位之上，一起往诛仙大阵中心冲去。

金蝉子挥动帅旗，四海龙王入阵，各守于诛仙剑、陷仙剑、绝仙剑和戮仙剑之下。

整个诛仙大阵霎时启动。

诛仙四剑立刻爆发出万丈煞气，毁天灭地之力。

冲过去的阐教护法军也爆发出摧枯拉朽的力量，在阵法的反击之下，一个又一个地倒下。

但诛仙大阵也同样被冲击得摇摇晃晃。

玄都大法师和广成子等分别来取金蝉子，欲斩主帅而破阵。

猪刚鬣和沙河上等上来护法。

铁扇公主迎着冲上来的阐教众仙圣就是一芭蕉扇扇出，一股狂风卷出，却并没有将那仙圣扇走。因为跟随而来的昆仑度厄真人身上，带有宝贝定风珠，专克芭蕉扇。

两方的人马很快就混战在一起。

元始天尊所引以为傲的阐教护法军确实强大，在以四成伤亡的代价之下，终于将诛仙大阵破开一个缺口。

金蝉子只好召回诛仙四剑，弃阵而战。

镇元子、广成子、赤精子和云中子围着金蝉子激战。

若不是金蝉子凭着诛仙四剑的威力，恐怕一刻钟都撑不下来。但凭着诛仙四剑，有大圣之力，还可稳占上风。

很快，玄都大法师和南极仙翁也来助阵。

伐天军一方，虽然兵力要强过天兵天将，但道法高强之辈却是比天庭少。

阐教二代门人，个个俱是大罗金仙甚至踏入圣门之辈。阐教护法军，亦个个都是元始天尊亲自培养的绝密高手。

李靖、杨戬、哪吒、金吒、木吒、雷震子、闻仲、罗宣、吕岳、黄飞虎等五岳大帝，以及青龙、白虎、朱雀、玄武星君等全都是道法高手。

不过猪刚鬣、沙河上、穿山甲王、伐天军七十二将、小白龙和牛魔王等妖王也都本领不凡。

四海龙王和龙族大军之中的万年龟王、十臂蟹将等都是呼风唤雨移山倒海的强者，那阐教护法军和天兵天将一时仍打不进花果山。

猪刚鬣见双方厮杀惨烈，知道这样下去，伤敌一千，也得自损八百，当即往天上发出一支响箭。

这是发给地龙军的信号。

所谓地龙军，就是大荒中那些因为怯弱而藏于沼泽泥泞之下苟活的龙族，失去了龙鳞，龙爪和龙身的龙族。

被人称为蚯蚓的龙族。

它们再也不能在空中飞翔，但在那极大的屈辱之中为了生存，拥有了另一种龙族也没有的本事，那就是可以在地下穿行！

早候命在花果山的十万地龙军看见信号，立马就一起遁入地下，然后穿行到了天兵天将的后方，再一起从天兵天将的后方发起偷袭！

那本来还势头正猛的天兵天将突然被后方十万地龙军偷袭，战斗力再强，也是防不胜防，一下子就出现了大量伤亡。

而且还不仅仅是伤亡的问题。因为后方突然出现的猛烈攻击，使得天兵腹背受敌，军心大乱，一锅粥地被裹在了中间厮杀。

整个战况瞬间出现惊天逆转。

即便是那战斗力极强的阐教护法军，在这种腹背受敌的裹杀之中，也被打得手忙脚乱，狼狈至极。

姜子牙见状，立马挥着帅旗大喊：“赶紧，用靠背战法！”

这倒是应对腹背受敌的好战法。

然而，此刻天兵天已经将被杀得慌了神，乱了阵脚，后方的偷袭，前方的反扑，伐天军根本不给天兵天将喘息之机，姜子牙也只能眼睁睁地看着，这一场本来稳操胜券的杀伐，落得被反杀的结局。

他想起了老师元始天尊，赶紧驾四不像杀出重围，去向元始天尊禀报。

这边的元始天尊和老君，也是战得惊天动地大汗淋漓。

本来，通臂猿王和无支祁战老君和元始天尊，实力还是要逊色许多的，但孙悟空又唤出了六耳猕猴来，加上他自己也挥着金箍棒加入战团。

两大圣人被四大猴王直杀得道心不稳，险象环生，全靠着诸天庆云和太极图这种防御至宝，以及本身悟出的无上圣法勉强化解。

但在孙悟空的金箍棒、通臂猿的擎天柱、无支祁的镔铁棍和六耳猕猴的随心铁杆兵四方围攻之下，圣人已演化不出天地，能看见的天地不过是一个深渊般的囚牢。

四大猴王，占着四方，四方胜过铜墙铁壁，四方就是世界边缘。

金箍棒的烈焰腾腾，擎天柱的雷霆万钧，镔铁棍的霜寒万里，随心铁杆兵的深不可测。

在四大猴王的圣法之下，盘古天王演化出来的天地已然消失，已改天换地成四大猴王的造化世界。

好在这两大圣人，也是自洪荒上古以来的至高强者，悟透三千世界和圣法玄妙之辈。

老君见势不对，便对元始天尊喊一声：“你以盘古幡与我太极图合力破阵！”

元始天尊心领神会。

当即祭起盘古幡，配合着老君的太极图。

四大猴王演化出来的新天地被两大鸿蒙至宝破开，两大圣人破出阵外，却已是累得大汗淋漓。

此时，姜子牙正往这边奔来，急喊道：“老师，不好了，我们中了妖猴的埋伏，被杀了个腹背受敌，伤亡惨重！”

元始天尊腾空而起，往那边看了一眼。只一眼，他便知大势已去，就赶紧道：“还废什么话，赶紧撤兵！”

喊完，向着追上来的无支祁打出三宝玉如意，将无支祁逼退，他则借势往花果山这边飞来。

远远地，他将盘古幡一挥，一片大雾把战场罩住。

“你想瞒天过海，哪有那么容易！”孙悟空一挥金箍棒，一道金幕划出，立刻将那大雾冲散。

老君见状，往空中一抓，取一把沙，往那战场里一丢。

那风沙便往伐天军成员眼里吹去，使伐天军成员睁不开眼来，而天兵天将借这机会，赶紧往外突围。

接着，六耳猕猴又使圣法破了老君的风沙之术。

即便老君只用风沙术争取到几秒时间，却也为天兵天将争取到了很大机会。

还是有一些天兵天将趁此杀出缺口，向昆仑通天路方向撤退。

孙悟空率着伐天军和百万龙族在后面一路追杀，虽然杀得天兵天将一路丢盔弃甲，尸横遍野，但有老君和元始天尊两大圣人殿后，也使伐天军的追杀之路受到极大阻碍。

一直退到通天路口，元始天尊提前布下的千山万水大阵才将伐天军追兵阻挡住！

但凡冲向阵中的伐天军成员，无不被大水淹死，或被巨石压死。

见此情况，孙悟空只好让伐天军成员放弃冲阵，先回山修整，他则和懂阵法的金蝉子留下来研究如何破阵。

元始天尊和姜子牙带着残兵败将退到昆仑之下。

姜子牙清点人马。

数百万天兵只剩五十万不到。一万神将只剩三千。就算那令元始天尊引以为傲的一万阐教护法军，也只剩下不到两千人！

这不是败，是惨败！

“这下该如何是好？”一代兵法大师姜子牙此刻也对未来感到无尽的茫然。

元始天尊立在那里，也是一声叹息：“没想到，那妖猴竟悟出了如此大神通来，吾以为吾比封神时圣力大增，没想到那妖猴的造化更是匪夷所思。”

“师兄，你有什么法子破这妖猴吗？”元始天尊看着老君。

老君道：“你也看见了，这四大猴王，各有通天达地的大神通，那无支祁，当年在淮水惹祸，大禹还能率人将其制服，如今比当年，强了不知千百倍。包括那六耳猕猴，有随心所欲改天换地之法。你我自保都难，还如何破他？何况，你看如今天兵天将，溃不成军，那花果山伐天军却势头正盛，你如何破他？”

元始天尊也不由得喟然一叹：“难道，这巍巍天庭，便要由那妖猴打上去，一朝倾塌了吗？”

老君道：“若要使这天庭不塌，或有一法。”

元始天尊眼神一亮："何法？"

老君道："请那西方教主！"

"请西方教主？"元始天尊道，"这如何使得？西方教主本来就觊觎我东土已久，如今我再请他，被他看见我天庭势弱，岂不正是引狼入室？"

老君道："西方教也是普度众生之教，他之所图，不过为东土传教，当不会颠覆天庭，改天换地。若是让妖族打上天庭，你所定天条，他都以其人之道还治其人之身，必成天地神仙大劫，你加诸于妖族的，他都会加倍还回来。而西方教再如何，不会乱天下，毁道心，仍在三纲五常之中，这其中利害你得权衡！"

元始天尊道："然而，如今我与那西方教主也撕破了脸，不似封神之时找他帮忙他便能答应，我也开不了这个口。"

老君道："祖师闭关时，让我看着天庭，事到如今，我可替你去一趟西天灵山，与他西方教主谈谈。"

元始天尊无奈一叹："祖师闭关，至今没有音讯，如今之法，也只有求助西方教出手，或有力挽狂澜之望，那就烦劳师兄跑一趟吧。"

老君点头，当即便骑板角青牛向西天灵山而去。

雷音寺前。

接引道人手中拿着一个金色的箍子出神，他知道这个看起来并不是很起眼的箍子意味着什么。

"我修道之辈，本教人信仰自由，而你却是为了束缚自由而生，实在是有些罪过，罪过。然，成大事者，不拘小节，不可总墨守成规，该有见机而行之觉悟。那猴子，也是有来历的大能之辈，脾气

此，天下不幸矣！”

老君长长地叹出一口气来：“行，这个，也依了道友吧！”

一是就天庭和阐教目前的处境来看，没有更好的选择。

二是接引道人所言确实在理，他也知祖师乃是在至圣之道上受心魔所困，他也觉得，让真昊天出来替代化身，这理说得过去。

虽然他心里很清楚，接引道人让真昊天回天庭，也是为了西方教日后在东土的传扬，使天庭能为西方教所用。但他本也无心这天下名利纷争，只想炼好自己的丹，放好自己的牛。

既然都是以慈悲心肠普度众生，许多事，也就没必要太过计较了。

总之，如今解决掉这不可一世的齐天大圣孙悟空与百万妖族伐天军才是燃眉之急！

见老君答应，接引道人欣喜道：“老子道友如此待我西方教，我西方教自当竭尽全力，必将那妖猴擒拿，使他再不能捣乱！”

老君提醒道：“道友切不可轻敌大意，如今那妖猴神通了得，伐天军强大，还有百万龙族相助，比起当年截教之兴盛强了不知多少。接引道人道友可随我一起前往天庭，商量个万全之策。”

“万全之策？”接引道人一笑，“道友不必担心，我早有主意了。”

“道友已有办法？”老君问，“何法？”

接引道人胸有成竹一笑：“道友且不必管，你自先回天庭等我，我稍作部署之后，便率西方教众往天庭助道友捉拿妖猴便是！”

“行。”老君道，“既然道友如此胸有成竹，那我便先回了。”

当即，老君骑青牛远去。

接引道人转过身来，看着身后的雷音寺，脸上露出了春风般的笑意。

他走进雷音寺，到了灵山后方，将手一挥。那个深渊般的世界便显露了出来。他再将手虚空一点，头上也现出十二品金莲来。

那十二品金莲放出万丈金色毫光，他飞身落入深渊，深渊中黑暗尽皆退避消散，眼前显现出来的世界，犹如仙境一般。

接引道人直接乘十二品金莲飞向一座山巅，然后开始念动真言。

霎时间，整座山上圣光大显。

四周灵兽仙鸟皆往这边聚来。

很快，一名道人也乘金莲赶到，那道人全身上下皆如皎月明亮，一看就是得了圣道之辈。

道人作礼道："燃灯见过教主，不知教主相邀，有何见教。"

接引道人还礼道："烦燃灯老师稍等，还有许多道友正赶来，到时一并说事吧。"

燃灯道人点头，便退开在一边。

接着，一只全身放着五色豪光的巨大孔雀自远方飞来，那巨大孔雀落在山上，便化为人形，见到接引道人就拜："孔宣见过教主。"

接引道人微微点头："你且先到一边等着吧。"

孔宣退开在一边。

然后地藏大师也赶来，与接引道人和燃灯道人、孔宣见了礼。

再接下来，慈航道人、普贤真人、惧留孙、韦护、魔家四将都赶来拜见了接引道人，并与燃灯道人、地藏王和孔宣打招呼。

随后，阿难尊者和迦叶尊者各带十万西方教众赶来。

金头揭谛、银头揭谛、波罗揭谛、波罗僧揭谛、摩诃揭谛等五方揭谛也各带十万西方教众赶到。

另有十八护法、五百力士和三千头陀各率门人教众来拜。

整个灵山之下的深渊中，一时数十万教众云集。

待各西方教众都赶来之后，接引道人才说了召集或邀请诸位到来的目的。

“因齐天大圣孙悟空反天，老君赶来灵山求助。此番，便是要带大家一起去东土，助天庭，降服孙悟空！”

“等等，教主，我有一事不明。”地藏大师道。

“何事，大师请讲。”接引道人道。

地藏大师问：“你前番与那阐教和天庭生了嫌隙，如今为何又要帮他？”

接引道人一笑：“这世上但凡有相交，有嫌隙也很正常。世上变化，今日交好，明日嫌隙，后来又觉得没什么可计较。总有些事，我们需要释怀，大师以为呢？”

地藏大师道：“之前，你觉得那孙悟空反天，乃是为了天下苍生争取公道，是正义之举，如今为何又要降服他？”

接引道人道：“此一时彼一时也。”

地藏不解：“教主此话何意？”

接引道人道：“彼时，我与阐教和天庭有嫌隙，也觉得他们做得过了，孙悟空反天，我自觉是对的。如今我与阐教和天庭化了隔阂，他们愿为了这天下苍生请我西方教入东土起庙传道，我觉得这对天下来说是一件大好事。西方教入东土普度众生，便不能再让他孙悟空惹事了。一是为天下四方安定，二是为我西方教之昌盛，还望大师能助我一起，使西方教入东土发扬光大，使天下众生，皆能受我慈悲教化。”

地藏大师道：“教主既想将西方教发扬光大，地藏自当尽力。”

接引道人点头：“多谢大师，既如此，那咱们便出发往东土去吧，此番去，我西方教必将如朝阳破云，照耀四方。若有战，望各位能尽全力降服那孙悟空和手下妖众！”

当下，接引道人便带着地藏大师、燃灯道人等及数十万西方教众从深渊出来。

正遇准提道人按下云头。

“师兄，你这是……”准提道人见如此阵容，满脸疑惑。

接引道人一笑：“记得我曾与你说过吗，我西方教早晚必繁荣昌盛，天下景仰，如今是时候了！”

准提道人颇感意外地问：“怎么，师兄你这是要去东土？”

“是的。”接引道人道，“待收服那孙悟空，我西方教便在东土之上立地生根，天下可定也！”

“你这是要去收服孙悟空？”准提道人大感意外，“我还以为你是要去和阐教相争，为何要去收服孙悟空？元始天尊才刚率天庭和阐教大军攻伐花果山大败，你为何要去惹他？”

接引道人笑道：“若不是元始天尊大败，又岂轮得到我西方教入主东土，传道天下？不用多说了，走吧，我西方教兴盛从今开启也！”

准提道人想说什么，却终没有说，还是跟在了后面。

老君回去向元始天尊说了与接引道人所谈条件。

“这怎么可以？”元始天尊当即反应强烈，“如此一来，岂不是真的把天庭都拱手让他了吗？”

老君道：“那也不至于吧。”

“还不至于？”元始天尊不悦道，“他若将真昊天换回来，那真昊天是他的人，自然以后都对他俯首帖耳了！”

老君道："然而，这天庭之神，皆是阐教门下，即便不是阐教门下，也听玉虚之令，何况你与我皆坐镇天庭之上，那西方教主也不敢乱来吧？毕竟，无论怎样，这里还是东土！"

"可我总是不甘。"元始天尊道，"自封神大战，这西方教主暗收我门人，我便已知他居心叵测，如今却……"

"无所谓了。"老君道，"你我皆圣道之人，当好好悟道才是，这天下，不该看得太重。凡人一生，神仙万世，自由最好。"

元始天尊没说话，陷入了长长的沉默。

最终，还是喟然长叹："师兄说得是，也罢，也罢。"

接引道人率西方教众浩浩荡荡赶来。

元始天尊仍与他以礼相见，口称道友。然而，当他看见燃灯道人、慈航道人、普贤真人、文殊广法天尊和惧留孙时，他的脸色还是难看极了。

众人也过来与他见礼，口称老师。

元始天尊道："尔等既已入西方教，跟了西方教主，便不必称我为老师了，我也教不出尔等这样出类拔萃到叛教的弟子来。"

除了燃灯道人仍坦然之外，其余者都愧疚低头。

接引道人道："元始天尊道友不必责怪他们，你我皆修道之人，当知世间之道，皆在缘法。他们不过是与我西方教有缘，使我可在危难之时度于他们。无论如何，大家修的都还是普度众生之道！"

老君也赶紧来说："好了，别说这些了，接引道人道友率西方教众远道而来，还是先商讨如何收服那妖猴要紧！"

接引道人道："无妨，明日一早，我率众前往花果山，自将妖猴擒来！"

元始天尊提醒："那妖猴可非寻常修道之辈，他修之道与你我不同，可在心中唤出几个魔猴，都有圣人神通，极难对付。且有百万龙族相助，实力至强，咱们还是得好好商议一番才行。”

接引道人道：“元始天尊道友只管放心，我已有万全之策，明日定收妖猴，否则，我西方教永不入东土！”

“好，既然教主已成竹在胸，那是最好。”元始天尊便不再多说。

他倒也觉得，如今西方教数十万之众，还有大小西方教主以及那地藏大师这等大圣之辈，再加上他和老君以及众多大能之辈，要破那齐天大圣孙悟空，确实也不是什么大问题了。

当下，他便令姜子牙礼待西方教众，他自喊大小西方教主还有地藏大师去品茶论道。

但接引道人却说他还要为明日大战做一些安排，让准提道人陪元始天尊和老君去了。

随后，他则独自离去。

第 15 章　教主离间，兄弟背叛

这个晚上，花果山的月亮格外圆，也格外亮。

但孙悟空不在山上，他和金蝉子还在北昆仑通天道之前悟元始天尊摆下的阵。他俩倒是能过这个阵，但伐天军却不行。而这又是通往天庭的必经之路，必须得破了这阵，伐天军才能长驱直入，打上南天门去。

孙悟空和金蝉子反复的推演，已渐渐找到了一些破解之法。

此时的花果山上，伐天军和四海龙族都在开怀庆祝。

又一次打得天兵天将落荒而逃，令伐天军和四海龙族士气大振。

而且那还不是寻常的天兵天将，是元始天尊和老君亲自带来的天兵天将，几乎将天庭势力倾巢而出了。

此一战之后，再打天庭虽不是易如反掌，也至少胜券在握了。

大家终于看见了未来的光明，看见了理想的辉煌，可以在这天地间抬起头来，有尊严地活着了。

尤其是地龙军，好些都热泪盈眶。

那些苟活于地下沼泽泥潭的屈辱，终将迎来昂首而活的荣光。

这一刻，激动之情溢于言表。

在伐天军和四海龙族都开怀庆祝之时，花果山的守卫仍没有丝毫放松，四面八方都如铜墙铁壁般守卫和巡逻。

然而，似乎并没有什么用。

一道白光如流星划过般，落在了花果山上。有好几个守卫看见了那道白光，但再定睛看时，什么都没有，只当是眼花了。

而正和四海龙王豪饮的猪刚鬣突然听到了一个声音，然后就跟四海龙王说，让他们先喝着，他去方便方便。

随后，猪刚鬣来到了花果山的后山。

“教主。”猪刚鬣喊了声。

一道白光闪过。

接引道人出现当场，然后将手往虚空里划了几下，便自成小世界，使外人无法看见。

“教主远道而来花果山，有何吩咐？”猪刚鬣问。

接引道人开门见山地道：“明日，我将助天庭收服孙悟空。”

“啊？”猪刚鬣一愣，“这……请教主三思，孙悟空如今可是大圣之辈，以三种念头造化成三只魔猴，三只魔猴俱有圣人神通，连元始天尊和老子都不敌！”

“我已知道了。”接引道人道，“这不算什么，我可破之。”

“还不止这些。”猪刚鬣道，“还有，花果山伐天军如今兵强马壮，原有伐天军百万，又得四海龙王百万龙族相助，牛魔王、蛟魔王、鹏魔王等皆已入圣道之门，金蝉子更是持有通天教主所授诛仙四剑。”

接引道人微微一笑：“这些，都不算事，我可破之。”

“是吗？”猪刚鬣一愣，见接引道人说得如此轻描淡写，就问道，“教主以何法破之？”

接引道人道："那孙悟空纵然成就非凡圣道，天下无敌，我只要一招可破！"

说着，接引道人拿出一个金箍递给猪刚鬣，继续道："你拿着这个金箍，届时站在那妖猴孙悟空身后观我动静，见机往他头上丢出，我再念动咒语，就算他有通天之力，也使不出来，必任我拿他！"

"这……"猪刚鬣身躯一震，"教主是要让我偷袭他？"

"什么偷袭，这是策略！"接引道人道，"若两军交战，金戈铁马，必生灵涂炭，血流成河，唯有此法镇服孙悟空，可免伤无辜，为上上之策。我让你跟在孙悟空身边的意义便是为了今日，以最小的牺牲换取最大的胜利！"

"可是，如此一来，我岂不是成了小人，被天下唾骂吗？"猪刚鬣道，"孙悟空视我为兄弟，信任我，封我为伐天军天蓬元帅，我却在他背后捅刀子！"

接引道人道："你本是我西方教门人，为天下大计而跟随孙悟空，你的使命便是替西方教在关键时刻收服妖猴，你若不依，才是真正的背叛，背叛西方教，背叛天下。你忘记当日在灵山对我起誓了吗？"

猪刚鬣垂首道："然而，即便我能在后面成功偷袭孙悟空，那百万伐天军和四海龙族定会为他死战，仍难免生灵涂炭血流成河！"

"这个，我亦有法破之，不费吹灰之力。"接引道人道。

"是吗？"猪刚鬣问，"教主又有何高明之策？"

接引道人道："你去把四海龙王带来此处。"

"把四海龙王带来？"猪刚鬣一愣，"教主要借此机会先灭了他们吗？"

"什么灭？"接引道人道，"不到万不得已，绝不伤生，我只是让他们归顺而已。”

“让他们归顺？”猪刚鬣道，“这恐怕不可能，小白龙和金蝉子劝他们从大荒出来，孙悟空带他们打败天庭，使龙族扬名，他们都对孙悟空感恩戴德，誓死拥护他！”

“你还是太过浅薄了些。”接引道人道，“这世间事，总有变化，此一时彼一时。纵是圣人之心，亦会随环境或岁月而变，何况神仙凡人，哪逃得过变数，你自把他们带来就是。”

猪刚鬣答应，便去喊了四海龙王，说与他们商量攻伐天庭之事，将四海龙王都带来了后山。

随即，接引道人造化出一个小世界，使外人不见，然后现身在四海龙王面前。

“你是？”敖广看着接引道人问。

猪刚鬣在旁边做了介绍。

“西方教主？”敖广问，“你找我等有何事？”

接引道人微微一笑：“来送龙族一个机缘。”

“送龙族机缘？”敖广问，“什么机缘？”

接引道人道：“使四海龙族为神族，统领四海，掌天下兴云布雨之权！”

“是吗？”敖广颇有些嘲讽，“你乃西方教主，自己尚且在不毛之地，夹着尾巴而活，有什么资格说这种话？”

接引道人也不生气，只是微微笑道：“你无知，我也不必与你计较，就给你看看吧。”

说罢，将手往虚空一划。

立刻，四海龙王便看见了天庭之上，数十万西方教众与天兵天将在重新部署。

大罗天兜率宫中，老君与元始天尊陪着准提道人、地藏大师、燃灯道人，以及孔宣正品茶论道。

“明白了吗？”接引道人问。

“天庭请了你们来帮忙又如何？”敖广道，“就算你西方教加上天庭势力也不见得是齐天大圣之敌！元始天尊和老君都被打得落花流水，你又能如何？”

“你终究还是过于无知啊！”接引道人道，“你要知道，那地藏大师曾在九湾河力战元始天尊，也是大圣之辈，燃灯大师和孔宣皆有圣力。再加我西方教小教主准提道人道友，还有贫道，一个孙悟空算得了什么？ 还有，为什么天蓬元帅要带你们来见我，这想不明白其中的道理吗？”

四海龙王看向猪刚鬣。

猪刚鬣道：“我亦是教主门人，届时我将与教主里应外合，攻下花果山，擒拿孙悟空。识时务者为俊杰，教主喊你四人前来，只是不想生灵涂炭，若不然，到时候这漫山遍野都是龙族尸骨了！”

“什么，你是西方教门人？”四海龙王大感意外。

接引道人道：“不只是他，那金蝉子，还有西海龙族的小白龙都是。”

“什么，敖白也是？”西海龙王大感意外。

接引道人道：“要不然，他和金蝉子在归墟之底如何能出得来？”

“可敖白并没有说他入了西方教！”西海龙王道。

接引道人道：“他要帮孙悟空对抗天庭，如何能说是西方教的，说出来，天庭不就来找我西方教麻烦了吗？时机不成熟，总有些事得等天机。”

东海龙王道：“你把那金蝉子和敖白喊来对质！”

接引道人道：“敖白乃是你龙子，他是什么性格你岂会不知，他当日宁死，也不离开四海，他和孙悟空是一路人，有一腔热血，为了理想，为了心里的那点坚持，总喜欢把生死置之度外，并不在乎什么大局。所以，这事我只喊了猪刚鬣，并没让他们知道，到时候随便出手收了他们便是。”

猪刚鬣道：“敖广，你就别磨唧了，你也知教主圣力，他若是有什么坏心思，你们还能站在这里说话？真是不识好歹！”

四海龙王都不说话了。

猪刚鬣这话算说到要害了。

虽然西方教名气远不如阐教，但西方教两位教主还是众所周知的，封神大战，阐教破万仙大阵，使截教大败，西方教两位教主功不可没！

那时的接引道人就能与通天教主一战，何况现在，四海龙王加起来都不够接引道人两根指头捏的。

南海、北海和西海龙王都看着敖广。

敖广又问：“你虽帮天庭的忙，但如何能让我龙族为神族，重回四海，掌天下兴云布雨之权？”

接引道人问：“我若做不到，哪敢来凭空给你许诺？我圣人之辈，岂会说谎诓骗于你？”

“就是。”猪刚鬣道，“你刚才没见老君和元始天尊都在陪地藏大师喝茶论道吗？地藏大师可是在九湾河救过孙悟空，被天庭通缉之辈，若教主不能在这天庭做主，他们岂会对地藏大师客气？地藏大师逆天尚可无事，何况扶你龙族！”

敖广终还是心动了，看了眼另外三位龙王问：“你们的意思呢？”

三位龙王皆道：“全凭大哥做主。”

敖广终于心一狠，咬牙下定决心："行，只要你愿扶我龙族归四海，为神族，掌兴云布雨之权，我便听命于你，为你内应！"

接引道人微微一笑："你总算知道大局，不像那敖白一般执拗。"

"教主，我有一事相求。"猪刚鬣迟疑着道。

"何事？"接引道人问。

猪刚鬣道："那齐天大圣孙悟空倒是个好人，正直，义气，有担当，教主你能不杀他吗？"

这些日子以来，猪刚鬣对孙悟空还是有了真挚的感情，他心中有些不忍。

接引道人一笑："放心吧，孙悟空在日后于我、于西方教、于天下苍生都还有非凡的意义，我会尽量保全他！"

"嗯，谢教主慈悲。"猪刚鬣心里的愧疚感总算轻了许多。

接引道人又看着四海龙王道："届时，尔等为内应，也不要伤那妖族性命，以制服为主。我西方教要来东土传道，当施仁德！"

"是。"四海龙王领命。

"那就这样吧，你们自做好准备，不要被孙悟空所察觉，明日一举成功，万世荣华！"

说罢，接引道人便化作一道光消失不见了。

花果山的夜，和从前一样，又不一样。

一样的是，那花草树木仍蓬勃而长，那星辰月色仍皎洁明亮。

而不一样的是，看起来平静或是一切美好的花果山，已经有了巨大的暗流和随时都将扑面而来的危机与变故。

孙悟空和金蝉子终于想到了如何突破元始天尊摆在通天口的阵法，和金蝉子兴高采烈地回到花果山，特地召集了猪刚鬣、沙河上、穿山甲王、牛魔王等六大妖王还有四海龙王。让他们各自修整人马，明日便率兵破阵，直攻天庭！

猪刚鬣和四海龙王都不动声色，仍虚与委蛇。

部署完毕，孙悟空回到水帘洞。

紫霞拿了几个红色的野果过来，递给他。

孙悟空接着便吃了，看着她问：“你觉得那天宫景色美吗？”

紫霞道：“美倒是美，但我觉得人间景色更美。”

“是吗？”孙悟空道，“都说人间最美的景色也只能称得上一般仙境，天宫景色乃是仙境中的仙境，为何天宫景色还不如人间？”

紫霞那双眼看着他，有着特别的光亮，她想说，天宫景色不如人间，只因人间有你，然而，终还是欲言又止，模棱两可地说：“因为，我就是这么觉得啊，景色如何，还是得看如何欣赏吧。有时候景色之美，在看景之人；有时候即便是同一人，心情不一样，看到的景色也不一样呢。”

“倒也是这个理。”孙悟空道，“我还想着，你曾是天宫仙子，天宫如你故土，你会很思念那里，便想着早点打去那里呢！”

“是吗？”紫霞道，“你有这么好？还为我着想？”

孙悟空笑道：“大家都是朋友，为你着想很正常啊，难道你觉得我孙悟空不够朋友？”

“那倒不是。”紫霞道，“我只是觉得你是顶天立地四方膜拜的齐天大圣，你忙的是天下，很难有时间记得起我和这么微不足道的小事。”

“不不不。”孙悟空道，“其实你不了解我，在我心里，朋友是第一位，那天下和众生还在后面。”

“是吗？”紫霞问，“这是为何？”

孙悟空道：“这道理很简单啊，因为若我孙悟空有事，第一时间能帮我的永远是朋友，而不是那天下和众生。人怎么对我，我怎么对人，这是常识！”

“是吗，真的吗？”紫霞问。

孙悟空道：“当然！”

紫霞又问：“按你这么说，人怎么对你，你怎么对人；那若有人喜欢你，你也该喜欢她是不是？”

“这……”孙悟空一愣，“这怎么能一概而论呢，再说了，我如今是圣人之辈，心中有朋友、天下和众生，却唯独不会有那种喜欢。”

紫霞笑了笑：“我就知道，你永远都只能是一只不解风情的猴子。”

孙悟空道：“也许吧。”

他又想起那年的梅山来，那个明月皎洁之夜。

那个美丽善良的白狐，那支独一无二的舞。

月有阴晴圆缺，然而，过往回不去，每每想起来，就会有一种挥之不去的遗憾或伤感。

那是一道看不见，也永不会消退的伤痕。

孙悟空又看了眼紫霞，说：“早点休息吧，明日一早，咱们就打去天庭，带你回你的故乡，以后永远都不会再让你流浪了。”

“嗯，你也早点睡。”紫霞道。

她看着他，似乎有很多话想说，但却又一句都说不出来。

一个没有结局的故事，就不应该开出花朵。

至少，还能给自己留一点体面。

一个女孩子，能先对男人说喜欢吗？

能。

但明知道会被拒绝，就不能了。

一直以来，紫霞都很清楚这一点。

所以，无论心里那种情绪有多强烈，她都不会在彼此的界限之间往前跨出那一步。

不让彼此尴尬。

是给他，也是给自己的，最后的体面。

当晨曦如鱼肚白一般，从东方天际慢慢亮起。

又是新的一天来临，也是新的征程，新的命运。

孙悟空起来得很早。

他让猪刚鬣、沙河上、牛魔王、四海龙王及穿山甲王各起锅造饭，饭后队伍开拔，直往天庭。

今日一战，必让天下格局改变。

那巍巍天庭，不再由神仙做主，该轮到老孙上去坐坐了。

老孙坐上去，必让这天地如从前一般，不分高低贵贱，万物雨露均沾。

孙悟空仰头看着天空，胸中如江河澎湃。

他等这一天，已很久了。

那些践踏我的，伤害我的，从今往后，都会让你们加倍偿还，那曾在我面前高昂着头的，我要你见我，便跪着低下头来！

“不好，禀大圣，昆仑方向又有浩浩荡荡一群人马往这边风卷残云而来！”突然有斥候将来急报。

“什么？天兵又来了？”小白龙道，“前日一战，那元始天尊还没被打怕，这么快又来了？那天兵天将明明已被打得溃不成军所剩无几啊！”

孙悟空道：“管他呢，他敢来，我就敢打。老子正准备打去天庭找他们呢，他们还要不知死活自己送上门来，来是正好！”

小白龙也热血沸腾地说：“对，这一次，一定要将他们全歼，然后直捣天庭，一锤定音！”

“走吧，去看看。”孙悟空道。

然后，他带着众伐天军干将，往花果山前山而去。

眨眼之间，接引道人、元始天尊等已率浩浩荡荡的西方教众和天兵天将赶至花果山前。

老君、接引道人、元始天尊、地藏大师、燃灯道人、孔宣六位站在前面。

准提道人没有来。他想了又想，觉得还是不来的好。

如今孙悟空已修成大圣，可看穿他本相，毕竟师徒一场，难免尴尬。

更重要的是，他秘授孙悟空道法之事，不宜为外人知道。

况且接引道人已有周全安排，胜券在握，无须他帮手。

所以，最终他还是没有来。

但他也跟接引道人说了，若非事到不可收拾，千万不能伤了孙悟空性命，毕竟，他们师徒一场。

接引道人来到山前，将手往孙悟空一指，问：“猴头，你就是那号称齐天大圣的孙悟空吗？”

孙悟空傲然道：“是又如何？我道是谁又不知死活来我花果山送死呢，原来是你。你果真是跟阐教臭味相投，帮他打了截教，又想来欺我。可惜，这一次会是你的报应。那句偈语怎么说的？百因必有果，你的报应就是我！”

“哈哈哈……”接引道人也不生气，大笑着，“你这猴孙，一张嘴着实厉害，今日你若识趣，自己降我，我或可网开一面，在天庭中为你谋个差事，若要强抗，便是你命中劫数也！”

“笑话！”孙悟空不以为然，“我称齐天大圣，我便是这天，我命从来由我，不由人。我命中若有劫，那也是我成为别人的劫，我自己却不会有事，你若不信，可以试试！”

“我不必与你试。”接引道人道，“我只数三下，你若不降我，我自有办法拿你！”

“哈哈……”孙悟空冷笑，“我当你从封神到现在又修了几百年，修出了什么不凡的本事来呢，原来，你这修出来的本事就是吹牛。我今天倒要看看，你数三下，如何降我！”

“既然你不信，那就试试吧。”接引道人竖起一根手指来，“一！”

孙悟空不以为然。

两方的人都没动静。

“二！”

大家都充满了好奇，想知道接引道人如何数三下，就能降服一个曾将元始天尊和老君都打得狼狈不堪的大圣之辈。

若是吹牛，那可当场就找不着台阶下了。

终于，接引道人竖起第三根手指，喊道：“三，可以了！”

而就在那一声“可以了”之后，站在孙悟空身后的猪刚鬣猛地将那金箍往孙悟空头上抛去！

一道金光划过，孙悟空察觉到不对，转过头来。

那道金光正落在孙悟空头上，立刻在他的头上箍紧。

孙悟空忙用手去扯，但那金箍却是见肉生根，根本扯不动。

接引道人在猪刚鬣将金箍抛起之时，已开始念起了紧箍咒来，那咒语一起，金箍便在孙悟空头上越箍越紧，连同孙悟空的神识，意念以及法力都一起被禁锢，使不出来。

“拿下猪刚鬣，他是叛徒！”

金蝉子还在纳闷西方教主为何要帮天庭时，见孙悟空被猪刚鬣偷袭，大吼一声，便施诛仙剑来取猪刚鬣性命。

然而，四海龙王跟着怒吼咆哮：“我四海龙族已归天庭，降妖不杀！”

边吼着，已各使神通。

西海龙王直接使捆仙绳将要动手的小白龙先行捆住，使他动弹不得。

无论如何，他已知今日结局，决不能让小白龙有逆天之举。

另外的敖广、敖钦和敖顺皆和猪刚鬣一起来战金蝉子。

满山伐天军也准备往这边过来擒拿叛将猪刚鬣，然而，那伐天军才动得一动，马上就被身边的龙族偷袭制服。

接引道人又给了身后的西方教主和天兵天将一道指令。

“降妖不杀！”

那吼声如怒潮，便向花果山卷来。

站在接引道人旁边的老君和元始天尊直接看傻眼了。

这是什么情况？

他们以为接引道人说的早有计划，胸有成竹，很可能是在吹牛，再怎样，今日此来，也必有一番大战。

没想到，接引道人竟在伐天军中有内应。

连孙悟空最信任的猪刚鬣都是他的人？

百万龙族也归顺了他？

此时，元始天尊才在内心深处一声长叹，他终还是看低了这西方教主，他是真的深不可测！

孙悟空的脑子撕裂般得痛着，如同万千猛兽啃咬一般。

他从空中滚到地上，又从地上弹到天上，他痛得用那头去撞山，想把心中的三只魔猴唤出来。

然而，无济于事。

他痛得满头大汗，筋舒骨软，而那金箍却是怎么都扯不掉。

“猴子！”紫霞见状，心疼地往这边奔来。

“滚开，走，赶紧走，有多远走多远！”孙悟空血红着眼嘶吼着。

虽然法力全失，但他心里明白。

他着了接引道人的道，被猪刚鬣和四海龙王背叛，他与花果山伐天军，大势已去，万念成灰。

然而，他可死，却不希望她有事。

当年白狐的事，如毒药一般种在他心里，时不时地发作，他不想紫霞成为第二个白狐！

“你这样了，我怎么可能走！”那一刻，即便流着泪的紫霞也格外坚毅，视死如归，“今日，就算死，我也会陪着你，我不会让任何人伤害你，除非，从我的尸骨踏过去！”

接引道人缓缓地走了过来。

“想他没事很简单，让他降于我，自然没事。”接引道人道。

“休想！”紫霞怒道，“他是齐天大圣，他是这天下众生景仰的顶天立地的盖世英雄，岂可跪你这种卑鄙小人！”

“唉。”接引道人轻轻一声叹息，“凡事过于执迷，终是魔也。你乃天宫仙子，却为他叛下凡尘，这是你命中劫数，不如我帮你应了劫吧！”

说罢，挥手一朵金莲压向紫霞。

紫霞打出一道紫电去挡，然而，紫电遇金莲，就如泥牛入海，悄无声息。

金莲直接压在了紫霞头上，使她动弹不得。

“不要动她，我杀了你！”孙悟空强忍那入骨生根的剧痛，血红着眼往这边奔来，想要扶着紫霞。

然而，他自己却走不稳，摔了一跌。

金箍棒也在脑子里，他却抽不出来，尽管金箍棒也在他的脑子里心痛地怒吼着：“主人，放我出去吧，我要打杀这卑鄙小人！”

然而，那金箍似箍住了一切，包括命运、理想、力量和所有的希望。

金甲神将过来，将紫霞带了下去。

孙悟空眼睁睁地看着，却无能为力。

一如当年，他眼见姜子牙祭起斩仙飞刀，那一道白光如线，落在白狐雪白的脖颈上，顿时头颅滚地。

一个人心里世界的坍塌，往往只在一瞬间。

就如此刻紫霞被带走。

紫霞是天庭叛徒，今日被抓回去，必受尽酷刑，灰飞烟灭！

“紫霞……”孙悟空无力地叫了声，心如冰块碎裂。

“怎么样，孙悟空，降了我吧，只要你降了，我可给你一条生路！”接引道人看着已经痛得没有力气躺在那里的孙悟空。

“休想！”孙悟空咬牙，“我孙悟空是何等英雄之辈，这天地见我都变色，我岂可跪你这种卑鄙之人。我有今日之难，是我眼瞎，看错了人，我眼瞎的我认，但要我降你，永无可能！我孙悟空，可死，不可屈！”

“啊！”又是一声怒吼，孙悟空再次奋力挣扎站起。

那心中三只魔猴似乎也在与他一起，试图冲破这命运的桎梏。

孙悟空头上的金箍开始震颤，有松动的迹象。

接引道人脸色微微一变，赶紧将手一挥，再化出一朵金莲，压在孙悟空头上。

一下子，孙悟空又栽倒下去，动弹不得了。

“我再问你一遍，孙悟空，你服还是不服？”接引道人问。

孙悟空道：“有本事你把这偷袭我的玩意拿走，堂堂正正跟我打，如果能打赢我，我便服你。否则，我永不可能服你！”

接引道人道：“上将伐谋，其次伐交，再次伐兵，其下攻城。与人动手，那是下下策，不得已而为之的事情，但有他法，我便绝不与人动手。”

“别废话，你就是不敢！”孙悟空道。

接引道人道：“随你说吧，你这么执迷不悟，不如看看你这伐天军吧！”

孙悟空抬眼看去，战斗已经结束。

被龙族偷袭的伐天军定在原地不能动，那些本还可以反抗的伐天军也不过螳臂当车，大势已去，下跪而降。纵然是拥有诛仙四剑的金蝉子，也被元始天尊和孔宣联手擒获。沙河上也被杨戬和哪吒联手擒住。倒是牛魔王和铁扇公主借着芭蕉扇开路，杀出重围逃了出去。但整个伐天军，已彻底瓦解。

看见这一幕，孙悟空心里莫名一阵悲凉。

他还想着，要打上天庭，带紫霞回去她的故土，让那些嘲笑她的神都在她面前低头；他还想着，要坐到那凌霄宝殿上称天帝、改天条，使天下从此有公道；他还想着，要堂堂正正地告诉世人，妖不吃人，那只是神的污蔑。

他齐天大圣，一旦为天帝，便使这天下众生都平等，使这天下为公，没有霸凌。

然而，这宏大的理想，终是破碎了。

那些滚烫过燃烧过的热血，在此刻都已成灰烬。

他将双手十指都抠进了脑袋的肉里，却还是无法把那束缚着他的金箍取下来。

他这一生，为自由。

最终却还是失去了自由。

大战已平，天兵凯旋。

接引道人看着老君和元始天尊，让他们将鸿钧老祖所化的假昊天带走，他将让真昊天登上凌霄宝殿。

而这事，为天庭声誉着想，还不能为外人所知，仅仅他们三人知道就行。

元始天尊虽心有不甘，却也没法反悔。

圣人之辈，说出来的话，还是得算数的，不然便是打自己的脸、毁自己的道心，这后果难料，严重的会使自己入魔，元始天尊自不敢冒这个险。

“那孙悟空，什么时候问斩伏法。”元始天尊问。

接引道人道：“孙悟空于我，于这天下都还有大用，不能问斩。”

“不能问斩？”元始天尊问，“那你要如何处置？”

接引道人道：“这个，我自有打算，元始天尊道友就不必太过操心了。”

老君也道：“师弟，如今天下定了便是大好，教主如何处置孙悟空，由他吧。”

元始天尊还是恼恨孙悟空的出现，引起这天地变局，心中不禁愤然："可是，孙悟空是反天者，反天者要么打入地府九幽，永世被镇压于黑暗，要么灰飞烟灭。若不然，何以服众，又置天条于何地！"

接引道人却道："正因为那天条不公，才引起如此天下变数，那天条也是要改的。"

"什么，你要改天条？"元始天尊反应强烈。

接引道人道："不管是天条还是什么不好的东西总是要改的。"

老君也道："是的，接引道人道友说得是，天条不公，致有今朝变故，当引以为戒。师弟你就不要操心这么多了，当好好修道才是，道修好了，自可见广阔无边新天地！"

见师兄都如此说，元始天尊也不再多说。

似乎真没什么必要。

他毕竟也是圣人之辈，早该看透三千世界，连这计较也是不该有的。

老君以有要事将假昊天带到玉京山紫霄宫前，让假昊天进了紫霄宫，然后将真昊天带回了凌霄宝殿，坐到了那天帝座上。

接引道人又去见了孙悟空。

即便是被金箍箍着，被金莲压着，孙悟空仍然在竭尽全力地反抗。

那嘶吼之声如雷霆一般。

接引道人竟然发现，那金箍又有了松动的迹象，那金莲也似摇摇欲坠般。他赶紧又化了一朵金莲，压在孙悟空背上。但他还是很担忧。孙悟空如此倔强而顽强地反抗，这是很反常的。

按理说，金箍之下，纵是圣人之辈亦伏法，何况还有金莲压着。

接引道人把手放到孙悟空的头上，感知到他的情绪，一瞬间，他看见了他反抗意识的根源——为情，为义，为天下。

接引道人立刻授命昊天，如此一番交代。

昊天坐上凌霄宝殿。

面对大殿众神，他比起之前的那个昊天来，少了几分老练，显得有些生涩和稚嫩。

众神觉察到了有些什么不对，却又说不出有什么不对。

上位后的昊天宣布了六件大事：

其一，为庆祝平妖之乱的胜利，纪念一个新的开始，他不再称天帝，而称玉皇，或玉皇大帝。

其二，大赦天下，除了反天妖王孙悟空之外，其余反天者皆大赦，贬入凡尘，忘却前世记忆，重新做人。

其三，因平妖之乱，西方教功莫大焉，当在东土建万庙，使西方教传道，普度众生。

其四，平妖之战中，原伐天军将领猪刚鬣弃暗投明，对大战胜利至关重要，仍在天庭封天蓬元帅。

其五，平妖之战中，龙族亦居大功，从此受封为神族，坐镇四海，掌天下兴云布雨之权。

其六，因之前天条不公，致天下有此变数，生灵涂炭，当改天条。

从此，天下苍生皆可自由而居，自由而行，亦还妖族清白。这天庭神仙，有好有坏，世间妖族也是如此，以后无论神仙妖族，皆以个人行为论，不可一竿子打死一船人。

众神仙三呼万岁而退。

第 16 章　理想成灰，又是征程

接引道人再一次来见孙悟空，将新的天条告知了孙悟空。

终于，孙悟空平静了下来。

他半信半疑地看着接引道人："你说的当真？"

接引道人道："我乃圣人之辈，岂有假话。"

孙悟空问："他们可都是反天者，天庭为何会放过他们？"

接引道人道："我知你心里放不下他们，还为这天下鸣不平，我本修道之辈，只为这天下太平无事便好，让他们重新做人，也是一桩功德。"

"紫霞呢？"孙悟空问。

"她？"接引道人道，"一样，也会被打下凡尘，重新做人。你有什么需要交代的吗？"

孙悟空道："帮忙让她投个好人家吧。"

接引道人道："其实，你只要入我西方教，你想让她或是你的伐天军部属都为这天庭神仙，享天下荣华，亦无不可。你能使他们有更好的前程和归宿，又何苦执拗呢？"

孙悟空冷笑道："你以为他们愿意用我老孙对敌人的下跪来换他

们的前程安逸吗？在他们心里，那个顶天立地、堂堂正正的孙悟空，才是他们的朋友、兄弟。若我跪了，便不配做他们的朋友、兄弟。”

“没想到，你还是如此固执。”接引道人道，“然而，你我之间终有一个输赢才是，不能始终这样僵持，而我又不想杀你。不如我们来打一个赌，如何？”

“打赌？”孙悟空问，“打什么赌？”

接引道人道：“你不是为这天下众生而战吗？我用我的愿力将你压在一地，只要那路过的众生有一半能喂你水喝，喂你饭食，或替你搬开山上石头，总之，是记你曾为天下、为他们的一个情义，那便算我输了，我无条件放你自由。若是少于半数的人连那举手之劳都不愿为你做，你便放下你心中的执念，入我西方教来，做我门人，如何？”

孙悟空问：“你觉得，我孙悟空为这天下揭竿而起，流血拼命，他们却连举手之劳都不愿为我做吗？”

接引道人笑：“难说，若是能，便算我输，不配教化于你。若是万一那世人没你想的那么好，那你便入我门来，与我一起去普度众生，教化他们，如何？”

“行，我就与你打这个赌！”孙悟空道。

接引道人微微一笑：“很好。”

当下，他将孙悟空丢下凡尘，以五指化出金木水火土五行之山，称五行山，将孙悟空压住了。

然后又发一个慈悲心，念动真言咒语，将五行山召出一尊土地神祇，会同五方揭谛，居住此山监押。他饥时，与他铁丸子吃；他渴时，与他溶化的铜汁饮。

压好孙悟空后，接引道人又来到锁神殿，见了紫霞仙子。

“猴子呢，你把猴子怎么样了！”一见接引道人，紫霞就担心地问。

接引道人道：“放心吧，我不会杀他，我只是想让他入我西方教门而已。”

紫霞坚定地道：“他绝不会向你投降的。”

接引道人问：“你是希望他死，还是希望他降？”

紫霞沉默了。

她还真是没有想过这个问题。

在她心里，自然不希望孙悟空降。他是她心中的英雄，让她想起来都满是景仰和骄傲的英雄，顶天立地，盖世无双，他怎么能降呢？

然而，她希望他死吗？她也不希望。

那她到底希望他怎么样呢？

没有答案。

接引道人道：“所以，这世上从来都没有真正的理想。孙悟空活不出理想的样子，你也不能。就如修道的圣人之辈，想要普度众生，可谁又能真正地普度众生呢？”

“你到底将他怎样了？”紫霞避开了这个问题。

接引道人道：“放心吧，我只是和他打了一个赌，至于输赢、命运，不由我决定，也不由他决定。只不过，我大概可以预见他的命运，因为在这世上，我走过的路比他多，这世上的人心，我比他懂。”

“打赌？”紫霞问，“你们打的什么赌？”

接引道人便说了。

“这个赌？”紫霞坚定地道，“猴子肯定会赢的！”

“是吗？”接引道人问，“你为何如此肯定？”

紫霞道：“你不知那天下都是齐天大圣的传说，那人间甚至砸了天庭神仙牌位供上了齐天大圣之名吗？他是那天下人真正崇拜的英雄，他们路过他被压的山前，当然会竭尽全力帮他！”

接引道人微微一笑，道：“你和那孙悟空一般，总是天真地把这世道和人心都想得太过美好单纯。人间有句话，此一时彼一时。哪一朝的臣民都跪君王，称万岁，肝脑涂地。然而，换下一个君王和朝代，他们仍然如此跪如此拜，这样才能好好地活着。在时间的长河和名利的大海中，有无数的人既能背叛自己，也能背叛别人。或者说，他们更乐于跪拜站着的人，而不愿跪拜被压着的人，甚至看见那被压着的人，会远远地绕开他走。因为趋利避害，怕麻烦，才是人心本性。”

“我不信！”紫霞道。

接引道人道：“你信不信无所谓了，这件事咱们先不管它，还是来说说你的命运选择吧。”

“我的命运选择？”紫霞问，“我的什么命运选择？”

接引道人道：“玉帝大赦天下，除孙悟空之外，一切反天者皆打入凡尘，忘却前世记忆，重新做人，你也一样，但我可以多给你一个选择。”

“什么选择？”紫霞问。

接引道人道：“让孙悟空来决定你的命运。”

“让猴子决定我的命运？”紫霞问，“他如何决定？”

接引道人道：“看见我给他戴上的金箍了吗？我把你放到金箍之中，他若戴于头上，你则活，而他则受金箍限制；他若取下金箍，他得自由，而你则灰飞烟灭。”

紫霞顿时明白，吼道：“你是想让我来成为他一生的枷锁？休想！”

接引道人道：“可你要知道，若你在金箍里，你便还能记得你们彼此，还可陪着他生生世世，可以看见他的样子。或许某一天，他悟出金箍的破解之法，放你出来，你们都将自由，一切都未知，却有希望。而你若不去金箍，便落了凡尘，失去记忆，你们将再不相识，也不再记得过往，一切都成云烟。”

紫霞又沉默了。

这同样是一个两难选择。

她既不愿成为孙悟空的枷锁，也不愿与他从此陌路，再不相识。

“如何选？”接引道人问，“是选择一刀两断的遗忘，还是选择在此后的无穷岁月里，与他一起去面对破灭和希望？”

“我选……住进金箍。”终于，紫霞做了决定。

她想，若真如接引道人所说，被压五行山下的孙悟空，再也不是从前的齐天大圣，会被那世人背弃或是遗忘，那至少这世上还有一个人会深刻得记得他，记得他曾经的辉煌，记得他所有的好与不好。

在她心里，他是她的骄傲，是她心里永远且唯一顶天立地的英雄。

此后岁月，无论是万年，还是万万年，风风雨雨，生死磨难，她都将陪着他，永不离弃。

这天下应该有一盏无悔的心灯，为一个英雄亮起。

图书在版编目（CIP）数据

封神 / 磨剑少爷著 . -- 北京：华龄出版社，2024.3

ISBN 978-7-5169-2726-7

Ⅰ . ①封… Ⅱ . ①磨… Ⅲ . ①长篇小说－中国－当代 Ⅳ . ① I247.5

中国国家版本馆 CIP 数据核字（2024）第 052811 号

封神

作　　者　磨剑少爷
出版策划　冀　晖
责任编辑　李梦娇
责任印制　李未圻
策划监制　小马 BOOK
内文制作　刘龄蔓

出版
发行　华龄出版社 HUALING PRESS
社址　北京市东城区安定门外大街甲 57 号
邮编　100011
发行　010-58122255
传真　010-84049572
承印　定州启航印刷有限公司
版次　2024 年 5 月第 1 版
印次　2024 年 5 月第 1 次印刷
规格　880mm × 1230mm
开本　1/32
印张　26
字数　560 千字
书号　ISBN 978-7-5169-2726-7
定价　108.80 元（两册）